MADE IN INDIA

ガラム・マサラ！

how to kidnap the rich

ラーフル・ライナ

武藤陽生 訳

BUNGEISHUNJU

この本に自分たちのことを書かれると思って怯えていた、
私の家族に。

目次

ガラム・マサラ！

装幀　観野良太

第一部

主な登場人物

僕……………………………………ラメッシュ・クマール　受験コンサルタント
ルディ（ルドラクシュ）・サクセナ ……僕が受験を斡旋した若者
ヴィシャール・サクセナ…………………ルディの父
スミット……………………………………僕のライバルの受験コンサルタント
シスター・クレア…………………………少年時代の僕に教育を施した修道女
プリヤ………………………………………TV局のアシスタント・プロデューサー
シャシャンク・オベロイ…………………同　プロデューサー　プリヤの上司
アビ…………………………………………クイズ番組の出場者
アンジャリ・バトナガル…………………中央捜査局教育課　上級捜査官

1

最初の誘拐は僕のせいじゃなかった。

そのあとのいくつかの誘拐は——まちがいなく僕のせいだ。

僕は茶色い瓶のもやもやのなかに横たわっていた。ルディは床の上に転がっていて、顔にうっすらとゲロが線を描いていた。僕はルディの世話をすることになっていた。ルディはコカインをやっていた。しょうもない欧米の合成ドラッグを。僕たちの麻薬の、阿片やカートのような洗練された東洋の天然ドラッグの何がいけないっていうんだ？

コカインなんて洒落て見えるだけのくそだ。

弁財天の像が部屋の隅から咎めるような眼つきで僕たちを見ていた。樟脳のお香のにおいがした。ターメリックをまぶした屋台料理とビールと汗の饐えたにおいをごまかすために僕が買ってきたものだ。

ルディのアパートはこの国のエリートたちが〝超高級〟と呼ぶようなアパートだった。液晶テレビ、シルクのカーペット、壁のモダンアート。趣味のいい埋め込み式照明。灯明祭まであと十日。部屋は取り巻き連中、広告主、政治家たちからの贈り物で散らかっていた。食べ物の入ったバスケット、菓子の箱、生け花、日本の電化製品、紙幣でぱんぱんになったグリーティングカード。

いつものように湿った暖かい午後で、誰もがケツを掻きむしり、偉大なる我が国のＧＤＰは世界銀行の目標を達成できていなかった。

僕はふだん酒を飲むほうではないけれど、最近のようにルディのそばに張りついて、絶えず監視し、かばい、こういう姿を新聞記者たちに見せないようにすることには、それなりの対価が必要だった。僕はそういったすべてに罪の意識を感じ、愛する女性と一緒に過ごせないことに苛立っていた——まあ、そういった状況が影響していた。あの忌々しい日、抜かりなく警戒していなければならなかったのに、していなかった。

午後の一時だった。僕たちをスタジオに運ぶ車がやってくるまで、あと三時間。四時間後には頬を紅潮させ、メイクをしたルディが全インド人のまえに姿を現わし、国内ナンバーワンのクイズ番組《ビート・ザ・ブレイン》に出演する。

頭をしゃっきりさせようと、僕はもう一本の何かの缶に手を伸ばそうとしていた。飲み物は猫の小便のようにぬるかった。そのとき、ドアが屋内に向かって破裂した。腕がアパートのなかに伸びてきて、戸枠にひとつだけ残っていた蝶番を外そうとしていた。

荒っぽい叫び声が聞こえた。僕は慌てて手をばたばたさせ、立ちあがろうとしたけれど、ひっくり返った水牛のように両腕と両足を宙に投げ出すことしかできなかった。

「ルディ！　起きろ！　誰かが部屋に……」ささやくような声しか出なかった。喉は渇いていて、がらがらで、役に立たなかった。

ドアはついに音をあげ、ジムでトレーニング中の五十男のようにうめいた。僕はもう一度叫ぼうとした。唇が空しく上下した。

ひとりの男が入ってきた。病院の職員のような格好で、両腕に折りたたみ式の車椅子を二台抱えている。僕たちが床の上にぶざまに転がっているのを見ると、男はにやりとした。

ばし、ばし、ばし、と警棒が打ちつけられた。

僕は叫び、血の味がするとまた叫んだ。顔に医療用マスクをつけられ、マスクに向かって空しく喉を鳴らした。抵抗はしなかった。何もしなかった。体を持ちあげられ、車椅子に縛りつけられた。

男の黄ばんだ歯と干し首のような黒い数珠が見え、それから声がした。「静かにしてろ。でないとデブが痛い目を見るぞ」

脅しのつもりか？　この男は僕たちの関係を誤解している。

ルディは眼を覚ましてすらいなかった。

これは僕にまだ指があったころの話だ。あのちっこいのが懐かしい。このあと、男たちは人質が生きている証拠を見せなければならなかった。そんなとき、使用人の小指より最適なものがあるだろうか？

それは屋台(ダバ)で野菜を切るのに使うようなナイフで切り落とされた。コリアンダーの束をばっさりいけそうなやつだ。ここにひとつの教訓がある。ガキを強請(ゆす)って富のおこぼれをもらおうとすれば、自分の一部を切り落とされる。そういうことだ。

あの指が懐かしい。あれはいい指だった。

なにがデリーだ、なにがインドだ。

そろそろわかってきたと思うけど、これはよくある映画とはちがう。冒頭はコメディで、シャー・ルク・カーンとプリーティ・ジンタが大学で友人になり、休憩を挟んでみんなが癌（がん）になり、母親たちが家族の名誉のことで涙を流し、最後にはみんなで結婚式のダンスを踊って、悩みが嘘のように消える。そんなんじゃない。ここに悲劇はない。僕の指が切り落とされ、いくつかの誘拐騒ぎが起きるだけだ。

息子を罪悪感のどん底に陥れて思いどおりに操る母親は出てこない。涙もなし。感動ビジネスもなし、いいね？　徹頭徹尾インド粥（キチュリ）だ。

すべての始まりはとても無邪気だった。

百三十万ルピー。僕が手にしたのはそれだけだった（1ルピーは約1・5円）。四週間におよぶ猛烈な、汗まみれの勉強。毎日十四時間。甘やかされたガキんちょが両親の望む大学に入れるように。

百三十万ルピーだって、ラメッシュ、そりゃ大金じゃないか！　そう思うかもしれない。インド人の九十七パーセントよりも稼いでいる。税務署の記録ではとりあえずそうなっている。何が不満なんだ？

それは僕が税金を払っているからだ。わかってるよ、税金を払うなんて馬鹿だって言いたいんだろ。

それに、超高速で生きているからだ。毎年毎年、今年が最後かもしれないと思っているし、つねに発見されるかどうかの瀬戸際にいる。警察がいつドアをノックしてもおかしくない。何もかも、たったの百三十万ガンジー（ルピー）のために――はいはい、わかったよ、僕が文句を言っているのは、文句を言うのが好きだからだ。それはデリーっ子の特権だし、ぜひとも活用させてもらいたい。
そのガキにはみたたび――いや、三回会った。みたたびなんて単語はない。単語だったためしがないし、これからもない。クレアならきっとそう言う。

ルディという名前は耳にした瞬間から嫌いになった。ルドラクシュ。なにがルドラクシュだ。誰が自分の子供をそんな名前で呼ぶ？　六〇年代の白人ヒッピーだ。映画スターの子供みたいな名前だ。インスタに百万人のフォロワーがいる、ルイ・ヴィトン中毒のガキみたいだ。接着剤か床用洗剤みたいな響きもある。強力で、万能で、主婦の味方で、たったの四十九ルピー。

ルディの両親はグリーン・パークになかなかいい感じのアパートを持っていた。最も望ましい界隈とはいえないまでも、そこを目指している。野心あふれるロケーションです、不動産業者ならそう言うだろう。成功街道爆進中のお客さま向けです、と。見かける車はホンダ、レクサス。ドイツ車はまだない。

初めての打ち合わせに、僕は〝出前迅速〟と書かれたバッグを持っていった。ゲートで質問されることも、呼び止められることもなく、ただ行ってよしと手で合図された。僕はピザの配達のふりをしていた。実に大陸的。実にシック。昔の映画なんかだと、生娘（きむすめ）に色目を使ったといって、イギリス人が苦力（クーリー）を叩く場面がある。僕もそんな身のほど知らずになろうとしていた。

ルディの父親は太っていて、ゴルフクラブのロゴ入りシャツを着ていた。こいつは金持ちだ。もちろん金持ちだ。もし君が太っていてインド人なら、君は金持ちだ。太っていて貧乏なら、君は嘘をついている。金持ちがしゅっとしていて、ヴィーガンで、道徳的なのは欧米だけだ。母親はどこでも見かけるタイトなピンク色のトレーニングウェアを着ていた。家の玄関脇にけばけばしい祈禱室があり、屋内はたくさんの石、どことなくムガル風の中世のタペストリー、地中海の磁器像、煽情的なポーズをした女神の大理石像であふれていた。寝室は三つ、市場価格は四千万ルピー。

　僕はその少年をひと目で嫌いになった。上の歯が突き出た口、脂ぎった顔、豚のような小さな眼。本物のルドラクシュとは似ても似つかない。なにせあちらは恐ろしく、全知で、万物の首を刎ねるシヴァの化身なのだ。

　とまあ、かなりきついことを言ってるけど、この少年について僕がほんとうに気に食わないことはなんだと思う？　まったく何もない。こいつは平凡なガキ、なんの記憶にも残らないガキだ。十八歳の。僕はこれまでの五年間に百人のルディを見てきた。

「それで」とルディの父親が言った。両眼を豚のような頭蓋骨のなかで回転させて。その頭蓋骨は僕をどれだけ安く買い叩けるかというマスターベーション的な妄想でいっぱいになっている。

「それで」今度はルディの母親。ほかのどんなことだろうと、これよりはましといった口ぶりで。自分の結婚生活について姑（しゅうとめ）と話し合ったり、白人がやるようなヨガをして体内からガンジス川の水を排出したり（ガンジス川？　僕はそういう雰囲気をまとっていた）、なかんずく、僕の希望、恐れ、野心について話したりするよりも。

　前戯が秒速でよかった。僕はただちに自分の口上を始めた。

ラメッシュ・クマール――教育コンサルタント。名刺にそう書いてある。

ご子息を正答率九十九・四パーセントでインド工科大学に入学させて、人の上に立つような人間にしたい？　お任せください。あなたのかわいい激甘菓子（ラスグッラ）が全国共通試験で上位を飾り、その後は当然ウォール・ストリートやロンドンの役員室への道を歩むことを、あるいはそんなことはないでしょうが、最悪の場合でもバンガロールで働くことをお望みですか？　ぜひご用命ください。どんな試験でも、どんな科目でも、四週間で。できなければ返金いたします。そして誰もがとりあえず返金を求める。ひとりの例外もなく。

「約束よりも〇・一パーセント成績が悪かった」「息子はヴァッサー・カレッジにしか入れなかった」「ルパおばさんのところの息子はもっと成績がよかったし、おまけにちゃんと自分で試験を受けた」どれも聞いたことのある台詞(せりふ)だ。

僕はデリーで指折りの優秀な受験請負人であり、ということは、世界で最も優秀な受験請負人のひとりにちがいなかった。唯一のライバルは中国人だ。あそこには千人の僕がいて、共産党員のまるまると太った子供たちのキャリアを後押ししているにちがいない。失敗すれば後頭部に銃弾を撃ち込まれるか、ムスリムたちが収容されている再教育キャンプに送られるか、もっとひどい場合、自殺防止ネットの張られた深圳(シンセン)の工場でｉＰｈｏｎｅをつくらされるか。そういった恐怖に怯えながら。

まったく、あいつらは人を働かせる方法を熟知している。中国人こそが未来だ。欧米の金持ち、インドの金持ちの子供は失敗したら社会起業家になる。中国人は？　彼らの子供は失敗したら昼飯になる。

肌が褐色であれ、黒であれ、黄色であれ、僕たち受験コンサルタントは欧米のくだらない実力主義の副産物だ。僕たちは存在しなければならない。車輪に油を差し、食うか食われるかのこの世界を動かし、フルブライト奨学金、客員研究員プログラム、助成金を生み出している。僕たちは褐色人種による世界征服を推進する従僕だ。

ふだんはニューデリーの二階にある狭いオフィス兼アパートに座り、せっせと働いている。そして、僕のタマから産業界の巨人が、未来の世界指導者が、大統領が誕生する。それらを無から創造する。僕たちみんながそうしている。群れとなってあくせく働いている。いつか僕らも何かを手にできるかもしれない。成功のための賄賂にできる自分の子供とか、聞くだけで恐怖を呼び覚まし、人々がひざまずいて頭を垂れる家名とか。

もちろんクライアントにそんなことは言わない。自分の夢のことは何も話さない。クライアントは自らの望みを僕に伝える。僕は料金を提示する。将来、マッキンゼーやボストン・コンサルティング・グループで楽な仕事ができるなら、数十万ルピーなんてはした金です。そう話すと、点のように小さな彼らの瞳が欲望と震えで曇る。実に官能的に。そして、決まって値切ろうとする。まるで僕が子供の未来を握る男ではなく、彼らの村で生まれ、十五年間同じ給料で働きつづけている洗濯婦であるかのように。

僕がスーツを着ていれば、向こうもファックしてやろうなんて思わないんだろう。でも、イタリアかフランスのスーツでなければ駄目だ。インド製のスーツなんて着ていたら、においでバレて、もっと激しくファックされてしまう。

スーツ。ルドラクシュの親愛なる父、ヴィシャール・サクセナ（強い家名と男らしい名前のセットだ）が僕を見つめ、こいつをいくらで買い叩けるだろうかと夢想していたとき、僕はスーツのことを考えていた。今どきフードデリバリーは流行らない。そろそろブランド刷新の時期だ。すぐに仕立屋に相談しなきゃ。

「ルドラクシュ」サクセナ氏が言うと、少年は少し鼻を鳴らし、白昼夢から戻ってきた。

「パパ、その名前で呼ぶのは……」

父親は少年を見つめ、それだけで黙らせた。インドの親もまだまだやるもんだ。これが一世代前なら、口をひらいた罰として平手打ちを食らっていただろう。

父親の唇はでっぷりして赤く、映画女優の唇のようで、かなり不釣り合いだった。母親には唇がまったくなかった。こんな夫と結婚したら、そうなって当然だろう。結婚初日からずっと、唇をぎゅっと結びつづけてきたせいだ。

一刻も早く僕を追い出したかったのか、母親が口を挟んできた。僕が今ぎしぎしと音を鳴らしているビニール張りのソファを使用人に燻蒸(くんじょう)消毒させたいのだろう。「ルディの望みはシリコンヴァレー。ベンチャーキャピタルでのキャリアですわ」子供がそんなことは全然望んでいないとよくわかる口ぶりだった。「全国共通試験プレミアムパッケージでお願いします。上位一万位以内に入れなければ、全額返金のコースで」彼女は言葉をゆっくりと発音した。その音節のひとつひとつが、趣味のいい大理石とカジュラホの交合像を思わせる木細工に反響した。まるで僕のことを識字能力ゼロと思ってるみたいに。

僕はわざとゆっくりうなずいた。それがこいつの望みなら、従順な人間だと思わせておこう。

彼女は君が想像しているとおりの顔をしていた。人を見くだす顔、〝わたくしども、近ごろはモールでショッピングしますの。パリカ・バザール？　今どきあんなところでお買い物する方がいらっしゃって？　え？　お宅はそうですの？　あらまあ〟の顔。でも、この女がどういう人間なのかはよくわかる。顔には気楽な上位中産階級の優越感が表われており、僕に対する軽蔑には率直さがあった。この国では、ある顔をすべきときに、それとはちがう顔をしている人間にとくに注意しなきゃならない。思いやりのある親切な警部補、親身な公務員。そんな連中にお眼にかかることがあったら、君はくそのなかにいるということだ。

全国共通試験は大きな試験で、学校を卒業するときに誰もが受ける。ほかにもありとあらゆるものについての入試が年がら年じゅう実施されている。ロースクールの入試、軍隊の入試。トイレ検査官の入試まである。でも、全国共通試験はあらゆる試験の頂点に立つ試験で、僕にとっては一年で最大の稼ぎどきだ。これが最高の大学、最も輝かしい未来、最もホワイトな人生への入口になっている。僕は全国共通試験の全部入りパッケージを売りにしていて、五科目ある試験を全部自分で受ける。提供しているのは英語とヒンディー語の共通試験。これはどんな馬鹿でも合格できる。それから数学、経済、金融。これらはインドからの脱出に役立ち、僕の得意分野でもある。けど、文系科目でも理系科目でも、好みの組み合わせをリクエストすることもできる。いつでも、どこでも、望みどおりに。

一万位以内に入れば、将来が約束される。ニュージャージーの建て売り豪邸が待っている。シボレーのSUV、君が一度も出席しない子供のバイオリン発表会もおまけだ。

百位以内に入れば、出身校の校舎に君の顔が貼り出され、教師はテレビでインタビューされる。シャム双生児の分離手術か、アラブ＝イスラエル間の和平交渉の成功に貢献したかのごとくに。彼らは学費をつりあげ、ろくでもない教育アプリをリリースする。

十位以内？　即席セレブの誕生だ。

クライアントは慎重に選ばなきゃならない。性根の曲がった、金払いの悪いやつを相手にすると、その年の稼ぎは散々なことになる。

　でも、この一家は見るからに強欲すぎて、害になりようがない。気をつけなきゃならないのは、伝統がどうとか徳（ダルマ）がどうとか語りはじめ、君を息子（ベータ）とかなんとか呼ぶような連中だ。そういうやつからは逃げろ。あの副市長の息子、あれには苦い思い出がある。叫び声につぐ叫び声。まじでどうしようもない。政治家はもうこりごりだ。

　僕は抜かりない申込用紙を用意していた。社会保障番号、国民識別番号（アドハー）の詳細、収入、合法・非合法の学歴、紹介者の氏名。所得税務署の担当者に賄賂を渡して、裏も取る。僕のクライアントは例外なく、中産階級のけちな贈賄罪という平凡なバックグラウンドを持っている。建設許可を取るためにあちこちに賄賂、入学試験免除のために私立校に賄賂、身分を偽って低級カースト割当枠で入学するために政府に賄賂。ミルクに含まれる農薬が君の子供たちに個性、根性、それから一生続く問題行動を与えるように、どこにでもいるこういうごみかすたちが、この偉大なる国を今のようにならしめている。

　何がインドを偉大にしているか、それは誰もが知っている。中国には共産主義者が君臨し、習近平尊父とその仲間たちがいる。ヨーロッパには広場（ピアッツァ）とアートギャラリーがあり、アメリカには牛肉とおっぱいと金がある。僕たちには民主主義がある。僕たちは議論をする。終わりのない議論を。〝くそ〟を八千通りの語彙（ごい）で表現し、罵倒し合い、何かを達成する。ここは取引の国、話し合いの国だ。すべてのレンガは生焼けで、すべての建物は内部が存在せず、セメントよりも思い込みによって支えられているかもしれない。けど、それらは半分の金、半分の時間で達成されている。

僕たちは契約を交わした。少年の教科書の山を受け取ると、僕は裏口から放り出された。家に帰り、今後の一ヵ月に向けて準備をした。脳に知識を詰め込み、ジャンクフード漬けになり、精いっぱいの努力をするための準備を。自分自身と、未来のクマール家のよりよい生活のために。一族の財を築き、家名に輝きをもたらした男として、めでたい先祖として、子孫が僕の彫像を立て、崇(あが)め奉(たてまつ)ってくれるように。

さて、僕がこのめちゃくちゃな、指なしの状況に巻き込まれることになった経緯をちゃんと説明するには、ルディのことだけでなく、自分の生い立ちについても語らなければならない。うちは記憶にあるかぎりの大昔からすでに貧乏で、どんな家族にも伝わる古い言い伝えがあった。僕たちはもともと詩人の家系だったとか、実はギリシア、イギリス、ロシアといった征服者たちの末裔で、今はたまたま貧しくなっているだけだとか。どういうわけか、その〝たまたま〟がきわめて恒久的に続いているのだ。

僕たちはチャイを売っていた。何世代にもわたって、あの美しく香り高いハーブを売り、男たちを、権力者たちを魅了してきた。客となるのは——

わかった、正直に言う。確かに僕たちはチャイ屋になったが、最初からそうだったわけじゃない。父さんは道路工事の作業員をしていたけれど、腰を悪くして、僕が生まれるまえに両手を死ぬほど火傷(やけど)した。おおかたべろべろに酔っ払って、工事用の熱々のタールが入ったバケツに手を突っ込んだとか、そんなところだろう。インドには手袋がない。夜、僕を寝かしつけるとき、父さんは愛おしげに自分の指を曲げようとしていたっけ……わかったよ、父さんはよく僕を叩いた。

これで満足だろ。世界にその名を知られるインド流裏拳ビンタで。でも、父さんは爪が逆巻きで、筋肉が駄目になっていて指を曲げられず、皮膚は火傷のせいでつるつるだった。おかげでビンタは強烈で、想像を絶する痛みを僕に与えた。それはまるで父さんの手ではなく、いつでも意のままに召喚できる特別仕様の器具のようだった。

五月雨（さみだれ）式拷問生活の始まりとしては完璧だ。

母さんのことは何も知らない。僕を産んで死んだ。父さんは母さんについて、何ひとついいことを言わなかった。ある日、僕が父さんを怒らせたことがあった。コショウの実をなくしたとか、ミルクを噴きこぼしたとか、そんなことだったと思うけど、父さんはこう言った。「なんて馬鹿なガキだ、しょうもない。母親そっくりだな。あの女も牛のような眼をして、まつ毛が長かった。なんで今まで気がつかなかったんだ？」客たちは笑い、父さんはその夜、いつもよりいちだんと強く僕を殴った。いつもよりよけいに自分の手が痛くなるように。そうすれば、いちだんと毒を持って僕を憎めるから。

チャイ屋台にはだいたい名前があるものだ。〈シンの店〉とか、〈ラリットの店〉とか。うちにはなかった。だから僕はみんなが知っているとおりの名前、〈実の息子を憎む男の店〉という名前なのかと思っていた。ほら、あれだよ、兄弟（バーイ）、カシミール・ゲートのそばのあの店。

ほかには？　僕のこと？

僕のことは描写するまでもない。体が小さく、茶色の大きな瞳をしていた。今の僕はもっと体が大きくて、茶色の大きな瞳をしている。当時は股に穴のあいた、お古のお古のそのまたお古のお古のジーンズを穿き、ビニールのサンダルを履いて、つま先はその縁の丸みに沿って曲がっていた。そんなところでいいかな？

　父さんと僕は部屋がひとつしかないコンクリート小屋に住んでいた。欧米のツアーガイドが〝ここがほんとうのインドだ〟と言って案内する場所から路地を一本入り、さらにもう一本、おまけにもう一本入ったところにある。スパイスの山、マンゴー色のサリーを着た女たち。ヘアオイルとお香のにおいをさせた男たちが、肥えた立派な牛を引いているところ。白人たちがエアコンの効いたジープを降り、この光景と騒音に〝圧倒された〟と言うようなところだ。

　このインド、僕のインドはくそのにおいがする。衰退した国のにおい、傷んだインドチーズ（パニール）のようにすべての夢が腐り、凝固したにおい。住民が大麻とアルコールとお香に酔い、小麦、トウモロコシ、米から赤ん坊とくそをひり出すためだけに存在しているにおい。君は酒を飲み、賭博をし、クリケットを観て、持ってもいない金を賭け、ムスリムをリンチし、子供を殴り、子供たちは大きくなって同じことをする。

　父さんと僕は毎朝寺院にお参りした。あのふにゃちん野郎についても、それだけは認める。つねに信心深く。それは僕が父さんからしっかり受け継いだ、数少ないもののひとつだ。だから今もできるだけお参りするようにしている。

　毎朝、父さんは寺院の入口にある鐘を鳴らし（ほかの家の親は子供を肩車して鐘を打たせていた――うちはどうだったっけ？）、靴を脱ぎ、戻ってきたときにまだ靴がそこにあることを祈った。父さんは賽銭箱（さいせん）にパイサ硬貨（100パイサ＝1ルピー）を何枚か投げ入れた。当時としてもしみったれた額だ。あれはインドがインフレとマクドナルドに見舞われるまえ、モールにアメリカ訛りの子供たちが現われるまえのことだった。女神のまえで軽く一礼。女神像は暗く、勝ち誇っている。彼女の従える虎たちが悪魔や、女神のおっぱいを拝もうとする男たちを叩きのめしているからだ。僕は平手打ちとお別れできますように、お金持ちになってここから脱出できますようにと祈った。父さんはチャイ屋台が成功しますように、梅毒をもらいませんように、ひとり息子が大きくなったとき、どあほうになっていませんようにと祈った。

少なくとも、僕たちは何かリアルなことを、実体のあることを祈った。人々が毎日何千万ルピーも使って、子供が善人になりますように、ＴＥＤトークの講演者になれますように、無事に結婚できますようにと、あるいは金持ちがほかに願いそうなしょうもないことを祈るよりはましだ。

それからチャイ売りが始まる。夜明けとともに。カシミール・ゲートの脇で欧米の観光客からぼったくっている両替商たちのそばで。僕たちは塗料がひび割れ、色落ちした小さなチャイ屋台を漕ぎ、汚染された霧が立ち込める狭い通りを進んだ。遠くの夜警、牛乳屋、洗濯屋が亡霊のような声で宣伝し、脅し、ジョークを叫んでいた。

屋台を漕ぐのは父さんの役目だった。水しぶきをたてながら道路のでこぼこを越え、両脚は力み、あらゆる筋肉が連動し、おかげで父さんは頭のてっぺんから足の裏まで、まるでアルコールを金に変換する大いなる機械のように見えた。僕は肉の詰まった袋を追いかける狂犬のようにそのあとを駆けた。頭上で絡まったりほどけたりしている電線や、空港への着陸に向けて高度をさげてくる飛行機を見あげながら。僕たちには決められた持ち場があった。父さんが巧みな交渉と、悪名高き裏拳ビンタで勝ち取った場所だ。そこにたどり着くころには、脚から泥を、百万年後には圧縮されて石油になっているであろう泥をこすり落とさなければならなかった。

僕たちがいたのはオールドデリーのちょうど境目、中世が現代に道を譲る場所だった。路上に眼をやると、せっかちな口ひげの男たちが、テープと祈りで修理したヒーロー・ホンダに乗り、近道をしようと通り過ぎていく。女たちは自分のハンドバッグに眼を光らせ、やたらと近づいてくる男がいたらひっかいてやろうと、鍵をナイフのようにかまえている。僕と同世代の子供たちが五人で一台のリキシャーに乗り込み、学校に運ばれていく。青、グレー、緑の制服を着て、洟(はな)を垂らし、髪はオイルでうしろに撫でつけられ、愛情たっぷりな両親お手製のチャパティとベジタリアンカレーが入ったプラスティック製弁当箱を握りしめている。

それが彼らの世界、僕たちの世界とは一世紀離れているように見えるインドだった。僕が見たのはそれだけ、一日に二回、ほんの一瞬垣間見ただけだ。僕がその一部になることは絶対にないはずだった。

僕は下流も下流の中産階級だった。父さんは事業をやっていて(それは確かにそうだ)、僕が継ぐことになっていた。食べるものに困っていたわけではなく、不可触民(ダリット)でもホームレスでもなかったけれど、かといって、どこにも行けなかった。大きな社会運動の数々は僕たちのまえを素通りしていった。独立、社会主義、資本主義、どれも同じだった。僕の人生はチャイ用のスパイスを挽(ひ)くことだった。

あの最後の日、僕が父さんにくたばれと言った日から十年が経った今でも、スパイスの配分を覚えている。グリーン・カルダモン＝3、フェンネル＝3、クローヴ＝2、カシア＝2、コショウの実＝0.5、ブラック・カルダモン＝0.5。それらを挽く。毎日、毎時間、脳みそがとろける毎分。注文のたびに挽きたてをお出しします。まちがえればご褒美が待っている。どんなご褒美かって？　君にはもうわかるはずだ。

スパイスを砕くために石を使っていた。子供には大きすぎ、ずんぐりして重く、濃灰色で、政治家の太もものセルライトのような白い筋が走っている石だ。来る日も来る日も屋台の裏で背を丸め、粉になるまでスパイスを叩き、一日が終わるころには背中がばきばきに痛んだ。夜にはこの先一生猫背のままになるという悪夢にうなされ、父さんが起きてこないうちに、真っ暗闇のなか、背筋をまっすぐに伸ばそうとした。両手と両足が中国とパキスタンまで届くように。欧米人が夜明けのビクラム・ヨガで腰痛を治そうとするように。

「市販のパウダーは使ってませんよ、旦那（サー）！」父さんはよく叫んでいた。「全部、そこにいるちびが挽いたばかりだ。おい、鼠！　お客さまに筋肉を見せてやれ！　はは！」虫、土、唾がスパイスに混じってしまうこともあった。もちろんわざとじゃない。

僕の憎しみは、再生可能エネルギーの分野でインドを世界のリーダーにできるほどだった。

「ホット・チャイ！　フレッシュ・チャイ！　具合悪けりゃジンジャー・チャイ！　元気がなければミルク・チャイ！　ガラム！　ガラム！　いつも、どんな日でも！」父さんは何時間もぶっ通しで叫んだ。その声は決して嗄（か）れることがなく、商売が好調なときには映画の主題歌を歌い、神々を讃（たた）え、インドを讃え、人民党が次の選挙でいかに負けるか、国のクリケット選手がいかにデブで無能かを語り、百万ある競合屋台の声をかき消そうと最善を尽くした。ほかの屋台にもきっと憎悪を抱えた息子がいて、いつの日か僕たちは徒党を組んで父親たちの喉をかき切り、水牛のミルクを朱（しゅ）に染め、父親殺しのチャイを飲み干すだろう。そんな夢想をしていた。

毎日、父さんは色褪せた銅鍋のうしろに立ち、ブンゼンバーナーの炎でタマを温め、誰にもわからないぎりぎりまで水で薄めたミルクを沸かしていた。僕は今でも脂肪が沸騰するにおい、ミルクの泡が噴き出す光景に耐えられない。僕は五分ごとに、叩かれて粉々になった哀れなスパイスを父さんに手渡した。湿気で固まったグラニュー糖の入った密閉瓶を慎重に渡して——ビンタ、ビンタ、遅すぎる、「落としたぞ！　虫が入るだろうが！」——それから、新たに肥満の仲間入りをした金持ち用の人工甘味料（スクラロース）の瓶、コップ、マグカップ、水差し、さまざまなブレンドチャイ……

チャイは六種類あって、瓶のそれぞれに縁起を担ぐ神や女神を描いた新聞の絵が貼られていた。あるチャイは富を、あるチャイは健康を、あるチャイは生殖器からたくさんの男子が生まれてくることを、またあるチャイは愛を、好意を、君がひそかにファックしたいと思っているフロントデスクの豊満な秘書が体を許すことを約束していた。もう察しがついているだろうけど、中身は全部同じだ。ラブ・チャイには彩りを添えるためだけに薔薇の造花を入れる。値段は五割増し。一杯十五ルピー！　そんなのってある？　まるで白昼の強盗だ！　まあ、誰も注文したことはないけど……それにしたって！　でも、こんなのは害のない詐欺だ。中国人が虎のペニスを切って強壮剤にしたり、農民から角膜を奪ったりするのに比べたら。

毎日、夜明けから日暮れまで、屋台の裏に張りついて。もしかしたらこっそり抜け出して、オールドデリーを探検することもできたかもしれない。影の落ちる路地、伝統的邸宅（ハヴェリ）の廃墟のあいだを駆け抜け、イギリスの大砲のまえじゃ赤子同然の分厚い壁のまえを通り、市場でカビの生えた本を盗み、強盗、泥棒、第三の性（ヒジュラー）たちの計画を盗み聞きし、脱水気味のイスラム神秘主義者（スーフィー）から詩に隠された神秘の秘密を教わり、猫、犬、雄鶏、人間同士の闘いに、汚れたルピーを賭ける。そういったことをする代わりに、僕は一日じゅうスパイスを叩き、叩かれていた。

せめてもの救いは、僕の指から、近ごろはどこの高級住宅にも置かれているポプリのような香りがしたことだった。ファンタジー・オリエントとかエスニック・アドベンチャーとか呼ばれてるあれだ。それは悪くなかった。

休みの日も何日かはあった。政府が定めた多文化の祝日ではなく、酔っ払った父さんを起こせなかった日のことだ。そういうときは父さんを激しく揺さぶらなきゃならない。力のかぎりに——もし起こせずに、丸一日仕事を休むことになったら？　そのときはまあ、とびきり強烈なのが飛んでくる。

そういう日は学校に行き、デリーの外の世界について学んだ。読み書きを学んだ。僕はいい子だった。貪（むさぼ）るように本を読んだ。慈善団体が僕の写真を撮り、ポスターにしていたとしてもおかしくないくらいだった。『はらぺこあおむし』を四ページ読むだけで外反膝の子供たちの問題が消え、〝悲惨な生活から完全な別世界へ〟みたいなポスターだ。

商売は好調だったけど、その金がどこに消えていたのかは知らない。小便壺も買えないほどの極貧生活を送っていた。父さんにはそんなもの要らなかった。自分の敵や借金取りの家の玄関ドアに小便をかけるのが好きだったから。それか、そいつらの顔面にぶっかけるのが。酒が入った夜、輝かしい青春時代に口説いた女や、へし折った首についての武勇伝が始まると、父さんはよくそう言っていた。

女好きで、家のことは何ひとつしなかった。僕の服は誰が洗っていたのか？　石鹼はどこで手に入れていた？　食べ物は？　父さんが料理する姿はほとんど見たことがない。どこの主婦を口説いたのか？　どこの売春婦が夜食を分け与えてくれたのか？

父さんはどこで生まれたのか？　何もわからない。

父さんはその後どうなったのか？　それはいずれわかる。

テレビはなかった。資産が二パイサしかないような家庭にも白黒テレビくらいはあった。けど、父さんにはなかった。クリケットの試合結果をがなりたてるラジオがあるだけだった。それさえあれば賭博ができる。テンダルカー選手、アウト。ラメッシュ選手、殴られる。セイワグ選手、アウト。ラメッシュ選手、殴られる。ドラヴィドは一度もアウトにならなかった。だから好きだった。

キッチンはなし。小さなガスバーナーがあるだけで。父上はご機嫌麗しゅう折にチャパティをお焼きになった。たいていは女がそばにいるときだった。

父さんが見つけてきた、一番安く、一番みすぼらしい部屋で。

二〇〇五年だったけれど、その一世紀もまえのような暮らしをしていた。二〇〇五年、フロリダのサブプライム住宅でジェシカ・アルバをオカズにしていたアメリカ人は、まさか未来が黒褐色と黄色に染まるとは思ってもいなかった。僕たちの家から数キロしか離れていない場所でも、インドの愚かな若者たちはｉＰｏｄでブリンク１８２を聴いていた。でも、僕たちは何をしていた？

何も。金がなかった。飢えてはいなかったけど、それでも……まったく、なんて生活だ。暇な時間は一瞬もなかった。つねに何かをしていた。チャイを買い、チャイを売り、ふさぎ込み、泣き、スパイスを叩き、どこにも行く当てのない人生を送っていた。僕にとっての悪夢は、自分が文字どおり父さんになってしまうことだった。僕の手から父さんの爪が生え、胸に父さんの黒い毛が生え、父さんの眼、顔、脳になる。たぶんそうなっていただろう。今日の僕は父さんそっくりだったはずだ。怒っていて、何者でもなく、貧しく……

でも、これは貧しさについての物語じゃない。富についての物語だ。

2

HOW TO KIDNAP THE RICH

どこまで話したっけ？　ああ、そうそう。そんなわけで、僕は今年もまた替え玉受験をしようとしていた。ルディが僕の人生を変えるクライアントになるとは夢にも思わずに。

二回目の打ち合わせも一回目と大差なかった。ルディは僕がピザを持ってこなかったことに腹を立てていた。僕は報酬があまりに少ないことに腹を立てていた（百三十万ガンジーで怒ってたなんて！　それだけあればビハール州の村を全部買える。母親たち、父親たち、少年少女たち。彼らを自分の好きなようにこき使えるし、たぶん実際そうしてるやつもいるだろう）。

これが十年前なら、このガキの家庭教師になっていただろう。互いに成長し、互いの強みと弱み、その他欧米的なあらゆるナンセンスを認め合って。ルディが勉学の成果を報告しにやってきて、僕は彼の髪をくしゃくしゃにする。ルディは僕に花束とチョコレートをくれただろう。

でも、今の僕はルディになりすまそうとしている。進歩ってのはそういうものだ、たぶん。

まずはルディのふだん着をチェックした。どんな些細なディテールが影響するかわかりませんから、と両親に言った。「試験にいつもとちがう服を着ていくなんてつまらないことでトラブルになったらどうしますか？」これはちょっとしたペテンで、その日の終わりには数千ルピー分の追加経費、服、靴が手に入る。服装をチェックされたことなんか一度もないけれど、親はどんな条件でも呑む。僕の服にはどれも思い入れがある。うまくやった仕事の思い出、よりよい生活に送り出した子供の思い出、別のけちな両親から虎の子の数パイサを巻きあげてやった思い出。ひとたび試験結果が発表されれば、家族は大感激し、その後の数日間はどんな領収書にもサインさせられる。彼らがまた欲を出し、やれ車だ、家だ、グーグルでの夏季インターンシップだのと言いはじめるまで、一週間の猶予がある。

ルドラクシュ。略してルディ。こいつのことはどう説明したものかな？　金持ちになる以前の、アルマーニのスーツ以前の、美白クリームの広告以前の、栄養管理アドバイザーたちがジャンクフード太りやコカインによる顔のむくみへの対応に追われる以前のルディは。

顔はなんの変哲もない、実に北部インド人的な顔だ。ウッタル・プラデーシュ州の顔。村に一億人いる顔。マッチングアプリのティンダーで箸にも棒にもかからない顔。初顔合わせのあと、お見合いを断わられる顔。Tゾーンは脂ぎっている。手もたぶんべたべたしてるけど、幸いにして、僕はこれまで、クライアントの手に触れる機会を回避できていた。唯一やったことのあるスポーツは卓球。バドミントンは激しすぎる。放課後の屋台で買い食い、ゴルガッパとラジカチョリが詰め込まれた胃袋、睾丸、血液。両親は灯明祭（ディワーリ）向けにダイエット本を買い与えている。

だらしない金持ちのティーンエイジャーにありがちな、長く、脂ぎった、ぼさぼさのモップ髪。僕がまだウィッグを使っていたら、簡単に真似できただろう。僕はいろいろな長さのウィッグを十は持っていた。どれも本物の髪でつくられていて、シャンプーもトリートメントも一度もしていない。ひとつ一万五千ルピー。東デリーにあるノミだらけの店で、悩みの多そうな顔をした男から買ったけれど、どこから仕入れたのか尋ねたことはない。

でも、最近は受験用の変装をシンプルにして、派手なことはやめようと心がけていた。噂が立っていたからだ。僕が映画スター気取りでキザなことをしているという噂が。同業の教育コンサルタントたちは僕がそばにいると七〇年代の映画のキザな台詞を口にするようになった。

ルディはだらけた十代を送っていた。ゲームのしすぎ。深夜テンションでのオナニーのしすぎ。何を勉強しているのかと尋ねても、ため息ばかり。どちらかといえば、このときのほうがずっと嫌なやつだった。名声、金、女に溺れる以前のほうが。ミスター・ナンバーワン、インド(バーラト)の頭脳、〝すべてを知る男〟、知識の太守(ナワブ)と呼ばれる以前のほうが。なぜなら、このときのルディは平凡なインド中産階級のガキに過ぎず、そういうガキはつまらなそうに眼をくるりとまわしてみせるだけで、君を自殺に追い込めるからだ。

まず、ルディと三日間をともに過ごし、どれくらいの知識があるかを確かめる必要があった。その三日間は苦行だった。教科書にはひらかれた形跡がほとんどなく、本の背も割れていなかった。インド人がやりがちな執拗な下線もなし、涙によるインクのにじみもなし、一夜漬けのときの夜食がこぼれた染みもなし。

勉強について、シラバスについて、僕が把握していないあらゆることについて、質問をよく聞くよう五分ごとに注意を促さなきゃならなかった。

「君の両親はこのために高い金を払ってるんだ」僕は言った。五年前の子供が相手なら通用しただろうが、ルディはうんとかすんとか言い、スマホをフリックしつづけるだけだった。GIFやくだらないユーチューブ動画がルディの汚い眼鏡に映り込んでいた。

部屋の隅、暗色のワードローブの壁に、一度も触られたことがなさそうなギターが立てかけてあった。ワードローブは金持ちの家、貧乏人の家を問わず、デリーのどんな寝室でも見かけるタイプのもので、なかに古いショール、虫食いしたウェディングドレス、流行遅れのサルワール・カミーズ、一九八五年製のハードシェル・スーツケースが詰め込まれていた。スーツケースを捨てたいと思うやつはいない。インドの歴史が教えてくれるのは、どれだけ金があっても、いつなんどきすべてがくそに変わり、夜逃げする羽目になるかわからないということだ。それか、たんに貧乏性なだけかもしれない。わからないけど。

埃（ほこり）をかぶった欧米のDVDの山が棚に積まれていた。そういう映画がまだ感動できる代物だった時代に、たぶん親戚がカナダから持ち帰ってきたごみで、アムリカ大陸の親戚がどんなにすばらしい暮らしをしているかを隣人たちに見せびらかせる。でも、それもSNSが登場するまでの話で、今じゃアメリカ人が実際はどれだけ馬鹿なのかをリアルタイムで見られる。

僕の質問に答えるだけだというのに、ルディは大汗をかき、胸に黒い染みをつくっていた。天井のファンが首を斬り落とさんばかりのスピードで回転していたが、暑い空気をかきまわしているだけだった。新品のエアコンが床の上に置いてあった。なんらかの深遠な労働争議の末に、まだ設置されていないのだろう。

「やめてくれ（アレイ・ヤー）」僕が詰問したり、不機嫌さを顔に出したりすると、ルディはそう言った。「もういいだろ。こっちの身にもなってくれ。あんちゃん、あんちゃん、勘弁しろよ」

勘弁しろ？　あんちゃん？　歳上には敬意を払うべきだ。五歳くらいしかちがわないとしても。僕は二十四歳で、敬意を受けてしかるべきだった。スマホの登場以来、僕たちのモラルはどれだけ失われてしまったのか。

ルディは鼻くそほじりを再開し、ぶつくさ言いながらインスタグラムでミュージックビデオや肌を露出しすぎな女の子を探した。

「ちょっとこれ」友達の友達がタイのビーチでアヒル口をしているのを見つけると、ルディは恐怖と喜びの入り混じった声で言った。「やばくね？」

ルディが女性に触ったことも話しかけたこともないのは火を見るより明らかだった。

ハヌマーン級の山ほどもある仕事の全貌がゆっくりと浮かびあがってきた。このくそガキはこれっぽっちも勉強をしていない。僕の質問に何ひとつ答えられず、いかなる意味でも役に立たなかった。

両親はこいつのことを〝いい子なんだけど助けが必要〟と表現していたが、〝イギリスはここに貿易拠点をつくっているだけ〟級の嘘を僕が見抜けないと思ったのか？　この小僧は脳死、できそこない、その他インドの親が映画のなかで子供に対して使う罵倒語と同じものだった。こいつはニルヴァーナやエモ系の音楽を聴いてごろごろしているだけのタマなしだ。同じ境遇の多少なりとも自尊心のあるガキなら、マリファナかマルクス主義に手を出しているだろう。これほどまでにクライアントを殴ってやりたいという衝動に駆られたことはなかった。

ヨガの道に進んどきゃよかった。チャクラについて神秘的なことを適当にまくしたて、デリー郊外の農家に部屋を借り、コールセンター向けの人材を受付に置いて、ちょうどいい具合にしょぼいウェブ1.0のサイトを立ちあげ、現代的なノウハウがない謙虚な人間のふりをしてカモを釣りあげたら、さあ出発だ。白人の金をがっぽり！　彼らが下痢になったら、それは解脱にいたる道の一部だ、自己を手放せ、とか言っておけばいい。

最初の三日間が終わり、ほんとうの仕事が始まった。僕は勉強に取りかかった。準備期間は四週間。ぎりぎりなんとかなる時間だ。

いつものように本に没頭した。時間が経過した。読んだことはすべて記憶し、路上の牛に押される烙印のように眼に焼きつけた。

アパートに戻ると横になって休み、天井のファンが飛ばしてくる埃と二酸化硫黄を顔面に浴びながら、三時間の夢なき眠りを眠り、勉強を再開した。コーヒー、サムズアップ・コーラ、痺れるように辛いアチャールを塗りたくった屋台のアルパラタで活を入れながら。

カビと剝がれ落ちてくる塗料との終わりなき戦い。掃除は自分でやっていた。独立独歩の中産階級ビジネスマンだからといって、謙虚さを忘れて他人にやらせるわけにはいかない。インドのどこでも見かける床、斑点のある石、まるで生き急ぐように、あっという間に溜まる埃。バスルームの換気扇が壊れているせいで、部屋じゅうに湿気と腐敗臭が漂い、僕の安物デオドラントと兵器級ホワイトニング歯磨き粉のにおいと混じり合っていた。

夢のなかで金のことを考え、その金で何をするか考えた。ケバブ。〈モティ・マハール〉での鯨飲馬食。すべてをバターオイル(ギー)にどっぷり浸して。エアコン。新車のバイク。そして、何度かのデート。多国籍企業の窓口担当の若い女性下級マネージャーとコンノート・プレイスのレストランで贅沢したあと、彼女の実用的なポリエステル下着に手を突っ込みそこねる。

僕は貯金をしていた。馬鹿みたいにまっすぐ銀行に預けていた。とんでもない怠慢だ。貯金なんかしてどうする？ 建設業界か中国かビットコインで大儲けできたかもしれないのに、とスミットは言い、こう続けた。「でも、おまえにその才能はないだろうな。あるやつのほうが少ない」

僕に何ができる？　僕は法律に従って生きている。用心深く。将来のことを考えている。というか、昔は考えていた。

といっても、勉強ばかりしていたわけじゃない。

寺院にも毎日お参りしていた。習慣のなせる業、ビンタのなせる業だ。二十ルピーの賽銭も忘れずに。大した額じゃないが、不純な動機も脂ぎった欲もないから、その十倍の価値がある。デリー中心部に向かう地下鉄の車内はダビバラのようで、男たちが滝のような汗を流し、香水をつけた若い女たちと一発ヤりたくてしょうがないという顔をしている。まだ朝の五時で、そんな考えが起きないよう、腹のなかの奥さんの手料理が眼を光らせているはずの時間帯なのに。

僕はシク教寺院（グルドワラ）にもかよっていた。イギリス人なら〝ひょっこり立ち寄った〟とか言うところだ。夜明けから少し時間が経っていて、太陽がバングラサヒブの黄金ドームに反射し、むせ返るほどのギーとコリアンダーの香りがする。ターバンを巻いた男たちがうなりながら馬車馬のように働き、一万人分のダール、ゴビ、チャパティを用意している。

そのあと、気が向いたら地下鉄でオールドデリーに出て、何千匹もの色とりどりのセキセイインコが売られている鳩市場を通り過ぎる。かごが積み重ねられ、鳥たちが互いの体の上に糞を落とし合っている。誰が買うのか、鳥たちがどこに行き着くのか、誰も何も知らない。買えるのはもちろん鳥だけじゃない。牛、山羊、プラスティックでエンバーミング処理されたバイク用ヘルメットの列また列、十数軒の店で売られているまったく同一の中国製スーツケース、万病を治す中央アジア産の樹皮、琥珀、飲み薬、ペースト。路地裏から手招きし、君を破滅と破壊にいざなう少女たち。ショッピングモールで売られているものとほとんど変わらない、まじで。

少し歩きまわっていると、公衆の面前で金を数えているオーストラリア人観光客がいた――まさかと思うだろ?――それから教会に着く。チャンドニー・チョークのそばにあり、デリーのほかのどんな場所より静かだ。ほとんどのクリスチャンは欧米のほうがまだ差別が少ないと気づき、とうに逃げだしている。残っているのは年寄りばかりで、よぼよぼでしわだらけの神父がひとり。カビのにおいが体に染みついている。それから、分厚い眼鏡をかけ、ロザリオつきの数珠をかけた修道女がひとり。僕が遠い昔に知っていた誰かを思い出させる。キリスト教によるインド支配の夢は、今や衰えた筋肉とすり減った骨と化している。

週に一度はイスラム教寺院(ジャーマー・マスジド)にも行く。教育コンサルタントは担げるだけ縁起を担いでおいたほうがいい。でも金曜日はやめておけ。金曜日、そこはアラーへの二万人分の嘆きで満ちている。現代文化のせいで娘たち、息子たちが堕落しているという嘆き、〝サフラン〟どもがまた何か企んでいるという嘆き(サフランというのは世界的な人気を誇るインド政府の忠実な手先である若者たちのことだ。彼らが企んでいるのは集団虐殺か、消毒薬散布か、愛の聖戦(ジハード)でかわいい女の子を堕落させようとしている全ムスリムへのリンチか)。行くなら月曜か火曜がいい。その日なら、君が十歩以内の距離に近づくと、飢えた眼をした男たちの小さな群れはしんと黙り込む。

僕は仲よくしている物乞いのラムに挨拶をする。カストゥルバ病院を出てすぐのところで、腕も脚も動かさずに座っている。どんな額面だろうと紙幣を恵んでやると、彼は深みのある美しい声で、まるで僕に初めて会ったかのように「若いの、君は将来成功まちがいなしだ! 七一年の戦争でジェット戦闘機を飛ばしていた私のようにな」と言い、アメリカ製のF-104でいかにパキスタン軍をぶちのめしたかを延々と話しだす。だから僕はいつも、もう少しよけいに金を恵んでやる。たとえそれがほら話だとしても。

もちろん僕は慈善事業や滅私奉公をするタイプじゃない。ラムは欠かせない存在だったのだ。僕はオールドデリーの流儀を忘れてしまっていた。中産階級になった今、通りに光らせておく眼が必要だった。そういうふうにして世間との接点を保ち、地に足をつけていた。故郷は故郷、自分は自分だ。

「何か情報は？」僕が尋ねると、ラムの狡猾な眼は道路の端から端まで動き、若い主婦が着けているベールの銀色の輝きを見て、ココナッツ売りの自転車の下部でささやく錆と、通行人の顔に射す光のいたずらを見つける。

「ひとつもねえな」と彼は言う。

形だけにしろ、僕はラムを雇ったままにしている。いつか役に立つ日が来るかもしれない。浮浪児たちがラムのまわりに群がってきて、飛行機の真似をし、僕のズボンをつかんで金をせびる。あとで彼らが争うことのないよう、僕はみんなに金をやる。

それから朝食。カフェで羊肉のペイストリー。さあ、家に帰ってもう十八時間の勉強だ。

オールドデリーはニューデリーとはちがう形でリアルに見える。穏やかで、隠されていて、先資本主義的。でもそれは見せかけだけのことだ。デリーがどんな都市かは、尋ねる相手によって変わる。八つの都市であり、それぞれの征服者がそれ以前の征服者の屍の上に築いてきたと言う人もいる。いや、ふたつだと言う人。欧米人が考えるように、金持ちの都市と貧乏人の都市なのだと。いや、ひとつだと言う人。ここではみんなが片方の尻の山ともう片方の尻の山を寄せ合って暮らしている。いや、三千万の都市だと言う者。地下道の住民たちを、政府が認めようとしないビハール飢饉の犠牲者を勘定に入れるのなら。

僕の意見？　僕にとって、デリーはまったく存在しない。金持ち、貧乏人、オールド、ニュー、ムガル人、イギリス人、インド人――ただ金が入ってきて、出ていって、上に建物が建てられ、下に地下鉄が通され、指が切り離され、またくっつくだけの蜃気楼だ。通り、区画、居留地がたまたま隣り合って存在する集合体に過ぎない。

市場。カフェ。チャンドニーくそったれチョーク。若いころにかよった場所じゃない。こういう場所を眼にするようになったのはチャイ屋台を離れたあとのことだ。それ以前の僕に自由時間はなかった。朝起きて寺院、屋台を運び、チャイを淹れ、待たされていることについて、体重について、結婚について、子供について、客が文句を言うのを聞き、家に帰り、眠る。休みの日、祝福された休日には、たぶん学校に行き、犬たちを追いかけ、みじめな気分になる。それが僕の人生だった。

何もかもチャイのせいで。

あれには耐えられない。頭痛と動悸がする。自分の子が黒人とつき合っていると聞いたインド系アメリカ人のように。おかげでこのすばらしいビジネスの同業者たちとの交流も難しくなっている。彼らはチャイしか飲まない。チャイをすすり、吐き出し、できるだけ早く吸い込む。まるでスポーツだ。といっても、彼らと会話するに値する話題はほとんどない。どうしようもない連中だ。でも、試験問題を気前よくリークしてくれるし、ほかにも予想外の情報を提供してくれる。

どの警官を避けるべきか、どの試験会場で不正撲滅キャンペーンをやっているか、とか。そこは地殻の薄い場所のひとつであり、ありとあらゆる熱が地底から噴き出している。

だからときどき、僕もあえて行ってみる。カルカードゥマの裏の入り組んだ地区、チャイ屋が立ち並ぶ路地に。そこに、スキャンダルから逃げている世界じゅうの元教師たちがたむろしている。

東デリー。グーグルマップ上では灰色の染みのように見える。日に焼けた小さな公園があるが、噴水は一九九四年以来涸(か)れている。そこでおこなわれたクリケットの試合が白人の法律に従ったことはないし、この土地を地上から見ても大した光景ではない。

〈ニューヨーク・タイムズ〉やWHOが言うように、東デリーは世界で最も大気が汚染されている場所だ。あまりに汚れているので、彼らの貧相な三桁の測定基準では針が振り切れてしまうし、測定器も壊れてしまう。大気汚染はまだ我慢できる。我慢できないのはスパイスと牛乳を一緒に煮たにおい、僕の幼いころのにおいだ。おかげで鼻をしっかりつまんでいなければ、情報交換も取引もできない。

東デリー。僕が故郷と呼ぶ場所。

僕が一番よく知っている東デリーの男のことを説明しておこう。のちのちそいつを打ち負かすことになるから、というのが唯一の理由だけれど。

その要注意人物の名前はスミット。鮫だ。痩せていて、剃刀(かみそり)のように尖った頬骨、ハングリーな眼つき。起業家。次なる成功者になることを虎視眈々(こしたんたん)と狙っている。インドのどんなチャイ屋台にも、どんな店のバックルームにも、必ずこういう男がいる。

最初に感じるのは香水のにおいだ。暑い場所に長時間放置され、腐ってぐじゅぐじゅに、茶色くなりはじめたグレープフルーツのようなにおい。

「まだウィッグを注文してるのか、ええ？　ラメッシュ」僕が店に入ると、彼はいつものように笑った。

　この日、僕がわざわざここに来たのは、政府の新しい不正受験対策について質問するためと、変化の速い替え玉受験業界の最新情報を仕入れておくためだった。欧米のプロたちは息抜きをしたいと思ったらホテルに泊まる。僕はスミットのところに行く。

「ああ、ラメッシュ？」スミットの取り巻き（チャムチャ）のひとりが言った。彼らはボスと同じように袖の部分をカットしたマッスル・シャツを着て、クレアチンか欧米のサプリか何かがぎっしり入った大きな透明の瓶をいつも眼のまえに置いていた。僕はスミットの自撮り写真を見たことがあった。ヴァイシャリのどこかの家の地下につくられた鏡張りのジムでトレーニングをしている写真だ。そのジムで話題になることといえば、マーベル映画の俳優のトレーニング方法か脱毛サプリメントのことだけだ。スミットのSNSはトレーニング中の自撮り写真と間抜けなフレーズのオンパレードだった。〝計画を立てないことは失敗の計画を立てることだ〟、〝千里の道も一歩から〟。四十を超え、女の子からおっさん呼ばわりされはじめたおっさんが言うようなフレーズだ。

　そして、彼らはみな、あのしょうもない香水のにおいをさせていた。ヘアジェルで縁を固めた巨大な〝めかし込み雲〟のようなにおいを。

　スミットは僕が鼻をくんくんさせていることに気づいた。「パコ・ラバンヌさ。おまえも買うか？」スミットがそう言うと、誰かがどこからともなく瓶を取り出して、彼の手に押しつけた。

僕はあきれて眼をまわした。

「事業は順調か、兄弟（バーイ）？　俺のところで働けよ、ラメッシュ」

「どうして？　何かトラブルがあったのかい？　組織運営の人手が足りないとか？　偽造品の香水じゃ儲けが出ないとか？」

「はは！　ラメッシュ、ラメッシュ、ラメッシュ。相変わらず冗談きついぜ」

スミットはことのほか誇らしげだった。まあ、いつものことだ。自己満足に浸（ひた）っていた。誰に賄賂を贈るべきか、どの副警部補がよけいな質問をしてこないか、貸しのある公務員の誰がシラバスをリークしてくれそうか、どの試験採点者に手まわしできるか、彼は熟知していた。スミットがやっているのは運転免許試験、入学試験、就職面接でのなりすましだ。次はティンダーのプロフィールの偽造を始めるだろう。ロマンスに疎いデリーの男たち、原付（モペット）に乗ったロミオたち、コーヒーショップや通りの市場に集まる、ヘアオイルをつけた女日照りの男たちの群れのために。

スミットは国家試験に落ちた連中をかき集め、自分の手下にしていた。そういう試験では一万人の応募に対し、部署の事務員の座、検札係の座、もしくは下水道清掃人の座はひとつしかなく、そのようにして彼らは僕たちの世界に流れ着く。賢い連中だけど、なにしろ一万人にひとりだからね。それで、今では十八歳の若者たちに代わって、彼らなら寝ていても合格するような試験を受けている。

手下どもはスミットを手本とし、外ヅラばかり気にしている。内面はあとからついてくるといわんばかりに。政府がこの国もいずれ日本のようになりたいと考え、新幹線を造ったように。

電話がかかってくると、スミットは聞こえよがしに「たったの二万？　私はふだん、もっと大きな仕事をやってるんですよ」と答え、取り巻き連中がスミットのやり手ぶりと輸入煙草を讃えて口笛を吹く。

スミットは首をへし折りそうな勢いで僕を侮辱しつづけた。「理解できないな、ラメッシュ。そんなちんけなビジネス、時代遅れにもほどがあるぞ。ツイッターのアカウントくらいは持ってるのか？　俺と仕事すれば、月に五万は余裕で稼げるぞ」

「五万！」下っ端のひとりが言った。

僕はこのひとりよがりな茶番にうんざりしはじめていた。

「五万だって？　はは！　グリーン・パークの客は百三十万払うとさ。その五万とウィッグのジョークは、君のちんぽこのなかにでも大事にしまっておけ」

「俺は権力のあるやつらを、金のあるやつらを知ってる。指をぱちんと鳴らすだけでおまえの人生をぶち壊せるようなやつらさ」スミットはひとまず自分を落ち着かせてから、そう声を張りあげた。マインドフルネス本の闇市コピー版にそうしろと書いてあるのか？

「ケバブ屋だって腐ったマトンのガルーティで僕の人生をぶち壊せるさ、スミット。ケバブ屋なら僕も何千人も知ってる」

「俺は親切にしてやろうと思って言ってるんだ」

「君の親切は求めてない。そっちこそどうなんだ、三万ガンジーで運転免許証を偽造する商売のほうは？　でも、君が楽しんでるのはこういう連中をこき使うことなんだろ？」

下っ端は顔をしかめた。その小さな眼はスミットのカシオを、ジーンズを、サムスンを見ていた。この男は夢を見はじめている。大きなトラブルになる。自分がこんな死にものぐるいの連中に囲まれてるところを想像してみてほしい。なんてひどいビジネスモデルだ。

「おまえのクライアント、去年は何人だった？　ふたりだろ。今年は？　ふたりだ。おまえには野心がない、ラメッシュ。毎年毎年、同じことの繰り返し。いくら稼ごうとおまえは小物のまま。どういうわけか神から授かったその脳みそで、いったい何をなし遂げた？」

「百三十万ガンジーさ。君がやってる配給カードの偽造よりいい稼ぎだろ。さて、スミット」僕はよりプロフェッショナルらしい態度で言った。「今日ここに来たのは、政府が議題にあげている新しいセキュリティチェックのことを聞くためだ。偉大にして強大なる知識次官補佐さま、それについてわたくしめにお教えくださいさい」

「政府の言うことを真に受けるのはおまえのような馬鹿だけだ、兄弟（バーイ）。セキュリティチェック？　やつらがそんなことを気にするほど暇だと思うのか？」

僕たちはもう少し侮辱合戦を繰り広げて、情報を、取引を引き出そうとした。それが僕たちの唯一のコミュニケーション方法だった。

僕たちのような男は何十万人もいる。のんきな若者、打ちひしがれた老人、成功を目論み、駆け引きし、ナイフを使い、隙あらばだまそうとする。そんな男たちが東デリーに一万軒あるチャイ屋の一軒一軒に集まっていた。

若いスミットは愚かだった。何百人ものクライアントを抱えるのがデキる男だと思っていた。ギャングやチンピラと関わるのが賢い手だと思っていた。僕はそんな馬鹿じゃなかった。クライアントが増えれば、それだけトラブルも増える。若くハングリーな取り巻きを増やせば、それだけトラブルも増える。僕はひとりでやっていたし、仕事の質も高かった。そして、そんな自分に満足していた。

なぜデリーに住みつづけているのかは自分でもわからなかった。僕はデリーについて文句を言うことに全生涯を費やしてきた。ビッチな暑さ、ビッチな汗、ビッチな渋滞。文句を言うだけで何もしようとしなかった。少なくともそれを変えてくれたことについては、ルディに感謝するべきなんだろう。

デリーはサフランじゃない。デリーはスパイスじゃない。デリーは汗だ。

食う。働く。退屈したら文句を言う。それはルディ以前の、大金を手にする以前の、まだ指が全部あったときの、三千キロ圏内のあらゆる主婦と主夫に憎まれていなかったときの僕だ。

試験当日まで勉強した。あのガキのために血を流した。勉強しまくった。インドの親たちにも負けないくらい。彼らはみな、〝一九七〇年代、我々は死ぬ気で勉強した〟と主張する。テレビがまだひとつのチャンネルしかなく、学校まで毎日五時間、地雷と変態（ペド）を避けながら、歩いてかよわなければならなかった時代、キレやすい世代（スノーフレーク）やミレニアル世代がワッツアップのグループチャットに群がるどころか、そんなものを夢想すらしなかった時代の話だ。

毎日、僕は外の屋台で買ったジャンクフードを食べた。ひよこ豆（チャナ）、ベルプリ、ゴルガッパ。体重は少しも増えなかった。政治、地下鉄の延伸、渋滞、ビハールから来た物乞いたち、試験問題、それからもちろん大気汚染について、カフェで議論した。ほかにどんな話題がある？　クリケットでさえ、これほど話題になることはない。僕はウィッグのこと、キザなこと、軟弱で色白で甘やかされたクライアントたちのことをからかわれた。

僕は月と星と運命について歌った映画の主題歌を聴き、夜はアリババで千五百ルピーのリーバイスの偽物を買った。小さいころに穿いていたポリエステル製の安物にも、イギリスやスペインの甘やかされたガキがもう着なくなったＦＣバルセロナのシャツにもうんざりだった。僕の服はどれも重慶の工場、それもまったく同じ工場でつくられたものだと保証がついていた。

そして、いよいよ試験を受け、僕の人生は根底からひっくり返った。

RAHUL RAINA

3

またあのガキに会った。前回の打ち合わせから一週間後、もう少し細かいところを詰めるために。と思ったら、両親に詰め寄られた。どうやら彼らは考え直したようだった。

「あのだな……」ミスター・サクセナの言葉はすぐに尻すぼみになったが、ひげのないあごを撫でることで、それが哀れな沈黙ではなく、賢明な沈黙であるかのように見せようとしていた。

「ヴィシャール、しっかりして」奥さんが言った。彼女が動くと、薔薇(ばら)とジャスミンの高価な香水のにおいが漂ってきた。彼女は腕を組み、夫が社会的に定められた義務を果たし、僕に食ってかかるのを待った。

夫の唇はハリウッドの整形外科医の唇のようにでっぷりしていた。眼は狡猾そうで、赤く、僕の父さんのようだったが、黄ばんではいなかった。「そうだな、ええと、ルドラ……ルディ、そうだ、すまない。ルディがな、金を払うだけの価値が君にあるのかどうかと言っていてな。我々が金を払うのは……そうだ、うん、そうだ、ダーリン、私はだな——」

僕はそこで話をやめさせた。

「サーｒｒｒ」僕はできるだけ愛想よく、言葉を転がすようにして、ｒの部分をかなり巻き舌にして言った。「サー、私を雇ったとき、あなたはご自分が何をしているのかわかっていました。

あなたは趣味のいい、良識のある方です」彼は戦後のパキスタンのように完全に武装解除された。「あなたのことはシャルマ夫妻から聞きました。覚えてますか？　あそこのご子息は今ニューヨークにいます。私のおかげで」

ヴィシャール・サクセナの決意は崩れた。マンハッタンの夢が彼の眼にあふれた。ホットドッグ、タイムズスクウェア、投資家ゴードン・ゲッコー、強化おっぱいと再建処女膜を持つ女たち。奥さんがぶつぶつ言いはじめた。

「私は自分が何をやっているか心得ています」僕は続けた。「私は自分に対して厳しい人間です。あなたのご両親があなたに対してそうであったように。それがどんな成果をもたらしましたか？この美しい家。チャーミングな奥さん。私のメソッドの効果は証明されていますし、いただくのは正当な対価です」

もっと続けてもよかった。この家のインテリアの趣味を褒め讃えることもできた。コーヒーテーブルに置かれた画集や写真集。壁に飾られた中世の寺院の彫刻。ふたりともよく勉強してきたにちがいない。我々の子供たちがいかに軟弱になり、中国人にかなわないか。このふたりは這ってでも学校にかよっていたのだろう。まちがいない。何日も何日も、手足が切り株のようになるまで。どれだけ情け容赦なくぶたれても音をあげなかった。近ごろの子供たちはちがう。でも、そこまで言う必要はなかった。

夫はしぼみ、妻は震えていた。大雨のまえの雷鳴。あの顔、僕のよく知っている顔。〝あなた、ヒュンダイなんて買ったの？　お義母さまはいつまでいらっしゃるの？　今年はボーナスが出ないですって？〟の顔。

「ふざけるんじゃないわよ、ヴィシャール」夫人は言った。

「ナミータ、この人はとても費用対効果が高いと――」

「ルディの意見は――」

　ふたりは言い争いを始めた。キャリアとこれまでの人生の決断について。あなた、あのとき浮気したじゃない。よくもそんなことができたわね、ヴィシャール？　頼むよ、ナミータ、一度だけじゃないか。君はずっと――

　僕は子供部屋に滑り込んだ。

「ああ、あんちゃんか」ルディは言った。風呂に入っていないらしく、肌は脂でくすんでいた。

「もうクビになった？」

「そう急ぐな、おデブちゃん」僕は言った。

　ルディはごくりと唾を呑んだ。

　彼の眼はどんよりとしていて、まばたきが多かった。僕たちインド人はインターネット上で一番スケベな人間だ。どんな動画のコメント欄を見てもわかる。僕たちは女に群がり、こっちを見てくれと懇願する。十六世紀のフレスコ画に描かれた妖精（ニンフ）にすら電話番号を訊きかねない。ただ愛情に飢えているだけなのかもしれない。僕はルディに対してネガティブになりすぎているだけなのかもしれない。僕にしては珍しく、もないけれど。

　でももしかしたら、ひょっとしたらだけど、僕たちは女たちの準備万端の子宮に精子を送り込むことを切実に必要としていて、自分でもそう自覚しているのかもしれない。そうすれば中国人より早く繁殖し、数で押し切れるかもしれないから。情けないことに、ほかに勝つ手段はない。

そしてここに、無気力な少年が自分の愛国汁をティッシュとトイレに発射している。吐き気がする。

「はっきりさせておくよ、ルディ」僕は言った。これから数年間、この言葉を何度言うことになるか、このときはわかっていなかった。「僕は今度の試験を受けるし、君の両親はすでに合意ずみの金額を支払う。わかったか？　もう文句はやめろ」

僕の両親、祖父母、遡ること第一世代にいたるまでの全員が――スパイやギリシア人だった先祖はちがうかもしれないけど――みんな従順で、温厚だった。それでたどり着いた場所はいったいどこだったか。僕には教育があり、まあ、そこそこあり、それを使うつもりでいた。

「なあ、悪かったよ」数秒の沈黙のあと、ルディは言った。が、僕と眼を合わせようとはしなかった。これだから最近のガキは。「ただ、俺にくそを投げつけるのをやめてほしかっただけだ」

「試験を受けるのは僕だ」

「うん、まあ、そうだな」ルディは言い、自分の幼少期のこと、ADHDや学校でのいじめのこと、両親の自己愛のことなどをつけ加えた。確かにどれもとても悲しいことにはちがいない。僕の望みは約束した金と、もう何本かのジーンズだけだった。それから、いつか妻を娶りたいというくらいだ。

僕はルディと和解し、〝オランダ病〟と〝市場の失敗〟に関して彼の先生が書き込んでいたメモのことでいくつか質問に答えてくれたら、もう二度と君に会うことはないと言った。

そうして、最初の試験の日がやってきた。火葬用の薪山より暑く、列車の三等コンパートメントよりも蒸す。例によって、地獄の業火がすべてデリーに注いだかのような日だった。

試験に向かう途中、選挙ポスターが永久に貼られたままになっているレンガ造りの家々のまえを通り過ぎた。今年は選挙が一回あるだけだが、その投票期間は何週間にもおよぶ。公園で、カップルたちのそばを通り過ぎた。彼らはジャケットの下に隠れて、欧米の映画で見た奇妙なディープキス、汚い（ダーティ）キス、フレンチキスを試みていた。

会場の建物は六〇年代の見苦しい社会主義者の施設だった。農学者のノーマン・ボーローグが人々を飢饉から救い、僕らにまだ五ヵ年計画があった時代の建物だ。まわりにいたのは汗だくの怯えたインドの若者ばかりで、みんな僕よりもいくつか歳下で、その眼には失敗の夢、成功の夢、もっと大事にしてほしかったと記した家族宛ての遺書の夢が浮かんでいた。でも同時に、想像を絶する富の夢、異国の地の夢も見えた。その異国では一年じゅう雨が降り、誰もが茹で野菜を食べ、君が家族に電話をかける頻度は徐々に減っていき、しまいにはすっかり忘れてしまう。

入口では何も検査されなかった。スミットが言っていたとおりだ。わざわざあいつに侮辱されに行く必要はなかったわけだ。警備員や職員はみんなそっぽを向いて携帯でフェイスブックをひらき、学校時代に自分をいじめていた少年たちに対するストーカー行為を続けていた。細工した受験票も、僕と同じような顔をしたルドラクシュ・サクセナという少年のことも、誰も気にしなかった。彼らの人生に今以上の複雑さは必要ないのだ。

自分が初めて全国共通試験を受けたときのことを思い出した。

初めてのときは恐ろしかった。

今？　今は退屈だ。

試験はつつがなく始まった。

まわりの子たちはべそをかき、洟をすすっていた。詰め込み教育と親に吹き込まれた不幸話の犠牲者たち。すべての夢は破れ、数年間の猛勉強が無に帰す。

僕にあったのは一ヵ月だけだった。

そのあいだにどれだけのことをなし遂げたか。

ルディは経済学の進路を希望していたので、僕の頭は今年の出題範囲の方程式、グラフ、曲線、微積分、需要関数でいっぱいになっていた。子供を三人乗せている一家のバイクよりもぎゅうぎゅう詰めだ。

準備の初日、僕はミクロ経済学を自分の手先にした。二日目、家計の海をまっぷたつに割った。六日目にはブラック・ショールズ方程式を僕のために踊らせ、金利カーブをおちょくっていた。

最初に受けたのは数学の試験だった。時間は九十分で、解答は選択式。まわりの子たちは自分がオワったことを悟り、むせび、すすり泣いていた。僕はほとんど注意を払わなかった。あのガキの未来は決まったも同然だ。僕は報酬を得るだろう。

それから別の試験。次の日も、そのまた次の日も。アメリカには貧弱な大学進学適性試験（SAT）があり、すべてが一日で終わる。インドのやり方がベストだ。五日かけて五つの試験。人生は容赦ない恐怖のパレードだと子供たちに教える。

最後に控えていた経済学の試験を終えた。こうして新しい一年の、新しいクライアントのための全国共通試験は終わった。ひと月後、サクセナ家は試験の総合結果を受け取る。心配なし、問題なし。

自分がそんなにうまくやったという実感すらなかった。千位に入るのはまちがいないだろう。スミットだったら、自分に注目を集めないようにわざと手を抜いたとうそぶくところだ。昔のあいつだったら。でも、大ぼらを吹き、しょうもないことばかり言っていたせいで、ぼこぼこにぶちのめされた。

最後に会場を出て、まわりの子たちの顔を眺めた。床に倒れている子、柱に抱きついている子、列車事故のあとの親族のような顔。そういったことについて、僕はあまり深く考えなかった。結果発表まで一ヵ月。金が入るまで一ヵ月。次の仕事までのらくらやっていけるようになるまで、あと一ヵ月。

僕の人生が変わった日も、これまでの毎日と同じように始まった。いつもと同じように平静を保ち、自分を落ち着かせていた。かたやスミットはワッツアップ上でウィッグのジョークを連発していた。けど、僕にはあいつの苦悩がわかった。スミットは同時に十五人の生徒から依頼を受け、いつもの連中に替え玉を外注していた。麻薬中毒のガキやドロップアウトしたガキ、もしくは家、貧困、年季奴隷契約、性的虐待から逃げてきたガキたち。そんな彼らにとって唯一の安定した仕事は、スミットのために受験詐欺を働くことだった。スミットはあまりに多くのチャンスに飛びつき、あまりに多くの仕事を請（う）けていた。政治家の子供やギャングの子供のために働き、できもしない約束をしていた。手下のひとりでも悪い結果を出せば、あのくそ野郎（カミーナ）の世界はくそまみれになる。

結果は午後十二時過ぎにサクセナ家にメールで送られることになっていた。そしたら一家は僕に電話をかけ、それから、はるかに重要なこととして、僕に金を振り込む。

　正午になり、正午が過ぎた。電話はなし。何もなし。

　僕は手持無沙汰のときにいつもするように、外で食事をした。行きつけの店、ターメリックと漂白剤のにおいがする南インド料理屋。

　結果はもう出ているはずだった。まわりの席の家族連れが子供たちの首に花輪をかけ、ドーサを口いっぱいに頰張って祝っていたから。サクセナ家は何をやっている？　しらばっくれるつもりか？

　レストランは子供たちでいっぱいだった。みんなこの数ヵ月、パパとママに向かって泣きわめいてきたにちがいなかった。「絶対にひどい結果だよ、わかってるんだ、僕は悪い息子だ、さっさと殺してくれ、来世ではもっとうまくやるから！」とかなんとか。やれやれ、勘弁してくれ。それが今じゃ安堵（あんど）の涙を流している。家族同士で会話をせずにすむよう、店の隅でテレビが大音量で流れている。この国のレストランの経営者は客のことを知り尽くしている。

　僕のクライアント、僕が担当した子にそういう悩みはなかった。心配なし、痛みもなし。彼らは自分たちは大丈夫だとわかっていたし、それは両親も同じだった。なぜかって、僕は最高のコンサルタントだから。万一失敗したとしても、タコ殴りにされて返金を要求されるだけだ。クライアントはそのほうが興奮するだろう。自分のことを腹まわりが急速にふくらみつつある情けない公認会計士ではなく、絶対に泣き寝入りしない百戦錬磨のやり手だと思えるから。

　金持ちの子供なら、いつでも再試験を受けられる。一年間実家で暮らし、親のゴルフ仲間が手配してくれた、形ばかりのインターンシップに参加すればいい。今この瞬間にすべてを必要としているのは貧乏人だ。腹のへこんだ七人の子供たちは一刻も早く実家を出なきゃならない。

ある子供は泣いていて、明日の朝になったらお参りに行こうと家族で話し合っていた。毎年、共通試験の前後には参拝者の数が百倍になる。祈りまた祈り、ギーや腐ったミルクの供物。僕は宗教ビジネスの道に進むべきだったかもしれない。だって、貧乏な僧侶なんて見たことある？聖職者なんてのは、読み書きのできない弟子をファックして、その隠し撮り動画をポルノサイトにせっせとアップしてるだけだ。まあ、そういうのは僕は見ないけど。ほんとうに。

人生が変わったまさにその瞬間、僕はレストランでチャトマサラを混ぜたレモネード（ニンブパニ）を危険なスピードで喉に流し込みながら、じりじりと待っていた。

頭にきていた。百三十万ルピー受け取るはずだぞ！

富、名声、財産！　ジーンズ！

でも、なんの知らせもなかった。

だんだんまじでむかついてきた。〝グリーン・パークに突撃して、慈善家の在外インド人（NRI）の家を焼き払ってやる〟くらいの怒り、インド東部諸州の毛沢東主義過激派たちと同じくらいの怒りだった。そのときだ。店の隅、テレビ画面上にあれが見えたのは。

画面にあの小僧が、ルディが映っていた。人造唇のヴィシャールが。伝統的なサリー姿のナミータが。母親は部屋着を脱ぎ捨て、ナマステを振りまき、地元の有力者（ネータ）たちの欲望丸出しの抱擁を受け流していた。

僕は音量をあげてくれと店主に呼ばわった。

何が起きているか理解するのに時間はかからなかった。一家は自宅アパートの外にいた。国じゅうの全テレビ局が場所の奪い合いをし、ケーブルが四方八方に蛇のように這っていた。魅力的なレポーターたちがルディに詰め寄り、汗だくの男たちが落ち着けと叫んでいた。近所の母親たちがそばに立ち、娘を嫁がせたがっていた。

「これからどうされるおつもりですか、ルディ？」

「ビル・ゲイツからオファーがあったという噂はほんとうですか？」

「この奇跡のような偉業をどうやってなし遂げたんですか？」

あのくそガキは一位だった。

僕は一位だった。

信じられない。

全国のトップ。

いやまあ、トップじゃない。実際には二位だった。でも一位はイクバルなんとかというやつで、そいつは当然ながらカウントされなかった。ムスリムに向けられるカメラはない。

ヒンドゥー教徒としては一位だった。

おいおい、どうなってる。

どうしてだ？

何度も受験していると、自然と上達するものだ。毎年、問題はほとんど変わらないから。

それに僕はとんでもなく頭がいい。

テレビ越しでも、ルディの眼が生への新しい欲望に満ちているのがわかった。汗くさい寝室で葉っぱをすぱすぱやる夢じゃない。女、金、ＳＵＶ、それが今のルディの望みだった。世界じゅうを食らい尽くしてやろうと思っているのが伝わってきた。ルディの人生はすでに百八十度変わっていた。くそったれ全国共通試験のトップ。望まないのなら、一日たりとも仕事をする必要はない。残りの人生をのらりくらりと生き、最高級クラブの会員になり、首相の息子よりいい地位に就くことはもちろん、首相夫人よりいい地位に就くことだってできる。そのクラブは秘密のコネと秘密の握手で隠されたヤリ部屋兼クラブハウスで、ゴルフコース・ロードにあり、そこには富が、想像を絶するほどの富がある。

今のルディならクイズの問題にだってなる。

一九七四年の全国共通試験でトップになったのは誰？　全国共通試験でトップになり、フェイスブック社のＣＥＯを務めたのは？　同じく共通試験トップで、このボリウッド女優と結婚して彼女を毎晩ファックしているのは？

携帯を確かめた。スミットからの連絡はなかった。いつものスミットならこの日は優越感に浸り、自分が〝家庭教師〟をした子たちと一緒に写った自撮りをインスタにアップしたり、その子たちにラドゥを奢ったり、花束を渡したりと忙しく過ごしている。今日は何もなかった。宦官（かんがん）のパンツの中身よりも空っぽだった。何かはらわたの煮えくり返ることがあったにちがいない。

「みんなに飲み物をおごりだ」僕は叫んだ。小さな部屋に二十人ほどが残っていた。不機嫌な顔つきの家族連れ、携帯で白人娘の腰振り動画を見て舌打ちしている老人が数人。僕は別に破産願望があるわけじゃなかった。これから手にする金があれば、破産なんてするはずがない。

ルディは大金持ちへの切符だった。

とんでもない大金持ちになるぞ。あいつのタマを握っているのは僕だ。

4

ここらで少し話題を変えよう。

こいつはどうやってあそこからここまで成りあがったのかと、君は不思議に思っていることだろう。チャイ売りの息子で、いつも殴られていたはずの奴隷少年が、どうやったらこんなに魅力的でウィットに富んだ都会的なやり手になれるのか？　今じゃこいつは地下鉄に乗り、銀行のカードを持ち、個人事業を営み、税金を納め、フリーの教育コンサルタントをやっている。いったいどうして？　こんな浮浪児がどうやって英語を覚えた？

そろそろシスター・クレアの話をしようか。彼女が僕を救った話を。

当時は何歳だったっけ？　このくそったれな思い出話はあまりしないようにしているけど、ここはひとつはっきりさせておこう。

十一歳だった。僕たちの屋台にトラブルが起きていた。一月のある晩遅く、不凍液から悪魔の飲み物を蒸留する酒屋から、父さんがふらふらと帰ってきた。

いつもより多く血を流し、両眼にあざをつくっていたが、火鉢の炭が切れていると僕を叱るときはいつもどおりの回数を蹴ったので、それなりに元気だった。

次の日、父さんは早い時間に無言でどこかに消え、そんなわけで仕事は休みになった。何か問題が起きているのはまちがいなかった。僕は近所の子供たちと一緒に〝泡を吹いてる狂犬病の野良犬追いかけっこ〟をして遊んだ。悲しいことにｉＰｈｏｎｅ世代はやらなくなってしまったが、これはインドで人気の娯楽だった。しばらくすると父さんはひょっこり帰ってきて、これからは朝もっと早起きしなきゃならないと言った。説明はなし。

なぜそうなったのかはわかった。

まちがった女性にまちがった視線を送ってしまったのだ。というのも、父さんは見すぎなのだ。一番悪い癖は、ひとつのものをじっと見るのではなく、あらゆるものを見るということだった。腕時計、服、新しい人々、ウエストライン、成功するための方法、ここを出るための方法。

それだけの好奇心があって、どうしてチャイ屋台以外の人生を築けなかったのか？　たぶんまわりを見まわして、どこにも逃げ場がないことに気づいたんだろう。記憶を遡れるだけ遡った最初の日から、僕たちの生活は何ひとつ変わっていなかった。

僕たちにとってはどうやらいつもそうであったように、わずかな軌道修正はたっぷりの暴力とともにやってきた。それからほんの数日後の真夜中、家の玄関ドアが勢いよくあけられた。それは別におかしなことじゃない。父さんの飲み友達が訪ねてくることもあったし、借金取りや懇意にしているノミ屋が来ることもあったから。

父さんはすぐに眼を覚ました。

「おまえか、俺の女に手を出したのは」侵入してきた男が言った。男は不安定な姿勢で、手にナイフを持っていた。短く、鋭いナイフを。

父さんは黙ったままだった。黙っているのがいつだって一番だ。

「俺の妻だぞ」男は言った。背が高く、筋肉質で、ナイフを持っている。「俺の妻だ。殺してやる。このくそ野郎(ハラムザダ)」

父さんの女たちはみんな同じに見えた。まるでみんなでひとりの人間みたいに。女たちは父さんのところにやってきて、父さんは彼女らにキスをした。ひとつの頬に一回ずつ。「こっちのほっぺはコーヒー。反対のほっぺはチョコレート。そのあとは、砂糖がどこにあるか一緒に探そう」それが父さんがいつも最初に言う台詞で、僕にどこかに行っていろという合図だった。

「俺が誰だか知ってるか?」男は言った。「どうなんだ?」父さんは黙ったままだった。男は笑った。「おまえを殺す男だ」

父さんはすばやく考えた。僕を見て、自分にできることを瞬時に見て取った。こういうところはさすがだ。

「息子が見ているまえで? たったひとりの息子のまえで?」父さんの声はいつもとはまったく別人のように聞こえた。〝息子〟という言葉にありったけの感情がこもっていた。眼をつぶって聞いていたら、誰の声かわからなかっただろう。

父さんは立ちあがり、僕をつかむと、自分の正面に持っていった。背の高い男は僕を見おろした。父さんは僕をうしろから思いきりつねった。何をやればいいかはわかっていた。芝居は簡単だった。僕はわんわん泣きだし、両手を合わせて言った。「パパを殺さないでください、お願いします」

父さんは前方にじりじりと進み、男のほうに僕を押した。僕は泣きつづけ、効果を狙ってよだれまで垂らした。

「ひとり息子なんだ。俺にはもうこいつしかいないんだ」父さんはそう言いつづけ、僕の肩に爪を立てた。

突然、背後から押される感覚があった。僕はまえのめりに倒れ、膝をついた。男は完全に混乱して僕を見ると、僕を起こそうと手を伸ばした。そのとき、父さんが飛びかかった。

父さんは男を殴った。一発、二発、腎臓、腹。そして、ナイフを階段の暗がりのほうに蹴飛ばすと、男が声をたてないよう、手で口をふさいだ。僕も巻き添えを食らって多少頭を殴られたけど、気にしなかった。むしろ誇らしかった。僕は自分の務めを果たした。父さんを助けた。僕たちの関係は変わりつつあるのかもしれない、見どころがある息子と思ってくれてるのかもしれない、もしかしたら……

父さんは振り向くと、それまでに見たことのない特大の笑顔で言った。その言葉からは喜びが滴っていた。「第一のルールを覚えておけ。殴るときは相手が二度と立ちあがれなくなるまで殴れ」

もう一発。実に楽しそうだった。男が起きあがり、反撃を始めるまでは。

父さんは戦った。肋骨が折れ、片眼にあざができた。キスで治せるくらいのあざだ。だから死にはしなかった。

で、肝心の女はどうなったのか？　僕はいつもそのことを考えた。父さんはそれだけですんだけれど、彼女はどうなった？　殴られた？　もっとひどいことになった？　その女はまちがった男と関わってしまったのだ。嘘つきで、泥棒で、いんちきな男と。そのせいで、たぶん痛い目に遭った。

父さんは痛めつけられたあとも脅迫を受けつづけた。それで、もっと健全な土地で商売を続けることにした。新しい環境へ、僕たち一族が夢にも思わなかった地平へ。つまり、バングラサヒブ・ロードから三キロ離れた地点に。三キロ！　父さんにとってはあまりに長い距離だ。若い世代がその重荷を負わなければならないのは明らかで、その日から屋台漕ぎは僕の仕事になった。くそったれ（ボースディケ）。

このときを境に、僕の脚は朝も夜も痛みを訴えるようになったけれど、屋台を引っ越した日から生活は一変した。ひとつには、僕らはニューデリーにいた。活気に満ちたニューデリーに。世界で最も偉大な民主主義の中心地、ニューデリーに。オールドデリーの旧時代的、蛇使い的ナンセンスは影も形もなく、今にも人を殺しそうな運転手、自ら進んで腐敗していく警察、息苦しく、肺を詰まらせる大気汚染があるだけだった。

こうして僕らは二十一世紀の人間に囲まれるようになった。オールドデリーにあった陰からの視線、秘密の陰謀、砒素（ひそ）中毒、宝石をちりばめた短剣を背中に突きつけられるようなことはなかった。ここは現代世界だった。

僕たちが一緒にカシミール・ゲートに戻ることは二度となかった。あとになって僕がそこをよく通るようになったのはそれが理由だろう。成功がやってきたあと、自分は父さんが感じたのと同じ恐怖を感じずにいられるのだと証明するために。これは非常に愚かな態度だ、友よ。絶対に真似しちゃいけない。恐怖心があるからこそ、君は死んだり、指を失ったりせずにすむ。

結局のところ、僕はこの現代世界で指を失い、ひと握りの大大金持ちになった。そのどこかに教訓があるはずだ。

ニューデリーの空気はガソリンと灯油と圧縮天然ガスのにおいがした。自動車、バス、ぴかぴかに磨かれた外車の煙。オールドデリーのにおいもあった。火鉢の炭、腐った水、診断を受けていない精神疾患のにおい。けど、そういったにおいは建設工事の砂埃やタール舗装されたばかりの道路、市に雇われた庭師が芝生のへりに撒く除草剤のにおいの下に隠れていた。

僕たちは公衆便所のそばの道路脇に屋台をかまえた。チャトやサモサを売る人たちの列の近くに。ほら！ ここは食べ、飲み、排泄するための場所だ。まるで大自然が創り出したかのような。計画の申請や場所取りの権利などというナンセンスとは無縁の。僕たちの屋台は生育不全の小さな木とベンチのあいだに根を生やした。背後に壁があり、その向こうには何かの計画を立てる省庁だか政府の事務所だかがあり、そこから定期的に労働者、腰巾着（こしぎんちゃく）、賄賂でよりよい人生への道を切りひらいたばかりの中小企業経営者たちが吐き出され、その全員が僕たちの屋台に押し寄せた。

でも、一番覚えているのはあの騒音だ。騒音、どこもかしこも。けたたましい車のクラクション、泣き叫ぶ子供たち、顔を隠したオートバイ乗り、痰を吐く運転手、怒っているのか、それとも喜んでいるのか、大声で取引を交わすビジネスマンたち。みすぼらしい乳母につき添われて学校に行く女の子たち、イケてない十代の男の子を笑う声、あらゆる種類の白人、バックパッカー、外交官、地面にひれ伏す修行者（サドゥー）、背筋の伸びたシク教徒。そして修道女。

屋台を引っ越してからひと月後、彼女と出会った。

やさしい眼をした女性だった。母親か姉を思わせる眼。といっても、それは僕の想像の話だけど。その視線はエアコンの効いた店の外の熱気のように君を打つ。彼女はほぼ完璧なヒンディー語を話したが、どこか異国の地の話し方のように、かすかに奇妙な感じがあった。

あとになって本人の口から聞いたところによると、彼女は二十歳のとき、若い男と一緒に母国フランスを離れた。その男は脂ぎっていて、信用できないタイプで、自分の声の響きが好きだった。フランスの男はみんなそうらしい。で、結局彼女を捨てて逃げた。風呂に入らないヒッピーたちのいるゴアと、カシミールのあいだでドラッグを運ぶために。それからまちがいなく、貞淑で無垢なインドの女たちの尻を追いまわすために。彼女はデリーに残り、迷い、混乱し、語学学校で英語を教える仕事を見つけ、信仰を見出し、セイクリッドハート女子修道学校に入った。

修道女のなかにはヨーロッパに戻っても居場所がなく、この地に一生を捧げる者もいた。白い肌の下に褐色の魂を持つ女たち。かたや数年間だけ滞在し、欧米に戻っていく者たち。彼女たちはこの国のことをもっとよく知ろうとしていた。ただ生水を飲めず、映画を観ようと思ったら百キロも移動しなければならない国という以上のことを知りたがっていた。

修道女たちは弟子にキリストのまことの道を教える。毎朝のミサ、錆と腐食にあえぐオルガンに合わせて歌う聖歌、スタッカートで朗読する聖書。ただし、うちの子をキリスト教に改宗するなと親から訴えられないくらいの頻度で。

発声練習、行儀作法、英語、フランス語、音楽。女生徒たちは大学に行き、五年間の就職、結婚、出産、テニス教室、豪華クルーズ、死。

「この子は学校に行くべきです」それが僕について彼女が最初に言った言葉だった。白人の女がこの国の言葉を話すだと？　父さんは英語で「お茶？（ティー）」と応じた。父さんはこのごろ語彙を増やし、ツアー客に向かってこの言葉を叫んだり、〝ホームラン（シックス）〟〝バウンダリー〟〝絶好打（ジョリー・グッドショット）〟といったクリケット用語を使ったりするようになっていた。

　ニューデリーに流れ着いたときから父さんの語彙は拡大を続けていた。僕たちはもう、ありのままの自分ではいられなくなっていた。今の僕らにとっての客は携帯電話ユーザー、地下鉄利用者、エグゼクティブだった。適応しなきゃならなかった。父さんは新しいスキルを身につけた。私物のなかに英語のフレーズ集があった。そして、すぐに英語のフレーズを会話にちりばめるようになった。少なくともチャイは倍の値段で売れるようになっていた。

「チャイを」彼女は答えて言った。ヒンディー語で。父さんはどうしたらいいかわからなかった。

　その訛りを聞いて、僕はすぐにぴんときた。当時からすでに、人生を変えるチャンスに眼を光らせていたからだ。これは何かちがう、何か新しい、日常からかけ離れたものだった。僕は注意して観察した。

　彼女はまるで僕がそこにいることを最初から知っていたかのように、屋台の裏の僕を見ていた。スパイスを叩く僕を。

　修道女だ。白人、たぶん五十歳くらい、頭巾の下から白い髪の束がいくつか覗いていた。ローブは濃い灰色で、首に十字架をさげていた。

　彼女はしばらく僕を見つめ、僕の動きを見てうなずいた。まるで昔からの知り合いのように。

　そしてあの運命の言葉を、僕の人生を変える言葉を繰り返した。この子は学校に行くべきです。

　父さんはどう答えていいかわからなかった。失せろと言うべきなのか、笑い飛ばすべきなのか、それとも、イカれ女呼ばわりしてまわりの連中を煽るべきなのか、もしくは「これだから白人(ゴラ)ってやつは」と言うべきか。彼女は白人だった。修道女だった。父さんは聖職者に対してはちょっとちがう接し方をしていた。だからインド人は交易を約束してくれるいろんな肌の色の征服者たちだけでなく、導師(グル)、聖職者、救世主といったものの絶好のカモになる。

「ロマンス・チャイはいかがですか、マァム。恋愛がうまくいくように」

チャイを飲んでいた客たちが笑った。

柔らかだったクレアの眼つきが一瞬のうちに硬くなった。「この子は学校に行かせるべきです。歳はいくつですか？　十歳？　読み書きはできますか？」

父さんは何もわからず、ただうなずいた。僕の教育の程度については何も知らなかったから、インドと中国の友好協定よりうさんくさい返事になった。

「わたしから教育省に電話しましょうか？　知ってのとおり、児童労働を禁じる法律があります」クレアはガウンの襟を直しながら言った。父さんは彼女のまえで落ち着かなげにしていた。

子供のころ、自分が殴られたり罵倒されたりしたことは覚えてるけど、父さんが恥をかかされたことは？　一番よく覚えてる。

父さんは次に、この白人女性におとなしく服従し、意気地なくひれ伏すことにした。そうやってひとまず厄介払いしておいて、必要なら次の日には屋台の場所を変えようという肚(はら)だ。すぐにあきらめそうにないことは、彼女の眼を見ればわかった。貧乏人なら誰しもそうであるように、父さんはトラブルが近づくと胃がきりきりするレーダーを持っていた。

父さんは嘘をつき、息子は毎日学校にかよっていると言った。もちろん今日は行ってないが、そういうことはめったにないんだ。ま、あんたに言っても始まらないな。ともかく、ちょっとどいてくれないか。客の邪魔になってる。貧乏人は食い扶持を稼がなきゃならないんだ。クレアは父さんを信じなかった。彼女はふたたび僕を見おろし、うなずいた。僕はどうしていいかわからず、うなずき返した。

ここで強調しておきたいのは、僕はまったくの無学だったわけじゃないということだ。字は読めた。文字を知っていた。どうにかこうにか二年間は学校にかよっていた。二年間というのは、父さんから怒りの平手打ちを受け、目障りにならない場所にいなきゃいけなかったときや、欧米の慈善事業に影響された近所の女たちに無理やり連れていかれたときの、慌ただしい午前と午後をひっくるめた時間だけれど。デリーでは、どこかの家族の問題はほかのあらゆる家族の問題であり、誰かの家というのは誰でも通れる路地裏のようなものなのだ。知らないおばさんに野菜市場や床屋に連れていかれることもあるし、別のおばさんに視力検査に連れていかれることもある。そして、帰ってくると父親がへべれけに酔って床の上に倒れていて、いったい何があったのかと不思議に思うことになる。

父さんは有名だった。女たちはいつも父さんを、それから僕を、まっとうな人間にしようとした。僕が同じ道をたどることを恐れたからだ。それなりに効果はあったんだろう。僕は道徳的で、正直で、これは再三言っておかなきゃならないけど、愚かにも税金を納める人間になったから。ソーシャルワーカー、恋人、教師、遠い親戚、ときにそれらすべてが混じったものが、父さんと僕をヒンドゥー教の聖典、ヴェーダの教えに従わせようとしては失敗した。もし僕がチャイ屋台から離れる時間を多少持てたとして、だからなんだっていうんだ？

僕はもちろんフルタイムで――要するに欧米式の九時から三時まで――学校に行っていたわけじゃなかった。だから全校集会、昼食、友達グループ同士の毒のある確執といったものには無縁だった。教師は全員を出席として記録し、生徒を野放しにした。学校のお偉いさんは最愛の識字率目標を達成し、中央政府から報奨金と花飾りのセレモニーを受け、ひいては我らが教育大臣が国連でスタンディングオベーションを受け、大臣の顔が《タイム》誌の表紙を飾る。

僕は学校にあった漫画本でヒンディー語を学んだ。〝インドは複数の宗教が入り乱れる多元的な民主国家である〟というたわ言（バクワス）の信奉者が生み落とした、いろんな宗教のいろんな神々が登場する漫画だ。その根底には、〝みんなで力を合わせて〟という、今じゃ色褪せた風潮がある。この本は教室の後方に保管されていて、天井の塗料が天からの祝福（アシルヴァド）のようにその上に降り積もっていた。ほかのみんなが外で泥まみれになる休み時間のあいだ、僕は校内で物語を貪っていた。僕にとって、学校というのは屋内にいるチャンスであり、暑さと騒音から逃れて清潔に、静かに過ごせる場所だった。でも、この子にどんな知識があるというんです？

「知識？　こいつはちゃんと言葉をわかってる。教育はインド人にとって大切なものだ」父さんは言った。まるで自分よりもヒンディー語がうまい教養ある女性ではなく、絞り染めのシャツを着たヒッピーを相手にしているかのように。クレアは父さんが嘘をつくのを見ていた。彼女の唇がわずかに上を向いた。父さんは真実の永遠の探求とかなんとか、ネルー的なたわ言で彼女を煙（けむ）に巻こうとしていた。父さんがこのごろ読みはじめた新聞に書いてあったことだ。ここの客はチャイを飲みながら時事問題を論じ、自分が〝酸（す）いも甘いも嚙み分けた男〟、あるいは少なくとも〝都会の男〟であるふりをしたがる。

彼女は僕たちに話しかけてきた初めての白人だった。

「明日また来ます。本を持って。この子のために」

すると父さんは学問を司る弁財天(サラスヴァティ)について、読書の大切さについて、長広舌を振るいだした。

「我々がゼロを発明したんですよ、マァム……うちの家系は遠い昔から本を愛していましてね。一族は詩人でしたし……私は毎日寺院にお参りしています」彼女はただ見ているだけだった。父さんは汗をかいていた。饒舌で大ぼら吹きの父さんが頭陀袋(ずだぶくろ)のなかのフェレットのように白人女のまえでのたうちまわるのを、客はおもしろがって観察していた。

彼女はこれからどうなるかを言った。考えも理論も物語も格言も尽きた父さんはこう言うしかできなかった。「はい、マァム、明日ですね、マァム」すっかり打ちのめされており、僕はその夜、平手打ちを食らうことになるとわかっていた。それもとびきり強烈なやつ、アルコールで点火されたやつ、〝おまえの死んだ不実な母を思い出す〟のやつを。「ちゃんとここにいてちょうだいね。わたしの知り合いには警察官もいる。その娘たちに教えているの」彼女はそう言い残すと、父さんの返事を待つまでもなく、僕たちみんなに晴れやかな笑みを見せて去った。

父さんは五分ほどその場で固まっていた。両手はロボットのようにミルクと茶葉を握っていた。

「これだからゴラってやつは」顔の硬直が解けると父さんは言った。ほかに言うことがなかったのだ。屋台にいた肥満の経営者たちは父さんがやり込められたのを見て笑った。

午後も遅くになると父さんは立ち直り、毎日やっていたように、いろいろな話を再開した。体の機能、便通、肝失調、医薬治療、奇跡の巡礼、ヤムナー川で見つかった奇妙な生き物、ありえない宝くじ当籤(とうせん)、いんきんたむし、タルカムパウダーの話を。

そしてゆっくりと、あの女は二度と戻ってこないと自分を納得させた。白人女が自分にあれこれ命令したかっただけだ。おまけに修道女じゃないか。父さんはクリスチャンに対してかなりの敬意を持っていた。この出来事が起きるまでは。ええ、サー、このときまでは。

翌朝、父さんと僕は一生懸命働いた。手に手を取り、対等な立場で。互いに敬意を持った雰囲気のなかで家業の準備をしていた。そのとき、クレアがやってきた。僕のために本、おもちゃ、生気のない眼をしたプラスティック製の神々、歩くと光る靴を持って。父さんは彼女を見るなり眼を丸くし、悪態をついた。僕は思わず笑ってしまい、その晩しこたま殴られた。これで二日連続だ。てらてらした鞭のような手はその役目を存分に果たしていた。

クレアがどうしてひとりの子供を選んで教育を施したのか、僕にはわかる。書物やシスターは貧しい者、無視されている者に仕えろと説くが、セイクリッドハートでのクレアは教えるに値しない、首の太い金持ちの娘たちに教えていただけだった。そのせいで、信仰が空虚で無意味なものになりつつあったのだ。わからないのは、なぜ僕なのかということだった。どんな街角、公園のベンチ、ごみ捨て場にもいる何百万人という子供たちのなかから、よりにもよって。とくに天使みたいな顔をしていたわけじゃないし、ユニセフのウェブサイトに載っているような、歯を見せたにっこり笑顔ができるわけでもない。内なる光が外に漏れ出しているわけでもない。

じゃあ、どうしてだ？

クレアはその理由や疑念を口にすることは一度もなかった。僕にとっては、すべてがひらかれた。勉強、学校、試験、大学、新しい人生、無から有が。

のちにクレアは、僕が朝方に屋台を漕いでいるのを見たのがきっかけだったと教えてくれた。クレアの学校から五分の場所で。ある日、彼女が通りかかったとき、父さんの愚痴が聞こえた。それから僕を見かけて、とまあ、そういうことだ。

数年後、クレアが病気になったとき、彼女は僕のことがまったく見えていないみたいに、もしくはずっと昔に失った誰かを見つめるみたいに僕を見つめた。そして僕の体に触れては、驚いた顔をした。僕が存在し、眼のまえにいることが奇跡だといわんばかりに。

「わたしたちはあなたの人生をつくる」クレアはよくそう言っていた。まるで僕にはまだ人生がなく、クレアが創造を司る女神で、ヤムナー川の形なき黒粘土に命を吹き込むとでもいうように。

それから数ヵ月、セイクリッドハートでの授業が終わったあと、午後三時になるとクレアは毎日やってきた。最初は正午に来ていたけれど、「頼むよ、マァム！」と父さんが懇願したのだ。せめて仕事が忙しくないときに来てくれ、ついでに裏からまわってきてくれ、と。女が、それも修道女なんかが店にいたら、誰が女優とファックしたとか妻に手をあげたとかいう男同士の話ができなくなって、客のビジネスマンたちが寄りつかなくなってしまうから。

毎日、クレアが来るまでの数時間、僕はとりわけ懸命に働いた。スパイスを原子レベルにまで砕き、茶漉し（ちゃこ）を並べ、細心の注意を払って箱やスプーンを扱い、それぞれを父さんの手の届きやすいところに置いた。

それからクレアがやってきて、僕たちは鳩の糞で覆われた、屋台脇の崩れかけのコンクリート製ベンチに座った。そこで僕はつっかえながらも英語とヒンディー語、数字と文字、犬と神々の絵について学び、クレアは僕の髪をくしゃくしゃにし、よくできたときにはハグしたり、肩をぽんと叩いたりしてくれた。それも毎度毎度必ず。僕は僕よりも不幸な子供たちの好奇の視線を追い払った。アメリカの郊外族と同じくらい、自分のステータスを意識していた。彼らにはＢＭＷとジャクジーがあり、僕には修道女がいた。

最初の数週間、限界まで力を尽くしてがんばった。もしひとつでもまちがえたら見捨てられてしまうかもしれない。そう思うと恐ろしかった。彼女はほかの子を、もっと見込みのある子を選ぶだろう。約束の時間が近づくと僕の心臓は早鐘を打ち、明日はもうあの人は来ないんじゃないか、今日あたり、自分のやっていることは時間の無駄だと気づいてしまうんじゃないかといつも考えていた。今は白人と会うことに対し、当時ほどの不安は感じないけれど。

もちろんクレアが僕を見捨てることはなかった。でも悪夢にうなされた。今思えば、母なし子である僕が恐怖に思う理由は明白だけど、クレアが僕以外の教え子やプロジェクトを見つけるかもしれないと思うと、夜、恐怖で震えてしまい、それが苦痛だった（僕は『サルでもわかる心理療法』を読んだことがあり、そこにそういうことが書いてあった）。でも毎日クレアを眼にするたびに、徐々に安心するようになった。彼女はいなくならない。決してそんなことはさせない。運なのか運命なのか、それともずっと昔に死んだ誰かに似ているからなのか、僕を選んだ理由がなんであれ、僕の知性でクレアをつなぎ止める。

一緒にいるだけですでに特別だった。クレアが白人で、僕に話しかけてきて、僕が彼女に触れて、彼女が僕に触れて……当時はヨーロッパ人というだけで感動していた。若いころの自分に何か言えるなら、金を無心しろとアドバイスするだろう。

数ヵ月のあいだに、彼女は一ルピーの菓子、勝利を祈るクリケット選手が袋に描かれたポテトチップ、鉛筆、消しゴム、鉛筆削り、シャボン玉セットをくれた。白人というのはみんな神さまみたいな存在なんだと思った。今はもう少し世のなかをわかっている。

ようやく僕に眼を向けてくれる人が現われた。彼女が白だろうと褐色だろうと、突き詰めてみれば、そんなことはどうでもよかった。クレアは僕と一緒に時間を過ごし、決して忍耐を失うことなく、終わりのない質問につき合い、僕が冗談を言えば必ず笑ってくれた。

「トレビアン」クレアはよくそう言った。「トレビアン、わたしのいい子、じゃあもう一度」そしてときどき、勉強が終わると、フランスや若いころに観た映画、聞いた民話についてやさしく語り、父さんは心配そうに僕らを振り返って見ていた。クレアの甘い香りの懲罰を恐れ、僕の頭が中等教育や体罰の無意味さという白人的な考えでいっぱいにならないかと恐れていたのだ。父さんが女性によく使う手口や誘惑は通用しなかった。彼女には教養があった。もっと世のなかを知っていた。もっと経験を積んでいた。それに、生涯独身を誓っていた。父さんは彼女のまえで萎縮した。

これが伝記映画だったら、クレアのことは省略していただろう。白人の観客が落ち着かなくなるだろうから。僕の成長の場面がモンタージュで挿入される。家で虐待を受けている僕がわずかな時間を見つけて夜間学校にかよい、教育制度をゆっくりと這いあがり——そして最後に、何年もの努力の末、ようやくAの字を習得する。そのほうがピュアで、よりインドらしく、よりリアルだ。決してあきらめず、自力で制度に勝ち、自分の力でなし遂げた少年に向かって、誰もがスクリーンに喝采を送るだろう。

しかし、それは実際にあったこととはちがう。見栄えのよさはどうでもいい。僕が大切にするのは真実だ。クレアは僕の人生を変えた。彼女の思い出のために、ありのままを伝えなければならない。

まあ、多少は記憶ちがいもあるかもしれない。幼少期の人生の刃先を意図的に鈍らせているのはまちがいない。僕はひとつの物語をつくりあげている。アメリカ人が何百時間というセラピーを経てそうするように。記憶のなかで、クレアは実際の彼女とはまったくちがう存在になっているのかもしれないし、彼女のやさしさが僕の記憶を淡い薔薇色に染めているのかもしれない。クレアのことを考えると、僕はやさしさを思う。世界のほかのものに対してはタフだけれど、僕に対してはそうでない女性を思う。《オプラ・ウィンフリー・ショウ》の観すぎか？　でも、僕はそういうふうに記憶している。クレアがいなければ、僕の才能は無に帰し、そこらの顔なしの子供たちの仲間入りをし、行方不明になり、ふたたびその声を聞かれることもなかっただろう。

考えすぎかもしれない。クレアがいなくても、今の僕がそうであるように、遠くまで、同じくらいの早さで登っていたかもしれない。でも、それはない。嘘はつけない。クレアと一緒に過ごした日々を語らなければならない。クレアのこととなると、僕はつねに真実を話す。

それから数ヵ月、クレアとともに過ごした結果、改めて身が引き締まる思いがした。クレアは外側にパリの名所が刻まれたブリキの箱をくれ、僕はそこに自分の宝物、鉛筆、定規、本をしまい、夜、父さんが出かけているあいだに勉強をした。アパートの建物の電気はとても不安定で、違法すれすれで、僕たちの一生分の稼ぎをもってしても、発電機を買うことはできなかった。まして父さんの家計のやりくりでは。街じゅうが停電し、闇がすべてを包んだ。通りを徘徊するたくさんの家族を、厚紙製のドアがついたあばらやを。そういうあばらやからは小麦粉と脂肪と、混ぜ物をしたダールのにおいがする（請け合ってもいいが、本物のダールとはにおいがちがう）。星空の下、僕が勉強している小さなコンクリートの屋上も闇に包まれた。僕は顔に飛んでくる蜘蛛やゴキブリに眼もくれず、男たち、女たち、子供たちが殴られる音、もしくは週の稼ぎがアルコールに費やされる悲鳴やため息に耳をふさいだ。

あの屋上で孤独だったことはなかった。インドの肥沃な子宮の悦びが、古代ヴェーダの儀式と、テレビもフェイスブックもない貧乏人たち（今の世界とは大ちがいだ！）によって過剰供給されていた——僕らの人口増加にはひとときの安らぎもなかった。

どんな天気でも屋上にあがった。寒いときはクレアが編んでくれたスヌーピーとかいう犬の柄がついたセーターを着ていった。雨が降ったときは、これ以上は無理というまで屋上で粘ったあと、紙を濡らさないよう胸に押しつけ、走って屋内に戻った。ある夜、何十年もアルコール漬けになったがらがらの声が「雨に濡れないようにな、小僧！」と言った。「あいつ、本を読んでるぞ！　本だとさ！」男が笑い、もうひとりが笑った。顔のないそういう連中に笑われることの無力さを初めて知った。

次の日、どうして本が濡れているのかとクレアに問い詰められたが、説明できなかった。彼女は僕の髪をくしゃくしゃにし、それで許されたのだとわかった。誰かが気にかけてくれるというただそれだけのことで、自分の問題のいくつかが解決したように感じられた。それはすばらしいことだった。まちがった答えをしたとき、涙を拭いてくれる誰かがいるのは。お菓子をくれ、僕を見て、靴やすてきな白いシャツを与えてくれる誰かがいるのは。そもそも僕に母親がいたら、どんな人生になっていただろうか。どれほど遠くまで行けていたか、どんな学校に入れていたか、どんな人生を送れていたか。
でも、そうはいっても、僕は愛され、大切に育てられ、その挙げ句になんの役にも立たない人間になっていたかもしれない。

数ヵ月後、クレアはバングラサヒブ・ロードのチャイ屋台の裏でできることにはかぎりがあると悟った。そこがそんなに極悪な場所だったというわけじゃない。偉大な商業帝国が、資産価値の総額が何千万ルピーにものぼるコンピューター企業群がこうした場所から築かれたのだし、汚職、処女喪失、肥満にうめく政治キャリアも同じように築かれた。でも、何かを教わるにはいい場所じゃない。

あまりに多くの美！　あまりに多くの現代建築！　あまりに多くの命！　あまりに多くの小便！

ある日、クレアは毎日数時間は屋台仕事から離れるべきだと僕に言った。明日、父さんにも伝えると。僕は喜びの涙を流し、愛していると彼女に言った。父さんに聞こえないように、声をできるだけ小さくして。通りはいつものように、鼓膜も破れんばかりのうるささだったにもかかわらず。僕はときどきとても愚かになる。

「あなたならできるって、最初に見かけた瞬間からわかってた」クレアは言い、僕を強く抱きしめた。僕を失うことを恐れるかのように、僕の背中に強く両手を押し当てて。

クレアは僕の人生を変えた。僕が自分の力で変えたわけじゃない。僕はただ一生懸命やるだけでよかった。どんな馬鹿でもできることだ。

その日の午後、それから夜、よけいなことを言わないようにしていた。拳をきつく握りしめ、喜びに震えていた。部屋を見まわし、確信した。ただただ確信した。今日からほんとうに人生が変わるんだと。

クレアが話を切り出すと、父さんは怒りくるった。そういう考えを持つ女性に対し、父さんはこれ以上黙ったままでいられなかった。その女が誰であろうと、誰と知り合いであろうと。

「あのな……マァム、この子はな、こんなのは俺たちの生き方じゃない。あんたは……息子の頭にそういう……」自分の子供が、自分の所有物である子供が奪われようとしていた。これまでこいつに飯を食わせ、服を着せ、ほかに使い道のあった金を無駄にしてきたのはなぜだと思う？ それ以外のどんな理由があってこいつを育てる？ 孤児院に預けられるか、ごみ山の上で少女のように死んでいたとしてもおかしくなかったのに。こいつは俺のものだ、父さんは嘆いた。こいつは堕落し、盗まれ、〝白く〟されてしまう。ほかに言うことがなくなるまで、ずっとそんな調子だった。

クレアは黙っていた。黙っていることにかけて、クレアはインドで一番のチャンピオンだった。

「明日、この子を迎えに来ます」

次の日、僕が眼を覚まし、身のまわりのもの、筆箱、かっこいいすてきな靴、夢と希望を荷造りしはじめると、父さんが不快な笑みを向けてきた。

僕はその笑みを知っていた。

父さんに口答えしたことは一度もなかった。何があろうと反論するのはやめようと思っていた。なのに、あの日はしてしまった。

「駄目だ」僕は言った、「駄目だよ、パパ。そんなことはさせられない」僕は小さな拳で父さんの胸を叩いた。

どうなったかはわかるだろう。父さんは叫んだ。わめき散らした。僕を殴った。おまけに説教もされた。その話をして君を退屈させるのはやめよう。とても芝居がかった説教だった。

「俺たちは出ていく。あの女に見つからないところに行く。あの白人女が俺の生き血を奪えると思ったら大まちがいだ。荷物をまとめろ！ 俺の子は絶対に奪わせない」

そのあいだ僕はずっとすすり泣いていた。この一部始終が終わるころには、僕の荷物は涙で染みができていたことだろう。父さんはご丁寧に僕の筆箱を壊した。ただ壊せるからという理由で。それから僕をぐいぐいと引いて二階に連れてあがり、ドアをノックし、そこに住んでいた一家におもちゃと問題集を寄付させた。

靴は取っておいた。屋台を漕ぐときに使えるから。その日、僕は真っ赤な眼をして屋台を走らせ、パハールガンジを通り過ぎた。父さんは屋台の横を歩き、ずっとにこにこしていた。そのひとりよがりな笑みは三日間続いた。突然、警察のジープがやってきて、警視監が父さんにライセンスの提示を求めるまで。

父さんは今にも笑いだしそうだった。警官が警棒を抜き、宙高く掲げると、その顔を横ざまに殴った。

父さんは地面に倒れた。

警官は屈み、父さんの顔に自分の顔を近づけて言った。「あの白人女性のご迷惑になるような真似は二度とするな。これは俺のボスからの伝言だ。わかったか？」

父さんのこれまでの敵は小物ばかりだった。当の本人はそれを知らなかった。彼らは暴力の男たち、拳と刃(やいば)の男たちであり、相手がそれ以上立ちあがって戦えないのであれば、それで片がついたと考える男たちだった。今度の敵は法律こそが最高の武器だと知っていた。

初めてセイクリッドハートに足を踏み入れたときのことを覚えている。そこは楽園だった。見渡すかぎりの芝生。管理人の軍団。赤い瓦屋根。チャペル。高く、強く伸びた木々。そんなものは見たことがなかった。同じ国とは思えなかった。

自分がまだインドにいることを示すものは、我らがエリートの娘たち、少女たちが欧米の文明的なすばらしい教育を受けていることだけだった。この国を去り、二度と振り返らなくていいように。

その日も、それに続くあらゆる日も、嘲笑するときは別にして、女生徒たちが僕を見ることはなかった。僕は透明人間だった。廊下では彼女たちの邪魔にならないようにして、教室にこっそり入り、芝生では端っこに陣取らなければならなかった。でないと押しのけられてしまうから。クレアが教室に僕を案内すると、教師たちは引きつった笑みを浮かべた。僕たちが出ていこうとすると、彼らもまた僕を嘲笑しているのが見えた。

でも、何人かの女の子たちは僕を見た——無料でここにかよっている子たち、不可触民(ダリット)の女の子たちは。そういう生徒の家族は学費を無料にするためにキリスト教に改宗していたが、それはひとつのカーストの底辺から別のカーストの底辺に移ったに過ぎなかった。

君は些細なことに気がつく。コンクリートはなし。すべてが木でできているが、インドの木材ではなく、安物でもなく、ひと夏かふた夏もてば上等という類いの建物でもない。この学校は何かちがっていた。十九世紀の建築だ。クレアによると、ヨーロッパの娘たちのために更紗（さらさ）、象牙、木材を交易していたフランス人ビジネスマンが建てたのだという。

庭師、掃除夫といったスタッフはこそこそと、どころかじろじろと僕を観察していた。僕がこんな場所にいることに、修道女のひとりに手を引かれ、甘やかされ、丁重に扱われ、教育されていることに、何か違和感を覚えたのだろう。彼らは僕が自分たちと同じ穴の貉（むじな）であると知っていた。

二週目、僕はクレアと一緒じゃなかった。堂々と、愚かにも、門に向かって歩いていた。

誰かが行く手を阻んだ。

狡猾そうな眼をした背の高い男が、校門を入ってすぐのところから僕をうしろにぐいと引いた。

「検査だ！」男は笑った。「汚物は禁止だ！」

僕はどうしたらいいかわからず、唇が震えだした。

男は僕の無能ぶりを見て首を横に振り、両腕を横に広げさせた。

僕は交通渋滞でも起こしたみたいに、微動だにせずに突っ立っていた。首を太陽に赤く焼かれ、両手を広げ、背中は熱で痛んだ。通りの男たちや少年たちが、白人の門前で繰り広げられているこの奇妙な儀式を眺めながら通り過ぎていった。

警備員は僕の肌を真っ赤になるまでこすり、笑った。「茶色の下は白かと思ってたぜ、坊主」

このときにはわかっていなかったが、これが始まりだった。

陰口運動の。憎しみの団結の。

「あの坊主はここで何してやがんだ?」これは庭師の言葉。

「あいつがいると、この学校全体が低級になっちまう」尻を掻きながら、コックが口を挟む。

「ここのイカれた白人たちはインドを変えられると思ってやがる」これは電気工の言葉。

陰口運動の首謀者はダラム・ラールという会計補佐の男だった。

正式な会計係はその七十代の父親で、庭仕事をしたり、キャラメル菓子を配ったり、クロスワードを解いたりして時間を過ごしていた。が、財布のひもを握っているのはダラム・ラールで、雇用と解雇を担当していた。要するに、インド人としては校内で最も権力を持っている男が僕を憎んでいたのだ。いやはや、世のなかってやつはいつもそうだ。

僕は今でも細長い口ひげを生やした、弓のこのようなラールの顔にうなされる。

初めて見たときから、ダラム・ラールが血のにじむ苦労をしてきたことはよくわかった。こいつは泥のなかを這いあがってきた男だ。白いシャツを着て、エアコンの効いた快適な場所で、座って仕事ができる世界へ、自分の頭を使って働ける世界へ。彼はなし遂げていた。僕は即座に見抜いていた。誰から説明を受けるまでもなく。推理するまでもなく。ただわかった。

セイクリッドハートで勉強を始めてひと月後、僕の授業がそろそろ終わろうかという時刻に、ダラム・ラールがクレアの小さな部屋にやってきた。彼はドアを激しくノックすると、どうぞと言われもしないうちに押し入ってきて、何も言わずに僕たちをにらみつけた。クレアは反応せず、ただ彼を無視していた。僕は英語の発音を続けるよりほかなかった。僕の眼は彼を見たくてうずうずしていたけれど。

「そいつがそうなのか?」しばらくしてラールは言った。それをきっかけに、僕は上から下まで彼を眺めた。ラールの手にはしるしがあった。僕の父さんと同じように。荒れ、水ぶくれができ、傷ついた皮膚。僕が自分の手を使って働いてきたように、こいつもその手で過酷な労働をしてきたのだ。最近の僕の手は柔らかくなっている。自分自身のことをほとんど忘れかけている。

「挨拶をなさい、ラメッシュ」クレアが言った。

「こんにちは」僕は言った。教育を受けているときは、誰に対しても気持ちよく接することが重要だ。たとえ相手が自分を嫌っているとわかっていても。それがヨーロッパ人のモラルだ。

ラールは部屋のなかを歩きまわり、点検した。彼の視線はレースの飾りがついた枕、ガーゼ生地のカーテン、聖ベルナデッタ、ガンジー、ダイアナ妃の小さな写真の上を動いた。どんな些細なものも気に入らないようだった。

「賢明なことだと思いますか、シスター?」

「なんのことでしょう?」

「噂になっています」

「では、あなたは噂をやめさせるべきなのでは?」クレアは言い、手にしていた英文法の本に注意を戻した。

ラールは歩きまわり、何かほかに言うべきことを必死で探していたが、クレアはそんな彼を無視した。僕らの文化では、たいていの男は寡黙でありたいと思っている。議論せずとも自分の意見を通せる男に。だからダラム・ラールはもうひと言言ってやりたいという欲求と戦い、静かな、もっと致命的な、恐ろしげな空気をまとったままでいようと試みていた。それは威厳とはまったくちがうものだった。ラールは汚いものを見る眼で僕を見て、部屋の白い壁に眼を走らせると、僕が部屋の一部になっていないことを確かめ、去った。

十一歳から十四歳までのこの時間、毎日勉強を教わったこの三年間は、僕が生きてきたなかで最も幸せな時間だった。近所のほかの子供たちにとってのお楽しみはごみの浮いた水たまりに飛び込み、電車に轢かれることだった。僕にとっては？　歴史、英語、数学、科学、詩だった。クレアと僕は彼女の部屋、白檀とベチバーと樟脳の香りがする部屋にいて、彼女の注意は僕だけに注がれた。まるで僕がクレアにとっての全世界であるかのように。

チャイ屋台で父さんが僕を殴る機会は日ごとに減っていった。父さんの手は銅鍋をしっかり握りしめていた。僕たちの部屋に女が連れ込まれる回数は増えた。表のタクシー乗り場に並ぶ、内気で一文無しで、美しい曲線を持つ女たち。彼女たちの恋人兼ポン引きが、女たちの手に渡される紙幣を鷹のように観察していた――そういった男たちが一日のうちにする仕事はそれだけのようだった。父さんは女たちと時間を過ごした。簡単に外せるホックのついた、色とりどりの鮮やかなサリーを着た女たち。ルビーのように赤い唇の、腰まわりの大きな女たち。男の眼がないところでは魅惑的な笑みをしかめ面に変える女たち。誰が彼女たちを責められるだろうか。

ほとんどの晩、女の人がいようといなかろうと、父さんは僕を屋上に締め出して大いに楽しんだ。「上で勉強してこい」父さんは言うと、僕が本や紙をかき集めるのを十秒間眺めたあと、文字どおり部屋から蹴り出した。

父さんは客と話すことが多くなった。通常、チャイ売りは客のいとこ、子供、愛人の様子など、人々の生活の細部まで尋ねる必要はない。熱く、濃く、甘いチャイを手早く淹れ、スポーツの話か、政治家なんてどれも腐っているという話をちょっぴりするだけでいい。しかし、何かが変わった。父さんは客の身の上を丸ごと記憶するようになっていた。はとこの犬の調教師のことまで覚えている始末だった。そして客が帰ると、父さんの眼から光が消えた。まるで寺院の女神像が一瞬だけ本物の女神になり、また命のない石に戻ってしまうかのように。そんなふうにほかの人々に興味を持つ父さんを見て、僕は急に悲しくなった。

でも、僕のことは一瞥（いちべつ）すらしなかった。クレアが水門をあけてしまったのかもしれない。父さんが横目でもいいから、一瞬でもいいから、少しでも僕を見てくれたら。どんなにそう望んだことか。僕がここにいると気づいてもらうだけでよかった。父さんにとって僕はどうでもいい存在だとか、父さんのなかには〝僕の父親であること〟以上のはるかに大きな何かがあるとか、僕は無価値な染みに過ぎず、いなくなっても父さんの人生は少しも変わらないと示すようなものであったとしても、どんなものでも、何もないよりはましだった。しかし、このときばかりは父さんは自制心の手本だった。

父さんは鍋、バーナー、カップを丁寧に、細心の注意を払って扱うようになった。それらのほうが僕よりもずっと父さんに注目されているようだった。たぶんだけど、どういうわけか、僕というお手本を見て、父さんも自分の将来の手綱をきっちり握り、事業を拡大し、二十一世紀という明るい新たな地平を見据えようと思ったのだろう――いやいや、そんなわけがない。まわりのみんなに、高級な修道院教育を受けはじめた息子と同じくらい自分も優秀だと示すために決まっている。

ある日、ひとりの男、自分のよく響く声が好きで、新聞を毎朝読むような男が、僕の新しいシヤツと靴に眼をとめた。

「この父親を見ろよ、この無私無欲のチャイ売り(ワラ)をよ」彼は屋台にいたみんなに言い、三枚綴りの送り状の生活でがんじがらめにされた詩を吐き出した。「自分が経験できなかった人生を息子に与えるために金を貯めてきたんだ。この男の貧しさを見ろ、息子を見ろ、この息子は欠乏や飢えを知ることはないだろう」

父さんは楽しそうだった。人だかりができていた。大容量データ通信プランの携帯がまだこの国に上陸していなくてよかった。群衆の誰かがこの騒ぎをインスタに投稿していたら、僕の姿はネット上に永久に残っていただろう。そうなれば、替え玉受験や教育コンサルタントとしてのキャリアは非常に不安定な土台の上に築かれることになっていた。

父さんはおかしな反応を見せた。ひとつお辞儀をすると、群衆からの賛辞の言葉を辞退したのだ。それどころか、父さんは何週間かぶりに僕を見て、自分の手と僕の手を重ねると、空高く振りあげた。父さんが叩いたり押したり突いたりせずに僕の体に触(さわ)れることにびっくりした。

数日後、父さんはどこからか女の人の白黒写真を持ってきて、それにプラスティック製のマリーゴールドの造花をつけ、屋台の日よけのそばに仰々しく飾った。

明らかに母さんのつもりだ。父さんはことあるごとに母さんの亡霊を呼び寄せるようになった。母さんの短く、悲劇的な存在を。僕たちみんなが次世代のために犠牲にしているものを思い出させるよすがとして。

屋台のペンキは塗り替えられ、自転車はぴかぴかに磨かれた。自分はこのみじめな生活に打ちのめされたわけではないとみんなに見せつけるために。ようやく屋台に名前もついた。《息子に修道院教育を受けさせた男の店》。

もちろん、父さんが僕に対して意味のある言葉をかけることはなかった。お互いにひと言も話しかけないまま数週間が経った。父さんは苛立たしげに指をこつこつと叩いたり、怒鳴り声を半分に絞ったような声をあげたり、首を傾げたりといった方法で指示を出すだけで、眼を合わせることはなかった。一度も。父さんは僕とのあいだに壁をつくっていた。分厚く、強靭で、眼に見えない壁、貧しい国と富める国のあいだにあるようなやつを。父さんが僕をあまり叩かなくなったのはクレアに対する恐怖心からだとふたりともわかっていた。僕は父さんに対し、いくばくかの力を持つようになっていた。これまでで初めてのことだ。そして、父さんはそれを決して忘れなかった。

シスター・クレアの愛情と献身があったにもかかわらず、当時の僕には双子の敵がいた。家では父さん、学校ではダラム・ラール。会計補佐のラールはじっと観察し、待っていた。彼が従える学校の事務員や雑用係の軍団は、いつも校門のまえで待ちかまえていて、僕のことを知らないふりをした。僕が入口の外で汗をかき、せがんでも、水の一杯ももらえなかった。

攻撃的な清掃員たちは廊下で僕を追い抜き、クレアが〈レイモンド〉で買ってくれたスマートな茶色いズボンにわざと埃を飛ばした。多宗教民主主義をはじめ、最近の僕たち中産階級は多くのものを見かぎったが、〈レイモンド〉もそういうブランドのひとつだ。

細長い顔をしたダラム・ラールは、親たちを焚きつけて僕を追い出さなければならないことに、排斥運動を始めなければならないことにすぐに気づいた。彼は小切手を書いた。修道女に圧力をかけるのは、インド人労働者の雇用と解雇を一手に引き受けるより、はるかに労力の要ることだった。

修道女、父親、白人といったほかの管理者たちは勉強熱心だが役立たずだった。彼らは自分には理解できない国を漂い、日がな一日弱々しくほほえむだけだった。ダラム・ラールは力とは何か、どう行使すべきかを心得ていた。でもそんなことはクレアにとってはどうでもよかった。そして僕にとっても。あの明るく涼しい部屋では。クレアはぎりぎりのところまで僕を追い込んだ。僕の進歩を我がことのように喜び、僕が英作文に自信を持てるようになるとほほえんだ。僕は英単語を自分の母語のように話しはじめ、より洗練され、日増しに自信を深めていった。

僕たちは懸命に取り組んだ。学校の授業を終え、全身がうっすらと輝く汗に覆われたクレアが僕のところにやってきた。髪が幾房かガウンの下から突き出ていた。クレアはインドのエリートの娘たちに教育をし、彼女たちに時制を教え、今年もまた『サウンド・オブ・ミュージック』の監督をし、どこかの億万長者(クロアパティ)の娘がマリア役に選ばれなかったときもクラスの平和を維持していた。

僕はときどきクレアの授業に連れていかれ、少女たちが古代舞踊(バラットナーチャム)、発声、ラテン語を練習するのを教室のうしろから見ていた。

この白人女性が褐色人種のニーズに応えているのを見るのは不思議な感じがした。クレアは少女たちが自分の街から、国から脱出できるよう、自分と同じ人間につくり変え、僕に対しても同じことをしていた。あるとき、ひとりの少女が振り返って僕を見て、それからまた机に向き直り、紙切れに何かを書いた。それを友達にまわし、友達もそれをまわし、やがてくしゃくしゃに丸められた紙が僕に投げつけられた。騒ぎが大きくならないように、僕はそれを鞄のなかにしまった。

あとで広げてみるとこう書いてあった。〝あんた、彼女の私生児？〟。その意味を完全に理解することはできなかったけれど、それ以来、僕が少女たちを直視することはなかった。

　僕には友達がいなかった。外に出て遊ぶこともなかった。学校でもほかのどんな場所でも、女の子たちに話しかけることはなかった。クレアは僕を厳しく指導した。出来が悪いと厳しい言葉が飛んできた。「本気で取り組まないかぎり、この国を出ることはできない。あなたにふさわしい人生を手にすることはできない」

　クレアをがっかりさせると、彼女の言葉は活気を失い、眼つきからは愛情が失われた。クレアはそれを何週間でも続けられた。そうなると勉強時間以外でクレアが僕に言葉をかけるのは、ランチ中に礼儀作法や食事の仕方を教えるときだけだった。「背筋を伸ばして！　胡椒挽き！　肘！　ナプキン！」

　僕はどんどん上達し、勉強を貪欲にこなした。クレアは〝この子の成長をサポートするために〟と願書を書き、ニューデリーの慈善学校への入学を斡旋（あっせん）してくれた。慈善学校の設立は政府が発表していた構想で、どういうわけか奇跡的に実現していた。ちょうどそのころ、父さんは僕の代打として電動スパイス挽きを買い、その恩恵を大いに享受していた。商売は上向いていた。不在の息子に修道院教育を受けさせた甲斐があったと、ことあるごとに客に吹聴していたにちがいない。やがて父さんの屋台は観光客が足を止める停留所となった。もう僕は必要とされていなかった。十二歳にしてすでに役目を終えていた。

　来る日も来る日も、クレアは僕が終えた勉強と、新しい学校からの報告書のすべてに眼を通した。報告書の内容に同意できないときは僕の先生に文句を言った。クレアは僕の教育に関するいっさいを把握していた。自分の給料で本や服を買ってくれたが、セイクリッドハートの経理の遅延により、支払いが滞ることが増えた。

ハードだった。僕が怠けているようなそぶりを見せると、クレアは何日も口を利かず、眼も合わせず、僕は夜中、父さんが女を連れ込み、疲れきってすやすやと寝ているあいだに泣いた。クレアに見捨てられると思って泣いた。また何者でもない人間に戻ってしまう、クレアがいなければ僕は何者でもないと思って泣いた。

必死だった。まるでつねに背中から落下していくように、罪のなかに滑り落ちていくように。僕のなかに腐敗した黒い何かがあって、それをいつも抑えておかなければならないというように。

僕は学んだ。人生はよくなった。

そして十四歳のとき、すべてがくそになった。

5

ルドラクシュ・サクセナの家族には金を払ってもらう。あいつらが金持ちになるのなら、僕も分け前が欲しかった。

繊細に物事を進めることはしなかった。暗号メッセージはなし。ドアの隙間に手紙を滑り込ませることもなし。二日待ったあと、宅配ピザの制服を着て、まっすぐ乗り込んだ。そうやって彼らの不意を突いた。丁重なメッセージはなし。〝替え玉受験、成功おめでとう!〟と書かれたグリーティングカードもなし。

サクセナ家のアパートは蜂の巣をつついたような騒ぎだった。太ったコラムニストからがりがりに痩せ細ったブロガー、ありとあらゆる種類のジャーナリスト、うらやましそうに見つめる隣人たち、ルディの顔を看板にしたくて必死な学校、予備校の経営者が数十人、広告主、店の経営者、人民党のおべっか使い、そういった連中が共用部の廊下と階段にひしめき、それから僕も、映画スターがカシミールの草原でスキップするように跳びまわっていた。わけのわからない僧侶の一団までやってきて、現世の罪を洗い流すカリプージャだかなんだかいう儀式をやっていた。じきに第三の性（ヒジュラー）の連中がやってきて、いずれ生まれてくるルディの子供たちに、両性具有の病とともに生きなければならない呪いをかけるだろうが、それは彼らに数千ルピーを恵んでやらなかった場合の話だ。

僕は息を止めた。

なかに入った。

誰にも見えていない。

「ピザです、サー、ピザです、サー、気をつけて、気をつけて、サー！」

気づかれていない。

いいぞ。

でもちがった——行く手を阻まれた。

僕はうろたえなかった。予定外の事態で僕がパニックになったことがあるとは誰にも言わせない。

背の低い筋肉質な男がひとり。髪は白くなりつつあり、体は全盛期を過ぎているが、即席アマレス大会で何度も優勝経験があるにちがいない男。そいつが太い腕を差し出して言った。「身分証を、サー」

「ピザの配達です、サー」

「アプリの画面と宅配コードを見せてください、サー」

要するに、僕たちは例のきわめてインド的な状況、受動攻撃的サー合戦に陥っていた。

「あなたの仕事は、サー？」僕は訊いた。

「私はフリーのセキュリティコンサルタントで、今回のイベントの安全管理のためにこの幸せな家族に雇われています、サー」

いいぞ。すばらしい。僕と同じような人間。一緒にビジネスができる人間。

「いくらで雇われたんです？」僕は言った。「サー？」理解の信号が男の脳内に広がっていった。

男は僕にどれだけの値打ちがあり、どれだけ必死なのかを見つくろった。そして、もっと重要なこととして、僕が何を企んでいるにしろ、どれだけの分け前に与れるかを。

「二千ドルです、サー」男はわけ知り顔でほほえんだ。僕が金を取り出すと、腕がおろされた。

「サー」僕たちは互いにそう呼び合うと、親密にうなずき合った。

ドアの内側には履き古した中国製のジョギングシューズと汗で汚れたサンダルの山があった。不思議なことに、前回ここに来たとき、一家は僕を靴のまま家のなかにあがらせていた。どうやら急に極端な信心家になったらしい。

居間はケーブルと不愛想なカメラマンだらけだった。女給がばたばたとあっちからこっちへ駆けまわり、絨毯をイムリソースの汚れから守り、食べかすを掃き、サモサがのっていた紙皿を拾い、クルミ材のサイドテーブルをぞんざいに扱っている中年男性たちに注意をしていた。

菓子、サモサ、チョコレート、ケバブの箱があらゆる平面にうずたかく積みあげられ、ラメに覆われた大量の花、何百枚ものカード、結婚の申込書、広告の契約書、何十もの赤い現金封筒が転がり、封筒の外側には幸運を呼ぶ一ルピー硬貨が貼りつけられていた。僕はその硬貨を何枚か、ピザ箱のなかに詰め込んだ。つまるところ、これは僕の金だ。誰も気づかなかった。

そして、そのすべての中心に、渦中の人物その人がいた。真新しいグレースーツ（あとでアルマーニだとわかった）に身を包み、馬鹿みたいな飾り房がついたシックな革のローファーを履き、品のいい女性ジャーナリストからインタビューを受けていた。彼女は美しい母音で話し、カーン・マーケットで買ったクルターを着て、緋色のマニキュアをしていた。

少なくとも、ルディは僕を見て青ざめるくらいの良識は身につけていた。男というのは、たまに怖い思いをしたがるものだ。

父親はカサガイのように息子にくっつき、プロデューサーはテレビカメラをセットしていた。ルディは死にかけの魚のように父親に視線を送りつづけ、それから僕を見て、僕がここにいることをあごで示そうとしていた。発作を起こしているようにも見えた。金持ちが陪審義務から逃れるためにするような発作を。父親はようやくここに僕がいることに気づいた。最初に浮かんだ表情は完全な敗北感だった。父親が何もせずにいると、息子は何度も父親の腕を引き、僕を追い出すようにせがんだ。

母親は部屋の反対側に立ち、四方八方どころか百方から質問を受け、去年の政府目標に関する記述を公式ウェブサイト上から消そうとしている新年度の公務員よりも忙しそうにしていた。億万長者の息子がロンドンで催す大披露宴の企画プランナーよりも忙しそうだった。マライア・キャリーが十五分間歌うだけで非課税の一億ガンジーを受け取るような披露宴だ。

ひとつの質問に対する母親の回答が、ほかの質問に対する回答と重なった。「ええ、進学先はスタンフォードを考えています。いいえ、これはリトゥ・クマールのどうということのないドレスです。ええ、父親はウェスタン・ケンタッキー州立大学で修士号を取っています。いいえ、わたくしは5：2ダイエットはしておりません、もともとスリムなだけです」

かなり疲れているようだった。

生活のためにレンガを運ぶのは理解できる。バスを運転したり、チャイを淹れたりするのもわかる。でも、嘘をついたり、愛想よくしたり、つくり笑いをしたりするのは？　それも一日じゅう。金持ちたちはどうしてそんなことができるのだろうか。

テレビ局のプロデューサーがルディに手を振り、インタビューが始まった。女性が勉強についていくつか質問した。ルディはカメラに視線を向けることなく、体を引きつらせて質問に答えていった。

「ご両親についてはどうです？　あなたの成功に、ご両親はどのような役割を果たしましたか？」

そのとき、奇妙なことが起こった。ルディの顔に、それまでに見たことのない奇妙な表情が浮かんだのだ。もううつむいていなかった。ほほえもうとしていた。テレビ画面上に、あの髪と眼鏡の奥に、新しい何かがあった。

ルディはまっすぐにカメラを見つめた。

「何もかも両親のおかげです。今の僕があるのはふたりのおかげです。僕は毎日、自分の生活のすべてにおいて、ふたりに敬意を抱いています。この国は親たちの強さの上に築かれているのです」そう言うと、カメラに向かってとびきり甘い笑みを浮かべた。「これはインドの若者たちに向けたメッセージですよね、アシュウィーニ？」

「全国民に向けたメッセージです」

ルディはうなずき、またほほえんだが、両眼は泳いでおらず、しっかりまえを見据えていた。

「まずは一生懸命勉強することです。次にもっと一生懸命勉強する。年長者の言うことをよく聞き、決して不平不満を言わないこと。彼らが一番よく知っています。年長者の手を決して離さないこと。彼らは歳を取っているだけじゃない。年齢以上の知恵を持っています。お父さんのようにどっしりと立ち、お母さんのようにしっかりすること。僕が言いたいのはそれだけです」

今晩、たくさんの子供たちが殴られることになるだろう。

「ルディ、ありがとう」女性が言った。「道に迷い、不満を抱えたこの国の若者たちにぜひ聞いてもらいたいメッセージでした。こんなにも若い方がこれほどの知恵を持っているとは」

「ああ、アシュウィーニ」ルディは言った。「いつの世もそうではないですか？　いつの世もそうではないですか？」

彼らは神のみぞ知る話を続けた。僕は気が遠くなった。

インタビューが進むにつれ、嘆願者や湿った握手をよけながら、父親がゆっくりと僕に近づいてきた。彼が内反足になり、足取りがおぼつかないのを見て、母親のほうもようやく僕がいることに気がついた。インタビュワーたちに愛情を込めた眼差しを向けつつも、彼女の唇は怒りでぎゅっと噛みしめられていた。母親は自分のインタビューを切りあげ、僕のほうに駆けてきた。

ふたりとも同じ顔つきをしていた。秘密めいた、不愉快な顔つきを。この夫婦は憎み合っているかもしれないが、僕に痛い目を見せてやりたいという思いは完全に一致していた。グレーター・カイラッシュ地区のどんな高額セラピストよりも、僕のほうが彼らの結婚生活に貢献してやれるだろう。それも奥の手として取っておこう。

ふたりがどんな脅し文句を夢想していたにしろ、その祝福された古典音楽(ジュガルバンディ)が奏でられるより先に、僕が口火を切った。

「ご子息の稼ぎの一部をいただきます。でなければ、あなたたちは終わりです。わかりましたか？」短く、鋭く。僕はユーチューブ動画で交渉術を予習していた。髪をジェルで固め、イタリア風の名前を持つ、シャープなスーツ姿のアメリカ人の交渉術を（父さんの仕事ぶりも長いあいだこの眼で見てきたけれど、それについては考えないようにしていた。自分の親について、いいことはひとつも言えない。それがインド人第一の戒律だ。テレビ撮影でもされていないかぎり）。

父親は息を呑んだ。「ああ、神よ」

彼は僕を言いくるめようとしたが、その言葉は炎を失っていた。私にはコネがある、と彼は言った。警察官、政治家、公務員、ほんとうの大物たち。彼らが指ひとつ鳴らすだけで、おまえはティハール刑務所行きになり、殴られ、打ちのめされ、めちゃくちゃにされると。

「あなたがそんな人たちと知り合いなら、僕はとっくに死んでいますよ」

短く、スウィートだ！　ニュージャージーのＢＭＷディーラー、パトリック・ディメオ、ありがとう！

父親は口をひらき、苛立たしそうに喘いだ。妻はハチドリのような速さで夫に向かってまばたきをしつづけ、どうにかして僕を追い出そうと、なんでもいいから何かをしようとしていた。彼女はエレガントに見えるよう、黙ったまま、平静を装い、上品さを保ちながら、夫がついに自らを獅子であると証明することを願っていた。五千年におよぶ僕らの男性器優位社会が女にとって必要な存在だと告げてきた、その獅子であると。

夫は妻の、言葉にならない要求を理解した。彼は千世代にわたるサクセナ家、武将、将軍たちの記憶、農民を孕ませてきた強大な家系の遺伝子記憶を遡り、妻に最高指揮官としての顔を見せると、僕の体をつかみ、タペストリーや今回新たに名乗り出てきた血縁者たちのまえを通り、息子の部屋に引いていった。そこにはコーヒーテーブルに置かれた本も、腰の高さまである青銅製のつやつやした踊り子の像も、さりげなく散らばされた《エコノミスト》誌もなく、インドのティーンの少年の部屋につきものの堆積物があるばかりだった。ＡＸＥのボディスプレー。マンチェスター・ユナイテッドのポスター。十一歳のときに獲得した一般常識テストのトロフィー。このアパートのどの部屋よりも好感が持てた。

残念ながら、ヴィシャール・サクセナの交渉術はお粗末なものだった。彼は多くを語りすぎた。

「私たちには重要な地位に就いている友人がたくさんいる」父親は僕を一瞥すらせずに口をひらいた。

「どんなご友人ですか、サー？」僕は興奮に息を弾ませ、危うく舌を噛み切りそうになった。あなたのすばらしい人生についてもっと教えてくれ。金持ち父さん！　僕を感心させてくれ、驚かせてくれ、仰天させてくれ！

「多すぎて数えきれないほどだよ。法律、会計関係の友人。妻の親族は政界にいる。そしてもちろん、財団を通じてたくさんの人と知り合った」

「財団ですって？」僕は柔らかく甘い声で言った。

「家内の肝煎り（きもいり）でな。私たちを取るに足りない小市民だと思っていたのか？　我々は資金調達パーティを主催している。地位と力のある人々を招いて。コネがあるんだ」

「芸術家もですか、サー？　弁護士も？　作家も？　ジャーナリストも？　リベラルな市民社会団体の人たちもですか？」僕は低級カーストらしい、驚きに満ちた声で言った。

「もちろんだとも」父親は笑い、僕に憐れみの眼を向けた。「重要な人たちばかりだ」

「替え玉受験を大目に見てくれるやさしい人ばかりですか、サー？」

これほど早く折れた男はいなかった。

「君に電話しようと思っていたんだ」彼はそうまくしたてると、「トラブルは御免だ、トラブルは勘弁してくれ」と言って、市長の帳簿と娘の両方に手を出しているのがバレた田舎の会計士のように震えた。そして、猛烈にまばたきをすると、ベッドに腰かけ、ありもしないシーツのしわを伸ばしはじめた。

母親が入ってきて「しっかりしてよ、ヴィシャール」と、夫が完全に敗北したことをすぐに見て取って言った。その眼から尊敬の念が消えた。彼女は僕の背後でドアをばたんと閉めると、射抜くような眼で僕を見た。勝手に人の車を洗おうとする浮浪児に向けるような眼つきだった。

「夫に何を言ったの？」

「財団の話ですよ。慈善家でリベラルなあなたの友人たちの」

彼女はうなずいた。その瞳にいくらか尊敬の念を見た気がした。

「取引しましょう」彼女は言った。

「取引はしません。十パーセント。でなければ世間に公表します。ご子息の次に成績がよかったのは誰でしょうね。その生徒に電話してみるのも手かもしれません。それか政府に。一世一代の手柄を望む捜査官もいるでしょう。まさか、全国共通試験のトップがねえ！」

それで充分だった。ヴィシャール・サクセナは完全に崩壊し、深く息を吸ったり吐いたりしだした。このふたりはまだ僕を痛めつけようとするだろうが、それは後日のこと、かわいいルディがいくらか金を稼いだあとのことだ。そのときなら強盗団（ダコイト）を雇い、銃を振りまわし、手足を引っこ抜くことができる。まあそれよりも、ルディの出費や金の浪費について、深夜に怒りのメールを書いている可能性のほうが高いだろうけど。

母親は小声で毒づき、鏡でサリーをチェックすると、怒って部屋を出ていった。

彼女が最初から自分で交渉しようとしなかったのはラッキーだった。その場合、僕はミンチ肉にされていただろう。だって、そうだろ？　彼女は財団のことなんかおくびにも出さなかっただろうから。でも、夫が話をしてくれて、未来永劫、主導権を握ってくれている。それがこの国が君に教えてくれることであり、この家の夫は完全な失敗作だった。神さま、ありがとう！

「それで」サクセナ氏は気を取り直すと、まるでこれがチャイとスナック（ナムキーン）つきの商談であるかのように言った。これから当分のあいだ、起きている時間をゴルフクラブで過ごすことになる男の、しぼんだ声で。

「あの子と話がしたい。僕がマネージャーになるんだから。そうでしょう？」

「助手だ」彼は口早に言った。

僕は牛の世話係やナイトクラブのトイレ掃除係のような、穏やかな下級カーストの視線で父親を見た。「ちゃんと払ってくれさえすればなんでもいいですよ。あなたとは仲よくやりたい。僕たちはみんな同じことを望んでいる。そうでしょう？」

僕は手を差し出した。不潔な、眼に見えない汚れがついた手を。サクセナ氏はそれ以上何も言わずに外に出ると、息子を連れて戻ってきた。

息子はあっさりと承諾した。こいつがそんなことよりも気にしていたのは、女の子たちのことだった。あとになって、ルディはこの週だけでティンダーのマッチングが五百件あったと言っていた。たぶん、それまでの最高より四百九十九件多い記録だ。美女の群れ。思わせぶりで好奇心旺盛な、発情した女の子たちが熱烈なアピール文を親に書かせているのだ。ルドラクシュ・サクセナを婿(むこ)として迎えられるなら、親はどんなことだってやる。

ルディは十パーセントなんてはした金のことは気にもとめなかった。母親はその後何時間にもわたって父親に辛辣な眼を向けていた。そのあいだ、僕はルディのマネージャーとして、みんなに自己紹介をした。

僕はサクセナ家に経費として十万ルピーを請求した。ほんの冗談のつもりだったが、サクセナ氏は何も尋ねることなく、ポケットからそれを取り出して払った。僕はタクシーで家に帰った。デラックスなレクサスのSUV。帽子をかぶった運転手とエアコンつきのやつだ。グリーン・パーク、なんて美しいところだろう。ここはすべて僕のものだ。空気はきれいで、人々は従順で、警察は親切で、車は安全運転をしている。どこの大臣の息子を轢くことになるかわからないから。

こうしてマネージャーとしてのキャリアが始まった。一家は文句ひとつ言わずに家庭教師料を振り込み、僕は突然、かつてないほどの金を手にしていた。

シスター・クレア、と僕は思った。ジーザス、僕たちはやり遂げたんだ。これまでの犠牲は無駄じゃなかった。あなたは無駄死にじゃなかった。僕は自分の身ひとつで成功した。ジーザスなんて軽々しく言ってごめんなさい！

僕たちはやったんだ！

あなたが天国のどこにいようと、僕たちはやり遂げたんだ！

6

僕は彼女を救おうとした。それがこの脂まみれのビジネスの世界に入った理由だ。

ダラム・ラールは僕がこれ以上学校を汚染することを許さず、憎しみの排斥運動を始めた。僕を追い出すには、クレアを打ちのめさなければならなかった。そして、ラールはそうした。

三時に慈善学校の授業が終わると、僕はその足でセイクリッドハートに行き、クレアと勉強した。全国共通試験を受ける歳になるまであと五年。大学の奨学金をもらう希望をつなぐために、試験でいい成績を収める必要があった。同年代のほかの子に比べて相当な後れを取っていたから、一刻の猶予もなかった。

僕は教養を身につけつつあった。ヒンディー語を離れ、今じゃ全インド人が話す雑種の言葉、いわゆるヒングリッシュが自分のなかに定着しつつあった。

その日の勉強が終わると、僕は座って食事をし、シスター・クレアは子供のころの話をした。話をするクレアの髪は奔放にねじれ、白い房が顔にかかり、二十歳は若く見えた。

クレアは平凡な子供時代を過ごした。試験、姉妹喧嘩、男の子、潮だまりでのボート漕ぎ、夏の盛りに食べた塩キャラメル味のアイスクリーム。

「男の子について、わたしたちはたくさん話をした、それこそ一日じゅう。男の子にどんなにからかわれたことか。みんなであれこれ考えた。どうやったら男の子を誘い出して、わたしたちを追いかけさせられるか。うまく誘い出せたら……」

「誘い出せたらどうするの？」

「何も！　ただ逃げるだけ」クレアはいつもの皮肉な笑みで言った。

僕は女の子について何も知らなかったから、女の子に関することならなんでも興味津々だった。男と女が一緒になると子供ができることは知っていた。でも、僕が知っている女の子たちはうるさくて迷惑な存在だった。どうして男たちが欲しがり、それをめぐって争い、血を流すのか。どうして父さんが買う〝女〟というものになるのか、まったくわからなかった。

クレアは自分が世界をどう見ているのかを教えてくれた。

「神は愛なり」――それが彼女の好きな言いまわしだった。クレアは校門のまえに集まっている物乞いたちに金を恵み、地元の病院で食べ物を与え、午後にはたぶんチャイ屋台の子供を救うこともあった。そのあいだずっと「神は愛なり」と口にしながら。

ときには、もちろん「神は愛なり」がチャイ屋台の店主を脅迫し、ねじ伏せ、命令に従わせることを意味する場合もあった。それがキリスト教の神のやり方だ。

僕はとりわけクレアの家族についての話が好きで、よくその話をせがんだ。セーリングで過ごした長い日々、人気のない入り江、砂州、泡立つ海、クリスマスにやってくるいとこたち、真夜中のミサで身を寄せ合う信徒たちの汗、焼き栗、ブランデーを忍ばせたホットチョコレートのマグから立ちのぼる湯気、夏の雷が空を覆っていた日にこの世に生まれ落ちた話。クレアはブルターニュというところで育った。

そこでは誰もがほほえみ、互いに敬意と好意を抱いている。そんな場所がほんとうに存在するとは、とても信じられなかった。

僕にとって、クレアの話はおとぎ話だった。愛に包まれ、なんの心配もなく、もがき苦しむこともなく、忌々しい日々を送ることもない。そんなふうに生きていけるなんて、ありえないように思えた。自分がそんなふうに感じることはこの先も決してないだろうと思っていた。

でも、ダラム・ラールがクレアの人生を苦いものにしていた。彼女は僕のまえで泣かないよう、こらえていたのだろう。修道女たちはクレアを避けるようになった。彼女の授業数は減らされた。親たちが彼女のところにやってきた。口に出さずとも、伝えんとするところは明らかだった。その子を捨てろ。汚くて不潔だ。なぜこんなことをする？　おまえがまず責任を持つべきは私たちの娘だ。ここはインドだ。何かを変えることはできない。おまえはその子に偽りの夢を与えている。

噂が広まっている、ひどい噂が、とクレアは言った。具体的なことは僕には話さず、ただ泣かないようにしていた。部屋は日に日に薄暗くなっていった。クレアの顔は生々しく、しわが刻まれ、疲れていて、編み物やペイストリーの話をしなくなった。

僕はすぐに自分が問題なのだと悟った。問題はいつも僕だった。

「学校でも勉強できるから」と僕は言った。「毎日ここに来る必要はないんだ」

僕の人生は永遠に父さんに縛られるだろう。僕は父さんになるだろう。それはわかっていた。クレアの言うような頭脳や才能があったとしても、僕はやはり父さんそのものであり、いずれは父さんになる。それが何よりも僕を涙させた。

でもクレアは僕を手放そうとしなかった。そのことを少しでもにおわせると、彼女は僕を強く抱きしめた。「もっとひどいことが起きたこともある。わたしたちはまだあいつらを倒せるんだから、ね？　おちびちゃん」

ある日、クレアが尋ねた。「わたしがいくつか知ってる？」

「若い」僕が答えると、彼女は僕の髪をくしゃくしゃにした。

「この白髪よ。五十三。わたしの母さんが死んだ歳より一歳若い。ようやくにして、わたしもこの世で善行ができたってわけ」クレアは僕を見て、食卓でジャムトーストを食べている僕の手を握った。僕はスクールシャツにジャムがこぼれないよう、必死にトーストを持っていなければならなかった。「わたしは馬鹿だった。この服を着れば、それだけで世のなかの役に立つんだと思っていた。でもそれだけじゃ充分じゃなかった。決して」

僕はうなずいた。

「まだまだ、もっと善行を積むつもりだけど。この学校は、口先では奉仕や慈善について語るけど、億万長者や裁判官や警察官の娘ばかりを教育している。それは正しくない。あなたのような子がもっとここにいなきゃ。そうなるまでがんばるつもり。みんな笑うけど、そういうやつらに見せつけてやる。あなたは最初のひとりだけど、最後のひとりじゃない。あなたはこの学校の未来なの」

僕は何かの未来になったことなんてなかった。

クレアのためなら喜んで自分を犠牲にしただろう。僕の人生は無限の芝生以前の状態に戻るだろう。少女たちのテニスを脇目にした、ガジュマルの木の下での気だるい読書以前の状態に。すばらしい言葉の数々、歴史、詩以前の状態に。

帰り際、喉が猛烈に渇き、校門のすぐ手前にある水飲み場で水を飲もうとした。埃まみれの長い一日の終わりの一服。そんなに革命的な行為ではない。

水を飲んでいたと思ったら、次の瞬間、僕は地面に倒れ、十代の少年の一団が僕を見おろしていた。ダラム・ラールの手下たち、労働者たち、締まった筋肉質の体で、顔からナメクジのような毛を生やしている。

「おい、この小僧を見ろよ」ひとりが叫んだ。涙と、がむしゃらに立ちあがろうとしていたせいで、誰が言っているのかはわからなかった。「何を持ってるんだ？　本か？」彼らは僕が立ちあがるとまた地面に押し倒し、蹴り、押さえつけ、殴り、唾を吐いた。本に小便をかける必要はなかった。そんなのは誰もしたことがない。

学校から走って逃げると、罵声と絶叫が聞こえた。それから車のクラクション。バイクが僕の真横で急停止した。もう少しで轢かれるところだった。

というか、それがデリーの日常かもしれない。

家に帰ると、僕のお仕着せの格好、本、西洋のご大層な理想を馬鹿にする父さんの笑い声に出迎えられた。そうやって死ぬまでしつこく言ってくるのだろう。アルコール中毒で死ぬまで。たぶんそれが死因になる。いや、商品をヤリ逃げされた金歯のポン引きに撃たれて死ぬ可能性のほうが高いかもしれない。

いつもは何も言ってこないくせに、あの日の僕はとりたてて情けない状態だったから、それが父さんの口を刺激したのかもしれない。

僕が帰ったとき、父さんはベッドに入っていたが、僕の顔を見るなり、言葉を吟味して言った。「あの女はいつかおまえを捨てて、ほかの子供を見つけて堕落させるだろう。おまえがひげを生やしたらあの女は何をするだろうな」酒のせいで口が軽くなっていたか、ギャンブルに負けた腹いせをしたかったのだろう。

僕はいつもと同じようにした。つまり、本を持って屋上にあがった。

とはいえ、その日は父さんの言葉を鵜呑みにしてしまいそうだった。クレアが言っていたことを考えた。僕は最後のひとりではない。彼女は僕の面倒を見てくれたのと同じように、ほかの子の面倒も見るのだろうか？　もしいい成績を残せず、クレアをがっかりさせてしまったら？　僕はプロトタイプに、実験の失敗作第一号になるのか？　僕の未来はどうなる？　名前もない、コネもない、金もない、まちがったカースト、何もかもがまちがっている。そして、僕はクレアを呪った。彼女のやさしさを。夢を見ることを教えられた無数の午後を。

僕はまたチャイ屋台に戻るだろう。一杯十ルピーで（百三十万ルピーは屋台十年分の稼ぎだよ、パパ、金玉野郎）。僕は自分の屋台を持つだろう。三世代か四世代先の誰かが大学に入り、この泥と汚れを鼻で笑うかもしれない。そのとき、僕たちはやり遂げたことになる。

僕は夢を見るのをやめた。

そうこうしているうちに、屋台はこれまで以上に儲かるようになっていた。もちろん僕がその恩恵に与ることはなかった。父さんはついにテレビを買い、やかましいディーゼル発電機につないだ。父さんがクリケットの試合を観たり、ケバブを食べてげっぷをしたりしているあいだ、僕は丸くなってさめざめと泣いた。学校でのクレアは使命感に燃えていた。父さんの言ったとおり、僕だけでは満足していなかった。世のなかを変えたがっていた。

クレアは菓子づくりを始めた。甘い物好きのインド人にアピールするために。ペイストリー、ケーキ、なんでもつくれるものをつくった。テーブルとシートとクロスを調達し、毎週金曜日、校門の外でケーキを売った。親たちが食べるとクレアはこう切り出した。「ラメッシュにはお会いになりました？　ラメッシュ、あなたの生活について話してあげて。どこから来て、今何を学んでいるのかを」クレアはゆっくりと、だが着実に、学校の親たちを味方につけられると考えていた。そうなれば、一年にひとり、いや、もっと多くの子供に教育と新しい人生を与えられるかもしれない。

僕は愛嬌を振りまいた。保護者たちにすべてを話した。茶色の瞳を輝かせて。彼らの背筋から力が抜け、笑顔が大きくなるのを見た。

ダラム・ラールはこのような事態をまったくよしとしなかった。

つねにダラム・ラールの存在があった。もしくは彼のスパイの存在が。姿は見えないにしろ。いたるところにいて、話をでっちあげ、僕の人生を、まだ始まってもいない人生をぶち壊そうとしていた。

僕がクレアのクラスのうしろの席に座ると、ラールは警備員を送り込んで僕を追い出した。クレアの眼のまえで大げさすぎるほどの修羅場を演出されて。女の子たちは笑っていた。保護者たちに毒され、女生徒たちはクレアに敵意を持っていた。頭のおかしなクレア、イカれたクレア、不潔なクレア。あの女はまえからどこかおかしかったけど、誰も何も言わなかった。今となってはもう手遅れだ。

　僕は彼女たちを心底憎んだ、彼らを心底憎んだ、全員を心底憎んだ。

　ある日、クレアは菓子をつくっていた。フランス語で滔々と何かを口ずさみながら、インドのバターの味を、食感を、忌まわしい熱さを罵っていた。僕がいつものように手伝っていると、突然ダラム・ラールが現われた。クレアは顔を白くし、手を震わせた。

「それは誰のために焼くんだ？」彼は尋ねていた。「その子のためか？　誰の金を使って？」

　クレアは、壮大な理念と強い理想を持ったこの女性は、そこに立ち、ラールの言葉を受け止めていた。

「その子にかまうのはよせ、シスター。もうよすんだ」ダラム・ラールの言葉は柔らかくなり、蜂蜜のように滴った。「その子は我々の一員じゃない。決してそうなることはない。私に言ってくれれば、その子はいなくなる。そいつが我々に、あなたに、この学校に何をした？　よく考えてみろ。その子はあなたに悪影響を与えている」

　クレアは立ちあがり、かぶりを振った。最初はゆっくりと、次第に速く、まるであらゆる言葉を、あらゆる非難を打ち消すかのように。

「勝手にしろ」ラールは僕たちを見ながら言った。

「ラメッシュ、来て」クレアが言った。彼女は静かにキッチンを出ていこうとしていた。僕も続こうとしたけれど、背後から大きな手につかまれた。「いいから出ていけ」ラールは言った。口ひげを感じるほどの距離だった。その声は低く、暗かった。「我々は君にいてほしくないんだ。クレアがどんな思いをしているか考えろ。出ていけ。これで終わりにするんだ」僕は逃げようとした。できなかった。役立たずで、弱かった。

僕は叫ぼうとした。「クレア!」でも何も出てこなかった。数歩先に彼女がいた。僕は振り返った。ダラム・ラールは憎しみに燃えていた。僕だけに対してではなく、僕が象徴するものに対して。僕は大勢のうちの最初のひとりなのかもしれない。だとしたら、ラールが築いてきた世界はどうなる?

あるいは、ラールはただそれができるからという理由でやったのかもしれない。

彼は僕の顔面をひっぱたいた。

二発目が飛んでくるかもしれなかった。僕はぼこぼこにされていたかもしれなかった。でもクレアが止めに入り、ラールを押しのけた。彼女はそばに立ち、僕を抱き起こした。

ダラム・ラールは僕たちを見ていた。あの細い、細い顔で。勝利の笑みで。

「その子は呪われている。そいつはすべてを破壊する。これは私の世界だ。誰から与えられたものでもない、白人(ゴラ)どもが何かを与えるわけがない。自分の力で手に入れたんだ。こんなガキをここに来させるわけにはいかない。ここをくそったれな慈善学校に変えさせるわけにはいかない。私は何者でもなかった。今はそうじゃない。誰にも奪わせやしない」ラールは来たときと同じように、風のように去った。

ラールは顔のない男だった。悪魔だった。百の異なる名前を持っていたとしてもおかしくなかった。僕を、クレアを、僕たちを、ふたりがともに築いてきたものを壊そうとしていた。

ラールは僕がこれまでに憎んできたすべての人間がひとつになったものだった。彼は歴史であり、文化であり、習慣だった。殺してやりたかった。

この国には、いつも君の足を引っぱるやつがいる。

十四歳の夏、すべてが終わった。

クレアは解雇された。欧米人が好む表向きの理由で飾り立てられて、セイクリッドハートから二、三キロ先にある古い修道院の責任者に昇進することになった。クレアはこれまで以上に自らの人生をイエスに捧げることを決意した、そう発表された。ある日の午後、僕は彼女の荷物を運んだ。リネン、写真、本、小さなものばかりだった。誰も手伝わなかった。

最終日のその日、校門での検査はなかった。僕はそのまま通された。

ダラム・ラールのオフィスのまえを通り過ぎた。僕の眼は憎しみに燃えていた。僕が通り過ぎるのを見ると、ラールは回廊に飛び出してきて、僕の肩をつかんで振り向かせた。「おまえはとんでもない疫病神だったんだろうな」そう言うと、笑顔で僕の横を通り過ぎた。僕は打ち負かされていた。ラールの勝ちだった。それが彼を見た最後になった。

　クレアの荷物を集め終えた。本、ベッドシーツ、写真。たくさんの写真。クレアの家族、家、インドに来たばかりの彼女、そしてひとりの子供。茶色の髪の子。白人の子。誰なのか尋ねたことは一度もなかった。僕はそれらすべてをまとめた。

僕たちはタクシーをつかまえた。こうしてクレアのセイクリッドハートでの時間は終わった。

彼女の新しい家、聖マリア修道院は悔悛（かいしゅん）したイタリア人ビジネスマンが建てた小さなレンガ造りの建物だった。その男は死の床で、子供のころのなけなしの信仰心にふたたび火をつけたのだった。そこは忘れられた人々の終（つい）の棲家（すみか）であり、崩れかけ、埃にまみれ、小さなレンガ造りの中庭がついた、小さなレンガ造りの刑務所だった。高齢のシスターたちが三本脚のプラスティック椅子に腰かけ、ゆっくりと死んでいく場所だった。

クレアは自分の人生と引き換えに、僕に新しい人生を与えたのだ。

僕はクレアを失うことになるが、それは強制的に学校から追い出されたこととは関係がないはずだ。どのみち、癌に命を奪われるのだから。でも当時はそう思えなかった。まるで一本の長い不幸の糸のように感じられた。ダラム・ラールが彼女に毒を盛ったように感じられた。僕は自分の体の一部を赤くなるまで押して、しこりがないか探したものだ。

クレアは病状が手遅れになるまで僕に教えなかった。でも僕は見ていた。クレアが自分自身のなかに消えていくのを。彼女の内なる光が消えるにつれ、部屋がゆっくりと暗くなっていくのを。クレアが言葉の途中で道を見失うのを。潰れた鍋のように声がひび割れていくのを。クレアの眼が僕をまっすぐに見透かすのを。彼女の過去がゆっくり、ゆっくりと、今現在よりも現実味を増していくのを。失神するようになったのを熱中症のせいにするのを。クレアが来る日も来る日もベッドの上で過ごし、体も心も弱らせていくのを。

僕は二年早く全国共通試験の席に座っていた。賢かったからではなく、貧乏人にありがちな理由から、つまり自棄(やけ)になっていたからだった。新しい人生を始めたかった——大学の奨学金、未来。父親から解放された生活。できるだけ早く手に入れたかった。一年間、勉強以外のことは何もしなかった。冗談を言い合える友達もなし——それまでもいなかったけれど、つくろうと思えば何人かできていたかもしれない——僕が肥満で関節炎になったときに思い出せるような、呑気な子供時代の瞬間もなし。僕は屋台を手伝った。父さんにとってはどうでもいいことだったけど、父子（おやこ）は仲よくするべきだとクレアに言われたから。

試験では手応えがあった。

封筒が届いたとき、早く結果を見たくてそれをびりびりに裂いた。僕は世に出ようとしていた。人生が変わろうとしていた。

結果を読んだ。

上位一万位以内。

僕はクレアにほほえみ、試験結果を彼女の手に押しつけた。

いい成績だった。

充分にいいとは言えなかった。

クレアは僕をぎゅっと抱きしめた。僕は泣きだした。

奨学金はなし。奨学金はそれを必要としない人間に与えられるものだ。空腹の恐怖を知らないやつに。まわりにいるあらゆる大人を見まわして、自分の未来のあらゆる可能性を見まわして、そのどれもがどうしようもないという恐怖を知らないやつに。

大学もなし。長きにわたり、それは僕の夢だった。

父さんと過ごす毎日は刺すような叱責の連続だった。「まだこんなところにいたのか、教授」と父さんは言った。低級カーストの客に対しては、僕の馬鹿げた自己改善の考え方を持ち出して、僕の気取りっぷりや知的追求を馬鹿にし、客たちは分不相応な僕をでっぷりと笑った。それ以外の客、新型のカメラつき携帯電話を持った中産階級に対しては、教育を受けた自分の息子をよいしょし、大学の奨学金をもらえなかったことに腹を立てているほどだった。実現していたら、どんな自慢話ができたことか！　こんな金玉野郎ですら携帯電話を持つようになっていた。オールドデリーは現代世界になりつつあった。白人のガイドブックに、魔法は消えてなくなったと書かれるようになった。これはつまり、僕たちが4Gデータ通信を手に入れたということだ。

シスター・クレアは僕の知らないところで仕事を見つけてきてくれた。僕にとって、ひとつの大通りは閉ざされていた。彼女は別の道を見つけた。靴をすり減らし、セイクリッドハートの卒業生とその夫たちがクレアに対して抱いていた好意の最後の蓄えをすり減らして。クレアに関する悪い噂が元生徒たちのあいだに広まるまえに。

新聞社での仕事だった。僕は特派員としてデリーじゅうを歩きまわり、記者たちのために足で調査し、写真を撮り、コーヒーを淹れ（コーヒーはインド人の新しい習慣として定着し、年長者や上司のための現代的な神酒となっていた）、書類作成や免責事項に関する事務作業をし、指名手配犯を見たという近所の老人たちや若い警官に取材をした。いい仕事だった。一日のほとんどの時間をひとりで過ごし、給料は安かったが、チャンスはふんだんにあった。

昼は仕事をし、夜は勉強した。クレアは全国共通試験をあきらめていなかった。僕には翌年にもう一度だけ再受験のチャンスがあった。この一年間は仕事と勉強、仕事と勉強に費やされることになった。

上司のプレムさんはいい人だった。丸々と太った男で、機嫌がいいときにはよく響く陽気な笑い声が部屋を満たした。どこかの大臣が秘書と関係を持ったとか、映画スターが浮気したといった事実を突き止めると、これで権力者をまたひとり打倒できるといって喜びに全身を震わせた。金曜日にはラドゥ、ベサン、ペダといった焼き菓子を買ってきて、デスクからデスクへと歩きまわり、僕たちの口のなかに押し込んだ。奥さんはクレアの昔の同僚で、夫の昼食を届けに会社にやってきては、いつも僕のために小さな弁当箱（ティファン）を置いていった。「クレアの若い教え子のためならなんでもするわ」と奥さんは明るく笑って言った。ときどき、僕が長い外仕事から帰ってきて、ようやく弁当箱に気づくこともあり、そういうときは冷めきった弁当を貪るように食べた。それが僕にあったものだった。冷たい弁当と容赦のない勉強。インドとはそういうものだ。

毎週土曜日は寺院にお参りし、感謝の念を伝えた。何に対する感謝だ？　何も持たずに生まれてきたこと？　毎日、毎分、仕事と勉強をしなきゃならないこと？　僕自身の人生が存在しないこと？

寺院にかよっていると話すとクレアは笑った。「教会に行くべきでしょ！」クレアの顔は部屋の暗闇に覆われ、何層もの布の下にあり、声はその形のない白い塊から漏れていた。クレアが中庭に出て腰かけることは一度もなかった。そこは煙も愚痴も、思い出も多すぎた。

「若いころはよく吸っていたの、煙草も、それ以外のあらゆるものも。それがどんな結果になったか見てごらんなさい。ほら！」そう言って、彼女は僕の髪をくしゃくしゃにし、映画に出てくるインドのおばあちゃんのように、しわくちゃの百ルピー紙幣を僕の手に押しつけようとした。金を受け取るのと辞退するのとではどちらの罪が重いかで僕と口論に次ぐ口論になり、最後にはクレアが根負けし、僕は金を返した。でも帰り際、なぜか僕のポケットに入っていた。

もっと若かったころ、クレアは世界を変えられると思っていた。革命、怒り、路上の血、警官と政治家に向かって投げつけられる敷石。残されたわずかな時間で、まだできるかもしれない。でもそのためには僕という人間を介する必要があった。だから彼女はそうした。

僕はみんながよく知るふつうの世界で、どれくらいのあいだ働いていただろうか？　半年？　半年におよぶ勉強と仕事、仕事と勉強。失敗したら一巻の終わりだと知りながら、同時に心配とは無縁の生活をしていた。相談相手のクレアがいて、生まれて初めて自分自身の自由を手に入れて。

僕はオフィスに行き、それから外に出てC級女優のふくれっ面をカメラに収め、地下鉄に乗って法律事務所に行き、テック系大富豪に取材し、父親代わりのプレムさんのアドバイスを聞き、ターメリックをまぶした奥さん手づくりのダールを食べ、その合間に黙々と勉強した。この幸せな時間は――いやまあ、幸せに近い時間は――何ヵ月続いたっけ？　クレアの癌が本格的に進行してしまうまで。

滑り出しはよかった。僕が出ていくとき、父さんはくそみたいだった。あの暗い無の部屋にひとりきりで、それ以外にあるのは僕が生まれてからずっと使っていたビニール製のマットレスと、コンクリートを柔らかくする上階からの水漏れだけだった。これから父さんには虐待できる相手も、自慢話ができる相手も、からかえる相手もなく、かたや僕は新聞裏面で見つけた植物油のにおいがする汚い窓なしアパートに引っ越し、都会の男として恵まれた新生活を送ることになっていた。

父さんは何も言わずに僕を解放するだろう。最初のうちはそう思っていた。僕の存在がどれだけ無意味かをわからせるために。でも、いざ出ていこうとすると、あのつるつるの手が現われ、僕の手首をつかんだ。

「いくら勉強したところでどうにもならん。俺も昔、夢を見ていた。そうじゃなかったとでも思っているのか？　くそったれの大物さんよ、この家族のなかで、もっとましな生活を夢見たのがおまえだけだと思っているのか？　おまえはいつもいつも俺を馬鹿にしていたな。俺だって夢を見ていたさ。それで結局どうなった？　こうなったのさ。おまえと、この穴倉、死んだ妻。あの女は馬鹿な子供を産み、そのせいで死んだ」父さんの眼はドリルのように僕の眼を貫き、僕を握りしめる手は鉄のように硬かった。痛みに耐えて指を曲げているのがわかった。腱が自然なカーブの反対側に向かってぴんと張っていた。

「おまえの母さんもそんな夢を持っていた。俺は愚かにもそれを信じた。学校で勉強した。政府の仕事をした。それでこんな手になった。おまえを見殺しにするべきだったが、そうする代わりに働いた。おまえを食わせた。服をやった。おまえがちゃんと生きていけるように」

父さんは母さんというカードを切っていた。それが最後の手札か？　僕は父さんの好きにさせた。積年の恨みと不満の果てに。もう戻らないつもりだった。この部屋には二度と。それだけは絶対だ。

「母さんが死んだのはおまえのせいだ」僕は言った。「おまえと同じ世界にいることに耐えられなかったんだ」そこまで言うと、僕は黙った。ほかには何もなかった。言葉では言いようのないほど父さんを憎んでいた。どんな言葉でも足りないほどに。

「さんざっぱら勉強してきて」父さんは笑った。「そんな罵倒の文句しか言えないのか？　母さんを殺したのはおまえだ。おまえは触れるものすべてをめちゃくちゃにする。あの修道女がどうなったか聞いたよ。あの女はさぞ自分の人生に満足しているだろうな。金もない、仕事もない、でも少なくとも、大事な大事なラメッ——」

僕は父さんを殴った。

結局のところ、それが父さんの教えだったから。肋骨を、父さんが以前折った肋骨を狙って。父さんが動かなくなり、終わったことがわかった。

殴るときは相手が二度と立ちあがれなくなるまで殴れ。それが父さんからの贈り物だった。それが父さんが持っていたすべてだった。ちょっとしたすてきな物語。そこには自分の立場をわきまえろという、ちょっとしたすてきな教訓があり、何年もの沈黙の苦しみの末に、ひとつの屈服で終わる。

この金玉野郎。

そんなことはすでに本で学んでいた。ドイツ建築やローマ史といった無駄な勉強のなかで。

僕は自分の荷物、本、ノートを持ち、家を出た。それだけのことだった。

角を曲がり、また別の角を曲がった。まわりの人たちを見た。屋台のまえの通りを掃除し、酔っ払って戸口で横になり、煙草の煙の向こうに流れる世界を眺めている人々を。彼らの人生はこの先も変わらないだろう。

僕は新しいアパートに行き、毎月末にきっちり家賃を払い、決して振り返らなかった。

ついに僕は金を手に入れた！　バイクを買った。やろうと思えば、五つ星ホテルのバーやクラブに行って、見栄のためだけに水を注文し、ブランドもののナプキンを失敬してくることもできた。メディアのバッジを誰かの顔に押しつけてやることも、若い政治家を脅迫することも。でもしなかった。僕は仕事をした。クレアに金を返すという馬鹿げた夢を持っていた。毎月、彼女にちょっとしたものをあげるという馬鹿げた夢を。

思いあがりも甚だしい。

手術はできる、そう言われた。でも、政府の病院で？　誰もがそういう場所について聞いたことがある。無関心な看護師、過労の医師。骸骨のように痩せ細った手を握りしめ、怒りに燃える親族でいっぱいの廊下。誰もが座り、ぼろをまとい、壊れた蛍光灯が五秒ごとにキン！　と鳴る。社会主義者の約束がくそに変わるにおいがする。

僕が到着したとき、クレアは個室にいた。白人だとそういうことになる。僕は数分間、その寝顔を眺めた。数週間前、クレアはついに検査を受け、二週間待たされた。そして、結果を聞くと、僕に電話をかけてきた。彼女の声は遠く、弱々しく、言葉と言葉のあいだの息は浅かった。「肺に小さな腫瘍があるだけです」外科医がやってきて言った。映画からそのまま出てきたような、ジャッキー・シュロフがスクリーンから飛び出てきたような人だった。白髪交じりの濃い黒髪。有能そうな口ひげ。僕はいつもそういうひげをうらやましく思っていた。自分は首と唇のあたりにちょびちょびと生えるくらいだから。「どのくらい待たされるのかは誰にもわかりません。半年？　一年？　そのあいだに少し大きくなるでしょうね、まちがいなく」医師は眠っているクレアの体を見おろしながら言った。僕はクレアにそんな時間は残されていないと知っていた。医師も同じだった。僕の顔に浮かんだ絶望を見て、医師は僕を廊下に連れ出した。その顔つきは見たことがあった。個室や清潔な部屋を不正で汚す必要はない。不正は庶民が歩きまわる廊下のためのものだ。「それか、私が個人的に手術してもいい」彼は言った。「でも金がかかる。三十万ルピーだ。しかしね、健康より価値のあるものはないんだよ、君(ベータ)」

そんな金は用意できないと僕が叫ぶと、医師はほほえみ、僕の背中に手を置いて言った。ささやき声で。もし政府の病院で手術したら、クレアを殺すことになる、メスが滑って動脈が切れることになる。君にとって彼女がどれだけ大切な人かは知っている、そこでちょっとした提案があるんだ。

彼は金持ちだった。でも良心があった——僕にはそれがわかった。なぜなら、医師の口から最初に出た言葉が「私は金持ちだ。でも良心がある」だったからだ。この手の金持ちは自分の宣伝文句を信じているものだ。

医師は主婦のための個人クリニックを経営する傍ら、国のために自分の役割を果たそうとしていた——古いインドと新しいインド、伝統と富、ヴェーダ的なカルマと欧米の資本主義が手を取り合っていた。これは僕の想像だけど、今ごろ、この医師は慈善事業をやっていて、インスタのページには白い歯をした子供たちと一緒に写ったたくさんの自撮り写真が載っていることだろう。

悪魔というのは、やってきたときには無害に見えるものだ。僕は何時間も聖書を勉強して、そう学んだ。その者は乳と蜜をちらつかせ、悪行をさも簡単なことのように見せかける。彼はシスター・クレアと話をしていた。クレアは自分の過去について、医師に少し話しすぎていた。それから自分の教え子について。あの子がいかに特別か、いかにすばらしいか、いかに何もないところから立ちあがったか。そんなことをしてはいけない、友よ。トラブルを招くだけだ。

医師は僕の眼を見た。涙で真っ赤になった眼を。手がかりを追って長い一日を過ごし、黄色く染まったシャツの襟を。そして、これは千載一遇の申し出だと言った。

サンジーヴ・ヴェルマ医師には問題があった。その問題というのは息子だった。いい子だが、怠け者で頭が弱い。全国共通試験を目前に控えている。君に何か手伝ってもらえることはないか？

「家庭教師ですか？　やったことありません」僕がそう言うと、医師は笑い、僕もつられて笑った。

「家庭教師じゃない」彼は言い、それから僕に何をしてほしいのかを言った。彼のハンサムな顔のせいで、それは世界で一番簡単で一番合理的なことのように思えた。「ちょっとした無害なお芝居をするだけだ。その日の午前中だけ私の息子になってくれ。そうしたら手術代は一ルピーたりとも払わなくていい」

だから僕はそうした。

自分の再試験を犠牲にして。僕にはたくさんの奇跡のようなことが、説明不能なことができるが、それでもふたつの試験を同時に受けることはできない。

クレアのために自分の未来をあきらめた。ちょうど彼女が僕のために自分の未来をあきらめたように。

ヴェルマ家の馬鹿息子のために、まったく新しい分野を学ぶことになった。息子はどこにでもいるアーティスト気取りで、歴史、社会、地理を履修していた。だから僕も経済と金融という自分の常識的な選択に加え、それらを勉強しなければならなかった。

仕事に遅刻するようになった。プレムさんには君のせいで自分が馬鹿に見えてしまうと長々と説教された。プレムさんのプライドは傷ついた。毎週金曜日に僕のデスクに氷菓（クルフィ）を多めに持ってきてくれることもなくなった。奥さんの弁当も届かなくなった。記者たちは怒った――必要な写真は一枚も撮られず、文書はまちがいだらけになった。でも、僕には勉強することが山ほどあった。みんなが僕を見て思った。こいつはどうして雇われたんだ？　くそったれ低級カーストが特別扱いされている。僕は長時間の労働でまぶたが重くなっていた。夜は二、三時間しか眠れなかった。何度かバイクから転げ落ちた。

僕は間抜けな涙を流し、プレムさんに二度目の、三度目の、五度目のチャンスを懇願した。もちろんクビになった。荷物をまとめているあいだ、彼の眼を見ることさえできなかった。

将来、プレムさんが誰かにこう言う姿が眼に浮かぶようだ。「昔、低級カーストの少年にチャンスを与えたことがあるんだ。妻が言いだしたことでね。ひどい目に遭ったよ！」多くの人を失望させてしまった僕は灰と胆汁の味を感じることだろう。

シスター・クレアには話さなかった。もちろん話せなかった。もし真実を知ったら、彼女は二度と僕を見てくれないだろう。手術のこと、金のこと、自分の全国共通試験をあきらめたこと。

僕は夜まで泣いた。当時の僕は馬鹿だった。クレアは僕を助けたせいで癌になったと思っていた。彼女が僕のために自分を犠牲にしたからだと。でも、ほんとうにそうだったのかもしれない。

僕は全国共通試験を受けた。

毎回机に着き、試験を受けた。僕は五キロ離れた別の試験会場にいるはずだった。けど、ラメッシュ・クマールは欠席だった。試験会場に一度も姿を現わさない、大勢の哀れな少年のひとりに過ぎなかった。

初めて替え玉をしたこのとき、自分は捕まるだろうと思っていた。

僕は汗をにじませていただろうか？　全国共通試験で初めて不正をしたあのときに？　泣いただろうか？　僕はその記憶を封印してきた。あの数年間にあったほかのすべてと同じように。クレアの砕けた笑顔と「神は愛なり」以外のすべてと同じように。

試験はどうだったかとクレアが尋ねた。散々だったよ、と僕は言った。勉強が足りなかったんだと思う。実力が足りなかったんだ。そう言って涙を流した。彼女の手を握り、ほんとうのことを言っているように見せた。

「そんなことない、わたしの息子よ、少なくともあなたには仕事がある」クレアは疲れきっていて、ため息をつくしかできなかった。「あなたがベストを尽くしたことはわかってる」

僕は上位千位に入った。それくらい優秀なのだ。ヴェルマは約束を守った。手術はうまくいかなかった。病状は悪化した。

それがカルマだ。白人たちが言うように。ここはそういう国だ、貧しいとそうなる。

そのあとのクレアはそれまでのクレアには戻らなかった。皮膚越しに血管が輝いていた。手の柔らかさは骨の硬さに変わった。美しい物語はもうない。暗い、風通しの悪い部屋のなかの低いささやき声、革になっていく肌があるだけだ。

夜、僕は彼女の黄ばんだペーパーバックを読んだ。ハーディー・ボーイズものとナンシー・ドリューもの（いずれも少年少女向け探偵小説）。クレアは眠っているように見えたが、僕が読み終えると、もう一冊読むようにと言った。

クレアはごほごほと咳き込むようにして、ひと言ふた言しゃべるだけになった。見舞いの花を持っていったとき、彼女が言ったのは「そんなことしないで」だけだった。ゴール・マーケットのフランス人のパン屋で買ったクロワッサンは「もったいない」。

クレアがどれだけ正しかったか。僕は彼女のために魂を売り、何も得られなかった。

「よくなるはずなんだが。何が悪いのか、私にはさっぱりわからない」毎月の検診の際、ヴェルマ医師は言った。「この手の病気はわからないものなんだ。ああ、もう話したかな？　息子のロヒトはデリー大学でがんばっているよ。おめでとう、君！」医師は僕が歓声をあげると思ったのだろう。そうそう、言ったっけ。私の親しい飲み友達に、同じ問題を抱えているやつがいるんだ。これがそいつの電話番号だ、念のため教えておくよ。君はほんとうにすばらしい仕事をしてくれた。

僕には仕事がなく、アパートから追い出されようとしていて、そこに未来が手を差し伸べていた。

そのようにして、事実と人名と梗概（こうがい）がセメントのように頭に流し込まれる生活が始まった。違法ダウンロードしたＰＤＦ、メイクされていない汗まみれのベッド、コンピューター画面の白熱した焦げに照らされた部屋と脳みその生活が。そんな生活が五年間、頭の片隅にはいつも、いつになったら抜け出せるのだろうという考えがあった。三十五歳になってもこんなことを続けているんだろうか？　いつから学生にしては老けすぎに見えだすだろうか？　またチャイ屋台の仕事に戻ることになるんだろうか？

クレアには誰も会いに来なかった。教え子も同僚も、誰も。

僕はクレアに食事を与え、ベッドから車椅子に運んだ。外の空気を吸えるように。修道女たちが花の手入れをしているのが見えるように。僕はクレアの体を包帯で巻いた。血を吐く彼女の頭を押さえた。二十週間で二十歳分老いるのを見た。マットレスの血を拭いた。皮膚の悪いところにローションを塗った。クレアを風呂に入れ、その後タオルで拭き、濡れた髪をタオルで乾かし、彼女がどれだけ小さくなってしまったか、皮膚と頭蓋骨だけになってしまったかを感じた。チャイを入れ、液体が彼女の口からこぼれると、あごを拭いた。

ときどき、クレアはまったく別の場所にいることがあった。そんなときは今までに聞いたことのない名前で僕を呼んだ。僕のことを〝息子〟と呼んだ。僕を救えなかったことに涙を流し、あなたが生きていてくれたら、今一緒にいてくれたらと言った。写真は全部取ってある、一枚たりとも捨てていないと泣き、ごめんなさいと言った。何度も何度も何度も。

そのとき、僕は理解した。

それが僕の運命なのだ。いつも誰かの代わりを務めるのが。

クレアが僕に言った最後の言葉は、まるで命ある一日と引き換えにするように、その数ヵ月間一番多く口にしていた言葉は、「神はこれまでもずっと存在した。神は存在する。これからもありつづける。神は愛なり」だった。

そんなのくその山だ。

クレアは政府の病院で死んだ。心から愛した貧しい人たちのベッドまたベッドに囲まれて。最後の言葉を言ったあと、三日持ちこたえた。僕の人生で最悪の日々だった。

クレアは言葉にならないその声を叫んで過ごした。真夜中に叫び、僕が起きて彼女を抱き寄せると、そのまま叫びつづけた。僕はベッドの隣の椅子の上で眠った。

叫び声があえぎに変わったとき、最期が近いとわかった。心拍数モニターは必要ありませんでした、ええ、サー。

最期の朝、クレアは熱を出した。熱をさげるために僕にできることはなかった。ミネラルウォーターに浸したタオルはなし。冷たい湿布はなし。クレアがベッドのあらゆる場所に血を吐いたので、僕は廊下に飛び出し、助けに来てくれる人を探したが、誰も来なかった。そして彼女は逝った。

奇妙な気分だ。全世界でたったひとり、自分のことを気にかけてくれる人がとっくに死んでいるとわかっているのは。たとえ彼女が見てくれていたとしても、こんな自分になった僕を誇りに思ってはくれないだろうとわかっているのは。

7

ルディはこの世界で自分の運命と結びついているのが僕しかいないということにすぐに気がついた。賢いガキだ。僕は十パーセントをもらい、その代わりに彼のためになんでもやった。サインも、退屈な会議も、食料の買い出しも、運転も。その見返りとして、ルディは人前で僕を罵倒するようになった。なんてトレードオフだ！

誰もが知るような会社から小銭（パイサ）が洪水のように入ってきた。〈ボーンヴィタ〉社からはルディに〝賢く飲もうよ〟キャンペーンの顔になってほしいと依頼があった。〈コカ・コーラ〉社の〝インド、前進せよ！〟広告では、撮影現場で女優のアーリヤー・バットと一緒になった。〈ヒーロー・ホンダ〉――クリケット・チームの半分に会い、インスタグラム用のすばらしい写真を撮った。ハッシュタグは#インドよ立ちあがれ（bharatrising）。ルディは眼鏡をやめてコンタクトにした。もちろん、僕らはそれもスポンサーをつける機会として利用した。

僕はルディの公式アカウントを管理して、毎日何時間もかけてスナップチャット、インスタグラム、ユーチューブ、ツイッターに投稿し、ルディの考えや洒落た文句、文化的なコメント、クリケット試合の勝利に対する祝いの言葉でみんなを沸かせた。弁舌巧みで、マニキュアを塗ったような、洗練されたセレブを演出しようとはしなかった。どこにでもいるインドのティーンエイジャーになり、僕の生まれついての知性を四分の一ほどに落としてやるだけでよかった。たまに僕が全国共通試験のトップであることを思い出させるため、ルディのアカウントでフランスのシャトーやマウリヤ朝の寺院群の写真を投稿すると、「なんてインテリなんだ、サー」とコメントがついた。僕は二十四歳で、足元には世界があった。たとえ賞賛を受けるのが自分以外の誰かであったとしても。

ルディが大学に進学するという話は跡形もなく消えていた。今なら千回生まれ変わっても使い切れないくらいの金を稼げるのに、なぜまた何年も勉強しなきゃならない？ 学位はあとまわしになった。

すばらしかった。唯一の問題は取り巻き、宣伝マン、公認の投資機会担当者だった。でも、僕はそのために運転手兼ボディガードを雇った。陽気な元軍人。月に五万ルピーを支払った。パワンという男で、背が低く、筋肉質で目立たないが、頼りになる運転手だ。彼の奥さんは漬け物（アチャール）を漬ける以外の家事はいっさいしないらしく、パワンは毎週金曜日になるとマンゴー、トマト、ショウガの入った油まみれの瓶を僕たちにくれた。「長命術（アーユルヴェーダ）ですよ、サー。ハンセン病と痛風によく効きます」もしくは、奥さんがその週にググった病名の適当な組み合わせに効く。アチャールの瓶は僕のベッドの下に積みあげられた。

奥さんは運転中の夫に電話をかけてきて、一日に何時間も通話した。「わたしのかわいいレスラー（ペヘルワン）ちゃんは元気？」そんなことを訊くのだ。「わたしの王のなかの王（シャヘンシャー）は元気？」パワンはそんな愛称で呼ばれるたびにハンドルをぎゅっと握り、指を白くした。そして、ずっとうしろを振り返り、「通話を終了してもいいですか、サー？」と小声で言った。「スピーカーを使わずに妻と話してもいいですか？」けれど、ルディは首を横に振った。女性というものが恋人にどんな甘い言葉をかけるのか、聞いておきたかったのだろう。ルディは切実に恋人を欲しがっていたが、それは契約に含まれていなかった。僕はなんでも屋だった。ルディは切実に恋人を欲しがっていたが、ガイドでもあった。でもしょうもないポン引きではなかった。

ほとんどの男は女を口説く方法を知りたがる。女の気持ちを引きとめておく方法よりも、嘘とはったりと魔法と儀式のコンビネーションを知りたがる。けど、ルディはちがった。どんな細かなことでも知りたがった。あらゆる冗談、からかい、うずきと痛み、マットレスについた奇妙な染みについても。ルディはそういうのが大好きだった。

僕たちには運転手がいた。注目があった。金があった。あとはその金を何に使うかだった。

ルディが最初にした大きな買い物は、いかにも金持ちでございといった家だった。サウス・エクステンションにあるアパート。僕は狭い箱型の寝室を使わせてもらい、オフィスにするつもりだったが、結局、ほとんどの時間をそこで過ごすことになった。念のため、もともと住んでいた家もキープしておいた。ルディの両親は息子がその家を買うことを禁じ、僕がそこに住み着くことも禁じていた。ルディは両親と喧嘩になったことを教えてくれた。彼らは僕のことを低級カーストの詐欺師だと思っていて、金を全部持っていかれると危惧しているらしかった。もちろん僕は低級カーストの詐欺師で、そもそも本人に代わってルディを成功者にしてやったわけだけど。ルディがアウディを買い与えると、ふたりは文句を言うのをやめた。

ルディと僕はどちらが言いだすまでもなく、ルームメイトになった。僕は買い物をし、掃除と料理も担当した。ルディは酔っ払ってアマゾンでポチった商品やピザの箱で部屋と廊下を散らかした。なかなかいい暮らしだった。

一緒に暮らしてみると、ルディは悪いやつではなかった。ちょっとどころじゃなくイカれている面もあったが、インドの子供はみんなそうだ。僕たちはいいチームだった。ルディは太っていて、僕は痩せていた。ルディは色白で、僕は色黒だった。でも、ひとつだけ共通点があった。怒りだ。

性欲を発散できる相手がいないとか、ドウェイン・ジョンソンのような容姿でないという十代にありがちな怒りではなく、もっと深く、はるかに根源的な怒り。

デリーの高級住宅街にある億万長者用のペントハウスに引っ越して、さぞパーティ三昧にちがいないと君は思うだろう。けど、そうじゃなかった。僕はティーンエイジャーの後始末に時間を費やす羽目になった。

ルディはファンとの交流会、国内・国外メディア相手のインタビューに吸い寄せられていた。それから派手なパーティ、ヨーロッパの酒、高級モールのＤＪセットに。香水をつけ、ルビー、キティ、スウィーティといった名前で呼ばれる黄褐色の少女たちに。女たちはクラブでルディを取り巻いた。ルディはそのひとりに話しかける。自撮り写真を撮る。僕はみんなを僕たちの家に連れて帰り、眠る。朝起きて、ルディの部屋の瓶を片づける。女の子たちはもういなくなっている。何人いたのかもわからない。ずいぶん楽しんだのだろう。

ある夜、ルディは別の女の子たちを帰したあと、ノックもせずに僕の部屋にふらふらと入ってきた。超高級ウォッカの瓶を持って、僕のベッドの上に身を投げ、眼はうつろ。で、話しはじめた。今回もほんとうの愛は見つからなかった。女の子との一夜の火遊びを楽しめばいいのに、と君は思うかもしれない。でもそうじゃないんだ――ルディはありのままの自分を求めてくれる人を求めていた。

「ガキはお断わりだっての」ルディは言い、天井のファンを見あげた。「俺はあいつらをめちゃくちゃにしちまう。そんなことしなくても、もともとめちゃくちゃなガキたちだってのに。俺の両親はな、あんちゃん、いつもないものねだりだった。とにかく多くを求めていた。何をやっても満足しないんだ。いっそあらゆるものを両親の眼に触れないようにするほうが簡単だった」

ルディは話しつづけた。屈辱について、どれだけがんばっても足りなかったと感じていたことについて。俺はひとりっ子で、育ててもらうのに金がかかりすぎたけど、今のところ何も返せていない。僕は悲しみを巧妙すぎるほど巧妙に隠しているこの十八歳を気の毒に思った。

「ラメッシュ。俺は女が欲しいだけじゃない。ほんとうの愛が欲しいんだ。金で買いたくはない。はあ、邪魔したな」ルディは言うと、ため息交じりに部屋を出て、中華の出前に電話をかけた。

それもまた、セレブ御用達の栄養士には隠しておかなければならないことだった。

僕は理解した。ルディは女性の眼をまっすぐに見て、そこに自分がこの先絶対に手に入れられないものを見出したいのだ――つまり、自分が何者でもなかったとしても、この女性(ひと)なら自分を求めてくれただろうと思いたかったのだ。

ルディは何かリアルなものを求めていた。これほど金持ちでこれほど有名になると、リアルなものは手に入らなくなる。

朝起きると、ルディはふたつあるバスルームのひとつに入り、シャワーを浴びる。それが何時間もかかる。酷使されたお湯のタンクがうめき声をあげ、僕は何も異変が起きていないかどうか、ノックして確かめなきゃならなかった。

まあまあひどい状況ではあったけれど、ダンプカーいっぱいのキャッシュのおかげで、最悪の状況ではなかった。サクセナ家ですら〝おまえを痛い目に遭わせてやる〟の態度を改め、彼らのために金を生む作業に専念させてくれるようになった。

少なくとも僕はルディの味方だった。ルディのキャリアは僕のキャリアでもあり、多くの人がルディの破滅を望んでいた。ゴシップ記事がすぐに出まわるようになった。実際、ルディの振る舞いはひどかった。見栄とアルコールの乱痴気騒ぎと化したパーティに出向き、客たちに囲まれて山ほどの紙幣（ガンジー）を投げつけ、彼らが奪い合うのを眺め、広告撮影現場で問題を起こし、くそガキのように振る舞っていた。

僕はルディがトラブルに巻き込まれないように同行した。ルディが五体満足で帰ってこられるように。僕はそういったものに溺れなかった。ここにいるのは金のためだった。気晴らしはなし、女はなし、何もなし。ドラッグ中毒もなし。僕という人間を変えることもなかった。恋に落ちることはもちろん、将来の計画を立てるようなナンセンスもなしだ。

僕たちがアパートに座っていると電話がかかってきた。でかい電話が。すべてを変える電話が。ルディはテレビを観ていた。僕は承諾の取れたスポンサー案件をまとめて、インスタにアップしているところだった。どれも完璧に仕上げ、時間どおりに。金のために最高の仕事をしていた。

僕たちはただ自分のことだけを考え、ルディはずっと音信のなかった友人や親戚からの電話に応じていて――

テレビ。彼らはルディをテレビに出したがっていた。

こうして僕たちは神よりも、あるいは改革派で企業フレンドリーでダヴォス会議に出ているビハール州首相よりも金持ちになった。

電話がかかってきた。ドイツ語訛りだった。

「ルドラクシュ・サクセナさんのマネージャーですか？」

ええ、そうです。

その声は僕たちが現実に存在するとすら思わなかった額の金を提示してきた。インドのクリケット・チームの主将がウィスキーのスポンサーになって稼ぐような類いの金だ。そしてすべてが一変した。

僕は弁護士を雇った。打ち合わせを手配した。

コンノート・プレイスの〈イクバル・テイラーズ〉に行って、体に合わせたスーツを頼んだ。「今風でスタイリッシュでモダンなものを」と注文したが、その裏の意味は「これから白人に会うんだ、兄弟（バーイ）、彼らに笑われないようなものを頼む」だった。

数日後、僕たちはガラス張りのオフィスに姿を現わした。受付はみんな白人だった。それで、僕はほんとうになし遂げたんだと確信した。

場所は超高層ビルの三十階。それまでに行ったことのない高さだった。窓の外に眼をやると、小さな人たちが精いっぱい働き、売り、汗水を垂らしているのが眼下に見えた。そのとき突然、ようやくにして、僕は理解した。この場所をあとにした瞬間から、僕は決して、二度とあの人たちのようにはならないのだと。

スタンフォード大の学位を持つ弁護士たちが主張をぶつけ合っていた。僕はそれから二時間、退屈して不機嫌なルドラクシュ・サクセナの隣に座り、金以外のすべてのことをシャットアウトした。数字は大きくなる一方だった。チャイ屋台の稼ぎ百年分、僕は数えた、それが千年分、一万年分になった。ルディはたんにクイズ番組の司会者になるんじゃない。彼らはルディをブランド化し、国の若者の顔に、〝すべてを知る少年〟に仕立てあげようとしていた。

僕はシャンパンで祝杯をあげ、あとでトイレの鏡に映る自分の顔を見た。まだ同じ顔をしていることに驚いた。

千五百万ルピー。千五百万人の柔らかい笑顔のガンジー。それが僕の分け前だった（どうだ、スラムドッグ$ミリオネア）。

僕は裏方の人間には会ったことがなかった。世界最大のテレビ市場に、ありきたりなお茶の間番組を一千万人の人間が観るような市場に参入しようとするスイス人には。彼らはこの地に数百万ドルの投資をしていたが、それでも彼らにしてみれば、インドで時間を費やす価値はないようだった。

僕にはどうでもよかった。僕が見たのは彼らのキャッシュと彼らが建てたものであり、それは美しかった。

朝、僕たちを迎える車が来た。運転手は敬礼までした。

アパートから一時間かかったが、そのことに気づきもしなかった。ルディと僕は話すらしなかった。ただ顔を見合わせ、自分たちの身に起きていることに爆笑しないようにしていた。

ゲートでスーツ姿のエグゼクティブが僕たちを出迎えた。この男には、その後二度とお眼にかかる機会はなかった。

「ここがデリー・インターナショナル・スタジオのあなたの控え室です」彼は言った。控え室？まるで宮殿だった。

メイク室、コントロール室、コーヒー、煙草、人々の生活の臓物があふれたプロダクション室を案内された。どの部屋も中央スタジオの食堂から廊下を数本隔てたところにあった。

「どれも大変すばらしいですね」ルディは無感動なＭＢＡ持ちのように言った。

しかし、そんな彼もスタジオには眼をみはった。

スーツ男にもそれがわかっていた。男はドアのまえで立ちどまると、僕たちに向き直り、言った。「ここがあなたの新しい家です、サクセナさん。私たちの傑作を気に入っていただけると思います」

男はドアをあけた。最初に眼に入ったのはコードと配線でいっぱいの暗い洞窟、落ち着きのない汗だくの観客たちのための座席列だけだった。空気が外に吐き出された。あまりに熱く、タンドール窯のなかにいるようだった。

なかに入り、ステージに近づくと、すべてが見えてきた。

ピンク色の照明、柱、ずっしりした緞帳（どんちょう）、人造大理石、電気技師、カメラマン、あっちへこっちへ走っている。人間が動きまわる活気。このスイスの男たちはインドを理解している。できるものならダンサーやセクシーな女の子も配置されていただろう。いつもの品のいい擬似ヌードで、みんなサリーを着て、いつもより少しだけ丈が短く、少しだけ近くに配置されて。

《天才をやっつけろ（ビート・ザ・ブレイン）》。

なんてファーザーファックなジョークだ。

テレビでライブ放送、ライブ、ライブ、そこにぴりりとマサラとプレッシャーを足して、見逃し厳禁の四方山話（よもやまばなし）。眼をきらきらさせた何百人もの出場者たち、インド全国から人口統計学にもとづいて毎月選出される出場者たちが、一億二千万（十二クロール）ルピーという巨額の賞金（この数字は数秘術的な理由で決められた。スイス人は僕たちにとって十二というのは非常に大きな文化的意味がある数字だと聞かされていた）を手に入れるため、十二問のクイズに答え、全国共通試験トップの打倒を目指す。僕と制作アシスタントがルディのイヤフォンに答えを吹き込むというからくりだ。

　実際に撮影が始まるまで二週間の準備期間があった。僕たちの口座には一年分のギャラである一億五千万ルピーが前払いで入金され、ルディは彼の指示に従いたくてたまらない人たちの軍団に囲まれていた。僕たちは番組初回の午前を執筆室で過ごし、ケツ舐め連中やプロデューサーのアシスタントたちが、その晩ルディが話すジョークの案を携えてやってきた。午後はビキニ姿の若手女優たちと一緒にココナッツジュースの写真撮影があった。

「ラメッシュ！」ルディは一日じゅうそう叫んでいた。僕はクイズの最終調整をしたり、広告契約を確認したり、ルディの人生の逐一について世話を焼いたりしていたが、トランシーバーから聞こえてくるルディの金切り声に何度となく呼び出された。

「はい、ボス」ルディのところに行くと僕は言った。

　人前ではルディをボスと呼ぶようになっていた。それが僕の背負う十字架だった。

　ルディのまわりの人々、タマ舐め野郎たち、メイク担当、アーユルヴェーダのモグリ医者たち、サングラスとピンクのリップグロスの女の子たちがそれで喜んでくれるなら何よりだ。
ルディは自分がここにいるのは全部僕のおかげだとわかってるのか？　僕に感謝してるのか？　僕の行く道に花びらを撒いてくれてるか？

今回のルディの不満はチャイについて、あの不潔で、命を癒やすものについてだった。

「冷めきってるじゃないか！」ルディは怒鳴った。

「わかったよ、ボス」僕はすぐに言った。「すぐに代わりを用意する。君の望みどおりにするよ」僕は紙コップをつかんだが、ルディはそれを強く握りしめたままだった。

「離してくれ、馬鹿野郎（ベワクーフ）」僕は静かに言った。ルディはもっと強く握りしめた。無理やり奪い取ると、紙コップは弾けるようにくしゃっと潰れ、僕は生ぬるい液体を全身に浴びた。

僕たちは見つめ合った。

ルディはにやにやしていた。今度こいつが夜中に僕のところに来て泣くことがあったら、その姿をうっかりインスタにアップしてやる。ルディをメンタルヘルスのイメージキャラクターにして、キャリアの崩壊を見届けてやる。

ルディは僕に対して、なんでも望みどおりのことができると気づいていた。でも、僕はこいつに罰を与えられるだろうか？　ルディが転げ落ちれば、僕も転げ落ちる。二年後、スキャンダルが収まったあとも、リアリティ番組《ビッグ・ボス》への出演料として僕に五千万ガンジーを払ってくれる人はいない。

僕はチャイの代わりを取りに行った。フライドポテト、コンドーム、ウィスキーをいつも取りに行かされていたように。部屋から出ようとしたとき、服を乾かそうとぱたぱたさせていたせいで、注意が疎かになっていて、入ってこようとしていた女性とぶつかった。

彼女は書類と本の束を持ち、インカム用のイヤフォンがさりげなく肩にかけられていた。今でもありありと思い出せる。

「その、ええと……」

「アシスタント・プロデューサーのプリヤです。あなたはクマールさんですよね？　サクセナさんのマネージャーの」

クマールさん？　レストランやタクシーを別にすれば、僕をそう呼ぶ人は初めてだった。僕はしばらくのあいだ、なんと答えていいかわからなかった。

「ええと、そう、ラメッシュです。そうです、マネージャーの。そのとおりです。助手じゃありません。絶対に。僕のことを助手と呼ぶやつがいたら、射殺しておいてください」

「任せてください」彼女は陰謀めいたウィンクをして言うと、髪を耳のうしろにかきあげ、迫ってきた。僕は一歩さがろうとしたが、できなかった。「わたしのリストにも、ほかにもたくさんの標的がいるんです」彼女は小声で言った。

「嫌なことでもあったんですか？」なぜ自分が会話をしているのかわからなかった。ラメッシュ、おまえはここで金を稼いで、チャイを運んで、魂と心は無傷のまま出ていくんだ。やめておけ、この女の子と話すな、おまえには高嶺の花だ。おい、にやにやするな。どうしてそんなふうにほほえむんだ、ラメッシュ？　彼女がほほえんでいるからか？

「ボスと顔を合わせたくないだけです。いつものことですよ」彼女は言った。「あら！　なんてこと、チャイまみれじゃないですか。どうしたんです？　手伝いましょうか？」

「いや、ええと、あなたは忙しいでしょう。行ってください。大丈夫ですから」

「ほんとに？　わたしもこの番組に参加させてもらうことになってます。連絡を取り合いましょう。これ、わたしの番号です」彼女は僕に名刺を渡すと、すたすたと歩き去った。髪から薔薇の香りをさせ、二冊の本と紙束を両腕に抱えてバランスを取りながら。

連絡を取り合う？　僕を誰と勘ちがいしたんだ？　キャリア志向の大学生とか？　でも少なくとも、誰かが僕に電話番号を教えてくれた。少なくとも、誰かが僕のことを知りたがっていた。

プリヤと一緒に働くようになってすぐ、彼女の最大の問題は僕にとっても最大の問題になった。僕たちにはケツ穴みたいな大ボスがいた。

そいつの一番の問題は、そいつが金玉野郎ということだった。すべてはそれに付随していた。シャシャンク・オベロイを喜ばせるものは何もなかった。Cクラスのメルセデスも、元モデルの妻も、インターンをファックしようとすることも、ごますり連中に囲まれることも、何も。今まで幸せだったことが一度でもあるのだろうか、それともこの世に生まれ落ちた瞬間から泣きだし、それからずっとその調子なのだろうか？

それに比べたら、ルディはまだ感じのいい人間だった。酔っていないとき、暴言を吐いていないとき、スカートを追いかけまわしていないときは。オベロイはボタンダウンのシャツを着た、永遠の怒りの災厄のようだった。

「台本がおもしろくない、ルディの魅力が足りてない、こんな馬鹿なクイズじゃバズらんし、ハプニングも起こらない。カメラアングルは想像力がない、照明の色が悪い、コーヒーがない、音が悪い、ラメッシュはくそ似非不可触民だし、労働組合はどうしようもない、ドラヴィダ人は怠け者ばかり、昼飯はまたベジカレーか、プリヤはくそ、インフレはくそ、イギリスがまたこの国を支配してくれたらいいんだがな、なにが民主主義だ」

　制作会議で資料をちぎって小さな円錐形に丸め、それで耳くそをほじりながら、「インドはなんて汚い国だ。モディ首相がきれいにしてくれて、ありがたいかぎりだ」などと言うのだった。

　僕が何か言うと、オベロイはいつも、僕が英語を話すことを知ったときに金持ちの包茎野郎が見せる驚き顔をした。

　オベロイが好きな活動は人前でプリヤに恥をかかせることだった。「ミス・バンガロール大の商学士が思いつく最高のアイディアがそれか？　そんなにいいアイディアとは思えんな」会議の席で彼は言う。「君の両親はもう亡くなってるのか？　だとしたら、君の無能ぶりを見たらもう一度死んじまうだろうな。子供もいないんだろ？　まったく、不毛な子宮と脳みそだ」

　彼女は座ったまま、それを受け止めた。立ちあがって部屋を出ていかないようにするには、一オンス残らず力を振り絞る必要があったが、それでも。

　オベロイは、〝非常な名門〟である南イリノイ大で修士号を取得したことを鼻にかけていた。僕たちはこの言葉が大好きだ。名門。アメリカならどこだろうと名門だ。結婚広告や出会い系サイトでは、名門であることがきわめて重要になる。だって、焦った親たちにしてみれば、風呂にも入らない下級中間管理職の三十二歳の毛深い息子に、どうやって嫁を見つけてやれる？　名門というのは、〝これは誰でも聞いたことのある名前だ。え？　知らない？　常識知らずの田舎者だな〟に相当する暗号みたいなものだ。

オベロイは簡単な仕事を難しくした。番組は初回から好評だった。僕たちはただ大きなへまをしないように気をつけさえすればよかった。

僕たちは出場者について毎日議論し、詐欺師や偽者を排除し、遺伝的に高貴で、ほんとうにふさわしい者を選んだ。それはカルギル紛争で息子を亡くしたベナレスの洗濯婦かもしれなかった。

「彼女にいくら勝たせましょうか?」制作アシスタントのひとりが訊く。

「その女の息子は勲章をいくつもらってる?」オベロイが言う。

「武勇殊勲はひとつもありません」その若いアシスタントが答える。顔の産毛はまだ首から上に這いあがりきれていない。「ええっと、待ってください、ううん、負傷による勲章がふたつ。ヘリの墜落で死亡。味方の誤射です」

「十万ルピーだ」オベロイは吐き捨てる。千くそ米ドル。それからオベロイはインスタグラムで自分の子供たちについて、彼らの名門ぶりについて、学校の報告書、乗馬レッスン、彼らが出る演劇について、投稿する作業に戻る。といっても、子供たちは父親と一緒の写真には絶対に写りたくないらしく、添付されるのはオベロイがこれまでに食べてきた五つ星の食事、飲んできたコーヒーの写真だ。まるで今が一九九五年で、人々がまだそういったことに感銘を受けると思っているかのように。それから、パーティで同席した若い映画女優と一緒にぎこちないポーズで写り、親しいふりをした写真。〝今こんな感じ〟と彼は書く。そんなことを信じるやつがいると思ってるのか?

僕たちは撮影班を手配して派遣し、汚れの滴る出場者の姿を撮影し、希望に満ちた彼らの眼に反射する、消えゆく炎のクリップ映像をつくり、蠅がたかり、灰色の服を着たがりがりの子供たちのスローモーション映像を挿入して、視聴者の涙を誘う。インドのテレビ番組はニュアンスにものを言わせることをしない。でもまあ、それは欧米も同じだろ？

僕たちは出場者の一日に密着し、心ここにあらずとも、とりあえず肉体的には現場にいるルディがレポーターやゴシップ記者からの電話質問を受けたり、仕事中のチームの写真を撮ったりできるよう休憩を挟む。背景には僕も写っているが、腕と髪とＭＢＡ持ちの森から突き出たぼんやりした頭に過ぎず、絶対に写真に残らないよう細心の注意を払っている。これは受験コンサルタント時代からの癖だ。

ルディは何かというとすぐに何百万枚も自撮りをした。話をしていたかと思うと、「ラメッシュ！　自撮り！」と言う。僕はルディに携帯を渡し、反対方向に逃げる。絶対に写真に写らないように。絶対に見られないように。

数週間後、撮影に入ると、僕たちはついに出場者の姿を眼にする。それまでは僕たちのプロダクション・ノートに書かれた不幸な身の上話に過ぎなかった、中央インドの住人たち。

僕はルディの耳にクイズと出場者の経歴を事細かに伝える。

「彼女は一九八〇年の日食の日の夜に生まれた。星座を訊いてみろ」

「あなたは一九八〇年の日食の日の夜に生まれた。星座はなんですか？」

やれやれ。それが最初の数週間だった。

ありがたいことに、ルディはだんだんうまくなっていった。

少なくとも黙りこくってしまうことはなかった。そして、いつもいつも、あの濃密な甘ったるい魅力を放っていた。彼がテレビカメラのまえやナイトクラブで見せる魅力を。試験でトップになったあの日、最初のインタビューで見せた魅力を。

ルディは今、別人のふりができるようになっていた。演技もできた。もうルドラクシュ・サクセナではなく、やかましいインドのガキでもなく、知識を意のままに操る頭脳のマハラジャだった。ルディは思うままに振る舞うことができた。それが彼の信じられないような成功にどう貢献したかを、いずれどこかのユーチューバーが動画にしてアップするだろう。

もちろん彼は何ひとつやっていなかった。自分でもそれをわかっていた。

僕にわかっていたのは、視聴者がルディを愛しているということだけだった。

「息子さんがパイロット？　奥さん、あなたはとても幸運な母親ですね。私の母もよくこう言うんですよ、〝ルディ、どうしてあなたはパイロットになれないの？　どうしてテレビ番組に出てばかりなの？〟ってね。はは。母親というのは、いてもいなくても僕たちは生きていけないのです。インドの母親たちに敬礼！」そして、最近ホワイトニングしたばかりの歯を見せると、この偉大な国じゅうのおっぱいが高鳴る。

三十過ぎの女性、急成長中の下流中産階級の女性が彼の一番の支持層であり、この国の一番の支持層でもあった。スタジオの観客のなかにもそういう女性たちがいた。長時間の重労働の疲れを隠すために明るい化粧をした主婦も。彼女たちはみな、見た目も香りも最高であろうと努力していた。ルディは馬鹿ではなかった。早くから来て彼女たちにジョークを言い、収録後は残って一緒に写真を撮り、写真にサインをした。そして、カメラのない外の廊下に出ると、ばらばらに壊れた。僕はそんな彼をかき集め、家まで運んだ。ルディは家に帰ると何時間も携帯をスワイプし、テキストを送り、メッセージをチェックした。

女たちはお茶の間で番組を観ながら、くそみたいな商品を買った。チャパティ用の小麦粉、油、洗濯機、サリー、背中のマッサージ機、化粧品。老朽化したモペットの代わりに、死を呼ぶファミリーカー。初めてのフィリピン製コンピューター。一億人のオフィスワーカーの妻たち。こうしたオフィスワーカーの父親は農民で、千年前から変わらない辺境の存在だったが、高いリターンを得るためならなんにでも投資するアメリカの年金基金によって引きあげられてきた。

妻たちはルディを産みたがった。そのふっくらしたかわいい頰をつねり、撫でてやりたがった——たぶん、それを一度に全部やりたがっていた。

そういう女たちはこれまでに一度も有能な男が近くにいたことがなかった。絶対に話しかけてこない父親や、絶対に話を聞かない夫ばかりで。

ルディは話を聞いた。オベロイが僕の耳に「テンポが悪いぞ、テンポが！」と叫び、ルディは立って出場者たちの話を聞き、彼らの意見、好きな番組、観た映画について質問をする。

ルディが歳上の出場者に一礼したり、インドの新しい千年紀についてスピーチしたりすると、彼女たちのため息が聞こえてくる。

この国では、ぽっちゃりしてかわいらしい完璧な息子になれれば、大金を手にできる。

ルディは観客と戯れた。出場者が自分のみじめな暮らしについて語ると、ルディはカメラに鋭い視線を送った。国力、両親、兄弟愛、くそったれパキスタンについて、僕たちが隙あらばねじ込むメッセージを伝えるのがうまかった。

よその国なら、四千年におよぶ文化的伝統と七十年におよぶ毒のある地政学的対立を持ち込まずにクイズ番組をつくれるのだろうが、僕たちには無理だった。

ルディはCM休憩の合間にこっそりとスタジオを抜け出そうとしていた。具体的に何をするためなのか、知りたくもなかったけれど。
「ガチでだるすぎ」ルディは僕のイヤフォンに向かって言った。「俺が十歳のとき親が宗教にハマって、ハヌマーンチャリサをタンバリンで何時間も伴奏させられたことがあるけど、あれより最悪だ」

初週の放送を終えた僕たちはカーン・マーケットにあるアジア系料理のダイニングバーで打ちあげをした。ルディは外でサインや撮影をねだられていた。店内にはトリュフオイルをたっぷりかけた寿司ピザが並んでいた。僕には味がよくわからず、「神ってる！」としか言えなかった。プリヤは僕を見て片眉をあげると、バーで飲まないかと僕を誘った。僕たちはテーブルを離れ、映画スター志望、弁護士志望、石油会社エグゼクティブ志望たちの群れを肘で押しのけてバーに向かった。VIPはこういう店に集まるのだ。ある飛行機の機内誌はこういうのを〝ブルックリン・シック〟と呼んでいた。誰もその意味を知らなかったが、それでも彼らはこうして集まっていた。

僕たちは外国人の気を引くためならなんでもする。どんな国の人間に対しても、インドがどれだけ友好的かを話せる。アメリカ人？　あなたのところのX大統領は最高じゃないですか？　え、対立候補に投票した？　私もまえの大統領のほうがよかったですね。ロシア人？　私たちはソ連時代、ずっと友達でしたよね。同盟国だったじゃないですか。この国のミグを見てくださいよ。イギリス？　朝飯前だ。イスラエル？　ムスリムと戦っているのはあなたたちと我々だけじゃないですか、ええ？

プリヤと僕がモヒートを注文していると、うしろで顧客担当の重役らしき人物が同僚にこう言っているのが聞こえた。「君たちインド人は女性の手綱を握るすべをよく心得ている。欧米はちがう。我々は軟弱になった。退化してしまった。性革命は人類にさんざんな結果をもたらしたんだ」

僕はプリヤに眼をやった。気まずさが顔に出てしまいそうで、ごまかすために何か言おうとした。なんでもいいから何かを。そのとき、ルディとオベロイが人ごみをかき分けてやってきて、僕らの飲み物を奪っていった。「あんたたちの分は新しく注文してくれ」ルディが僕に吠えた。

ルディはみんなにちやほやされようとがんばっていたが、オベロイがそれを許さなかった。オベロイはボスで、ルディはただのスターだった。どちらの力が上なのか、ふたりとも知らなかった。それでこの半年間、決着をつけようと、毎日角を突き合わせてきた。

「ちょうどディフェンス・コロニーに家を買おうと思っていたんだ」オベロイは言い、自分のまわりに人が集まってくると、その声から満足感が滴った。スミット、またの名をミスター・パコ・ラバンヌ、ミスター・〝ラメッシュ、おまえには野心がない〟との類似に嫌でも気づかされた。オベロイは脂肪が多くてステロイドが少ないだけのスミットだ。ここにあいつの取り巻きがいたら、〝すげえ〟とか〝へえ〟とか賛辞を送っているところだ。

「ディフェンス・コロニー？　ああ、今が一九八五年だったら買いでしょうね。はは。冗談ですよ、シャシャンク」ルディが言った。

オベロイは顔を真っ赤にし、自分を落ち着かせようと、突然現われた女の子の背中に腕をまわした。彼女はあたりを見まわし、不安そうに、落ち着かなそうにした。

オベロイと僕のご主人のこの不幸な競争心が、アングロサクソンが言うところの〝問題をはらんでいる〟ことがのちのちになってわかるんだけど。僕がもっと仲を取り持っていればよかった。でも、そうしなかった。ルディがオベロイの服、家、ウィスキー、女のセンスを批判しているあいだ、僕が眼を向けていたのはプリヤだけだったから。

まあ、かなり重症だった。

プリヤは何も言葉を発することなしに、最初のこの食事会を取り仕切っていた。僕たちはプリヤが望む場所で食事をし、プリヤが望む場所で酒を飲んだ。男たちは自分たちが権力を握っていると思っていたが、彼女の献身がなければ、無に過ぎなかった。

誰かの誕生日パーティ、送別会。番組とスタッフを維持するために、プリヤはあらゆることを準備しなきゃならなかった。

男たちはそんな彼女の自信に惹かれていた。

その夜、オベロイが最初にそれを試した。隣の女性から腕を離し、プリヤに少しずつ近づいていくと、何気ない動作で彼女のスツールの背もたれに手を置いたのだ。

僕はふだんであれば大気汚染が悪化するディワーリ中にしか起きないような息切れを感じた。

嫉妬？　それは結論を急ぎすぎている。

プリヤは居心地悪そうに体を動かし、バーのスツールをまえに動かしたが、オベロイはふたたびその上に手を置き、執拗に押さえつけた。プリヤの視線は動じることなく、ウェイターがつくり直してくれているドリンクに注がれていたが、オベロイは彼女の太ももに向かって前肢（まえあし）を伸ばそうとしていた。

僕は何もしなかった。静かにしていた。陰に隠れていた。でも、プリヤのことにかけては自分を抑えられなかった。

あいつを殴りたかった。殴るつもりだった。金、地位、すべてを犠牲にするつもりだった。手に入れようとあがいてきたものすべてを、ルディのキャリアを、すべてを――

そのとき、着信音が僕たちを救った。

プリヤのバッグのなかで携帯の着信音が鳴った。彼女は携帯を取り出すと、それを耳に押し当てた。

そしてにんまりと笑った。救いの手を差し伸べたのは誰だったのか？　祝福されし力、インド人の妻、処女膜の守護者、幾千年にもわたる純潔の保護者。

「奥さまからです、オベロイさん」彼女はそう言って、ようやくオベロイとまっすぐ眼を合わせた。「ネット通販でカードの決済が拒否されたとおっしゃってます」

オベロイの腕はすぐに脇に引っ込んだ。この金玉野郎は完全にしぼんでいた。

オベロイは電話をひったくると、ふらふらとどこかに消えた。

プリヤはできたばかりのドリンクをバーカウンターから取った。僕たちは顔を見合わせた。僕はまだ何か言いたかったし、何かしたかった。でも彼女はただほほえんでグラスを掲げ、僕もグラスを掲げた。

さっきはプリヤを助けるために何かすべきだった。プリヤはすべての手配を引き受けているだけでなく、僕たちがお互いの喉をかき切らないようにしてくれている。おまけに、さっきみたいなことまで？

「プリヤ」ルディが言い、自分のグラスを彼女のグラスと合わせようとした。「プリヤ。プリヤ。プリヤ」ルディは黙り込んだ。

「おい、ボス」僕は叫んだ、「あそこを見てくれ、肖像権契約だ！」僕はルディの手をつかみ、バーの向こう側を指さした。

「いったい何を言ってるんだ、ラメッシュ？」

なるほど、そこまで酔ってないか。なら別の手だ。

「あれは君の友達のシヴァンシュじゃないか？」

「どこだ？」ルディはあたりを見まわし、僕が指している方向にふらふらと歩いていった。

ルディは部屋を横切り、戸惑い、誰かの肩を親しげに叩いたり、みんなの顔を見てしかめ面をしたりしていた。彼の笑顔は徐々に不機嫌なものになっていった。なんだか申し訳なくなった。

「いなかったよ」戻ってきたルディは眼を曇らせて言った。それから数メートル離れたソファに座り、スーツ姿の男と話しはじめたが、その男が返事をすると、すぐに眼を閉じて居眠りを始めた。

「ありがとう」プリヤが声には出さず、口だけを動かして言った。

「いいんだ」僕は彼女にほほえんだ。僕たちはまたグラスを掲げた。

オベロイが電話を終えて戻ってきた。

「プリヤ」彼は言った。「私たちはさっき何か話し合っていたよな？　何か大きなことを」

今度は僕が会話の手榴弾を手に割り込んだ。「映画スターって、どうしてあんなに稼いでいるんでしょうね？」するとオベロイは意見を爆発させた。セレブがレストランで行列に割り込んだとか、どこの誰々の息子が象を買ったとか、何々が結婚式でセリーヌ・ディオンに歌わせたとか。緊張感はすぐに消えた。

バーで僕たちの隣にいた人がオベロイの発言に異議を唱えた。あなたも同じシステムの一員でしょう、という教養あるナンセンスだった。オベロイは議論に巻き込まれ、僕たちは無事退散できた。

みんなが帰ろうとしていると、ルディが呂律（ろれつ）のまわらない口で僕に命令しようとした。プリヤは僕を脇に引いた。

「ちゃんと帰れそう？」彼女の眼は心配でいっぱいになっていた。本物の心配で。僕は一瞬、面食らった。彼女は話しつづけ、僕はうなずきつづけた。

「コーヒーでもどう？　明日」プリヤは言った。「あなたに伝えておきたいアイディアがあるの」

「ああ、うん」僕はびっくりして言った。「ありがとう。じゃあ、明日。連絡を取り合おう」僕が言うと、彼女は笑った。

僕はルディをソファから引っぱりあげ、体を支えてやりながら、よろよろとバーをあとにした。

次の日、プリヤと僕はスタジオの食堂で初めてのコーヒーデートをした。

「こういうの、すてきね」僕たちが席に着くと、彼女は言った。

「でも、まだ何も話してないよ」馬鹿、馬鹿、馬鹿、頭のなかで声が鳴り響いていた。

「いいえ、こうしてるだけで。自分が〝狩りの獲物〟じゃないって気分で話せるだけでいいの」

「〝狩りの獲物〟？」

「わかるでしょ。あのバーで」

「ああ」僕は言った。「僕も助けになりたかった。あのまま続くようだったら何かしてたと思うけど。ごめんね」

「わかってる」

プリヤは僕にほほえむと、ふたりとも共謀者だとでもいうように椅子をずらしながら近づいてきた。

プリヤの髪はほんのりと薔薇の香りがして、彼女が笑い、手であごを支えると、紫色のイヤリングが光を受けた。意識せざるを得なかった——と、こうしてプリヤの見た目のことばかり話しているけれど、僕が感じていたのは彼女の知性、意志の強さ、バイタリティといったものだった。プリヤといると自分がこの部屋の中心になったように感じられた。彼女は僕のひと言ひと言に神経を集中させていた。

やばいぞ、ラメッシュ。

「あなたのことをよく知らないの、ラメッシュ。あなたのことを教えて」

「生まれはオールドデリー。ニューデリーに引っ越して、運よく慈善学校にかよった。その後は早熟の天才児のマネジメントをするようになった。それがどんな仕事かは君も知ってのとおりさ。君のほうは？」

「アフマダーバード生まれ、バンガロールで学位を取って、今はテレビのプロデューサー」彼女は笑った。「あなたの経歴に比べたら、何もおもしろくない」

親はわたしが結婚することを望んでる、とプリヤはこぼし、両親の口真似をした。「ダーリン、今どき二十五歳で独身の娘がいるか？　クーラーナー大佐の息子を紹介しようか？　まったく、いつも金融か政治関係のどこかの息子と結婚させようとしてくるんだから」それから、少し声を低くして「でね、どいつもこいつもちょっぴりルディに似てるの」

僕は笑った。

プリヤは親指と人さし指で紫色のイヤリングの一方をつかむと、話を続けた。

それはとてもすてきなことだった。少しグジャラート訛りの入った彼女の英語を聞いているだけで。もちろん、しばらくするとオベロイの部下のひとりが入ってきて、どこかの太った政治家の甥に花を買えとか、オベロイのクレカの返済をどうにかしろとか指示した。プリヤはテイクアウト用のコーヒーカップを手に取った。「ラメッシュ、ごちそうさま」

その後、僕はくそったれ（ボースディケ）オベロイをぶちのめすことになるのだが、それは僕の人生のなかでも最高の瞬間のひとつだった。でも、その話はまたあとで。

僕は一年で千五百万ガンジー稼ぐことになっていた。

そして、ひとりの美しい女の子と、何かはわからないけど何かをした。

僕は幸せだった。

8

ルディにとっても最初のうちはよかったのかもしれない。もしかしたら一週間、一日、あるいは一時間、ほんとうに幸せだった時間もあったかもしれない。金があり、ちやほやされ、セレブで、世界を意のままにできる十八歳の少年として。

どんな精神状態であったにしろ、番組でのルディはよくやっていた。出場者たちは魅了された。台詞(せりふ)も髪型も乱れることがなかった。

でも、それが徐々に悪くなり、かなり悪くなり、僕のケツ拭きが始まった。

番組中に台詞が飛んでしまうことが増えた。ときどき、ルディは淀んだ眼で一瞬だけカメラを見て、僕はモニターに映るルディの顔を見て、自分が何をしているのか、どこにいるのかわかっていないことを見て取った。奇妙な、背徳的な興奮が僕のなかを駆け抜けた。僕の意に百八十度反して。

あるとき、アムリトサルの主婦が出場したことがあった。彼女は子供のころに誤って熱湯をかぶり、腕を火傷していた。パンジャブではよくある子供の事故らしいが、ルディは十秒間ずっと彼女の腕をただ見つめていた。

彼女への出題は「マハラシュトラ州で四番目に大きい湖は？」というもので、これはオベロイが大好きな〝さっさと家に帰れ〟な質問のひとつだった。

　彼女はそこに立っていた。何も言えずに、カウンターの数字がかちかちと音をたてて減り、スタジオの照明が赤くなるのをただ見ていた。

「残念だったね、残念だ」ルディはそう言うはずだった。それから正解を読みあげ、家族について尋ね、出場者をふたたび無名の存在に戻すはずだった。

　なのに、何もしなかった。

　ルディはただ彼女を、彼女のしわだらけの溶けた肌をじっと見つめた。数秒が経ったが、まだ何も言わなかった。

「何か言わせろ、クマール！」オベロイが怒鳴った。

「ルディ」僕は彼のイヤフォンに向かって鋭く言った。「ルディ、賞金は何に使いますかと訊け。旦那さんのことを訊くんだ、ルディ！」モニターに釘づけになっている僕の隣で、オベロイが唾をまき散らしていた。

「あなたの旦那さんはあなたを愛しているんですか？　そんな腕でも」ルディはロボットのように言った。彼女の唇が震えだし、目尻に涙の粒が浮かんだ。その理由は想像できる。人前に出ることへの恐怖を克服しようと懸命に努力し、もう二度と泣かないと自分に言い聞かせた女の涙。

「え、ええ。でもときどき……」そう言うと、彼女は袖をつかみ、眼を拭った。

　ルディは金縛りにかかっているように見えた。

　観客はざわついていた。彼らの息子が崩壊しようとしている。僕たちはすぐに行動しなければならなかった。もしブーイングが始まったら、ルディのキャリアは一巻の終わりだ。ゴシップ誌は決してこのネタを手放さないだろう。僕はすぐに状況を理解した。が、ルディは怯えたように立ち尽くし、驚きで口をあんぐりとあけているだけだった。

「あの小僧に何か言えと言え、馬鹿野郎」僕の隣でオベロイが叫んだ。その息はバーボンのにおいがした。「今失敗したら番組はおしまい、私も完全に終わりだ。聞いてるのか?」

「ルディ」僕は言った。「今から言うことを正確に繰り返すんだ。あなたの夫はあなたを愛している。そんな腕でも。これは質問じゃない。宣言だ」

ルディは言った。「今から言うことを正確に繰り返すんだ。あなたの夫はあなたを愛している。そんな腕でも。これは質問じゃない。宣言だ」

くそ。

だが、なんということか、神々を讃えよ、祭壇を清めよ、彼女はうなずいた。その理由が上位カーストに対する敬意だったとしても、テレビに出ている緊張だったとしても、グローバリゼーションだったとしても、なんでもいい、彼女はうなずいた!

「わたしの夫はわたしを愛している。こんな腕でも」彼女は静かに言った。

「だって、それが愛というものだ。そうでしょう?」僕は言った。ルディはそれも繰り返した。

言いながら、カメラに向かってほほえむだけの理性があった。「僕たちはいい日も悪い日も一緒に過ごす。僕たちはいいことも悪いことも受け止める。完璧な愛はない。僕たちはみんな問題を抱えている。でも、愛される価値がある。僕たちみんな。どんな最低な人間だろうと、どんな最高の人間だろうと。それがこの世界をまわしている」彼女はまだ泣いていたけれど、それは今は幸せな涙、〝息子が戦争から帰ってきた〟の涙になっていた。僕はコントロール室を見渡した。

ブースの暗闇のなかから、プリヤが賞賛の眼で僕を見ていた。彼女は「ありがとう」の形に口を動かした。僕はすっかり心を奪われていた。数秒前のルディがそうだったように。そのとき、オベロイが僕の背中を叩き、放送を続けろと言った。

観客は拍手し、歓声をあげ、サリーで着飾った姿で立ちあがった。

「ルディ、彼女のところに行ってハグしろ」僕が言うと、ルディはそうした。ルディは女性を絞め殺さんばかりの力でハグすると、抱きあげた。

「ありがとう、インド、おやすみ！」僕が言うと、ルディもそう言った。

惨事は防がれた。

終わってみれば感動的な、蛇使いの大道芸のような放送だった。

「命拾いしたな」オベロイは言ったが、その後、それを毎週の会議の弾薬として使った。眼のまえのテーブルにウィスキーのミニチュア、スタチンとベータ遮断薬という中年御用達カクテル、毎年インドに里帰りするアメリカの親戚が買ってきた小型デジタル血圧計を積みあげて。ルディの愚痴を言っているあいだ、オベロイは家の請求書、住宅ローン、妻の散財など、彼が無視したいと思っているナンセンスについて愚痴を言わずにすんだ。

ルディとオベロイが仕事のうえで直接対決することはなかった。ふたりは僕、プリヤ、ほかの部下を侮辱することで、自分がいかに冷たく残酷になれるかを競い合っていた。

そして、ルディは夜、僕の部屋に来て泣くのだった。

それはオベロイの天才的なアイディアのひとつだった。彼は番組を刷新したいと考えていた。

ルディがこれ以上、妙な場面で沈黙せずにすむように。

チャレンジャーズ・ウィーク。ルディと同い歳の少年が三人。その年に全国共通試験を受けた少年たちが番組に出演し、ルディの王冠を狙う。そして、当然敗れる。

最初の四日はつつがなく終了した。少年たちはみんな貧しい家の純粋な子で、眼鏡をかけていた。番組の最後に彼らの両親がステージにあがり、冷蔵庫と食洗機がプレゼントされた。とても心温まる。

しかし、いよいよ最終日という段になって、オベロイはまったく別の計画を切り出した。僕たちが制作会議でテーブルを囲んでいたときのことだ。制作会議といっても、出席していたのは僕、プリヤ、放送作家が数人だけで、ルディはいつもどおり欠席していたのだけど。

「真の挑戦者だ」オベロイは言った。「観客が憎めるような」

「憎む?」とプリヤ。「でも、これはそういう番組じゃありません。ルディが勝ちはしますが、挑戦者に恥をかかせるような——」

「だからおまえは駄目なんだ、プリヤ。視聴率はぱっとしない。視聴者は慈善事業に飽きた。恥をかかせることが必要なんだ。ルドラクシュが誰かを打ち砕く。金持ちで傲慢なやつを」

あんたみたいなやつを。僕は思ったが、何も言わなかった。オベロイのアイディアはたぶんいいアイディアじゃない。ルディ自身が傲慢で現実離れしていると思われてしまうかもしれない。でも、オベロイにはアイディアがあり、番組の鮮度を維持しようとしていることはまちがいなかった。ルディの退屈を紛らわせ、何かしらの変化をもたらしてくれるかもしれない。うまくいく可能性もある。

その子の名前はアビといった。

アビの紹介ビデオはとてもスタイリッシュだった。高級車、高級な飲み物、ナイトクラブ、肉体を惜しげもなく披露するたくさんの若い女たち。観客はあからさまに顔をしかめた。ここまではいい。

画面上でアビのインタビューが再生された。「パーティが大好きなんだ。モットーはよく学び、よく遊べさ」

観客はブーイングを始めた。

「ルディには身のほどを教えてやる」アビは続け、眼を左から右に動かした。このくそガキはカンペを読んでいる。オベロイはにやにやしていた。「ルディ・サクセナを王座から引きずりおろして、僕がインドの頭脳になる」

そもそもアビは観客受けを狙っていたわけではなかった。そして、本物のダイナマイト発言をした。

「僕は外国で勉強してきた。でも今はインドに帰ってきた。ほんとうのチャンピオンが誰なのか、みんなにわからせてやる」

観客は怒りで沸騰しはじめた。

コントロール室でオベロイが歓喜に顔を輝かせていた。

「ひどい」プリヤが言った。「まだ子供なのに。こんな小さな子をめちゃくちゃにしようとしてる」

「そのとおりだ」オベロイは言い、口ひげの端をつまんだ。「こいつが相手なら、ルディもさぞ立派な人間に見えるだろう」

僕はオベロイを一瞥した。こいつは楽しんでる。少し楽しみすぎってくらいに。ルディを苛つかせるのが楽しいのだろう。

スタジオにルディが出てきた。怒っているようだった。

それからアビが。恥ずかしそうに手を振りながら。海外ブランドのTシャツ？　よし。デザイナーズ・シューズ？　よし。高価な服をまとった生贄（いけにえ）の仔羊だ。

アビはきれいな顔をしていた。若く、見るからに魅力的で、牛乳の広告で見るような顔。髪はくしゃくしゃにされるためにデザインされたかのごとくで、頬は赤く、笑顔は無邪気だった。

その笑顔もスタジオでは一秒ともたなかった。

こんなものは聞いたことがなかった。観客は今にも暴動を起こしそうだった。彼らは口々に叫んでいた。「ルディ！　ルディ！　ルディ！」女たちは怒りで吠えていた。男たちは母親について解剖学的に正しくないコメントをしていた。なぜいつも母親なんだ？　母親たちが何をした？

インド人らしくない、僕に言わせれば。

ルディはいつものように楽屋でビデオを見てきていた。

怒りくるっていた。

ルディはアビを激しく非難した。お決まりの当てこすりで。君は母親も父親も尊敬していない。君はこの国から逃げだした。金を持ちすぎている。ふつうの人間の生活がどんなものか知らない。

僕は指示する必要すらなかった。ルディは怒りに呑まれていた。

「そして極めつけに」ルディは自分の演壇のうしろに立つ少年に指を突き立てて締めくくった。

「君は番組の視聴者全員を侮辱している。みんなの歴史を、人生を、みんなが何世代にもわたって闘ってきたことすべてを。若者よ、君は傲慢で粗野でインド人らしくない。このルドラクシュ・サクセナがおまえを倒す！」

ルディは制御不能だった。完全に激怒していた。こんなルディは見たことがなかった。少年、少年の顔、この状況、ビデオ、すべてがこの瞬間にひとつになった。

「ルディ！　落ち着け」僕は言ったが、聞く耳を持っていなかった。

観客は一気にエクスタシーに達した。拍手。喝采。足を踏み鳴らし、客席がそのリズムに合わせて揺れた。

ルディは怒りで眼を見ひらき、鼻息も荒く、自分の王座を奪おうとしている眼のまえの金持ちのガキを見た。オベロイが番組に活を入れたいと思っていたのなら、凍りついた沈黙とおさらばしたいと思っていたのなら、それはうまくいっていた。あまりに、あまりにうまくいきすぎていた。

アビは言い返そうとしたが、その声は完全にかき消された。反国家、非在住国民（NRI）、裏切り者、外国移住者、インド的一般常識欠如者。選（よ）りに選（よ）った罵倒語が観客席から飛んだ。観客席のカメラにアップで映ろうと、男たちは競って立ちあがり、怒鳴った。あとでツイッターにその写真を投稿するつもりなのだ。彼らは自己紹介欄の上部を更新し、こう書くだろう。メディア・コメンテーター。親インド派。愛国者。

「すぐにわかる」ルディは叫んだ。「いったんＣＭだ。さあ、誰がほんとうの頭脳（ブレイン）で、誰が無能（ドレイン）なのか」今のはルディの即興の台詞だ。僕にはなんの責任もない。

ＣＭ休憩に入ると、客席はたちまち静まり返った。

プリヤはヘッドフォンを置くと、憎しみに満ちた眼でオベロイをにらみ、スタジオフロアに出ていった。彼女は真っ白になっているその子のところに行き、ハグした。

「なぜそんな真似をする？」プリヤが戻ってくると、オベロイが訊いた。「あの子もいつか、世界がどういうところなのか学ばなきゃならん」

プリヤは舌を噛んだ。

休憩が終わった。観客はふたたび怒号をあげはじめ、ドラマティックな罵倒が飛んだ。オベロイがノートパソコンのキーを叩くと、アビへの最初のクイズが出た。

地球上で一番高い山は？

選択肢はマウナ・ケア。エベレスト。Ｋ２。エルブルス。

「制限時間は三十秒だ」ルディが言った。アビの顔色が少しよくなった。簡単なクイズだ。僕なら答えられる、少年がそう考えているのがわかった。アビは八歳のときにセラピストから習ったであろうポジティブ思考やコーピング戦略を総動員して、静かに、自らに激励の言葉をかけていた。

「最初の数問は手加減してやってくれ」僕はルディのイヤフォンに向かって言った。彼はかすかにうなずき、プリヤは僕に感謝の眼を向けた。僕は少し歯を見せてそれに応えた。

そのときオベロイが言った。「答えはマウナ・ケアだ」

僕は振り返って、馬鹿を見る眼でオベロイを見た。モニターのなかでルディが眉をあげた。

「答えはマウナ・ケアだ。エベレストじゃない。あれが一番高い」オベロイは続けた。「最も高いというのは麓から測った場合の話だ。マウナ・ケアは半分海中に沈んでいる」

「ですが」プリヤが言い、耳からイヤフォンを外した。「それではひっかけです。そんなことはできません。これは一問目です。あの子が笑いものにされます」

「あの子も学ばなきゃならん。視聴率のことを考えろ。続けろ、ラメッシュ。何を言うべきかルディに指示しろ」

「答えはマウナ・ケアだ、ルディ。マウナ・ケアが一番高い」僕は繰り返した。

もちろん少年はエベレストと答えた。とても自信に満ち、とても若く、とても誇らしげに。

スタジオの照明が赤くなった。

「ハズレだ！」ルディが叫んだ。「ハズレ！」観客は息を吞んだ。「一問目から外すとは！　番組史上初だ！　正解はマウナ・ケア。それが一番高い山で、半分は海中に沈んでいる。不正解だ！」

「ルディ、落ち着け」僕は言った。

ルディはほほえみ、僕を無視し、ああ、あいつはこの瞬間を心の底から楽しんでいるのだ、そしてまた叫んだ。「不正解！　君はこの番組に出て、僕たちインド人を馬鹿にできると思ったのか？　僕たちがのたうちまわって死ぬと思ったのか？　僕たちが哀れだと思ったのか？　哀れなのはおまえだ！　無能の大馬鹿だ」彼は怒りで震えていた。「いったん休憩を挟んで、別の挑戦者を迎えます。今回の挑戦者よりはましだといいですが」

観客は笑いはじめた。

少年は悔しさのあまり泣いた。観客を見あげる顔は涙で覆われていた。

観客は拍手、拍手、拍手。

プリヤは部屋を出てスタジオに急ぎ、泣き崩れ、ぼろぼろになった少年のもとに向かった。

9

RAHUL RAINA

番組が始まって二ヵ月。視聴率はうなぎ登りだった。洗濯機はまだ売れていた。ルディの人生はまだめちゃくちゃだった。

フェイスブックでプリヤの誕生日が近いことを知った。実直な青年である僕はプレゼントを買おうと思った。でも、彼女ほどハイクラスな女性に何かを買ったことがなかった。そういう女性は何が好きなんだろう?

ある土曜日、僕はわけもわからずモールを歩きまわった。ワッツアップで遠まわしに本人に訊いてみた。チョコレートは好き? 最近行った洋服屋は? 音楽の好みは?

それほど遠まわしではなかったらしく、プリヤは最後にこんなメッセージを送ってきた。〝ラメッシュ、もし誕生日プレゼントを買ってくれるつもりなら、わたしはお花が好き〟。

だから花を買った。

それからほどなくして、ルディと僕は別の災難に見舞われることになった。

調査されていたのだ。

僕が対処しなければならないもろもろに、もうひとつの面倒が加わった。

最初にそのことを耳にしたのはいつだったっけ? ルディが昔の同級生とひそひそ声で電話し

ているのを聞いた。インド中央捜査局の下級捜査官から僕に協力を求めるメールが届き、それから緊急の電話、さらには手紙。切手だらけで、サインと怒りの大文字でいっぱいの手紙。そのすべてを無視した。

どこかの頭のおかしいやつか、ジャーナリストか、詐欺師か、それかルディの成功を妬(ねた)んでいるやつが口止め料を欲しがっているとか、そんなところだろう。

ちがった。

その女、アンジャリ・バトナガル警部補は中央捜査局（教育課）の上級捜査官だった。彼女はテレビで僕たちを見て、ルドラクシュ・サクセナの学歴を調べ、心底わけがわからないと思ったのだ。

ここにひとりの少年がいる。以前はやや頭が悪かった。十年生のときの成績はお粗末で、課外活動もせず、模試の成績も思わしくなかった。なのに、二度目の全国共通試験でトップ！　そんなことがありえるのか？　彼女がパソコンに向かい、グーグルや行政記録を駆使している姿を想像できた。ルディのこれまでの人生がひもとかれるにつれ、両手をこすり合わせる姿を。彼女が公務員になったのは、こういう企てを阻止するためだった。あるいはおそらく――そうであってほしかったけど――賄賂が欲しかっただけなのかもしれない。金持ちで怠惰で生っ白(ちろ)い、ルディのような人間は、これまでもズルをして、金の力で頂点にのぼりつめてきた。女ひとりの力ではどうにもならないとわかっていたにちがいない。

次にバトナガルはルディの両親のところに行った。両親は慌てて息子に電話をかけた。ルディは意に介さなかった。もちろん意に介さなかった。両親は今のルディにとって無であり、存在しなかったことにしている過去とのつながりに過ぎなかった。

　その後、バトナガルはスタジオにやってきた。カーキ色の制服ではなく、ダークスーツに身を包み、まちがいなく裕福な家の出の人間である彼女は要求した――要求したのだ！――ルディと話したいと。彼女は公的な召喚状に見えるものを僕たちに向けてひらひらと振った。僕たちはまだそれを笑い飛ばせるほどの金持ちではなかった。僕はルディの楽屋の奥のあたりをうろつき、なるべく目立たないように、下っ端に見えるようにしていた。僕が〝マネージャー〟という言葉をつぶやくと、バトナガルは僕のほうをにらんだ。

　彼女はトラブルだ。それはすぐにわかった。物腰、ルディをにらみつける眼光、愛想も賞賛もなく、ほかの誰もが口にする〝このまえ、あなたが出てる〈ボーンヴィタ〉の広告を見ましたよ〟もなし。バトナガルにとって、ルディはあらゆる知識の泉ではなく、どこにでもいる甘やかされたボンボンの息子に過ぎなかった。彼女は法律を心から信じる人間のひとりであり、買収不可能な中央捜査局の人間であり、政府からの圧力に絶対に屈しない人間だった――それは票を水増ししない選挙と同じく、ありえないことだった。まったく信じられないことだった。

　彼女は法律というものが金持ちの望むとおりに解釈されるだけのものだと理解しない、賢い人間のひとりだった。

　ルディは楽屋に座り、フラペチーノを流し込み、ティンダーの画面をフリックしていた。この顔合わせをあまりに軽く考えていた。あまりに多くの金、あまりに多くのものをあまりに簡単に手に入れてしまったせいで、脳が歪んでいたのだ。この女はルディを破滅させるかもしれない。これまでに僕たちが直面してきたものよりも大きな危険をはらんでいる。なんとかしてルディにそう伝える必要があった。合図か何かで。

「全国共通試験にはどのようにして備えたんですか？」バトナガルは言った。

「勉強ですよ」ルディが言った。僕はすべて大文字でルディにメッセージを打った。〝まじめにやれ。この人を甘く見るな〟。

「家庭教師は誰が？」

「私は生まれつき頭がいいんです」ルディは言い、携帯電話から顔をあげ、僕に向かって「知らんけど」と口だけを動かして伝えた。これほどまでに緊張していなかったら、僕は声をあげて笑っていたかもしれない。

「ご両親は経理の帳簿を見せてくれませんでした。それはどういった理由からですか？」

ルディをここから連れ出す必要があった。僕は不安で震えていた。「スタジオで呼ばれてるぞ」僕は大声で言ったが、無駄だった。ルディは頭から飛び込んでいった。

「あなたのことが嫌いなんでしょ、たぶん」

これに対し、アンジャリ・バトナガルは大きく息を吸うと、「なんですって！」と怒りを抑えきれずに叫んだ。彼女は中央捜査局の上級捜査官だ。中央捜査局に逆らってはいけない。人々は彼女のまえで涙を流し、内臓をぶちまける。彼女が仕える主人はインドの国民だけだ。

「デートがしたいなら、そう言ってくれればいいのに。僕はイエスと言うでしょう」ルディが携帯をスワイプしながら言った。

「デート？」とバトナガル。ルディの顔が笑みで輝いた。数日ぶりの笑みだった。ルディが冗談を言ったとは信じられなかった。僕たちがともに築いてきたものを破壊しつくす力を持つこの女性のまえで。

「ラメッシュ、来年の俺の日記を楽しみにしてな」

バトナガルは平静を装い、ほつれた髪の束を耳のうしろにかきあげた。「あなたに縄をかけてあげるから」

「ベッドの上で？」

それはいい台詞ですらなかった。僕はいっそう動揺した。ルディの鼻面に叫んでやりたかった。おまえは僕の未来をぶち壊そうとしている。そんな馬鹿げた、くだらない冗談のために。嘘じゃない。僕はプリヤのことを考えた。どこかの小さな農家で、たくさんの子供たちと一緒にいる自分を思い浮かべた。

「わたしはマルホトラもフェルナンデスも捕まえた。あなたの鼻もへし折ってやる」バトナガルは柔らかな声で言った。「絶対に」彼女が本気だということは君でもわかっただろう。

「どうでもいいですよ」ルディは指の爪をしげしげと眺めながら言った。「僕が気にしなきゃいけない理由がない」

バトナガルはそれ以上何も言わずに立ち去った。

「すげえおっぱいだったな」ルディは子供のようににやにやしながら言った。僕もつられてほほえむことを期待して。最近、ルディのまわりの誰もがそうしていたように。

「なんて態度だ！」僕は言った。怒っていた。「女性に対してあんなふうに接しちゃいけない。歳上で、あんな権力を持っている人を！　いや、誰に対してもだ！　ルドラクシュ！」

「なんでもいいよ、あんちゃん」

いちおう言っておくと、この国で女性を尊重するのは寺院か心臓病持ちの金持ちのおばさんだけだ。

ルディはアルマーニのスーツの下でもぞもぞと体を動かし、何かの袋を取り出した。白い粉。中身が何かは知りたくなかった。彼は言った、「失せろ」だから僕はそうした。残るべきだった。残ってルディを止めるべきだった。でもそうしなかった。

数日後、僕たちに正式な召喚状が届いた。書類はすべてそろっていて正確だった。僕は弁護士軍団にすぐに保留申請書を書かせ、車輪に油を差し、事態を遅らせたが、永久に保留にしておくことはできなかった。

また面倒が増えた。金持ちのために替え玉受験をしただけなのに、と君は思うだろう。簡単で、シンプルで、インド人が大切にする道徳的価値観のよくある腐敗に過ぎなかったものが、まさかこんなことになるなんて。

プリヤと僕は定期的にランチをするようになっていた。その週のうちに、食堂でサンドイッチを食べながら、プリヤは僕にこう尋ねた。「アンジャリ・バトナガルって人のこと知ってる?」

僕は口をあけ、空気を呑んだ。

「どうして彼女のことを知ってるんだい?」

「わたしは仕事ができるから」

そう言うと、彼女は僕のまえに携帯を置いた。アンジャリ・バトナガルのページまたページ。ファンのフォーラム、フォトショップで加工したディープフェイクの画像検索結果、フェイスブックのグループ、汚職政治家とその子供たちを逮捕してやると彼女が宣言した記者会見の数々、ジャイプルの文学祭で汚職防止の取り組みについて語る動画、バトナガルのファンである大勢の白人たちが見ているなか、彼女がほかのゲストに容赦なく切り込む様子。インドはひとつの問題について、意見の対立する論者六〜八人をテレビに出演させ、互いの内臓が床にぶちまけられるまで戦わせる、世界でただひとつの国だ。それと、白人（ゴラ）の結婚式でバングラを演奏するのが、我が国による世界文化への大いなる貢献といえる。

「彼女絡みでニュースになってるふたりにひとりは政治的指導者の息子、いとこ、愛人といったところね。喧嘩する相手は慎重に選ばないと。わたしだったら、あんなにしつこい女には狙われたくない」

　金持ちやコネのある人間に手を出せば、なんらかの危害は避けられない。バトナガルのキャリアについての記事を読むと、彼女がいかに苦しんできたかがわかった。昇進の見送り、殺害をほのめかす脅迫。中央捜査局内部からリークされたそういう話がメディアのあちこちに散らばっていた。政府系新聞の匿名社説はバトナガルをクビにしろと主張していた。

　バトナガルは僕たちが最も眼をつけられたくない相手だった。彼女は結果を出していた。金持ちやコネのある連中を捕まえていた。そして今、おそらく血に飢えているのだろう。彼女のキャリアは風前の灯火で、それはほんとうに恐ろしいことだった。全国共通試験のトップでテレビスターでもあるルディは一世一代の大捕り物になるだろう。

「僕たちは終わりだ」

　プリヤは僕を見て、頭を横に傾げた。「あなたが何か悪いことをしてるならね」

僕は何も言えなかった。

プリヤとは最近親しくなっていたが、僕は沈黙を使ってふたりのあいだに壁をつくろうとすることがよくあった。親のように、あるいはプロデューサーのように、彼女は逆にその壁を使って僕に話をさせようとした。でも僕は何も言わなかった。

沈黙は延々と、延々と広がっていった。世界が創造される以前の、時間という概念のない永劫のように。原初の宇宙的沈黙のように、それはタンドリーパエリアを提供する食堂に漏れ出ていた。

「わたしには話して大丈夫だから。あなたがほかのやつらとちがうってことはわかってる」

でも僕はほかのやつらと同じだった。自分は貧困と絶望から逃れようと行動してきただけだと自分に言い聞かせることはできる。でも、永遠にではない。だから僕はまだ何も言えなかった。

「お願い、ラメッシュ」プリヤは僕の手を取った。「何かあったら言って。誰にも言わない。わたしを信頼して。わたしにはわかるから」

僕は自分の手のなかにある彼女の手を見おろした。

昼休みの終わりを告げるベルが鳴った。百人の従業員がいっせいに立ちあがり、同じようにうめき声をあげた。僕は一番やりたくなかったことをした。つまり、彼女の手から自分の手を抜いた。

プリヤはほんのつかの間、がっかりした顔をしたが、すぐに私物をまとめはじめた。僕は何か言いわけをつぶやいて、その場を離れた。自分の本性をさらけ出したわけではなかったが、どうにかしてプリヤに埋め合わせをしなければならないことはわかっていた。

自分の望みがなんなのか、自分の胸に尋ねなければならなかった。

僕の望みはプリヤだった。際限ない富ではなく。そう気づいた。そんなものを欲しがるのはほんとうの金玉野郎だけだ。車、キャッシュ、名声。なんて非インド的な感傷、なんてインスタ映えする感傷だ。でも、僕の思いは日に日に強くなっていった。

だからその晩、仕事から帰ると、プリヤをデートに誘った。テキストメッセージで。やきもきしながら返事を待った。全国共通試験を受けたあとの子供のように――というかまあ、親が僕を雇わなかった場合だけど。

返事は yes。三つの小文字。


プリヤに会ったとき、このランチ事件のことはすっかり頭から抜け落ちていた。

僕たちは週末にモールで会った。まるで映画のなかで求愛するアメリカのティーンエイジャーたちのように。

その土曜日、僕はルディのもとを離れ、貴重な数時間を過ごそうとしていた。税金の申告書、法的な書類、最近僕たちに迫っている捜査の手、ルディの新生活のめちゃくちゃぶり、取り巻き連中、金、すべてから逃れて。

コーヒーショップに入ると彼女がいた。一番奥の席に、ジーンズにニットのセーターという格好で。僕は座った。どう切り出したらいいかわからなかった。

「それで」と僕は言った。

「それで」と彼女は言った。

番組でのルディの台詞の構成について、魅力的な議論でも始めようと考えていると、うしろの席にいた女の子が叫んだ。「あの人はボーイフレンドなの。ボーイフレンドくらい、誰にでもいるんだから、パパ」僕の眼はプリヤの眼に吸い寄せられた。プリヤの眼も僕の眼にぴたりと合わせられた。僕たちはすぐに顔を逸らした。

「今どきみんな、ボーイフレンドくらいいるって」少女は繰り返し、その声が店内に満ちた。父親はそんなのは欧米のことだ、低級なインド人だけがやっていることだと反論した。

プリヤはコーヒーを飲みながら眉を上下させ、僕は笑わないようにこらえた。父と娘はまわりのことなどおかまいなしに言い争い、叫んでいた。これがアメリカならカメラを向けられ、世界じゅうにさらされるところだけど、ここでは人々はただ聞き耳をたてるだけだ。

僕は笑いをこらえきれずに震えだした。そのとき、鋭い痛みを感じた。太ももに眼をやると、プリヤの手が僕の膝の上の肉をつまんでいた。彼女は僕にウィンクし、僕はウィンクを返した。僕も彼女にお返しをした。やがてお互いの太ももがずきずきと痛み、ふたりともぐったりと息切れがするようになって、ようやくやめた。隣のテーブルのおじさんたちが舌打ちをしはじめた。

そこで僕たちは話しはじめた。なんでもいい、あらゆることについての話を。僕たちがどんな口実をでっちあげていたのだとしても、それは忘れ去られた。

両親の話をした。

「うちはふたりとも公務員」プリヤは言った。「それも清廉潔白な。信じられる？　政府の年金だけで生活してる。元警官だったおじさんもいる。これも清廉潔白な人。お金はない。わたしが毎月みんなに少しずつ仕送りしてる」

「うちは公務員じゃない」僕は言った。「いるのは父さんだけ。清廉潔白じゃない。おじさんはいない。身寄りはひとりもいないし、お金もない。父さんに毎月の仕送りもしてない。それどころか、もう十年近く会っていない」

「お母さんはどうしたの?」プリヤは言った。誰かに母さんのことを訊かれたのはこれが初めてだった。

「僕を産んで死んだ」プリヤは静かになり、僕の沈黙に自分の沈黙を重ねたあと、僕の手に自分の手を重ねた。僕はその手を握り返し、沈黙を破った。「君のその馬鹿みたいに清廉潔白な家族のことをもっと教えてほしい」

この先、プリヤの家族に会うことはあるだろうか。会ったら僕はどう思われるだろうか? 無作法、無教養、北インド人——これは全部同じ意味だ、まじで。プリヤの家族はきっとエレガントで洗練された人たちだろう。この娘のように。僕は先走っていた。まるで寺院で息子が女の子とふた言三言会話しているのを見ただけで、カーテンの寸法を測り、花嫁の持参金を計算し、生まれてくる子供たちの名前を考え、子守のスケジュールを立てはじめる母親のように。

「両親は家を建てて、業者にだまされて、今はわたしが毎月お金を渡してる。だから働かないとすごく罪悪感があって。ふたりは社会主義を信じていた。社会主義者たちは新しいインドを、みんなが平等なよりよい国をつくろうとしていたって」

「そういう人が知り合いにいたよ」僕は答えた。

僕はクレアのことを、不幸と心痛まみれの話を打ち明けようとしたが、沈黙がまた喉に詰まり、そのとき僕の携帯が鳴った。

ルディ。

「今日くらいあの人のことは忘れて」プリヤは言い、携帯を取りあげて僕のポケットに戻した。

ふたりでカフェを出てタクシーに乗り、デリーの反対側にショッピングに行った。心地よい沈黙の一時間、一緒にモールを見てまわり、互いの体がそばにあり、膝は触れ合い、腕はこすれ合って、僕がドアをあけて押さえていると、プリヤの髪の薔薇の香りが僕の鼻腔をくすぐり、彼女のイヤリングの輝きが僕の眼を捉えた。

暗くなりつつあった。そろそろルディのところに戻らなきゃならない。携帯には不在着信が十件以上記録されていた。

「まったく、今日一日くらいほっといてくれよ、ボス」折り返し電話をかけたとき、僕は言った。

ルディはわめき散らした。僕に対する侮辱が淀みなく流れた。

暗闇のなかにぽつんと座り、寝不足でうつろな顔をしたルディを想像できた。僕はできるだけ短く電話を切りあげた。

「もう戻らないと」僕はプリヤに言い、とても積極的な、欧米的な動きをした。彼女の手を握ったのだ。「最高の一日だったよ」

するとプリヤはさらに積極的な、さらに欧米的な動きをした。

すぐ眼のまえまで近づき、僕の顔の側面に手を当てると、僕を引き寄せ、キスをしたのだ。

「近いうちにまたしましょう」

非常に不本意ではあったけれど、僕はプリヤを放した。帰り際、肩越しにずっと彼女を振り返っていた。プリヤは早く行くよう僕に手を振り、「急いで、急いで」と口の動きだけで言った。

彼女は僕の身に起きた最高の出来事だった。実に、実にしばらくぶりに。

僕はルディに同情した。

番組が始まって三ヵ月が経っていた。ルディにとってはあまりにも簡単なことだった。毎晩三時間スタジオをうろつき、週に二回ほど各二時間の広告キャンペーンをやって、一回の稼ぎが百五十万ルピー。それでいい気になってしまったのだ。

スタジオでの制作会議に出なくなり、自分は放送の数時間前にスタジオ入りすればいい、もうプロフェッショナルなんだと豪語していた。

僕はルディの唯一の友人だった。ほかに誰がいる？　なのに、僕のほうはプリヤともっと時間を過ごしたいと考えていた。

ルディは以前の学友たちとよりを戻していた。以前はルディを無視していた学友たちと。彼らは今ではデリー大学にかよい、金曜日、クラブでちょっと遊びたいときに僕たちのアパートにやってくる。そして、くそにたかる蝿のようにルディを取り囲み、グレイグースのウォッカや、修士号をどこで取るか、デリーのクラブで過ごした最高の夜といったことについて、延々と話を繰り広げる。

ある金曜日、取り巻きのひとりであるシヴァンシュが僕のほうにやってきて言った。「あんたは誰だ？」それに対し、シャリーニが答えた。彼女は眼にコールを塗り、手首の内側にヘナのタトゥーを入れていた。「どうやってルディと知り合ったの？　あなた、彼の使用人なんでしょ？」

僕たちはもちろん何度も会っていたが、こんなことが毎週金曜日になると繰り返された。たんに心ない連中なのか、ドラッグで脳がやられたのか、中年の結婚生活に向けて嫌味の練習中なのか。

ガキども。

金持ちのガキども、インスタのガキども、ドバイ留学したアメリカ英語訛りのガキども、ラップをやっているガキども、将来有望なガキども、〝俺の名前は古い砦（プラーナ・キラ）ってんだ〟なガキども、〝これ、僕のサウンドクラウドのアカウント〟なガキども。そういうガキどもは背を向けている僕を侮辱した。僕が気づいていないと思っていたんだろう。想像してみてほしい。僕がしてきた苦労、してきた勉強、稼いできた金。そういった何もかもが、照明を半分落としたクラブで、デリやショコラトリーやヨーロッパ系折衷料理店に入り浸る馬鹿野郎（チユティヤ）どもに陰口を叩かれるためだったとしたら。

こんな暗がりにいたら、僕たちはみんな同じだというのに――どうしてそんなにちがいがあるんだ？

クラブでのこういう夜、ルディは両腕にふたりの白人女性を抱え、僕たちのブースによろよろと戻ってきた。これはナイジェリア人が頭に振りかけるボランジェよりもすぐれた、究極のステータスシンボルだった。ルディが輪に戻ってくると、みんなはまた僕に感じよく接しなければならなかった。

ルディのドラッグの量は増える一方だった。

僕が眼を光らせておくべきだった。広告の撮影のとき、僕が食事のテーブル（とても社会主義的で、みんなに同じ食事が用意される。ちょうどシク教寺院（グルドワラ）のように）に着いているあいだ、ルディが顔を出すことはほとんどなかった。彼は道を失い、意識を朦朧（もうろう）とさせ、アプリで酒を注文し、あとで僕に取りに行かせた。

そして、夜になるとふらふらとアパート内を歩きまわった。

僕は本心からルディを助けたいと思っていたが、そもそも自分で自分を助けたいと思っていないやつをどうやったら助けられる？

視聴率はまだ高かったし、母親たちはまだチャンネルを合わせていた。僕はまだ金を稼いでいたし、寺院や修道院への寄付も続けていた。なのに、ルディは薬物問題を起こさなければならなかった。喜びのなかの喜び（コカイン）。結果として、欧米のロックスターとの類似性がより明確になった。インドは知識人の国だから、僕たちのポップスターはクイズ番組の司会者というわけだ。

このくそガキはいつから常用するようになった？　誰から調達した？

ドラッグに手を出したのは、みんなにこきおろされたからか？

「このルディとかいうくだらんやつはなんなんだ？」夫たちは新聞を読む。「ルドラクシュという聖典（ヴェーダ）的にすばらしい名前を与えられておきながら」

「こんな番組、孤児や無職の中年女に小銭を恵んでるだけじゃないか」

「何かやましい秘密があるにちがいない」

たぶんルディがドラッグに手を出したのは、ほんとうの友達がいなかったからだ。僕は友達じゃないのかって？　報酬がなかったらルディとつき合ったりしてない。

僕は粉の入った封筒を見つけ、それを捨てた。また別の封筒を見つけた。奇妙な中国製の錠剤でいっぱいだった。それも捨てた。もっと出てきた。ルディを医者に連れていきたかったけれど、そうしなかった。

なぜか？

わからない。

僕は罪の意識を感じていた。僕は僕でロミオのようなロマンスを続けていて、ルディにやさしく接してやりたかったが、彼は同時にお荷物でもあった。

プリヤのためにもっと時間をつくりたかった。ランチやコーヒーの時間を。でもルディはどんどん僕を消費していった。僕はプリヤなしではやっていけなくなった。誰かのことをそんなふうに思ったのは初めてだった。

やがてルディにはフルタイムの世話が必要になった。ルディの夜遊びが終わると僕は早朝にアパートに戻り、それから子守をし、彼の生活の面倒を見て、自分の生活を心配し、いずれプリヤに真実を話すとして、どうやって切り出したものかと考えていた。いずれ話さなければならないと気づいたからだ。でなければ、彼女は自分でそれを突き止め、僕を永久に許さないだろう。プリヤを失うかもしれないと思うと、インドのティーンエイジャー全般に対して、とりわけルディに対して、きわめて狭量な感情を抱くようになった。

僕は昼のメロドラマを観るようになった。うしろでルディがよだれを垂らしていた。バケツは彼の哀れな口の下のちょうどいい位置に、ジェット噴射されるゲロを受け止めるのにちょうどいい角度に、繊細に、芸術的に置かれていた。

昼の退屈な時間に僕まで酒を飲むようになった。ほんの少量で、毎日ではなかったが、それでも多すぎた。アルコールのにおい。自分が情けなくなる。役立たずで、何も打つ手がない。自分が父さんのようになろうとしていることについては、なるべく考えないようにしていた。

親の監督も行き届かない状態だった。

ルディの両親は完全に姿を消していた。ふたりはインドの親らしくルディを脅し（私たちはおまえのためにあらゆることをやってきた、おまえの将来のために休日もSUVも血圧も犠牲にした、なのに、おまえは何も親孝行をしない）、ふたりの出費もルディの必要経費に入れさせると、イタリアの湖水地方をめぐる旅に出た。たぶん、のんびりしたスパめぐり、周遊、ドルチェ＆ガッバーナ買い漁り、外科手術、シリコン充塡、脂肪吸引で予定ぎちぎちの旅行を。そして、それらはみんな父親だけのものだった。

正確に言うと、ふたりが出発するまえ、最後にもう一度だけ僕を追い出そうとしたことがあった。僕は月に一度は古巣を訪れていた。デリーのくそだらけの側へ――やあ、また会えたな、母なるヤムナー川、相変わらず化学薬品の泡だらけか？――そのとき、郵便受けのごみ山のなかに、一通の封筒を見つけた。あけてみると、新聞を切り貼りした身代金要求スタイルのフォントの紙が入っていた。いやほんと、まるでこれが七〇年代で、悪役俳優のプラン・クリシャン・シカンドかアムリッシュ・プリーが黒幕みたいな手紙だった。おまえの秘密を知っている。今すぐやめろ。あいつから離れろ。実に哀れだ。あのふたりの仕業に決まっている。彼らは鮫ではなかった。父親は二流の会計士で、母親はエスニックデザインのファッションレーベル経営者。できるのはこの程度のことだろう。

ふたりはその後、完全にあきらめた。僕のことも、息子のことも。

僕たちのアパートには食器、皿、瓶が山積みになっていた。掃除婦はここには悪魔が住んでいると言って寄りつかなくなった。ジョギングウェアを着た大家がドアをノックし、ポロシャツの首から白い毛をはみ出させながら、僕たちに向かって、君たちは根性がたるみきってると言った。僕たちはベッドの下、神像のなか、冷蔵庫のなかに札束を隠していた。ギャング映画ではそうしてるとルディが言ったから。

僕たちはどんな撮影、どんな広告、どんなモールのオープニング記念の依頼も引き受け、金をもらい、そのようにして生活を続けた。僕は粉の入った袋を捨てるようにしていたが、それ以上は何も言わなかった。ルディを働かせすぎたのかもしれない。でも、金を稼ぎつづけてもらう必要があった。もし真実が明るみに出たら、アンジャリ・バトナガルが僕たちの秘密を突き止めたら、どうなる？　今のところはまだ、中央捜査局の脅威は僕たちの弁護士軍団によって遠ざけられていた。ルディの人気がなくなったら、ルディはどうなる？　僕はどうなる？　僕たちが落ちぶれても、下で受け止めてくれる人はいない。僕には家族がいないし、まあ、ルディにもいない。僕たちにいるのはお互いだけだった。そんなこと、ちっとも考えたくなかった。

それから数週間後のある日、古巣アパートの外の通りを歩いていると、スミットが近づいてきた。

彼は別人のようになっていた。というか、それは僕のほうだったかもしれないけど。

最初はサインのコレクターか寄付を求めるファンかと思った。僕とルディのもとに押し寄せ、ルディのインスタを寄付依頼の海に変えてしまった人間が何千といたが、そういう輩（やから）かと思ったのだ。

でもちがった。スミットだった。スミットが僕のところに来て、金の無心をしようとしていた。

「兄弟！」スミットは少しばかり大げさな笑みで言った。

「何かあったのか？」僕は訊いた。これまでにスミットがいいやつだったことはなかった。

「ちょっとしたトラブルがあって。大したことじゃない。クライアントから返金を要求されてるんだ」

「僕にどうしろっていうんだ？」と僕は言い、待たせてある車のほうに歩いた。スミットはなるべく実直に見えるよう、同時に哀れっぽく見えるようがんばっていたが、できていなかった。今までそんな顔をする必要がなかったから。

「あれは全部昔のことだ。君なら俺の力になれる。一生恩に着るよ。昔のことは水に流してさ」

「そうかい？　僕はいつまで経っても小物だよ、スミット。どんな頭脳を持っていてもね。世界じゅうの金を手に入れても、それでもまだ小物だ。君がそう言ったんだよな？　答えはノーだ、兄弟、力にはなれない」

そして僕は去った。

ルディと僕はＴＥＤトークに出た。ルディいわく、そこにはホットで上品であと腐れのない女の子たちが、要するに、ルディの好きなタイプの女の子たちがいるから。打ちあげの席で、タイヤのような首をした大臣がルディの成功の秘訣について質問した。ルディの返事は「父親と母親の言いつけをちゃんと聞くことです。懸命にやるんです。犬よりもずっと、ラーマに薬草を届けるために山を動かしたハヌマーンよりもずっと懸命に」だった。大臣たちはうなずいて、文化と伝統がなければ私たちは無だと言い、新聞にはこう書かれた。「ルディを全国共通試験トップに導いた、驚くべき秘訣！」こうして家族のワッツアップ・グループに登録されている全国のおじさん、おばさんは寺院にもっとお参りに行けと子供たちに説教し、ルディの顔がプリントされた商品をさらにさらにと買い込んだ。

一方、ルディと《ビート・ザ・ブレイン》の成功を受け、オベロイはますます肥え太った。で、いったいどうしたか？　政界進出を、人民党とベッドをともにすることを決意したのだ。

始まりは小さなことだった。ヴェーダの伝統に関するちょっとしたツイート、それがすぐにバン！　と大バズり。一秒後、オベロイはさまざまな壇上に姿を現わし、頭（こうべ）を垂れ、知的エリートやコスモポリタンな害虫を声高に批判し、テレビの見出しに〝オピニオンリーダー〟と書かれるようになった。

オベロイは僕たちを会合に引きずっていった。どれだけルディを憎んでいるとしても、その名前がドアをあけてくれるからだ。

僕たちは祝福された。ゴルフクラブ、街の南、新興成金、旗、花輪。年々開催が早まっていくディワーリ前の祝祭で。

右翼のサフランたちが勢ぞろいし、ジョニーウォーカーを注いだキューブアイスを片手でからからいわせながら、もう片方の手で誰かの背中をぽんと叩き、『ウパニシャッド』の詩やインドの言語の神聖さについての即興コメントでマウントを取り合っていた。

オベロイは壇上で演説をし、そのうしろには人民党の大臣たちがずらりと並んでいた。そしてお決まりのナンセンス。「こんにちの我が国は強い、かつてないほど強い、それはひとりの男のおかげ、首相のおかげです」みんなが拍手した。オベロイは自分自身にとても興奮していた。誰もが彼を見ていた。今度ばかりは自分が脚光を浴びている。俺は無敵だ。政治キャリアが眼前に広がっている。「我が国はとても将来性のある国です。上に向かって突き進んでいる国です。一介のプロデューサーに過ぎない私が――」うしろから大きな手で叩かれ、オベロイはひどく驚いた。

「あの方の意見をお聞きしたいですね」大男は言った。政府の大臣で、その声は深く、ゴングのようで、こめかみに汗を流し、襟は湿って透けていた。〝政治家を信用するな〟というのがクレアがいつも言っていた言葉で、その言いつけどおり、僕は一度も信用したことがない。

「誰の意見ですか、大臣閣下?」オベロイは言った。顔の上で恐怖心が憎悪とせめぎ合っていた。

「ルドラクシュ・サクセナです。オベロイさん、あなたのお話も興味深いが、今夜は彼の話を聞きに来たんです」

「はい」オベロイは静かに言い、椅子に座った。欧米の人種多様性審議会よりも白くなって。僕は酒のなかに笑いを隠した。

ルディが壇上にあがった。ウィスキーとコカインのやりすぎでふらふらしていた。

「僕たちは未来です、僕は未来です、こちらの男性は」ルディはそう言うと、大臣の体をつかんだ。ルディも名前は知らないはずだが、その体脂肪率が地位の高さを表わしていた。「未来です、そうでしょう?」ルディは男の腹をつつき、ひたすら繰り返した。「そうでしょう、そうでしょう?」

そして壇上から跳びおり、叫んだ。「ウェイター！」みんなが彼に拍手を送った。オベロイさえも、顔を歪めつつ拍手していた。

人民党の党員のスピーチがさらに続いた。オベロイは壇上に残り、マイクを握ろうとしたが、そのたびにもっと重要な、もっと権力のある、もっと太った誰かに払いのけられた。オベロイの時間は終わっていた。右翼の演説者が次々にNGOのリベラルたちを侮辱した。戦後インド史の巨人たちがあまりに政教分離的で、あまりにリベラルで、あまりにムスリムに甘かったと言って。宗教的寛容を目指す首相の財団に大金を寄付していたのはオベロイだったのだけど。

その晩のほとんどの時間、オベロイはただ立ち尽くしていた。希望に満ち、縮こまり、両手を股間のあたりで握りしめ、シラミを駆除されるまえの囚人のように。そして、大物を追いまわしては名刺をくれ、いい投資先を教えてくれとねだり、一緒に写真に写ってほしいと迫っていた。あれだけの金と地位を得てもなお、オベロイはもっと多くのものを欲しがっていた。

その晩の僕は陰からずっとルディを監視し、彼がトラブルに巻き込まれないように、飲みすぎないように、怒らせてはいけない人たちを怒らせないように気を配っていた。

僕の日中の時間は無駄に費やされていた。番組に参加し、ルディの代わりに金を稼ぎ、ルディが暇を持て余さないようにしていた。

夜の時間も無駄になっていた。クラブにしろ、レストランやバーにしろ、ルディが酔ったり、怪我をしたりしないように、もしくはもっとひどいことにならないように見張っていた。ルディのめちゃくちゃな振る舞いが誰にも見られることのないように。彼の化けの皮が剝がれないように、新聞が何も暴露しないように。ルディのファンたち、つまりインドの主婦たちが、ルディが宣伝するありとあらゆるものを買いつづけ、年率七パーセントという僕たちの経済成長を維持できるように。

僕はプリヤと一緒にいるべきだった。自分の人生を生きるべきだった。もっと彼女のための時間を捻出しようとやりくりしていたけれど、ルディは臨界点に達していた。断崖絶壁の縁に立ち、大きなリスクになっていた。灯明祭（ディワーリ）を目前に控えていたにもかかわらず、ルディにとって、世界は暗くなる一方に思えた。

僕は愚かな自分だけの夢を見ていた。すべてから逃げる夢を、無料の酒と無料の金から逃れる夢を。それはなんの役にも立たなかった。

だから、どうにかして楽しまなきゃならなかった。僕なりのやり方で。

毎日、仕事場やバーで、部屋にひしめく汗だくの放送作家たちからのくだらない質問をさばいた。僕たちが彼らを雇ったのはルディのジョークを新鮮に保ち、本物の輝きを与えるためだった。ルディがいつも何かしら気の利いたひと言を言えるようにするため、二度とフリーズしないようにするためだった。何千万、何億ルピーという金がルディの肩の上にのっかっていた。もうただの若者ではなかった。ルディはビジネスだった。最高の状態を維持しなければならなかった。

放送作家はシッダールト（〝シドと呼んでくれ〟）とかニキル（〝ニックと呼んでくれ〟）といった馬鹿な名前のやつばかりで、欧米の馬鹿な教育を受け、同じくらい馬鹿な欧米の問題、たとえばなんの前触れもなく女に振られたとか、コーヒーショップで注文をまちがえられるといった問題を抱えていた。そういうやつらに関するひどい、ひどい噂を君も聞いたことがあるだろう――彼らは電子煙草を吸うという噂を。インド人なのに。電子。想像できるかい？　インドはいったいどうなってしまった？　アメリカの修士号を持つ連中にすべての問題を解決してもらわなきゃならないなんて。

　僕はそんな彼らをおちょくるためだけに、大げさな話をしたものだ。「僕が子供だったころ、あるものといえばキャロムボードだけだった。タルカムパウダーでキューの滑りをよくして、マスワリなんかしようものなら、かわいそうに、爪から血が出たんだ」

ときには、僕の友達は幸福（プラモッド）という名前の棒だけだという話もした。

　プリヤは電話やテキストメッセージで、オベロイから受けた仕打ちを教えてくれた。彼女は会議の席で「グジャラート訛りのデブなビッチ」「蒸しパン食い（ドクラ）」など、お決まりの侮辱をぶつけられていた。

　オベロイはますますひどくなっている、と彼女は言った。望むことをどれだけ実行しようと、オベロイは満ち足りることを知らなかった。

　僕は口をつぐみ、テーブルの下で拳を握った。これが二十年前のインドなら、あいつを殴ってそれでおしまいだっただろう。今の僕たちには欧米のモラルがあり、苦情申立手続きがあり、そのため何ひとつ解決しない。

　彼女がそれをどう受け止めたのか、僕には永久にわからないだろう。強さとは何かを僕はプリヤから学んだ。貧困からは逃げられる。運と頭脳があって、動こうとするものすべてを侮辱すれば。この国で女であることからは？　決して逃げ切れない。

　僕の望みはプリヤと過ごすことだけだった。そして、そんなチャンスは訪れなかった。

第二部

10

で、話を戻すと、ルディは酔っ払い、だらしなく伸び、ゲロにまみれていた。僕はルディのそばで横になっていた。手にはボトル。みじめで、過労で、ストレスまみれで。僕たちふたりの肩の上に世界をのっけて。

ディワーリまであと十日。ルディは一年で最も広告の実りが多い時季にテレビのランキングでトップに立たなければならないというプレッシャーにさらされていた。

そんなときだ、僕たちが誘拐されたのは。

ばん！　ドアが勢いよくひらいた。僕は大声を出したが、ルディに聞こえるほどの声は出なかった。

顔が、黄色い眼が、数珠の首飾りが見えた。男が僕のほうにやってきて、僕の無駄な抵抗を笑った。携帯に手を伸ばそうとしたが、男はそれを蹴飛ばし、持ってきた折りたたみ式車椅子二台を床に置くと、僕たち宛てのディワーリの贈り物や無料サンプル、賄賂、花の入った箱を蹴飛ばした。

ばし！　僕の顔に棒がめり込んだ。ばし！　ルディと僕は車椅子に押し込まれた。男は僕を押して廊下へ、それからエレベーターへと運び、一分後にルディを押して戻ってきた。まるで世界の時間はすべて自分のものだといわんばかりに。僕たちはこの男が好きに弄(もてあそ)べる虫けらだった。なんてひどい屈辱だ。

それから表の喧騒(ショール・シャラバ)へ。ターメリック色の指をした連中であふれていた。何もせず、ただぶらぶらしている若い男たち——ここは若い男たちの国であり、それに付随する問題を抱えている。欧米は革命を起こすには年老い、太りすぎている。そこへきて、僕たちはパキスタンに屈辱的な一敗を喫するだけでいい。

僕が医療用マスクのなかで無駄な叫びをあげると、口内の血が音をたて、それは道端にパーン（噛みタバコに似た嗜好品。唾が赤くなる）が吐き捨てられる音と自動車の音にかき消された。僕の顔に上から顔が近づいてきた。またあの黄色い歯、湿った水牛のにおいがする口臭。「静かにしてろ、でないとデブが痛い目を見るぞ。わかったな？」男はルディに何かをする必要はなかった。ルディは放心状態で、殴る必要はなかった。彼はドラッグですでに自分をそういう状態にしていた。

男はビジネスライクで、ルディが放送作家たちを怖がらせたいときにするような、映画のギャングのような話し方はしなかった。「おまえの子供たちも感じるほど、しこたまファックしてやるぞ」というのがルディのお気に入りで、ニックたちやシドたちへの怒りが増すにつれ、〝子供たち〟の部分が孫、母親、父親、子々孫々、先祖代々に変化した。ルディはいろんな種類の侮蔑語を用意していた。高級な言葉、類語、高度な英語語彙。なぜなら彼は全国共通試験のトップであり、インテリであり、放送作家たちは無だったからだ。

僕たちはひとりずつ、側面に雑な赤十字が描かれたぼろぼろのマルチスズキ・バンに放り込まれた。

誘拐犯の眼を間近に見て、これは大ごとになると思った。父さんのような眼。飢えた眼。くそのなかで生まれ、けれど決して引き返せない眼。

男はにやりと笑うと、テープのロールを取り出し、僕の頭のてっぺんをぐるぐる巻きにして、両手と口にも数回巻いた。「取るときにひでえことになるぜ。毛を全部切らないといけないかもな。赤ん坊みたいになれるぜ」男の口臭は泡立つ下水のようだった。そのにおい、恐怖、それだけで充分にひどかったが、まぶたに貼られたテープが最悪だった。頭を動かすたびに苦痛を味わった。なるべく動かないようにしていたけれど、うまくいかなかった。

僕たちは歯車の軋む音、金属と金属がぶつかる音とともに運ばれていった。まわりの空気は騒音に満ちていた。銀行員の妻たちのアウディ、ビニール包装されたパウロ・コエーリョを売る交差点の浮浪児たちの声、強請(ゆす)りたかりなのか、掃除しているのかわからないけれど、ぼろ切れで他人の車をこするキコキコという音。誘拐には完璧な時刻だ。

テープのせいで偏頭痛がしはじめていた。頭は燃えているようだった。手首も。なるべく動かないようにしているせいで、背骨はかちこちになっていた。僕は熱くなっていた。息ができなかった。卒中を起こしているような気がした。

僕たちは走りつづけた。男が角を曲がりそこね、ペダルを踏み潰すほど加速し、突然のブレーキやバックをするたびに、前方から悪態が聞こえてきた。パワンのなめらかな運転とは比べものにならない。

暑さが僕を溶かした。エアコンなしのドライブは地獄だ。みんなどうやってるんだ？　ドライブのたびに体重の半分と、たぶんＩＱもごっそり失われる。もしインドのいたるところにエアコンが完備されたら、持つ者と持たざる者のあいだの溝は消えてなくなるだろう。暇を持て余したキンタマぼりぼりとうめき声が、ＧＤＰを伸ばす貴重な仕事に早変わりだ！

　僕の口がテープでふさがれていなかったら、雑談でもしていたかもしれない。

「あんたの息、とってもいいにおいだね！」

「誘拐はフリーランスでやってるの、それとも長期契約？」

　ようやく眼が覚めたルディは金でなんとかしようとした。男はルディの口にはテープを貼っていなかった。なんでこいつばっかり？

「なんでも用意できるぞ。金、女、金でできた女。女でできた金。なんでもだ。とにかく俺たちを解放してくれ」反応なし。わずか十分後には世界じゅうのどんな金持ちでも叫ぶ言葉に変わっていた。「俺が誰か知らないのか？」それからかわいそうに、「頼む、どうか解放してくれ。もうすぐディワーリじゃないか」男は何度か笑った。


　数時間後、車が停まった。僕たちはひとりずつ引きずりおろされ、砂地の上を押して運ばれた。君もこの男には感心するだろう、これを全部ワンオペでやっているんだから。欧米人ならそう言うところだ。暑く、薄汚れた夕方の早い時間だった。もし僕の眼が見えていたら、果てしなく広がる大地が見えていただろう。僕たちデリーっ子が湧き出る土壌が。もし僕が農場の持ち主だったら、田舎の空気を、その清らかさを楽しめたかもしれない。その代わりに僕が嗅いだのは、恐怖と汗と自分のみじめさだけだった。土、石、大理石で足がつまずくのを感じ、脇腹が壁、ドア、テーブルにぶつかった。何も聞こえなかった。それが一番最悪だった。人通りもなく、大声で一生わめきつづけている男も女もなく、売り子も、行商人もなし。静寂以外何もなし。自分が死んでしまったように思えた。アメリカの郊外に住む連中が薬を飲みまくっているのも不思議ではない。

　涼しい気候のなかに入っていくのを感じ、それからドアを通って部屋に入った感覚があった。冷たく埃っぽい大理石の上に投げ出された。一、二分後、隣のマットレスがぼふっと大きな音をたて、ルディが投げ出された声がした。

「ここにいろ。しゃべるな」運転手の低いがらがら声が耳元で聞こえた。「さもないと、おまえのタマタマをオムレツにして、子供をつくれなくしてやるぞ」男の手が僕の手に触れ、手首のあたりのテープが少し緩むのを感じた。僕はすぐに手首のテープを外し、次に口まわりのテープを外し、ぺりぺりと剝がれる唇の皮に身震いした。眼の部分を剝がす勇気はなかった。

　天井ファンはなかった。汗が服に染み、悪臭でずっしりしていた。

あたりを手探りで歩いた。壁の一面にガラス張りのワードローブがあり、外に続く木製の扉には複雑な彫刻が施されているようだった。高価なものだ。叩くとどっしりした音がした。農家か？　どこかの犯罪者（グーンダ）の郊外アジトか？

　自分の推理力にときどき驚かされる。

　誰かに蹴られた感じがあった。「なんだ？」

「おお？　あんたか？　あんちゃん？　あんちゃんなのか？」

「あんちゃんって呼ぶのはやめろ、ルドラクシュ」

　ルディはまだ蹴っていた。

「おい、こら、ルディ、やめろ。ここには僕たちしかいないよ、ボス」

僕は覚悟を決め、頭に巻かれたテープをゆっくり剝がした。髪を半分ちぎるように。ローテクな角質除去手術の痛みに顔をしかめ、悪態をつきまくり、涙が自然とこぼれ落ち、などなど。それからルディのも。ルディは僕のあらゆる動きに悲鳴をあげた。僕が息をするだけで悲鳴。もしかしたらちょっと乱暴だったかもしれない。眼が暗闇に慣れると、僕は周囲を見まわした。汚れた大理石の床、鉄格子のついた高窓、部屋の隅に散乱するありとあらゆるがらくた、古びた服、段ボール箱、絨毯。防虫剤のにおいが鼻をついた。

「大丈夫だよ、ボス」僕はルディをなだめた。「誘拐されたわけでもあるまいし。はは」

そんなこと言うべきじゃなかった。ダムが決壊した。

ルディは半分話し、半分泣いた。話して話して話しまくった。金というものが持つ危険性、もっといいボディガードを雇うべきだったこと、僕が数え切れないほどのミスをしたこと、アメリカに移住すべきだったこと、僕が無礼なこと、インドの教育制度のこと、米(コメ)中心の食事の危険性、イギリスはインドから出ていくべきでなかったこと。ルディの脳内では、歴史上の失敗の大いなる連鎖がこの瞬間につながっているのだった。彼は自分の髪を手で梳(す)きつづけていた。映画スターの髪、カット一回五千ガンジーの髪を。以前は脂ぎったたてがみのようだった髪を。ここからハリドワールまでのあらゆるモペット配達人、三流仕立屋と同じだった髪を。

ルディは鼻のあたりに少しあざができていて、肌は青白かった。恐怖か不眠かドラッグのせいだ。が、少なくとも体積は変わっていなかった。

「金持ちになんかならなきゃよかった」ルディは叫んだ。なんてことだ。インド人がそんなフレーズを口にするなんて。殴ってやったところでそんな態度は直らない。

僕の相手になってくれたのはルディの声と薄暗闇のなかの白人の顔、教科書と小説でいっぱいのワードローブ、マットレス、雑多ながらくただけだった。僕たちは神聖な用務員の物置に監禁されていた。

顔をあちこち触ってみて、傷がないか探した。痛みと口内の血の味以外は何もなかった。

「オベロイはまずいことになるだろうな」落ち着きを取り戻したあと、ルディは言った。「くそっ」

「そうだけど、プリヤは——」僕は思わず口にしていた。

「プリヤ？　彼女のことしか頭にないんだな。俺があんたを必要とするとき、あんたはいつも彼女のことを考えてる。忘れな。高嶺の花だよ……どうがんばっても」彼は吐き捨てるように言った。

「言われなくてもわかってる！」僕は叫んだ。ルディは僕をどう傷つけるのが一番いいかをよくわかっていた。それは認めよう。

ルディの眼が大きく見ひらかれた。ルディのまえでこれほどオープンに、これほど激しく自制心を失ったことはなかった。いつもなら小声で悪態をついているところだ。ルディは息を呑み、黙った。

「そこ、静かにしてろ！」ドアの向こうから運転手の怒鳴り声がした。ルディは驚きのあまり口から魂が飛び出しそうになっていた。あの声だ。何時間も渋滞に向かって悪態をつくのを聞いたあとだから、まちがいようがない。「おとなしくしてないと、取り返しのつかないものを切り落とすぞ！」

僕は数分待った。自分を呪った。これ以上大声を出すのはやめよう。人生の大半において、僕は注目を避けるのがとてもうまかった。もうちょっとの辛抱だ、ラメッシュ。

「僕をこきおろして、いい気分になりたいんだろ。君は孤独を感じている。傷つき、落ち込み、孤独だ。わかってるよ、いいかい？」僕は小声で言い、聞きかじった心理学の専門用語を総動員し、コミュニケーションとマインドフルネスと昼のメロドラマで知ったその他もろもろについて話した。「もう怒るのはやめろ。ふたりで協力して、生きてここから出るんだ。いいね？」

ルディは一瞬硬直した。

「オーくそケーだ」彼はようやく言った。

今の僕ならルディにブレンダーかナイフセットを売りつけることもできただろう。そういうスキルも身につけていた。

僕たちを見ろ。階級もカーストも肌の色も、この厳しい状況でひとつになっている。七一年の戦争を描いた映画のように。君も観たことがあるだろう。高潔なシク教徒と屈強な不可触民（ダリット）が互いの腕のなかで死んでいく。たかだかライフル一丁と、ぴりっとするダールと、もっとぴりっとする母親の不滅の愛の記憶だけを武器に、パキスタンの戦車中隊を撃破する。

こうして団結の一大宣言をしたあと、僕たちが力を合わせれば、できないことは何もないという結論にいたった。

くだらない話をし、ありきたりなチャイ屋台での話題に移った。九〇年代の女優の話。ルディはマードゥリー・ディキシットの大ファンだった。僕？　僕はマニーシャ・コイララ派だ。

僕たちはまんじりともしなかった。勘弁してくれ、ルディはまるで両親のベッドに入った小さな子供のようにおしゃべりをした。「俺たち、大丈夫かな?」「俺たちのキャリアにこれがどう影響するかな?」「ウィスキーが飲みたい」「あのバトナガルとかいう女はどうなったんだ?」とかなんとか、まるでアメリカのトーク番組で観客のなかから指名され、一分間おもしろいことをしなければ一生有名になれず、その後はインスタでマルチ商法のマッサージオイルを売るしかないやつみたいに。

そしていつもあの言葉、〝あんちゃん〟。僕が半分うとうとしてるときに「あんちゃん……」、寝てるときも「あんちゃん……」僕はすばらしい夢を見ていたというのに。僕と、誰とは言わないけど誰かが、お互いめがけてスイスの草原を走り、くるくるとまわっているときに聞こえてくるのだ。「あんちゃん……あんちゃん……あんちゃん……」僕が答えずにいると、その声は間延びし、哀れっぽい泣き声に変わる。ルディがそんな技をどこで覚えたのかわからなかった。多分、ドラッグに手を出したときだろう。ドラッグをやめさせる理由がまたひとつ増えた。

「ラメッシュと呼んでくれるまで、君には話しかけない」

「今はそんな話をしてる場合なのか?」

「そうだ。僕たちは大きなプレッシャーにさらされてる。人間関係が変化し、強くなるのはこういうときだ、お互いの存在の意味に気づき、お互いを〝あんちゃん〟と呼ばなくなるのは。よく考えてみるんだな。僕はもう寝るから」

ルディは話を続けた。僕が寝落ちしそうになるたびにルディが話しかけてきて、うめき声をあげた。ほかにルディの気を紛らわせるものは何もなかった。携帯も、インスタグラムも、ワッツアップも。僕が眼をあけると、ルディが震え、汗をかいているのが見えた。ドラッグとＳＮＳが体内から抜けていっているのだ。でも、なんてうるさいんだ！　やれやれ。翌朝になってドアが勢いよくひらかれたときには、心底救われた思いがした。

「出ろ！」運転手が叫び、僕の腰をつかんで立たせた。

部屋の外に押し出されながら、僕は朝勃（だ）ちよ収まれと念じていた。こういう連中は目立つ部位を切り落とすと相場が決まっているからだ。

　そのとき初めて、自分たちが連れてこられた場所を眼にした。ここは中庭だ。鉢植えの緑。白い大理石の床、赤い瓦屋根。明るい砂岩の中央で裸のニンフの噴水が音をたてている。空気はひんやりとして湿り気がある。パラダイス。農家。金持ちの家。思ったとおりだ。

　僕たちは列柱をまわり、大きく美しいラウンジに連れていかれた。ダークウッドの家具、柔らかな白いソファ、大きな液晶画面、まるでルディの実家の高級版だ。壁にはディワーリ用の電飾が張りめぐらされ、映画スターのような筋肉を持つ英雄ラーマの大きな額絵が埋め込み式照明の下から突き出ていた。

「客だ」ソファに座っているふたりの男のうちのひとりが言った。「スナック（ナムキーン）を出せ、早くしろ」それを聞くと、隣の男が立ちあがり、出ていった。男というより少年で、明らかにこの男の息子だった。立ち去り際、少年はルディに毒のある視線を送った。

　なんてことだ。

　知っている顔だ。あの子を知っている。

アビだ。僕たちが全国放送で恥をかかせ、ぶちのめした子。

この場に残っている男、アビの父親は僕たちに座るよう命じた。部屋に負けず劣らず立派な男だった。ワックスでつやつやの美しいスルタン風口ひげ、白いチノパンにオープンネックのシャツ、太いウエストラインを包むカマーバンド。富のオーラを発散させている。

僕たちの愛するジョークの種、エア・インディアのマスコットキャラを務めるマハラジャを思わせる。太っていて、賢く、陽気。なのにエア・インディアは金と人手が不足していて、国際ランキングではつねに最下位。六二年の戦争、女性の識字率の低さと並ぶ、国家の大恥。

「ふたりを座らせろ」父親は僕たちをさらってきた運転手に言った。父親の背後に陣取り、危険がないかどうか部屋をくまなく見張っていた運転手は小さな笑みを浮かべた。たったひとりで君を誘拐し、無能で貧弱なＭＢＡ持ちのようにしてしまう男の笑みを。

「こちらの名前は教えなくてもかまわんだろうな」アビの父親が言った。

「この礼はさせてもらう」ルディはまたどこかの映画を真似して言い、空気が抜けたように沈黙した。マハラジャは手持無沙汰そうに親指をまわしていたが、やがて息子が塩気の効いた菓子の皿を持って戻ってくると、それを僕たちのまえに置いた。

「上出来だ、アビ。おまえも座れ」

少年は深い当惑と、それよりもさらに深い怒りが混じった顔つきをして、誰とも眼を合わせようとせず、数分おきにマサラピーナッツに手を伸ばしていた。父親と同じように鼻筋が通っていて、同じ柔らかな茶色の瞳をしていたが、父親のような自信と威厳はなかった。脚は震えていた。最後にこの子を見たときのことを思い出した。打ちのめされ、ちっぽけで、何百という人間に囲まれ、失態を笑われていた。

　それで父親は息子の仇を討つために、わざわざ僕たちを誘拐したのだ。僕にも、そこまでしてくれる父親がいたらよかったけれど。

「さて、諸君、本題に入ろう」マハラジャは言った。「ここに連れてこられた理由はよくわかっているだろうな。君たちは私の息子に恥をかかせた。だから番組をめちゃくちゃにすることにした。どうだ、気に入ったかね？」父親はテーブルの上に手を伸ばし、ビスケットの皿を集めはじめた。

「俺たちは絶対に協力しない」ルディが即座に言った。

「するさ。するとも。そうだな、プラタップ？」

　背後の運転手が低くうめき、憎しみのこもった眼で僕を見た。ルディではなく、僕だけを。どうしてこんなに嫌われてる？　僕がいったい何をしたっていうんだ？　神々の眼には恥ずべき罪と映る、いくつかの犯罪を別にすればの話だけど。

「協力しないつもりなら」父親は話を続け、僕のほうを向いた。「君がやったことを全世界に公表するぞ、ミスター・クマール」

「へ？」僕は思わず、チャリティ動画に登場する虐待を受けたロバのような声で言った。そんな反応になったのは、この男が僕の秘密を知っていたからじゃない。名指しされたことに驚いたからだ。プリヤを除けば、そんなことをする人間はほかにいなかった。

「ラメッシュ・クマール、教育コンサルタント。名前も変えずに。愚かなことだ。私の眼をごまかすことはできんよ」マハラジャは金色の指輪をした指を振った。両手にふたつずつ指輪をしていて、両小指に印章指輪、結婚指輪はなし。

いやいや、まずいぞ。

僕はルディを見た。その顔を見るとよけい気分が悪くなったのでやめた。

僕は動揺していただろうか？　混乱していた？　世間にバレることを恐れていた？　一瞬のことにしろ、人生に萎縮した？

そうだ。

機転が今の僕を救ってくれることはない。嘘や悪態ではここから出られない。コネも作戦も情報もない。僕は馬鹿になっていた。無力になっていた。できるのはただ座って見守ること、そして、五体満足でここから出られるようにと祈ることだけだった。

「計画はこうだ」マハラジャは続けた。「我々は動画をつくり、それをユーチューブに投稿する。君たちは金が届くまでここにいる。そして帰る。ただのビジネスだ。いいか？」彼の眼が暗くなった。「私の名前、家族、息子、生活を侮辱する人間はあまりいない。君たちは幸運だと思え。ディワーリがあるからな、私からの善行だと思えばいい」そう言ってビスケットをひと口食べると、またほほえもうとした。

心底から悦に浸っているようだった。趣味のいい家具、趣味のいい生活。たったふたつのことがその印象を損ねていた。ひとつは彼の背後で憎悪に燃える眼をした男。もうひとつは彼の息子、まるで山羊が二頭しかいない街の古い映画館のポスターのような、やつれ、青ざめ、だが怒りに震えている息子だった。

「何かほかに言っておくことはあるか、息子よ」マハラジャは言った。息子に〝相談〟もするとは。こいつにはほんとに〝今年の父親〟大賞をあげたいくらいだ。

「こいつらが生きようが死のうがどうでもいい」アビは言った。

「すばらしい、実にすばらしい」父親は顔をほころばせ、息子の背中を叩いた。「ほらな、私が言ったとおりだろう。これがおまえの成功への第一歩だ。いつか有名になったとき、今日この日のことを思い出して、私に感謝するんだぞ」父親は僕たちを見た。「それじゃあ、君たちのお仲間が我々に金を送るまで、猶予は二日だ。遅れたら……プラタップ、その場合はどうなる？」

「悪いことが起こる」プラタップはうなるように言った。大したドラマ女王だ。

息子は爪を嚙み、またピーナッツを食べた。

「誰かラガヴーリンでもどうだ？」そう言うと、アビの父親は手を叩いた。

誰も飲まなかった。

僕たちはガレージに戻された。


数時間後、ふたたびドアがひらき、僕たちはリビングに連れ戻された。三脚の上にカメラが据えられ、折りたたみ式の大きな白いスクリーンのまえに椅子が二脚置かれていた。

「座れ」父親が言い、「アビ」と合図した。

「うん」息子は答えた。「ルディはこう言ってくれるだけでいいんだ。誘拐された、身代金は五億ルピーだ。オーケー？」五億ルピー……六百万ドル？　ルドラクシュ・サクセナのために？こんなやつのために？　ルディがみんなの憧れの電化製品をどれだけ売ろうがどうでもよかったが、僕と出会ってから、こいつはこの世界で大物になっていたのだ。

「オーケーかどうか誰かに訊いたりするな、おまえはただ告げればいい」父親が言った。その声はだんだん大きくなり、最後にルディを指さした。「とくに、この役立たずで能なしのろくでなし野郎に話しかけるときにはな」

アビはうつむいた。こういう言葉をたくさん聞かされて育ったにちがいない。少なくとも、今はほかの誰かに向けられている。「ああ、うん、オーケー、ええと、わかりました」息子はまた話しはじめた。今度はその眼に憎しみが戻り、言葉もしっかりしていた。子供はもう親の言うことを聞かないなんて言ったのはどこのどいつだ？「誘拐された、身代金を払ってほしいと言うんだ。猶予は一日。五億ルピー。さっさとやれ」

「ましになったぞ」マハラジャは誇らしげな気持ちを隠さずに言った。「我々がやられたことのお返しをしてやるんだ」

ルディは律儀にその条件を繰り返した。彼らはわざわざ新聞まで買ってきて、ルディに両手で掲げさせた。ルディはつまらなそうな顔をしようとした。まるで何があっても自分には関係ないと言いたげに。残念ながら、その演技は彼の表情と、動くたびに震える膝のせいで台なしになった。ドラッグの離脱症状だ。なにもこんなときに。でも、この先一度も出ないよりは、今出てくれたほうがましだろう。

アビと父親は撮ったばかりの動画をノートパソコン上で見ていた。

「怖がっているようには見えないな、息子よ。この男がおまえに与えた感情はこんなものじゃなかった。それに音楽と効果音も必要だ。プロフェッショナルらしく見せる必要がある」

「音楽は駄目だよ、パパ。安っぽくなる。僕の意見としては――」

「おまえが恥をかかされたときも音楽と効果音はあった。ちがうか、坊主？」父親が言うと、息子は黙った。「ベータ、大物になりたいのなら、テレビのスターになりたいのなら、それらしく振る舞わなきゃならん」

アビはうつむいた。若々しく、フレッシュで、ハンサムな彼の顔が憎しみでくしゃくしゃになった。

もう一度撮り直しになったが、今度のルディは完全に大げさで、唇を震わせ、恐怖のあまり気絶しそうに見えた。プラタップは気に入らないようだった。

「一発殴りましょうか？」プラタップは訊いたが、父親は手を振ってその提案を却下した。

僕たちはまたガレージに戻された。

次の日は長く、退屈な一日だった。僕たちは何もせず、ただうなだれていた。僕は何度かドアをこじあけようとしたが、そんな腕力はなかった。

新聞の見出しはどうなっているだろうか。だって大ニュースじゃないか！　センセーショナルだ。ルディは今ごろ、つねに何者かになっている。誘拐というのはそういうものだ。何者かが君を誘拐しようとするまで、君は何者でもない。ものすごい名誉だ！　パドマ・ブーシャン勲章よりずっといい。

プリヤのことを考えるようになった。ずっと考えないようにしていた。心の奥底にしまっておこうとしていた。こういったすべてから離れた、何か秘密の、何か大切な、僕だけのものとして。頭に浮かぶのは彼女の顔だけだった。心配のあまりやつれた顔。僕は心細くなった。僕がそんなふうになるなんて、想像できるかい？

　そしてもちろん、今では僕の秘密を知る者がいる。この国でひとりの人間が何かを知っているということは、すぐにみんなに知れ渡るということだ。

　プリヤが知ったらどう思うだろうか？　そうなったら、僕はほかの人間と同じになってしまう。汚い手口で稼いだ富で女性を誘惑する嘘つきに。プリヤに悪く思われると考えるだけで、耐えられなかった。それは長い、長いあいだ、誰に対しても持ったことのない感情だった。

　僕はただ誰かの眼を覗き込んだとき、そこにビジネスの取引以外の何かを見たかっただけなのかもしれない。

　あの少年、アビが憎しみのにおいをぷんぷん漂わせながら、僕たちに食事を持ってきた。アビはまあ、かわいらしかった。おとなしかった。細身で、繊細な手、ほとんど琥珀(こはく)色をした茶色の美しい瞳。父親がこの子は有名になってしかるべきだと思うのも無理はない。テレビに出るのは生まれついての権利だとみんなが思うのも無理はない。あけ放されたドアのすぐ外から、プラタップがにらみを利かせていた。

「おまえたちは地獄に落ちる」アビが言った。そんな会話の切り出し方があるか？　語尾がアメリカ訛りで、穏やかな話しぶりだった。たった今表明されたばかりの感情に比べれば、あまりに穏やかだった。「くそみたいな気分か？　だったら僕もうれしいよ。おまえは無名のままのはずだったんだ、この詐欺師。僕がおまえになっていたはずなんだ。これからなってやるさ。おまえの番組から金を巻きあげて」

　これもアサーショントレーニングの一環か？

「いや、それどころか、俺はくそ最高の人間さ」ルディが言った。このまえなんかアイシュワリヤー・ラーイとヤッた。ラメッシュ、君は？」

「あー、僕なんかはこのまえ最高のクリケット選手になったばかりさ。ほら、あのオーストラリア人の」考えていることと話すことのあいだに隔たりがあるときもある。

アビは手にしていたロティとサンバルをのせた二枚のプラスティック皿に眼を落とし、小さく笑みを浮かべると、それを床に落とした。

「ああ、最高だな」ルディが言った。「まじでわざとらしいやつだ！　おい、今度来るときは母ちゃんが死んだせいでどんな秘密のトラウマを抱えることになったのか教えてくれよ」

「ファッキュー！」少年は柔らかな声で言った。顔にまた何かがこみあげてきていた。

ルディはどうやら悪い刑事をやっているらしい。だから僕はいい刑事をやることにした。

「君が話してくれれば、僕たちも力になれるかもしれない」自分が出せる最も卑屈な低級カーストの声で言った。「頼むよ、ベータ、悩みがあるなら聞かせてほしい」こうつけ加えてもよかった。「長生きしろ。幸せになれ。万歳（ジーテ・ラホ）！」

少年は何かを言おうとして、奇妙な顔つきで僕を見ていた。信頼が芽生えつつあるのがわかった。僕は殻を突き破り、この子の柔らかな内面に触れたのだ。

「おまえらを殺しとくべきだったと父さんに言った」

たぶん言ってない。

「おい」プラタップが言った。僕たちの会話は聞こえていなかったはずだが、よくないことだと察したのだろう。アビはハンセン病患者をまえにしたように慌ててあとずさると、ドアを勢いよく閉めた。こうして欧米の企業生活にのぼりつめるための、あるいは超悪党になるためのトレーニングセッションは終わった。

「アイシュワリヤーについておかしなことを言ってたけど、あれはなんだったんだ」僕は床にこぼれた食事をすくうのに失敗したあと、そう尋ねた。

ルディは壁に背中をつけて座り、眼を閉じ、頬に玉のような汗を浮かべ、世をはかなんでいた。

「よかっただろ?」

「いや、ほんとにおかしかったぞ、ボス」

「そうか」ルディは言い、肩をすくめた。「ときどき、ちがいがわからなくなるんだ、あんちゃん」

二日が過ぎた。僕たちは何もしなかった。一日に一回、廊下に連れ出され、隣のトイレを使わされ、またガレージに放り込まれた。シャワーはなし。室内はおびえた若者たちのにおいがした。とても衛生的だ。

ルディの体からは今もドラッグが抜けつつあったが、彼はそれを見せないようにして、僕から顔を背けようとしていた。ルディのあごの筋肉が硬直し、背骨が苦痛のためにねじれたり曲がったりするのが見えた。真夜中、ルディが自分を殴り、悪態をつくのが聞こえた。僕が眠っていると思ったのだろう。

僕はルディ、この状況、プリヤ、バトナガルの捜査のことで思い悩むのはやめにしようとしたが、それ以外のことは何もできなかった。

アビが日に三度の食事を運んできた。まだ怒っていた。僕はあまりに疲れていて、あまりに暑く、ルディとプリヤのことがあまりに気がかりで、橋渡しをする気になれなかった。

「またロティか？　グルテンフリーのメニューはないのか、このくそガキ」ルディが言った。

僕は苛立ちはじめていた。

二日後。期限はもう過ぎていた。

金を持った男たちは金を払っていなかった。僕はプリヤの姿を想像した。髪をあげて束ね、ペンと携帯を手に、身代金を払うことについて、自らの信念にもとづいた議論をしている姿を。僕に話してくれた例のおじさんに電話をしているプリヤを想像した。元警官、清廉潔白な警官！なんておかしな家族だ。僕のような輩が一員に加わるには立派すぎる。

僕のために戦うプリヤの姿を想像し、いい気分になりかけた。

何かあったのだとしても、あいつらはルディには手を出さないだろう。まな板の上にのせられるのは僕だ。プラタップのあの眼つきを思い出した。

二日目の夜までに、僕は恐怖のあまりちびっていた。そう書いておくのがフェアだろう。知らせはなし。何もなし。プロダクション会社がやるべきことは身代金を払うことだけだった。シンプルだ。チャパティの広告に出るだけで、僕たちは身代金の二倍は稼がせてやれるだろう。あるいは電話参加型のコンテストを開催し、優勝者にルディの涙が染みたシャツをプレゼントするとか、優勝者の子供に代わって僕が試験を受けるとか。

二日目の深夜が迫り、ドアが勢いよくあいたとき、僕は一睡もできていなかった。

プラタップがふらりと入ってきた。顔は月明かりに照らされ、その眼は僕だけを見ていた。

ルディはすぐに眼を覚まし、プラタップの顔を見て、僕の身に何かが起きようとしていると察した。このちょっとした危機が彼の本能を甦らせた。それについては褒めておかなきゃならない。この瞬間、ルディは成長したのだ。

ルディは立ちあがった。プラタップに立ち向かい、拳をかまえた。プラタップは逆方向にフェイントをかけてからルディの腹にパンチを入れた。ルディはすぐには倒れなかった。立ちあがろうとして、また両手をあげた。馬鹿だ。そんなたるんだ体では、プラタップの締まり、隆起した筋肉にはかなわない。

もう一発。ルディはうめき、倒れた。

「金は届かなかった」プラタップは言うと、僕に向かってにやりと笑った。「おまえをひと目見たときから、これをやりたかったんだ」

僕の顔のせいだったらしい。

プラタップはゆっくり、ゆっくりと歩いてきた。黄色い小さな歯が見えた。赤い眼がどんどん大きくなっていくのが見えた。正視できなかった。僕の視線は下に、彼の首に巻かれている数珠に向けられた。あとずさり、壁にぶつかり、立ちあがろうとして少し足を滑らせた。プラタップは僕の腹を殴った。僕は身をふたつに折った。両腕を固められ、顔を床に押しつけられた。僕の舌が埃を舐めた。

「どれがいい?」

「どれって何が?」

「どれを切り落としてほしい?」

僕は叫びだした。ルディはミミズのように身をくねらせ、そばの床に爪を立てた。「そいつに触れてみろ。ミス・インディアをファックしたときよりも激しくおまえをファックしてやる」

ルディ、自分を見てみろ。君がどんな男になったか。とても誇らしい気持ちだった。僕ならそんな下品な言葉は使わなかっただろうけど。

ルディは汚れた大理石の床を這って僕たちのところにやってくると、ひどい運命から僕を救おうと、持てる力を一オンス残らず注いだ――プラタップに股間を蹴りあげられると、ルディは痛みにうめき、動きをとめた。

「おまえの茶番にはうんざりだ、インドの頭脳さんよ。おとなしくしてないと、二度とファックできない体になるぞ」

プラタップは僕の手をつかんだ。もがこうとしたが、プラタップは僕の体の上に座り、ニューデリーの所得税務署前の交差点の大気汚染のように、僕の肺から空気を押し出した。視界の端に何かが光るのが見えた。

ナイフ。小さなやつじゃなく、長く致命的なナイフ。パヴ・バジをつくるときにトマトやじゃがいもを切るのに使う、半分ナイフで半分のこぎりみたいなやつ。労働者のナイフ、剃刀のように鋭く、安く、ほかのあらゆるナイフとの進化レースを勝ち抜き、デリーの貧乏人の料理用、犯罪用、人生のあらゆる問題解決用の道具となったナイフ。

「小さいのにしとくか。なくなっても寂しくないやつ。そうしような、坊主？　俺の主人は甘すぎる。そんなことじゃどこにも行けない。そうだな？」

そして、僕の小指を切り落とした。

一秒とかからずに終わった。僕の指がもっと抵抗してくれればよかったのに。

ナイフが皮膚に切り込むのが見えるだけでもひどかった。

それは筋肉、軟骨、僕の拳の曲線を通り抜け、上へ、外へと抜けた。筋肉と皮膚を通過して。

それだけだった。淀みも容赦もないひとつの動き。

穴から血が噴き出した。濃く、生き生きとした血が、ついに肉の牢獄から解放された。

僕は痛みで声をあげた。下を向き、床に落ちた自分の指を見た。爪は傷つき、ぎざぎざになり、皮膚は曲げたり手招きしたりのせいでしわがついていた。指の大部分は元のままの形で手つかずだったが、下のほうに眼をやると完璧なまでに白い骨が覗き、そのまわりに血溜まりが広がっていた。

プラタップは勝利の雄叫びをあげ、その声は快楽に満ちて轟いていた。僕は気を失いそうだった。ルディが吐いているのがぼんやりと見えた。

手の全体が濡れるのを感じた。プラタップがポケットから布を取り出し、僕の指に巻きつけていた。もう一発蹴りを入れられた。

「今度こそ連中が金を払うよう祈ってな」

それから数時間、完全に意識を失っていた。

ルディの顔はおぼろげに覚えている。たくさんの涙。とても感動的。そのほかに覚えていること。消毒薬のにおい。吐き出そうとした苦い液体。無理やり飲まされた錠剤と水。僕は叫びながら眠りに落ちた。

目覚めると朝になっていた。周囲の床は乾いた血で茶色くなっていた。ルディは隅っこでくしゃくしゃの山になって横たわり、僕の拳には包帯が巻かれていた。雑に。ルディの手のそばにテープのロールがあった。

指を数えた。

一。二。三。四。くそ。

叫んだが、音は出なかった。口がめちゃくちゃで、乾き、ひりひりした。体じゅうの涙と唾と小便が流れ出て、いっさいの水分がなくなってしまったかのようだった。

その瞬間、シスター・クレアのことを考えた。これまでに稼いできたありったけの金のことを、僕が持っていたあらゆる誇りのことを、この馬鹿げた夢、身を立てて……何になりたかったんだ？　ビジネスマン？　起業家？　名士？　なんのために？　そんな夢のせいで僕はどうなった？　指を一本失い、明日をも知れない身になった。もしここから出られたら、学校を始めよう。この耐えがたい時間にそんなことを考えた。孤児やスラムの子供たち、オハイオから来たオピオイド中毒のアメリカの子供たちのための学校を。金(ガンジー)のことは二度と考えずに。二度とデリーに、もしくはその近郊に住むことはないだろう。遠い南の地、緑豊かな田舎の小川、毎食のココナッツミルク、それか外国、どこでもいい、僕とプリヤで。ほんとうに真剣に考える必要があった。僕たちの将来のこと。どこに行くべきか。その答えは神のみぞ知るが、もし運がよければ、結末は僕が指輪を手に、欧米人のように五つ星レストランで膝をつき、彼女がイエス、イエス、イエスと言う。

キスも、手をつなぐのも、何もかももうたくさんだ。あの言葉を言わないのであれば。勇気を出せ、ラメッシュ！　臆病はもうたくさんだ！　男になれ。ちゃんと告白しろ！　世界に告げろ！

駄目だ！　プリヤを巻き込むな。そのままにしておけ。もうたくさんだ！　今のはもうひとりの僕の声。疑念しか持たない声。逃げろ、世界から隠れろ。つねにそう語りかける声。これは金を稼ぐための、それだけのためのゲームだ。ほかのことは何もかもどうでもいい、愛なんてものは無益な気晴らしで、命を失うことになるだけだ。

たった一度でいい、自分に正直になれ、ラメッシュ。一緒になったら、僕たちの未来はどんなふうに見える？　僕は真実を隠したまま、残りの一生を過ごすことになる。プリヤが僕のほんとうの姿を知ったらどうなるかと不安を抱きながら。来る日も来る日もプリヤに嘘をつき、君のこっちのほっぺはコーヒーで、反対のほっぺはチョコレートだと言うことになる。それじゃあ、あいつと同じだ。

これが僕の頭のなかで起きていたことだ。君が僕を見ていたら、ただ静かに、乾いた涙を流しているように見えただろう。思うに、歴史に名を残す哲学者のほとんどは、このときの僕と同じようなものだったのだろう。

すべてが鮮明に、まるで映画の夢の場面のように迫ってきた。歯の欠けた富豪の食道をケバブが流れ落ちるように、時間が静かに流れた。

幸せだった時代のことを考えた。たぶん一九九八年のあの二週間。僕がまだ三歳で、僕たちは核兵器を持っていて、パキスタンはまだ持っていなかった時代。その後、くそ、パキスタンは自分たちで実験をして、僕たちはまた互角に戻った。

あらゆる種類の奇妙なことを考えた。

セックス、死、歴史、家族。

ムンバイのチョール・バザールのことを考えた。そこでは何世紀にもわたって、デリーのあらゆる盗品が洗浄(ロンダリング)され、売られてきた。クトゥブ・ミナールのことを、素人の流出動画に映る勃起のようにそびえる尖塔のことを考えていた。自分が歴史からこぼれ落ちていくように。すべての焼失、暴動、帝国、ガズナ朝がテュルク語圏から遠征して、死をもたらしたこと、一八五七年にムガルの遊覧庭園が焼かれたこと。分離独立の暴動後に血で濡れた通りから自分がこぼれ落ちていくように感じていた。

それは実に実に上品なくそだった。

それから父さんの夢。いや、父さんが現われなかった夢。僕は父さんが腐ったルピーのように現われることを期待していた。たぶんもう死んでいるのだろう。それか金持ちになったか。そのことは考えないようにした。でなければ、まちがいなくルディが父さんのことを突き止め、番組に出演させようとするだろう。僕がどんな顔をするか見たいがために。ほかの連中、クラブがよいのボンボンの子たちは親について、息苦しいほどの距離の近さについて、いつも文句を言っていた。親がするのは文句を言うこと、節約すること、早く結婚しろとしつこく言ってくることだけだと。僕は孤独だった。

ルディのように考えはじめていた。自分の人生のすべてが、土壌と空気中のすべてが今この瞬間につながったのだと。僕の心はこれまでの出来事を遡り、あらゆる紆余曲折(うよきょくせつ)を点検し、この運命を避けられたかもしれない地点を探した。プリヤの記憶を抹消し、ルディ、クレア、父さんの記憶も消し、僕が別の道を進み、救われる一点を探した。見つかったのは暗闇と血だけだった。

出口はなかった。

自分で自分を救わなければならなかった。

起きあがった。ルディは何千回も謝っていた。

僕たちは座って話をし、お互いへの永遠の忠誠を誓った。

「俺がけじめをつける」ルディは言った。「俺はめちゃくちゃなやつだった。あんたは俺のただひとりの友達、ただひとりの味方だった。なのにひどい扱いをしてしまった」

ルディはけじめをつけると言った。それは何かしらではあった。オーケー？

出口はあった。

無力な夢の記憶が、この部屋にあるすべてを僕に捜索させ、ひっくり返させた。とても隠喩的だ。痛みによって最高に高級な人間になったのだ。

答えはワードローブのなかにあった。

なかはカビの生えた何十冊ものペーパーバックでいっぱいだった。ロバート・ラドラム、シドニィ・シェルダン、ウィルバー・スミス。ヴェーダ数学、理科、英語の教科書。運動会の三等賞のトロフィー。

右手をつい見てしまうのをやめられるような、気を紛らわせる何かも必要だったのだろう。それで本を投げ散らかしたり、踏んだりしていた。親に見つかったら一生分の鉄槌を食らうほど。ルディもそれに夢中になっていた。

そのごみ山のなかに、僕らを救う道具が隠されているのを見つけた。新聞紙にくるまれていた。引っぱりだしてみると、それは長く、硬く、重く、完璧だった。

クリケットバット。クリケットバット！

ただのバットじゃない。黒い殴り書きがされていた。僕を除く、インドじゅうの少年少女にとってのヒーローたちの名前が。僕は口笛を鳴らし、楽しそうに本の表紙をまっぷたつにしているルディを呼んだ。「やばいのがあった」僕は言った。ルディは振り返り、バットを見た。顔が崩れ、イカれた笑みになった。

指の痛みのせいで震えが止まらなかった。包帯には茶褐色の斑点状の染みができており、前衛的でＭＢＡ的な、一色の色粉しか使わない地味な春祭(ホーリー)への招待状のようになっていた。体のほかの部分は招待されていなかった。

僕は顔をしかめ、ルディにバットを渡した。ルディはそれを何度か振った。僕たちはうなずき合った。それ以上何も言う必要はなかった。次に誰かが入ってきたら、たっぷりお返しをさせてもらおう。

具体的にどうやって？　それはわからなかった。けど、身代金が支払われることはないだろう。行動あるのみだった。

僕たちは床の上の所定の位置に戻り、めそめそと情けない姿に戻った。ルディはバットを背中に隠し、奇妙なうめき声を出した。

「そんな音を出す必要はないんだぞ！」僕は小声で言った。うめき声は静かになり、妙な猫の鳴き声に変わった。ルディは馬鹿みたいににやにやして、危険に眼をつぶり、戦いを目前にした兵士のように戦利品のことだけを考え、死を頭から追いやっていた。

僕たちはひと言も言葉を交わさず、壮大な計画もなかった。何か計画を立てるべきだったのかもしれない。

数時間待つだけでよかった。アビ。あの大馬鹿野郎。

アビは皿を高く積んでやってきた。たぶん食事を床にぶちまけるのをもう一度やりたかったのだろう。今度はもっとドラマティックに。でも、僕の指に巻かれた血まみれの包帯を一瞥すると、嫌悪に満ちた哀れみで顔を白くした。

アビは僕のまえにダールとチャパティを置いた。あまり近づかないようにしているせいで、ほとんどお辞儀をするような格好になっていた。少年たちがスタンフォード大に入るために履歴書にでっちあげるような、慈善事業でもしているつもりだったのだろう。

「なあ、少年、皿をもっとこっちに押してくれないか？　僕の手が、手が。君がやったんだぞ」

僕は情けない声で言った。あまりに大げさ、そうとも。効果的、そうとも。アビは近づいてきた。

僕の顔と、なくなった指を見ないようにしながら。

「もっと近くだ、ベータ、もっと」僕は言った。アビはプラタップと一緒ですらなかった。間抜けなくそ野郎め。おまえにはクマール教育的虐待ファミリースクールの教育がお似合いだ。

アビの横でルディが立ちあがるのが見えた。手にはあのバット。

「おい、少年」僕は言った。アビは今ではキスできるほど近くにいた。「動くな」

アビは僕を見てぽかんとしていた。「どうして？　何かしてほしいのか？　悪いけど――」

「いや、ルディが君のすぐうしろにいるからだ。クリケットバットを持って」

「よし、くそ野郎（ボースディケ）」ルディがバットを頭上にかまえた。「行くぞ。助けを呼べ。大声で。おまえのパパに神を恐れる心を教えてやれ」アビに騒いでもらう必要があった。アビの父親にこの先一生、僕たちを恐れてもらわなきゃならなかった。というかまあ、車のキーを渡してもらわなきゃならなかった。このふたつはだいたい同じことだった。

アビは自分がはめられたことに気づき、裏切られた羊のような顔をした。アビの眼が急激に冷たくなった。この瞬間、僕はこいつをひとりの男にしてしまったのだ。これから長い、長いあいだ、この男は誰も信用しようとしないだろう。僕はアビを僕そっくりの人間にしてしまった。いやはや大したものだ。

「助けて、助けて」アビは泣き叫んだ。

「もっと大きな声で！」ルディが言い、柳のバットでアビをつつき、僕たちは緑あふれる中庭の豪華な温室に出た。アメリカ人の言うとおり。緑は富の色だ。

「助けて！　助けて！　殺される！」アビは言った。完全な嫌悪の眼で僕たちを見ていた。ルディは満足し、うなずいた。

アビは自分の善意がものの見事に裏目に出たせいで、怒っているというより困惑しているように見えた。もう二度と拉致された人間に食事を運ぶことはないだろう。「もうしません、父さん。絶対に」アビがそう言っているところを想像した。あとでどれだけお仕置きを受けるだろうか。もしかしたら一発も殴られずにすむかもしれない。そう考えると、とても気分が悪くなった。

中庭を囲んでいるいくつかの部屋に生命が宿った。ドアがばたばたと音をたて、人々が混乱して悪態をつくのが聞こえた。

僕たちを監禁していたやつらが出てきた。アビの父親は経帷子よりも真っ白になっていた。よしよし。なんて馬鹿なんだ。僕たちを自宅に誘拐するなんて。息子を勝手に行動させるなんて。金持ちが貧乏人のゲームに手を出すなんて。

「アビ！　アビを放せ！」マハラジャの声はしわがれ、服は慌ててボタンを留めたせいで乱れていた。両眼は濡れていた。僕にはわかったが、子供のことが心配だからではなく、自分がだまされたからだ、自分の家で恥をかかされたからだ。何よりも最悪なことに、自分の箱入り息子が、未来のテレビの王子さまが、自分の眼と鼻の先で奪われようとしているからだ。

僕は左手でアビを引き寄せ、彼のポロシャツの腰の部分を握った。包帯が巻かれた右手は自分の脇腹に添えた。

プラタップは主人の背後にいて、ださいベストを着ていた。鋭い声で、主人と何か言葉を交わしていた。プラタップはまえに進み出た。その尖った小さな歯は唾でびしょびしょだった。

「その子を放せ」プラタップは言った。「さもないと、ほかのものも切り落とすぞ」その手にはなまくらな灰色のナイフがあった。たぶんコレクションのうちの一本だろう。もう自分を抑える必要はなく、自分の手厳しいやり方について雇い主を説得する必要もない。やりたいことをなんでもできる。こいつにとっては天国だ。

「失せろ」ルディが言った。「さもないと、こいつでこの子の脳を掻き出す。クリケットバットを置いた部屋に俺たちを閉じ込めたのはどこの天才だ？　今から俺たちはこいつを連れて、ちょっとしたドライブに行く」ほらね？　計画ってのは勝手に浮かんでくるものだ。

「よせ！」アビの父親が叫んだ。「なんでもくれてやる。やめろ！　私の息子だぞ！」

「くそ馬鹿野郎だよ。ひとりで食事を運ぶとは」プラタップが言い、ボスに毒のある視線を送った。アビの父親は大地が自分を丸ごと呑み込んでしまえばいいのにという顔をしていた。シータのように。わずらわしい浮世を離れ、大地の女神の温かな抱擁へと。

残念だけど、そんなツキはなかった。

僕はアビをルディのほうに押しやって、盾のようにかまえ、マハラジャに向かって叫んだ。

「プラタップにナイフを置くよう言え、マザーファッカー、さもないと、おまえのかわいい激甘（ラス）菓子（グッラ）のタマに一発くれてやるぞ。それとも顔か？　心配しないで。最近のあごの外科手術はすごいから」

アビの父親は怒りで固まっていた。

プラタップは何も言わず、ただ前進した。ゆっくりと、そっと。

「ナイフを置くように言え」僕は言った。

「ナイフを置け、プラタップ！」マハラジャは言った。

プラタップはかぶりを振った。

「やれ、ルディ」僕が言うと、ルディはやるべきことを理解し、バットを頭上からアビの肋骨めがけて振りおろした。

「ぐああ！」

今のはアビじゃない、僕だ。バットは僕の血まみれの手に当たっていた。

「馬鹿野郎、ルディ！」

「すまねえ、あんちゃん。ごめんって！」

僕は左手でアビをしっかりつかんでいた。アビが激しくもがいているせいで、指の傷が山羊にちんこを噛み切られるより痛かったけれど。

「今度はちゃんとこいつに当てろよ」僕は吐き捨てた。「五、四――」

「プラタップ、ナイフを捨てろ」マハラジャは言った。「すぐにだ！」

プラタップは憎しみを込めて彼を見ると、ナイフを置いて蹴飛ばした。ベストから数珠が落ちた。プラタップはまちがいなくあとでアマゾンのページに直行し、低級カーストわからせ棒（刃つき）のカテゴリーで散財療法をすることだろう。

「キーだ！　全部寄こせ！」僕は叫び、ゲートの外を見た。外に車が三台。僕たちを運んできたマルチスズキ、ジープ、ＳＵＶ。

アビの父親がキーをくれと叫ぶと、使用人がどこからかキーを三セット持ってよたよたと出てきた。そいつは僕と眼を合わせようとせず、キーを渡すと小走りで去った。

ここまでの悲鳴と誘拐騒ぎのあいだ、みんな静かに、お利口さんにしていたわけか。僕でもそうしていたと思う。

「ひとりでも動いてみろ、このガキが痛い目を見るぞ！」ルディが言い、マヘンドラ・シン・ドーニばりの風車式でバットを振りまわし、バイオレンスを丸出しにしていた。長年タランティーノ映画を観て、クリケットの放送で絶叫してきた経験が活きた。

見よ！　二〇〇一年の勝利を飾った不滅のエデン・ガーデンズ、そのチーム全員のサイン入り超レア・クリケットバットをひとりの子供に与えたら、その者がどう変わるか。もうひとりの子供にはフランス人修道女の教育を受けさせてみろ、その結果がどうなるか。

プラタップはふたたびまえに進みはじめていた。

「ルディ、代われるか？　このガキがうるさくなってきた。プラタップがこれ以上近づいてきたら、僕がこいつを殴るぞ」僕は叫んだ。なんてこった、死ぬほど痛かったし、暴れる少年を抱きかかえているのは大変だった。血がどくどくと手に流れ込んだ。アビは汗だくで、その息は僕の耳のそばでうるさく、熱く、そして僕の指にも、指にも、指にも。父親はいっそう青ざめ、幼いころの祈りを唱えだしていた。

僕はアビをルディに渡した。少年はまだ泣いていた。ルディはアビを抱えてあとずさった。僕は左手でバットを振った。さっきより高いところ、アビのあごをかすめるところを。父親は卒倒しそうな顔をしていた。息子はあいつの資産であり、クリケットバットが顔面に当たりでもしたら、その価値は永久に損なわれる。プラタップは神輿（みこし）に乗ったイギリスのマダムをにらむ虎のようだった。

「マルチに乗れ」僕は叫んだ。このみすぼらしい旧車はデリーに一千万台は存在する。ＳＵＶにも心動かされたけど、これだけ厳しい状況にあっても、自分が何者で、どこから来たのかはわきまえていなきゃならない。僕はＳＵＶを運転するよう生まれついてはいなかった。そういう運命じゃない。

ルディはアビを後部席に放り込むと、続いて車に乗った。僕は運転席に飛び込んだ。

プラタップのところに戻って何発か殴り、映画みたいに「おまえが死んだら墓に小便をかけてやるぜ」なんて決め台詞を言う自分を想像してみたが、よしておこう。あいつはどこかにもう一本ナイフを忍ばせているかもしれない。ヒーローを気取って死ぬのはごめんだ。

「警察に少しでも話してみろ」僕は車のウィンドウ越しに叫んだ。やつらに何が懸かっているかをわからせるために。僕は契約上の明示を心から信じているのだ、結局のところ。「おまえのかわいい、かわいい息子がその代償を受けることになる。さっきみたいにな。でも、今度は顔面だ。もうテレビには出られないぞ！」

僕はキーをまわし、車を出すと、がちゃがちゃとギアを変えた。何年もモペットに乗っていたのでクラッチ操作の知識は多少あったし、僕は物覚えがとてもいい。

「あのくそ野郎はきっとあきらめないぞ」僕は言った。車は干あがった川と農民の墓に乗りあげ、跳ねた。「プラタップは僕たちを殺そうと地の果てまで追いかけてくるだろう。ああいうやつのことはよく知ってるんだ」

「選択肢はほとんどない。スタジオに行って全部話して、警察に――」

「警察は助けちゃくれないよ、ルディ。ほんとうにこんな状況でオベロイのところに行きたいのか？　あいつはどうにかして君を破滅させるだろう。アビの父親が何者か知らないが、あれだけの金持ちなら、警察にコネがあるはずだ――おい、少年、父親の名前は？　教えないと指を切り落とすぞ！」僕は声をたてて笑った。大笑いした。痛みで手が震え、危うく道路から飛び出すところだった。

ルディは狂人を見るような眼で僕を見た。

「いや」落ち着きを取り戻してから僕はつけ加えた。「いい知り合いがいる。まずはそいつに当たってみよう。オベロイのところやスタジオに行くのはそのあとだ」プリヤのところに行くのも。僕は思った。すぐにでも駆けつけたかった。自分の金をかき集めて遠くへ、遠くへ逃げたかった。

クリスマスのミサがあって、直火で焼いた栗を食べ、夜中に親が子供にホットチョコレートを持ってきてくれるどこかへ。彼女をこんなことから絶対に遠ざけなければならなかった。ルディをひどい目に遭わせるわけにもいかなかった。

こいつを腐らせるわけにはいかない。僕はこのガキが好きだ。ようやくそう理解していた。

親指でハンドルを押さえ、振動のせいで傷が痛まないようにした。僕は何度も悪態をついた。痛みに、道に、牛を歩かせている農夫たちに、あらゆるものに対して。

ウッタル・プラデーシュ州というケツの穴を走り抜けた。世界じゅうの殺人鬼、強姦魔、うすのろ野郎、クイズ番組司会者の半数がここから輩出されている。大通りを見つけた。デリー、百十キロ。世界記録のスピードで舞い戻った。

男の本性を知りたい？　運転する姿を見ろ。その男がどう反応するか。割り込みに対して、交通ルール違反に対してどう反応するか。その男がどれくらい飛ばすか。どれくらいの頻度でミラーを確認するか。

その日、デリー＝アグラ間の道路を走っていたドライバーたちは、自分が狂人と並走していると思ったにちがいない。

11

僕の古巣のアパートに戻った。外にマルチを駐め、見知った顔がないか確かめた。いたのは男たちだけ、いつも男たちだけだ。彼らは周囲のことには無頓着に、いつも真昼にしているしょうもないことをしていた。つまり、うなだれてユーチューブを見て、食べ、唾を吐いていた。このあたりは金持ちと貧乏人の中間の、ちょうど真芯に当たる地域で、人々は質問してはいけないこと、見てはいけないことを心得ていた。ここでせっせと他人の詮索をするには、たくさんの金を持っているか、もしくはまったく持っていない必要があった。

「少年、協力してくれるかい？」小さな王子さまに尋ねたが、そうするまでもなかった。彼はまるでクリシュナの仔牛のようだった。甘く、無邪気な。アビがうなずくと、その眼に憎しみが戻った。

「協力したほうがいいぜ」ルディはアーノルド・シュワルツェネッガーを気取っていたが、本家よりもデブで威圧感はなかった。少年はまたうなずき、眉根を密着させて、僕たちふたりから視線を遠ざけた。アビは僕たちを憎んでいた。クリケットの試合に惨敗したレベルで憎んでいた。ルディと話をしなくちゃならない。

「よし」僕は言い、バンのドアをあけ、周囲に誰もいないことを確認した――曲がりなりにもテレビスターと一緒にいるわけだし――「合図するぞ。よし……今だ……行け」

　通りから人気がなくなった瞬間に合図を出し、僕たちはアパートに駆け込んだ。ルディと僕は両脇からアビを抱えながら暗い階段をのぼり、今にも自殺しそうな鬱病の会計士、ガス器具作業者、弁当を盗んだ同僚を殺すことを夢見る地方都市プランナーの部屋のまえを通った。

　みんなで僕の狭いワンルームに倒れ込んだ。改めて部屋を見まわした。古いベッド、机、コンピューター、ルディ以前の僕の生活。すべてがとてもちっぽけで、とても哀れに見えた。

　象のくそほどもある迷惑郵便物の山、請求書、結婚相談所の広告、占星術の占い。子供が猫を蹴飛ばすようにそれらを蹴って道をあけ、少年をベッドの上に放り投げた。世話になったクリケットのバットを手に取り、キスをした。ありがとう、ドラヴィド！　ありがとう、テンドルカール！　僕がクリケットのことを気にかけたのはこのときだけだった。

「ここなら数時間は安全だ」僕は言った。それは自明だったし、映画のスターならこういう状況でそう言うだろうから。映画と修道女から大きな教育的影響を受けたせいで、こんな人間になったんだと思う。

　僕は頭がイカれたように見えていただろう。髪は汗で乱れ、今しがた誘拐されてきたばかりのようだった。実際そのとおりだった。僕はアビを見やった。「心配するな、小さいの。すぐにパパのところに戻ってディワーリを祝ったり、ビデオを編集したり、手を切り落としたりできるようになる。今回のこと、恨みに思うなよ」

「ファッキュー」アビは言った。鼻水が顔を伝い、ポロシャツに落ちた。

「俺たちがおまえに何をした？」ルディが訊いた。いや、僕たちが何をしたかは訊くまでもないだろ。

「おまえらのせいで僕の人生はめちゃくちゃだ。全部台なしだ。みんなが僕をからかう」アビの語気にルディは黙り込み、映画スターの威勢は消滅した。

「父さんも僕を馬鹿にする」アビはしばらくして言った。

ルディと僕は同時に顔を見合わせた。

父親ってやつはこれだからな？

「なるほど」僕はやさしく言った。「僕たちはとても申し訳なく思ってる。そうだな、ルディ？すぐに何もかも解決するよ。君をお父さんのところに帰す。罪滅ぼしをする。あの放送はやりすぎだった。そうだな、ルディ？」

「そうだ」ルディは言った。彼は少年を、奇妙なしかめ面のような顔で見つづけていた。いったいどういう表情なんだ？――そうか、同情か。ルディは成長している。こいつもちょっとは大人になったんだ。このしょうもない事件にひと筋の光明が見えた。

「おまえらふたりともファッキューだ」

「君の気持ちはとてもよくわかる。でも僕たちには情報が必要だ。みんなの大切な家族の名誉やら何やらを守るために、取引をしよう。そしたら君は晴れて家に帰れる。いいね？」

少年はうめき、顔を壁に向けた。くそったれな上流中産階級のティーンエイジャー。そういう連中に我慢がならないなら、どうして僕はそういう連中がいないと成り立たない道を選んだ？

「それで、君のパパは何者なんだ……？　なあ、坊や（ベータ）。頼むよ」僕は自分のなかのクレアの声で尋ねた。

「ヒマンシュ・アッガーワル」アビはそっぽを向いたまま、ようやくそう言った。僕はルディを見た。僕たちはひとつになって首を横に振った。アビが顔をこちらに向けた。「ヒマンシュ・アッガーワル？　建設会社の？〈ＨＡ建築〉の？〝そろそろ休憩しましょう、あとはＨＡが……〟」

「いいから！」僕はルディが〈ＨＡ建築〉のウェブサイトの〝会社案内〟欄に書いてあることを全部暗唱してしまうまえに、止めに入った。

建設業界の人間――最悪だ。あいつらはなんだってやる。世界に自分のスタンプを押し、創造という名の彼らの尻の小さな吹き出物には、最悪の種類の人間が引き寄せられる。

敵にまわしたくない種類の人間が。

僕はルディに合図して、部屋の隅に行った。

「あの子にもっとやさしくしないと。君は全国放送でアビに恥をかかせた。出まわってるＧＩＦを見てないのか？　リアクション動画は？　バングラ・リミックスは？　あの子を味方につけないとまずい。頼むぞ、ルディ」

ルディはアビのほうを振り返った。アビはバターチキンが売り切れた結婚式ビュッフェ会場のおじさんのような眼で僕たちを見ていた。それくらい怒っていた。ルディは神妙にうなずき、実に数ヵ月ぶりに十八歳らしい顔をした。

「よし、ボス。頼んだぞ。僕たちの力になってくれるやつに心当たりがある。でも、すぐに行動しなきゃならない」僕は以前、スミットの頼みを断わっていた。あれはまちがいだった。もしあいつがこの状況から僕を救ってくれるなら、デリーじゅうのパコ・ラバンヌを買い占めてやらないと。

「どうするんだ？」ルディが訊いた。「どの線でいくんだ？　どの線よ？　まじな話」

「あの子を返せば、父親は手を引くだろう。あいつは僕たちの秘密を知ってる、だけど、君も見ただろ。あいつは素人だ。サイコパスの手下をペットにしてる素人だ。どこぞの金持ちが僕たちを自宅に監禁して、自分の正体を明かしたんだ。トラブルは避けよう。スミットを仲介に立てて、取引を有利に進める。インスタの広告みたいな大げさなものは必要ない。だろ、ボス？　アビに協力してやってもいいかもしれない。それが終わったら、君と僕とでまた第一線に戻ろう」

　僕たちが取るべきステップを数えた。僕が自分の尻からひり出したものには見えないように、少々のマサラを加えて。「僕の知り合い。取引。アビを返す。奇跡の復活劇。遅くても二、三日後には、またテレビに出て洗濯機を売れるようになる。いいかい？」

　ルディはそれなりに感心しているようだった。あるいは怯えているのか。今になっても、僕にはそのちがいがよくわからなかった。

「ずっと考えてたんだ」ルディは言った。思慮深く、内省的な人間になったように見えた。なんてこった、僕には今の言葉の意味がわかった。それは良心の呵責（かしゃく）であり、僕がコンゴで医療ボランティアをすることを意味していた。「これまでの俺は金のことしか頭になかった。めちゃくちゃだった。初心に返らなきゃな。これからの俺にとって何が大切なのか、見つめ直したい」

　ルディの頭は慈善、喜び、その他、金にならないことでいっぱいのようだった。

「そのとおりだね。賛成だ。とりあえずシッキムの仏教道場に修行を申し込んでおくよ」それを三日間。菜食、お経、丘の中腹で腐っていく死体、風にたなびく忌々しい祈禱旗。ルディは元の生活に戻りたいと泣いて懇願するだろう。

「君は俺のたったひとりのほんとうの友達だ、ラメッシュ。金なんてまやかしの神だ。どれだけあったところで、なんのちがいもない。誰もありのままの俺を求めてない。みんなが欲しがってるのは俺の名声だ。まずは俺たちがほんとうは何者なのかを知るところから始めよう。人生にほんとうに望むものはなんだ？　幸せってなんだ？」

　ルディにこんな影響を与えたユーチューバーが誰であれ、そいつを殺してやろう。たぶんくそったれカリフォルニアに住み、マリブのビーチから物質主義の害悪を説く、東洋の神秘的なシスターファッカー（ベンチョード）だ。

「すばらしい。ほんとに感動的だ。じゃあ、僕は行ってくるよ」

　僕はその場を離れようとした。誘拐されるまえからすでに、僕はルディとの生活のなれの果てについて考えていた。世間から身を隠したまま。今、ルディは自分がやりすぎだったことを悟っていた。変わろうとしていた。

　もう一度ルディのもとに引き返した。こいつは危機に瀕していて、僕は友達でいなきゃいけなかった。こいつを助けなきゃならなかった。この誘拐ビジネスはよりよい何かの始まりになるかもしれない。ルディにとっても、僕たちにとっても。

「それなら、まずあの子から始めないか？　僕たちに対する憎しみを少しでも解消できるように。君ならできる」僕は兄弟のようにルディの肩を叩いた。「君は人の心をつかむのがうまい。やってみろ、ボス」

　彼はうなずき、険しい顔で僕にほほえんだ。もう震えてはおらず、青ざめてもいなかった。ほんの数日前とはまるで別人だ。もうドラッグはなしだ。ドラッグを断てるよう、僕も力を尽くそう。

僕はサングラスをかけ、昔使っていたウィッグを取り出した。バスルームに入り、バケツの上に立つと、換気扇のなかに隠しておいたレンガから数千ルピーを取り出し、降りるときに大理石の床で滑りそうになった。

「ああ、ラメッシュ」僕が行こうとしているとルディが言った。「その、携帯を買ってきてくれないか？　ちょっとネットを――」

「駄目だ！　五秒でバレるぞ。〝トレンドをチェックするだけ〟じゃすまない。それが〝誘拐されたことを投稿しておくか〟になって、生配信に直行だ。だろ？　電話はなし。ＳＮＳもなし。これからはスマホ断ちしていこう、ルドラクシュ」

僕は返事を待たずに表に出た。何人かが僕を見た。最近、この界隈は見るからに裕福になってきていた。密造酒を売る店がなくなり、仕立屋、肉屋といった便利な店がなくなり、代わりに花屋とトレーニングジムができていた。

ルディとちがい、僕は問題なく外出できた。この顔がニュースで流れたことはない。僕はただの使用人、協力者、下っ端だ。「こいつはルディに尽くしていたやつだ」僕が首なし死体になってあがっても、みんなそう言うだけだろう。仮にそれがニュースになるとしたらの話だけど。記事に使えるような写真はない。フェイスブックもなし、インスタグラムもなし、何もなし。僕は存在していないも同然だ。

小さな電気店で安いスマホを買った。支払いは現金のみ、東デリーじゃ身分証は必要ない。必要ありません、サー！　パキスタンの潜入捜査官に対する政府の規制は？　ドバイを拠点とする闇の金（ダークマネー）に対する規制は？　知るか。金を稼ごうってとき、僕たちは国家安全保障に唾を吐く。僕たちは前近代的な世界に生きていて、国家にも、僕たちの自由を汚すけがらわしい爪にも逆らっているってわけだ、今のところは。

そのあと、誘拐された瞬間からずっとやりたかったことをした。

プリヤに電話をかけた。

僕は打ちのめされていた。カフェの椅子に座ってコーヒーを飲んだ。インディアンコーヒー。チコリの焦げた安っぽい味わいを楽しみ、まわりの人々の気ままな生活ぶりを眺めた。彼らは手づくりのドーサを食べ、ラッシーをすすって、下流中産階級なりの満足を味わっていた。といっても、僕も彼らと変わらない。僕は彼らであり、彼らは僕だった。僕は小金持ちになったというだけで、モラルも価値観もまだ、手に入れたばかりの富に適応していなかった。

プリヤを、プリヤの人生を、彼女のキャリアを、両親への仕送りを危険にさらすことになるかもしれない。でもどうしても声を聞きたかった。僕が無事だと知らせたかった。

僕はずいぶん長いあいだそこに座り、ディワーリ用のおもちゃや爆竹や線香花火を親にせがむ子供たちの声から漏れる興奮を聞いていた。もしかしたら、いつか僕も自分の子供のそんな声を聞くことになるかもしれない。

恐怖を呑み込み、電話をかけた。

もちろん電話番号は覚えていた。金持ちがスマホのせいで忘れてしまった技術のひとつだ。

「ラメッシュ？　ラメッシュ！　ほんとにあなたなの？　生きてたのね」それからプリヤは笑い

だし、すすり泣き、最後には安堵で洟をすすった。「生きてたのね!」

「うん」喉に妙なしこりがあり、それ以上何も言えない自分がいた。愛か、水分補給が足りていないか、そのどちらかだ。

「どこにいるの? すぐに迎えに……」

「駄目だ! ここには来ちゃいけない。複雑なんだ。僕たちは無事だよ。逃げたんだ」

「わたしたち、すぐに身代金を払ったの。そしたら連絡がなくなって。てっきり――」

「なんだって?」つまり、アビの父親は僕たちをだましたんだ。僕の指を切り落とし、身代金を着服した。

僕は長く、大きく息を吐いた。

僕の指はなんの意味もなく失われた。ドラマのために、見せしめのために、彼らの主張をはっきりさせるために。

僕もあまり人のことは言えないけれど、あんなことは絶対にしない。

「助けになれるならなんでもする」プリヤは続けた。「どこにいるかだけでも教えて。力になりたいの、ラメッシュ」

「駄目だ」僕は言った。ほかの何をするよりもプリヤに会いたかったけれど。僕のところに駆け寄って、もう大丈夫だと言ってほしかった。僕は一瞬、その純粋な身勝手さの愉悦に浸った。

「明日連絡するよ。約束する。今はただ、僕が生きてるってことを伝えたくて」電話を切った。

ほんとうに言いたいことは言わなかった。一緒に遠くへ逃げて、二度と振り返るな、的なことは。まだ言えない秘密があったから。

愛してるとも言わなかった。でも言いたかった。今なら言える。これが終わったら、誰も僕を止められないだろう。

それはともかく、身代金は支払われていたわけだ。なんだかんだ言って、オベロイは僕たちのために動いてくれた。そんなに悪いやつじゃないのかもしれない。そもそもアビを番組に出したことに罪悪感があったのかもしれない。

僕は腰をおろし、ルディのことも考えた。あの誘拐と暴力は僕のなかの思いやりのある側面を引き出しているようだった。結局のところ、僕はあいつのたったひとりの友達なのだ。

それは僕の仕事だった。それ以上だった。天職だった。僕の永遠の法（サナータナ・ダルマ）の成就、煉獄からの出口、自分で築いてきた人生からの、この孤独で無意味な人生からの出口だった。

ルディには無事でいてもらわなければ。

それが責任あるマネージャーの仕事だ。

それが友達というものだ。

やり遂げなきゃならない。

「スミット？　僕がわかるか？」電話がつながると僕は言った。

一か八かだ。最後に会ったとき、僕はスミットの頼みを断わり、追い払っていた。

スミットは長いあいだ黙っていた。「くそボケ」彼はようやく言い、笑った。「厄介払いできたと思ってたのによ。みんながルドラクシュを捜してるぞ。ひでえＢＧＭつきの誘拐動画を見たか？」

僕は安堵のため息をついた。「君に伝手（つて）はあるかい？　マフィアのドンとか、次官とか、サモサ屋とかの」

「俺に助けてほしいのか、それとも馬鹿にしたいのか？」彼はすぐに言い返してきた。

いい質問だ。悪ノリしすぎとわかっていたが、僕がどれだけスミットを必要としているかを悟られたくなかった。人とのつき合い方をユーチューブで勉強したほうがよさそうだ。

「ヒマンシュ・アッガーワルとコンタクトを取りたい。建設会社の。大物だ。僕たちが彼のものを預かっていると伝えてくれ」

「何に手を出したんだ？　そいつが何者か知ってるのか？」

「君の手下からそいつにメッセージを伝えられるか？」

「何時間かくれ」

「ありがとう、スミット兄貴（バーイ）」僕は言った。それだけ感じよく振る舞っておきながら、うしろめたい感覚はなかった。電話を切った。もしかしたら、話があまりにうまく運びすぎているかもしれない。そんな気もした。帰り道を歩きながら、スミットは僕を裏切るつもりかもしれないと心配になった。

　新聞を手に取ると、僕たちが――いやまあ、ルディが――一面トップの中央に載っているのを見てうれしくなった。なにせ、僕は十パーセントの分け前をもらうことになっているのだ。それから百万軒ある屋台の一軒に立ち寄り、欧米ナイズされたコレステロールと砂糖たっぷりのスナック、ゲータレード、ミルクセーキ、マギーヌードルを買った。醤油味のマギー、チリ味のマギー、卵入りのマギー。自分用に、安くてしっかりしたロティも少々。

ここは別のインドだった。僕がここを離れ、ハイソな生活を送っていたのは、ほんの数ヵ月間のことだ。距離にすれば、たったの八キロくらいしか離れていないけれど、すでにあちら側の生活に慣れつつあった。

エアコン、運転手、店先の武装警備員、ゲートのある集合住宅。店はどこも浄化されたばかりの天国で、隅から隅まで親切なスタッフであふれ、そのあまりの偽りっぷりがいっそう甘やかな。

こちら側は僕のインドだった。悪臭、君の眼のまえで鶏の首を切る肉屋、鶏のか弱い断末魔の鳴き声、肘と爪で人をかき分けてカウンターに向かい、注文の品を受け取る。暗闇が訪れたあとの、なんの説明もない異音、たぶん毒を含んだにおい、快楽と痛みの悲鳴。

これでもまだましなほうだ。必死に生きようとする下流中産階級の人たちのデリー、上向きのデリー、半分埋まった地下鉄穴だらけのデリー、それが僕が三年間奴隷のように働いてアパートを借りた地区だ。ほんとうに不浄な地区について、僕は話題にすらしていない。僕でさえ行ったことのない、人々がキツネザルの玉袋にしがみついたブヨのような暮らしをしている場所については。そこでは誰もが歯や臓器や脚を失い、国連のパワーポイント・スライドのいたるところでGDPと人間開発指数（HDI）がどれだけ上昇していようと、我関せずを貫いている。

アパートに戻ると、ルディがアビと話をしようとしていた。

まあ、ふたりとも部屋の反対側に座り、お互いにそっぽを向いていたけれど。ルディは雑談をしようとしていた。「大きくなったら何がしたい?」「好きなユーチューバーは?」「何億人もの人のまえで恥をかかせて悪かった」とかなんとか。

少なくとも努力はしていた。僕はルディに向かって少し親指を立てた。

けど、ひとつやっておかなくちゃならないことがあった。きついけど、仕方がない。

「アビ」僕は叫んだ。「立て！」彼は一瞬のためらいもなく動いた。「壁に向かって立て」アビの家族は僕を痛めつけようとした。僕はその親切と心遣いに少しばかりお返しをするつもりだった。買ったばかりの携帯を取り出し、カメラアプリをひらいた。

アビは震えだした。

「君が何をしたのか言え。でないと、そのかわいい顔に傷がつくぞ」

ルディは混乱した顔で僕を見ていた。「ラメッシュ、何をしてる？」

「ちょっとした追加保険だ。さあ、話してくれ、アビ、カメラに向かって、君とお父さんが何をしたか言うんだ」

ものの数分で終わった。僕たちを誘拐したのが誰なのかがよくわかる、いい感じの動画ファイルができた。保険としてメモリーカードにコピーし、ポケットに突っ込んだ。

そのあと、アビは黙り、ベッドに腰かけ、ふくれていた。

ルディはそんな彼に話しかけつづけた。

「正直なところ、俺がやったのはよくないことだった。埋め合わせはするよ」ルディは僕をちらっと見て、僕は承認のしるしにウィンクした。「あれはフェアじゃなかった。視聴率のためにやったんだ。みんなが君を嫌うように仕向けた」

アビは壁を見つめたままだった。その気持ちはよくわかった。僕もルドラクシュ・サクセナに対していろんな敵意を抱きながら、何時間も何時間も、まさにこの壁を見つめていたことがあったから。でも、それは過去のことだ。

「なんでも欲しいものをやるよ。政治家になりたい？　任せておけ。有名になりたい？　ボランジェを飲みたい？〈インディアンアクセント〉の一番いい席で食事がしたい？　スター女優とデートしたい？　望みを教えてくれ」

なんという押し出し！　言葉と意見が舌から転がり出ていた。こいつは酸いも甘いも嚙み分けた男、街で一番のレストランに席を取れる男、映画スターとつき合える男だ。薬物中毒よりはましだけど、なんてうざいんだ！

しかし、その後、声の調子が変わり、まったく別のルディが現われた。

「俺を憎んでるのは知ってる。君の力になりたいんだ。俺はへまをした。駄目なやつだ。俺が有名になれたのは、ほかの誰かが代わりに試験を受けたからだ。自分がしょうもないのはわかってる。でも今は金を持っていて、君を助けられる。力にならせてくれ、このとおりだ」

アビは僕たちに向き直った。「あったことをなかったことにするには、どれだけお金があっても足りない」

ルディは泣きそうな顔をしていた。誘拐犯にはふさわしくない。

「腹ごしらえだ！」僕は言った。食べればたいていの事態は好転する。「食べて、眠って、楽しんで。それが生きるってことだぞ、ふたりとも」僕は山のようなスナック菓子をベッドに放り投げた。「仲介者から数時間後に電話がある」プリヤのことも、身代金が支払われていたことも打ち明けなかった。

僕はコンピューターにログインし、ルディは少年に話をさせようと最後の努力をしていた。みんなで動画を見て、僕はデイケア施設の経営者のようにグラスと皿を配った。二十四歳、これが僕の人生だった。

昼過ぎ、スミットから電話があった。ルディとアビは眠っていた。ふたりのアドレナリンはとっくに切れていた。ルディはずっとマーベル映画についてくだらないことを言っていた。アビはそっけなく答えるだけだったが、少なくとも対話ではあった。

ふたりは仲よくなれるはずだ。同い歳、両親に対する同じ不満、幼少期の感情的虐待の数々、退屈、退屈、退屈。僕は煙草を吸いたかった。汗とファーザーファックな指から気を紛らわせられるものが欲しかった。

「じゃあ、ヒマンシュ・アッガーワルの息子を誘拐したってことか?」電話越しにスミットが言った。

「何かしなきゃいけなかったからね」

「おまえにそんなタマがあるとは知らなかった」スミットはため息をついた。「落ち合う約束を取りつけた。おまえをそいつの父親のところに連れていく。息子を返す。それで万事解決だ」

「父親に伝えてくれ。おまえが何をしたか、ちゃんとわかっているぞって」身代金のことが頭にあったけれど、ルディが眼を覚ますといけないと思い、口に出せなかった。ルディには知られたくなかった。あいつはすでに充分なプレッシャーにさらされている。「もうせこい真似はするな、さもなければおまえがしたことを世間にバラすと伝えてくれ。動画を撮ってある。おかしな真似をするようなら全世界に公開する。それで、君とはどこで落ち合えばいい?」

「二時間後。地下鉄のカルカードゥマ駅、切符売場」

「わかった、行くよ。あと、スミット兄貴（バーィ）、僕はまちがっていた、今後は君のようなやり手と組みたい。どうだい?」

「悪くないな、兄弟」彼は言い、電話を切った。

僕はふたりを起こし、シャワーを浴びるように言った。アビは死そのもののような顔をしていた。

「もうすぐパパのところに帰れる」僕が言うと、アビはうなずいたが、まだ心底怯え、怒り、混乱していた。この子にふさわしいのは平和な生活、若い熱意、海外旅行だ。そして、数年後には父親と同じ人間になり、死ぬまで自分自身を憎みつづける。それがインドの上流階級の男の一般的なライフサイクルだ。


スミットとの電話のあと、もう一度買い物に出かけた。僕には天才的なアイディアがあり、どこに行けばそれを実現できるかもわかっていた。「ふくよかな女性が使います」と僕は言った。笑いすぎて震え、はしゃぐ気持ちを抑えきれなかった。こんな男と結婚した妻を店員が哀れに思っているのがわかった。

部屋に戻ると、ふたりはシャワーとトイレをすませていた。

僕はルディに包みを投げた。

「あけてみろ」僕は言い、ワードローブにしまってある長い黒髪のウィッグを探した。数年前になんとなく買ってあったものだ。僕は男性用の、七〇年代の映画スターのようなミディアムロングのウィッグを着けることにした。

「こんなのを着るのはお断わりだ」ルディの叫びが聞こえた。ショックを受けているルディの顔を見たくて引き返した。

彼はショッキングピンクの超お買い得サリー一式を手にしていた。

「君はインドで一番有名な男だからな」僕は言い、ウィッグを投げつけた。「今のは褒め言葉だと思ってくれ」

アビは神経質に笑いだした。

進展だ、ようやく。

12

僕たちはタクシーに乗った。やつれ切ったオフィスワーカーの大群がカルカードゥマ駅から吐き出され、彼らを歓迎するリキシャーワラたちの海に抱かれていた。二〇〇五年モデルのぼろぼろの車に乗った退屈そうな運転手たちが中間管理職の主人を待っていた。男も女も、ディワーリ休暇のまえに少しでも稼いでおこうと、あっちへこっちへ急いでいた。まだラッシュアワーにすらなっていなかったが、駅から千人もの人間が出てきていた。カルカードゥマ地下鉄駅。スミットが僕を罠にかけるために選んだ場所。

駅の外にそびえる壁は、宴会場、パーティ用の屋外施設、象レンタル、ドレス製作などの広告で埋め尽くされていた。結婚業界のありったけの武器弾薬。一年のこの時季にはさらに活気がつく。僕たちの経済成長を一手に引き受けている業界だ。貧乏人の結婚式、億万長者の結婚式、デリーでは毎日百件の結婚式が執りおこなわれている。上等なスーツと周囲に溶け込む能力があれば、一年じゅう無料で食事ができる。

僕たちはタクシーを降り、駅の建物に向かった。歩道に吐かれたパーンの汁、幼い子供たちを狙うおもちゃの行商人、ココナッツジュース売り、ディーゼルの煙、今にも爆発しそうな圧縮天然ガスタンクの脇を通り過ぎた。誰もが汗だくだった。僕は父さんがいんきんたむしに強迫観念を持っていたことを思い出した。ここに父さんがいたら、君がまばたきすらしないうちにタルカムパウダーの瓶を取り出していただろう。

ルディは激怒していたが、彼はすばらしく、柔らかく、甘い見た目をしていた。誰もが夢見る花嫁か、雨が降ってすべてが透け透けになる直前のヘマ・マリーニのダンスナンバーのような。

地下鉄の駅構内にはピラミッドのように急な階段が広がっていた。どこまでも続く、えぐい階段。僕はアビを押して階段をのぼり、エスカレーターをあがり、切符売場に出た。「もうすぐだ」僕は言った。「すぐに何もかも片づく。誰も馬鹿な真似をしなければ」

「それが心配なんだ」アビは小声で言い返し、ルディと僕を見た。

ポロシャツにスラックス姿のアビは、まるでゴルフ場でうっかり上司を殴ってしまったばかりの男のように、顔に恐怖を浮かべていた。サリー姿のルディは長スカーフ（ドゥパッタ）につまずき、近眼の老紳士たちから熱い視線を浴びていた。僕はウィッグをかぶり、前髪を眉毛のすぐ上まで垂らしていた。見るからに奇怪な集団と化した僕たちは、ぞろぞろと階段をのぼっていった。うなりをあげる巨大なエアコンをもってしても、少しも涼しくならない切符売場に向かって。

あがりきると、売場のずっと奥、プラットホームに続くエスカレーターの近くに、スミットが立っているのが見えた。彼はひとりだった。劣化コピーみたいな格好をした取り巻きどもはどうしたんだ?

僕たちは歩いていった。僕はアビの肩をつかみ、自分の前方に押し出した。ルディもそれに続いた。すれちがいざまにルディの腰を触り、肉をつまもうとする見知らぬ人たちの手を払いのけながら。「ざけんな、ざけんな」と数秒ごとにルディが言っているのが聞こえた。僕に対してなのか、痴漢どもに対してなのかはわからなかった。

「スミット」僕は言い、スミットのまえに立った。僕たちは腋汗がにじんだ灰色のシャツを着た、百万人分の喧騒に囲まれていた。

「そのレディは誰だ？」というのがスミットの第一声だった。彼はとても疲れているように見えた。そして、とてもうれしそうだった。あまりにうれしそうだった。その顔に勝利の表情がよぎったのが見えた。僕はスミットのシャツがしわだらけで、だらしなく垂れているのを見た。パコ・ラバンヌの香りはしなかった。地下鉄駅のにおいがした。

ひもじそうだった。貧しそうだった。大儲けを狙っている若者のようだった。昔のスミットではなかった。取り巻きはなし、金もなし、香水もなし、あるのは純粋な自暴自棄だけ。

まずいぞ。

スミットはにやりと笑い、ナイフを取り出した。刃渡り七、八センチの小さなナイフを。まわりの誰も気づかなかった。男たちが叫び、指さし、脅すような仕草をしている？　ラッシュアワーのデリーメトロじゃ、それがふつうだ。

人前でナイフをちらつかされたら、君ならどうする？　気の利いたことはできない。

「そいつは俺と一緒に来るんだ」スミットは言った。

「おまえはフクロウの息子（ウル・カ・パッタ）だ」僕は言った。「自惚れ屋（ティーズ・マル・カーン）の裏切り者だ」

スミットは笑った。「そいつの父親がどれほどの金持ちか知ってるか？」説明はそれで全部だった。実際、ほかにどんな理由が必要だ？

「このくそったれ野郎」僕は言った。

それはまちがいだった。自分の感情に触れる練習が足りなかったせいだ。

「おまえにあんな仕打ちを受けたからな、兄弟。あんなふうに俺をあしらっておいてよ。俺にはもう何も残ってない。でも今はこのガキがいる。父親に知らせれば、大金を手に入れられる」

ルディはパニックになり、顔はサリーよりもピンク色になっていた。アビはどもりはじめた。

スミットは僕の脇をすり抜け、近くにいた肥満のオフィスワーカーの体をかわした。そのあいだずっと、僕の肋骨にナイフを突き立てていた。

スミットはアビの手を取った。そして、本来見るべき時間より一秒だけ長くルディの顔を見ると、眼を細くし、首を横に振った。

このときスミットがルディに気づいていたら、どうなっていただろうか。僕たちの愚かな計画が、よりにもよってスミットのせいで台なしになるなんて。そんなの、二度と立ち直れない。

「次はがんばれよ、ラメッシュ！」スミットは言った。「この数ヵ月間、俺がどんな思いをしてきたか、おまえにもすぐわかるようになる」

アビはまた泣いていた。父親の事業を継ぐのなら、もっと強くならなきゃいけない。アビのみじめな顔を見た。彼は人混みのなかに引っぱられ、チャイに溶ける砂糖のように消えた。

「いったいどうすりゃいい？」ルディが僕の耳元で言った。僕の指がずきずきしていた。

すばらしくしょうもない質問だ。

「どこに行くつもりなのか確かめよう」僕は言い、群衆のあいだをすり抜けた。ルディは僕のうしろを走り、どら声をあげ、アディダスのジョギングシューズで通行人の足を踏み潰し、サラリーマンたちを驚かせた。

左手から叫び声が聞こえ、アビがエスカレーターから僕らに向かって必死に手を振っているのが見えた。男たちは叫び、スミットに押しのけられた人々の体が折り重なっていた。

「エスカレーターだ」僕は怒鳴った。ルディと僕は体臭と汗でできた迷路を走り、脂肪だらけの湿った肉の巣窟を駆け抜けた。指で人々の肩をつかみ、千回も謝りながら。胃酸と腐った口のにおいがした。僕の眼にはエスカレーターしか見えていなかった。

僕たちは無理やり走り抜けた。そして、羊のように鳴きながら昇りエスカレーターに向かっている人々の列に突っ込んだ。アビはプラットホームに消えていた。地下鉄の電車がホームに滑り込む電子的な高音が聞こえた。

「邪魔だ！」僕の眼のまえでルディが叫び、通行人をひっぱたいてどかし、同時にサリーが乱れないようにしていた。大した見ものだった。僕たちは突進し、改札を跳び越え、ホームになだれ込んだ――ちょうど地下鉄のドアが閉まるところだった。泣いている白亜のような白い顔の亡霊が見え、電車は出発した。停車から発車まで三十秒という早さで。ありがとう、デリーメトロ、ありがとう、政府、ありがとう、文明、ファック、ファック、ファック。

僕はルディの背中にぶつかり、危うく彼を電気の流れている線路の上に突き落とすところだった。どんなに不名誉なことになっていただろう。どんなに不可解なニュースになっていただろう。女装したルドラクシュ・サクセナの黒焦げ死体が、あろうことか東デリーで発見されていたとしたら。億万長者のなんという恐ろしい末路。

「それで？」ルディが言った。汗でウィッグが赤ら顔にへばりついていた。

「ここに、怒り心頭の建設王がいる。二度も息子を誘拐されたそいつは、やばいサイコパスを飼っている。で、僕たちはたった今、その男が世界で一番大切にしているものを失った。僕たちを死と不名誉から救ってくれるはずだった唯一のものを」

僕はルディを見た。

「オベロイか？」

「そうだ」僕は答えた。

ふたりとも考えは同じだった。あいつも巻き込んでやろう。

そのようにして、僕たちは出発した。

13

僕はバスルームに隠してあった全財産を取り出した。十九万二千ガンジー。ピン札、ピンクの二千ルピー紙幣。

すぐにこのアパートから出なきゃならない。ルディはまだサリーについて文句を言っていた。暑すぎる、きつすぎる。あと、肉をつままれたことに怒っていた。次に買うサリーは君の好きな色にするといい、と僕は言った。

通りを二本行ったところにある市場の角でタクシーを拾い、ガンジーナガルに向かった。ガンジーナガルはデリーっ子が迷子になるために行くようなところだ。それと、服市場で買い物をするために。ヒッピー風ハーレムパンツを買い求める白人娘に埋め尽くされていない最後の砦のひとつでもある。映画ではみんなニューデリーのメインバザール（パハールガンジ）に行くけれど、悲しいかな、今じゃあそこには小説のネタを探すドラッグ中毒のバックパッカーしかいない。

僕は適当にホテルを選んだ。〈ギータ・レストハウス〉。女将（おかみ）は中年のシク教徒で、表情は読み取れない。

彼女は僕の花嫁を見た。ピンクのベールをかぶり、ひげを剃りたての花嫁を。どう思っているのかは想像がついた。あんまり美人じゃあないけど、少なくともこの旦那よりは色白だね。女将は三泊分の料金を受け取った。僕は少し多めに渡して、「部屋の清掃はなしで」と言った。彼女は少しもためらうことなく、金をポケットに入れた。僕はそういう人間が好きだ。素直で、無作法で、柔軟なモラルを持つ人間が。

女将のうしろで、パキスタンとテロについて、カンヌでのシャー・ルク・カーンとアイシュワリヤー・ラーイについて、それからアカデミー賞と白人映画について、テレビがまくしたてていた。

上階にあがり、部屋に入ると、僕は作戦を練った。別の作戦を。前回の作戦はくそを塗りたくられてしまった。ルディはベッドに跳び乗り、ウィッグを外すと、体を掻きむしりはじめた。このホテルの所有者が男だったら、そいつの将来のオカズのために盗撮カメラが仕掛けられていただろうから、僕たちは完全に終わるところだった。

「オベロイのところに行こう」僕は言った。「パワンを呼び出すしかない。パワンは僕たちの車を持っているし、協力してもらえばスタジオに潜入できる。素知らぬふりをしてスタジオの正面から入るわけにはいかない。アッガーワルもプラタップも馬鹿じゃない。見張りを置いてるはずだ。アビのことがバレたら僕たちはおしまいだ。パワンを使うしかない」

ふたりの秘密がバレたら僕の人生はおしまいだ。永遠に悪者扱いされるだろう。プリヤはなし、太った子供たちもなし、未来もなし。

インドの頭脳は少しのあいだ考えていた。「なぜパワンなんだ？　あいつはいい運転手だった。俺たちによくしてくれた。トラブルに巻き込むことになるぞ」

一理あった。僕はあからさまに感心しない顔をしていたのだろう。僕の表情を見て、ルディは心底戸惑っているようだったから。

「わかった。僕たちだけでスタジオに行こう。君は後部席に隠れてろ、ゲートにいる連中に僕が金をつかませる。で、ふたりでオベロイのところに行く。オベロイは買収すべき相手に……それが誰かはわからないけど、とにかくそいつに賄賂を渡す。僕たちはまた金持ちに返り咲き、そして――」ルディは口を挟もうとしていたが、僕は手を挙げてそれを制止した。「数ヵ月のあいだだけだ。そのあと、僕たちは苦行者（サドゥ）かヨガのインストラクターにでもなる」ルディは僕を不満そうな眼で見た。「そうだ、生活を見直すんだ。約束するよ。もう誘拐されるのも、するのもなし、バトナガルの捜査もなしだ。金を稼いだらふたりで足を洗う。それでいいね？」

ルディはうなずいた。「オベロイのやつ、俺たちをハメないかな？」

「心配要らないよ」僕は笑った。「君はインドのテレビで一番数字になる。君はあいつのキャリアだ。何もしないさ。君を救うために五億ルピーの身代金だって払った」

「俺にはその倍の価値がある」ルディは間髪を入れずに言った。結局のところ、こいつは大丈夫なのかもしれない。

僕たちはサリーとサングラスで変装したまま、一階でパンジャブ料理の夕食にした。メインディッシュはギーで、つけ合わせのギーをギーで流し込み、それから買い出しに行った。ランタン、懐中電灯、ナイフ、カッターナイフ、料理用のナイフ、のこぎり型のナイフ。僕は唐突にナイフが好きになっていた。それからルディ用にサリーをもう一着。入念に準備しておかないと。この生活がいつまで続くか予想もつかない。今のうちにルディの予備の服を用意しておいたほうがいい。

化粧道具も少々必要だった。ルディは女性としてそれなりに魅力的に見えたが、これからどれだけ跳んだり走ったり、汗をかいたりするかわからない。地下鉄駅までの移動は比較的短時間ですんだが、ルディがもっと長い時間をサリー姿で過ごすのなら、バレないように変装させる必要があった。

服屋ではルディの手を握り、街に出てきた若いカップルのようなふりをした。そしたらルディはどうしたと思う？　僕の手をひっぱたきやがったんだ、あのくそガキ。僕は年配の店主にうっすらほほえみかけた。これだから女ってやつは、の笑みを。大きなまちがいだった。ルディが着替えているあいだ、女の気まぐれについて、店主の死ぬほど退屈な話を二十分も聞かされた。「君の彼女は気が強いな。ちゃんと言うことを聞かせなきゃならんぞ」彼は言った。舌をパーンの汁で真っ赤にして、おぼつかない手でハサミと巻き尺を握りしめていた。この男の妻が出ていったのはいったいいつのことなのか、僕は心のなかで当てようとしていた。

「ほんとに、おっしゃるとおりです」僕は思わず口にしていた。店主はエストロゲンまみれのファストフードや精子数の減少について、それから、近ごろの女はみんなふしだらな格好だから、何をされても当然だという話を続けた。

部屋に戻ったあと、僕は理由をこじつけて、通りをぶらぶらと歩いた。プリヤに電話をかけてしまいそうだったが、我慢した。ルディは正しかった。僕たちは、いや、僕はもう充分に人を傷つけてきた。その数に彼女を加えるつもりはなかった。

誰かの声を聞きたいからといって、心配していると言ってもらいたいからといって、なんでもやりたいことをやっていいわけじゃない。僕はなんだ？　アメリカ人か？　ここはインドだ。僕たちは義務、名誉、その他、僕たちをみじめな存在のままにしているありとあらゆるものを抱えて生きている。

歩きながら、自分の初期のビジネスについて考えていた。《インディアズ・ゴット・タレント》で見るダンスのように、すべてが完璧に調和し、ひとつのクライアントから次のクライアントへ、ひとつの嘘から次の嘘へと、流れるように進展していったビジネスのことを。けど、僕はそこに染まっていた。ねじれた世界のなかで我を見失っていた。その結果、なんとしても避けようとしていた状況に身を置くことになった。

ルディは正しかった。僕たちは引退すべきだ。

散歩から戻ると、哀れなルディが意味もなくうんうんうなっていた。僕らの共有ベッドの上で腕を組み、怖い顔で僕をにらみながら。それはルディがこれまでに経験した最も長いデジタルデトックスだった。ルディは僕の携帯を見た。それに指一本でも触れられるなら、人殺しだってしそうに見えた。

「SNSは駄目だ」ルディが文句を言ったり、僕を見たり、息をしたりするたびに、そう思い出させてやらなきゃならなかった。「インターネットもだぞ。誰が僕たちを追跡しているかわからない。今度はマーク・ザッカーバーグだけじゃなく、マーク・ルディブッコロスバーグも追跡しているかも」ルディは笑わなかった。

もちろん僕は偽善者だった。

もちろん僕は嘘つきだった。

十五のときからみんなに嘘をついてきた。

みじめな深夜の夜食用にサモサを買ってあった。セレブのパーティの一場面を切り取った新聞紙面の写真に、一年物の植物油が溶け出していた。僕たちは犬のようにそれを食べ、シーツを油で汚した。追加料金を請求されるだろう、まちがいなく。

翌朝、タクシーを呼んだ。運転手は九時ちょうどにやってきて、建物のまえでクラクションを二回鳴らした。僕はロビーで女将のギータさんに軽く会釈をした。僕の一歩うしろに花嫁がいた。彼女は美しく化粧を施し、夫以外のあらゆる人間の視線を避けていた。僕たちは外に出た。

ルディを車に乗せた。

「ただの日帰り旅行です」僕はギータさんに叫び返した。「お嫁さんに僕の古巣を見せたいんです。ジャンタル・マンタル、ロータス・テンプル」

女将は戸口に立ち、祝福の笑みを浮かべると、「いい娘さんね」とルディを見て言った。

「とても育ちがよくて」僕は言った。

あと二泊分の料金を払ってあったけれど、もちろんここに戻ってくるつもりはなかった。そうわかったときには女将はもっと喜ぶだろう。

僕は車の後部席に乗り、女将に手を振った。

運転手は若く、ひょろひょろとした情けないひげを生やしていた。

車がグランドトランク・ロードへの合流地点に差しかかったあたりで、僕は運転手の肩を叩いた。「停めてくれ、兄弟」

「サー?」彼は言い、車を停めた。卑屈な恐怖の顔。僕は君と同じだよ、そう言いたい気持ちになった。君の家族を千回買収できることを除けばね。

「一万ルピーやるから今すぐ出ていけ、それから車を……」僕は言いかけた。

ルディが小さく咳払いし、僕の腕を強く握った。

「いいだろう、二万だ」僕は言った。それでどうだ？　ルディはほほえんだ。僕は続けた「行け。ガールフレンドにすてきなディワーリの贈り物を買うといい。終わったら電話する。君は誰にも何も言わない。ひと月分の給料を稼げる。いいね？」

運転手は一瞬でこの取引を理解し、僕たちに礼を言うと、風のように走り去った。よほど上司が嫌いなのだろう。つねに従業員をチェックしろ。それが僕の意見だ。心理学にもとづいたアンケートを取れ。長い目で見れば、それで多くの涙から救われる。

僕は運転席に移動し、シートを調整すると、そろりそろりと車の流れに乗った。クラクションを鳴らし、悪態をつき、少しぴりぴりしていた。ルディは後部座席から文句を言っていた。

「そっちはどうだ？」二十分の気ままなドライブのあと、僕は尋ねた。

「そんなに悪かないけど、もうちょいましな運転をしてくれ」

おいおい、昨日までのリベラルな慈善事業野郎はどこにいった？　今そいつが必要だってのに。まあいい、今のは僕の運転技術に不満があっただけだ。金持ちの生き方を見てみろ！　あいつらの車を。車のトランクでさえ、貧乏人の究極の夢よりも広々としているというのに。それでも金持ちは文句を言う。

僕たちは壊れかけ、錆びついたオールドアイアン・ブリッジを通ってヤムナー川を渡った――これこそイギリス人が僕たちに残していったものだ。愚かな法、壊れた橋、愛が目当ての結婚。

ルディが身を隠せるように、ゴールデンジュビリー・パークの外に車を駐めた。彼は座席の足元に潜り込み、僕はその上に厚手のショールをかけた。ルディの女装用に買ったものだ。公園は閑散としていた。平日の朝で、ロミオもなし、クリケットもなし、煙草の吸い殻を拾うホームレスもなし、凍てつく霧と建設工事の埃の混合物のなかで打ちのめされ、棒立ちになっている糖尿病の中年ジョガーとてなし。ゲートのそばにいる露天商の男たちが、橋のたもとで荷積みをしているドライバーたちに向かって、気だるそうに商品の名を叫んでいるだけだ。ルディが窮屈にしてないかどうかを確認してから、まあ、これは一番僕らしくない行動だったけれど、それからふたたび大通りに車を出した。

スタジオまで一時間かかった。朝のラッシュはふだんから殺人的だけど、祭りのシーズンのせいでさらにひどくなっていた。親戚を乗せて国じゅうから集まるバス。食用の鶏と山羊を満載したトラック。誘拐犯一歩手前の連中を乗せたバン。エアコンでは隠せない煙の刺激臭。これがどこから来ているのか、誰も知らない――上品な連中との会話の糸口にぴったりだ。

どこかの記事で読んだが、僕たちデリーっ子は公害のせいで身長が十センチ低くなったらしい。こういう場所を通り過ぎるたびに、僕は浮浪児たちに敬意を表する。彼らは金持ちが払っていない代償を支払っている。金持ちはドイツ製の空気清浄機をフル稼働させ、周囲のあらゆる環境から毒を除去している。彼らの子供たちは寿命を十年奪われることもなく、肺が黒く染まることもない。僕は君たちの仲間だ、この頰のこけた若者たちにそう言いたい。いつか僕たちはなんらかの形で復讐する。でも、今は自分の役割を果たし、眼を凝らし、待つ。そのときが来るのを。

欧米では筋肉ムキムキのアスリートや白い歯の笑顔のＣＥＯをつくるために使われているすば

らしい生命力が、ここでは塵と汚れとの戦い、君を墓場送りにしようとする全世界との戦いのために使われている。僕たちが戦士であるのも不思議はない。僕たちが小さな発育不全のエネルギーの塊であるのも、決して立ち止まらないのも不思議はない。世界は僕たちにその爪痕を残し、最初の瞬間から僕たちを窒息させようとしている。そして、僕たちはいつか立ちあがり、笑い、そのすべてに小便をかける。

スタジオの警備員は脳みそよりも顔の毛のほうが多い、どこにでもいるうざい連中だった。ゲートのまえで車を停めると尋問が始まった。

「おまえは誰だ」ひとりが言った。「なんの用だ」もうひとりが言った。僕に見えたのは、彼らのふさふさした口ひげだけだった。

〝パキスタンのスパイか？ 我々の栄誉あるリアリティ番組業界に復讐しようとしてるのか？〟そんな台詞を心のどこかで期待していた。

「ただの運転手だよ、兄弟」僕は言った。「テレビのスターを迎えに来たんだ。どういうやつかはわかるだろ、迷惑で、無礼で、他人に対する配慮がない」車内の後部からうめき声が聞こえた。

「ひとり一万ルピーで手を打たない？」ふたたび咳払いの音、またやらかしてしまった。「二万でどうです、サー？ ここを通してほしい。君たちは僕を見なかった」

ふたりは顔を見合わせ、うなずき合った。

僕は財布を取り出し、金を渡した。彼らの口ひげが喜びでぴくぴくと動いた。ふたりは敬礼までした。彼らのプロ意識には脱帽せざるを得ない。

僕たちは食堂の裏手の路地で車を降りた。ルディは僕の運転技術に対し、女装させられていることに対し、このくそったれな社会歴史的状況すべてに対して悪態をついた。

「エビアン飲むかい、ボス?」

「くそったれが」

　僕たちはできるだけ平静を装い、なかに入ると、携帯の画面をじっと見つめる無関心な雑用係たちの横を通り抜けた。彼らは踊り子がくねくねと踊る映画のダンスシーンを眺めていた。下手な化粧をした若い娘をエスコートしてスタジオ内部を進むカツラ男のことなど、誰も眼もくれなかった。誰も僕たちに道を譲らず、挨拶もせず、ドアを押さえようともしなかった。僕たちは無だった。若い脚本家風のやつがまっすぐ僕たちのところに歩いてきた。ふだんならルディが罵詈雑言を浴びせるような小物だ。そいつは僕たちをフォーブスの〝三十歳未満の三十人〟特集を見るような、心底どうでもいいという眼で見ると、歩き去った。ルディはうなったが、口はつぐんでいた。有名になるのはいいことだ——あの手の小便野郎を懲らしめてやれるんだから。

　僕たちは顔を伏せたまま、すり足で廊下を歩き、オベロイの部屋にたどり着くと、大きな音をたてて三回ノックした。「なんの用だ?」と声がした。

　ルディと僕は顔を見合わせた。いよいよだ。僕は取っ手をまわした。ドアがひらいた。僕たちはなかに入った。

　オベロイはデスクに着いていた。彼はサングラスを頭のてっぺんに持ちあげた。いつもは生命力とウィスキーに満ちた赤ら顔が色を失った。

　顔をあげた瞬間に僕たちの正体を見抜いたのだ。サリーもウィッグもサングラスも無意味だった。ルディが僕に向かって眉をあげ、僕は肩をすくめた。

ルディはウィッグを投げ捨てた。それは床に落ち、生命を失い、酔い潰れた鼠のように見えた。

「やあ、オベロイ。俺たちに会えてうれしいかい？」

オベロイは僕を見て、次にルディを見て、そしてまた僕を見ると、ぼりぼりと頬を掻き、肌をこすった。ファッション無精ひげの小道の上に濃い赤色の痕が残った。

「生きていたのか」彼は言うと、自分を落ち着かせ、かけるべき言葉を探し、肌を掻きつづけた。それから両腕を大きく広げて、僕たちが戻ってきてどんなにうれしいか、ＭＩＴから白人のガールフレンドを連れずに戻ってきた息子と同じくらい大歓迎だという気持ちを示そうとした。

オベロイはショック状態のまま立ちあがり、何度か口をぱくぱくさせたあと、ふたたびどっかりと座り込んだ。椅子は抗議のきしみをあげた。

彼はしばらく気持ちを落ち着かせていた。「何があったんだ？　誰にさらわれた？　君をすぐに番組に復帰させなきゃならん。どうにもできなかったからな。まずは撮影だ。広告キャンペーンをやるのもいいな。行方不明になった子供たちのための慈善活動なんてどうだ？」

「ラメッシュは指を切り落とされた」ルディが言った。なんてやさしいんだ。

僕は空中で手を振ってみせた。

「なんてことだ。警察に話をしよう。知り合いがいる。我々なら解決できる。すぐに」オベロイは言った。「なんてひどいことを！」

「犯人はわかってる」とルディ。「アッガーワルって建設業者だ。俺たちが恥をかかせたあの子の父親だよ」

「アッガーワル、アッガーワル」オベロイは音節をひとつひとつ強調し、母音をあっちこっちに引き伸ばして発音した。まるでそうすることで、その名前の秘密が明らかになるとでもいうように。「聞いたことないな」オベロイはサムスンの携帯を取り出しながら言った。それは小さな模造宝石に覆われ、ハゲ男の頭のように光っていた。彼は電話をかけ、それを顔に当てた。僕はその背面に反射する光に眼がくらみ、腕を顔まであげそうになった。

「副警部補！」彼は叫び、立ちあがった。地下鉄乗車中、自慢できる相手から電話がかかってきたときのような声の大きさだった。「誰がここに来たと思う？　信じられんぞ。そうだ！　警官を何人か寄こしてくれ。手を打たなきゃならない、今すぐに！」

　オベロイは携帯を置くと、綿シャツの上で手を組んだ。「ほんとうによかった」彼は言い、椅子を回転させ、ショックから立ち直ったという印象を与えようとしていた。その足は絨毯をこつこつと叩いていた。「正直言って、ここ数日は地獄にいるような心地だった。さらに悪いことに、妻が断食ダイエット中だ。九夜祭（ナヴラトリ）のためだと言っているが、まだまだ先の話だ。おかげで最近の妻は悪夢だよ。何がジュース・クレンズだ。ああ、それで思い出した、飲み物だ」オベロイはうしろの壁にあるドリンク・キャビネットに手を伸ばした。ラベルが誇らしげに並べられ、スコットランドのどこかの蒸留所で家族と一緒に撮った十年前の写真が横に飾られていた。彼は高級そうなボトルをあけた。

　ルディは両手で頭を抱え、悪夢が終わったこと、愛するユーチューブ動画をまた観られることを神に感謝していた。

　オベロイは椅子に座り直した。眼のまえの机の上に顔写真の山があった。子供たち、何百人もの子供たち。それぞれの裏に紙切れが留められていた。

「君たちはもう大丈夫だ」オベロイは無駄話を始め、片手でさりげなくテーブルの上の山を片づけだした。ほほえみ、笑い、ウィスキーを飲み、口では僕たちの人生がこれからどんなにすばらしいことになるかを話していたが、手は鉤爪のように写真を動かしつづけていた。

「それはなんです？」僕は尋ねた。

「なんでもない、なんでもない」

「それはなんです？」もう一度尋ねた。

オベロイが手にしていたタンブラーを落とし、タンブラーがテーブルにぶつかった。僕はぴんときた。何かある。インド人なら誰でも生まれ持っている直感がそう言っていた。太ったやつはそれを失ってしまう。エアコンと運転手と《エコノミスト》誌の定期購読がこの先天的な原初の知恵を鈍らせるのだ。

「オベロイ」僕は落ち着いた、計算された、どこから絞り出されているのかは神のみぞ知る声で言った。「どうしてそこに子供の写真がそんなに大量にあるんです？　それに、キャスティング用のアンケート用紙のようなものがついてるのはなぜです？」

オベロイはぶんぶんと首を横に振り、僕が手を伸ばすと写真を隠そうとした。写真のそれぞれにホチキス留めされていたのは、その子たちの生活についての他愛もない詳細だった。好きな本、親に殴られる頻度、担当セラピストの名前、そして番組のタイトル——

「《ビート・ザ・ブレイン〝ズ〟》？」ルディが書類を読みあげた。

「スピンオフだよ」オベロイは言ったが、声に本心が出ていた。彼はルディから書類をひったくると、一枚でも多くの写真をかき集め、子煩悩な母親のように両腕で抱きしめた。リオのカーニバルで着るような、全身が白い羽で覆われたドレスを着ているように見えた。僕はデスクのまえを通り過ぎ、ルディは反対側からまわり込んだ。オベロイは逃げ場を失った。

番組制作の幹部史上、これほどまでの嘘つきはいなかった。

僕はさらに近づいた。アフターシェーブのにおいがした。マスクメロンが暑さで腐っていくようなにおい。この国の男たちはどうしてこうもひどい香水をつけるのだろう?

「スピンオフだよ」彼はそう繰り返し、書類を握りしめた。

僕が応募用紙をひったくると、オベロイは殴られたようなうめき声をあげた。

「二ヵ月前の日付だ」僕は言った。子供たちはみんな眼鏡をかけていて、牛乳の広告に出てくる子供のようだった。ぽっちゃりとした、勉強熱心な、白い歯の、決して口答えしない、君の理想の子供がそのまま具現化した子供たち。

そして、動かぬ証拠が出た。

「あの《ビート・ザ・ブレイン》に」ルディがプロフィールのひとつを静かに読みあげた。もう片方の手はオベロイの襟をしっかり握っていた。「次世代のブレインが登場。この国一番の天才は誰か。これまではひとりだった。今では無数にいる。《ビート・ザ・ブレインズ》。彼らは未来だ、か。あんたの企画だな?」ルディは小声になっていた。サリーと化粧がその怒りをいっそう恐ろしいものにしていた。

僕たちは兄弟のような尊敬の眼差しを交わし合った。ルディはオベロイに顔を近づけた。こいつはどこでこんなテクニックを身につけたんだ?

「ちがう、ちがうんだ」オベロイはうめいた。

「プラタップってやつを知ってるな?」ルディが言うと、オベロイはびくりとした。

ルディは僕よりも先にその可能性に気づいていた。

僕は部屋を見まわした。オベロイは信心深い大物がここに来たときのごますり用に、部屋の隅に小さな祭壇を設置したばかりだった。僕はそこに行き、電話帳のように頑丈で、聖人の日や格安神父の一覧が載っている祭祀要覧を手に取った。その本を両手に持ち、オベロイのところに戻った。ページにはサフラン色の縁取りがあり、お香のにおいがした。

「話せ」

「話すことは何もない。私は君たちの友人であり、プロデューサーだ、いったいどうして……」

本でオベロイの頭を強く殴った。もう一度、もう一度、そしてもう一度。終わったときにはオベロイの皮膚は赤くなっていた。痛そうだ。血は出ていない。

「もっとくれてやろうか?」

「私の企画だよ」

「俺たちは戻ってくるはずじゃなかったんだな?」とルディ。

オベロイは黙ったままだった。サングラスの壊れたフレームが耳からぶらさがっていた。

僕はまたオベロイを殴った。子供がもう終わったと油断しているという、ただそれだけの理由で親がやる、あの最後の甘い一撃。あれが一番痛いんだ。殴るときは相手が二度と立ちあがれなくなるまで殴れ。

オベロイはルディに体をつかまれたまま、ミミズのように身をくねらせた。

「くそったれ、ルドラクシュ。どれだけ金を稼いでも、全部おまえのものになるだけだ。それで私が何を得る？」

「数百万ルピーだ」僕は言った。「足りないのか？」

「足りないどころじゃない。おまえは何億ルピーも稼いでいるのに、私はプロデューサーとしてクレジットされるだけだ。なんの意味もない。妻、子供たち、みんな欲しがる、際限なく欲しがる。家のローンすら払えない。ディワーリの贈り物も買えない。子供たちの大学、学校の学費……」

「試験なら代わりに僕が受けてやるさ」僕は冗談を言ったが、この野郎は止まらなかった。すべてを話さないと気がすまないのだ。黙らせることはできなかった。

「あの番組を思いついたのは私だ。で、誰がスターになった？　金持ち連中が愚かにもくそ詐欺師を選びやがった。私が見破れなかったとでも思うか？　誰がアンジャリ・バトナガルに匿名で密告したと思う？　だが、おまえの弁護士軍団のせいで捜査が足止めされてる。私はヒマンシュ・アッガーワルを知っている。彼は怒っている。自惚れが強く、息子がテレビに出て当然だと思っている。金持ちで顔がいいからな。だから言ってやったんだ。息子を番組に出してビッグスターにしてやると。そしたら私が思っていたとおりの展開になった。おまえはあの子に恥をかかせずにいられなかった。自分が愚かだと自覚してるやつを操るのは簡単だ。おまえが共通試験のトップなんて、いったい誰が信じる？」

ルディは今まで見たこともないほど怒っているようだった。怒り、傷つき、屈辱を感じていた。でも、今無駄にできる時間はない。すぐにここから逃げなければ。

「さっき電話で副警部補と言っていたが、あれはプラタップと話していたんだな？」僕は言った。

「そのとおりだ。ざまあみろ」

もう一度殴ると、オベロイは静かになった。

はたと気づいた。ほかにも点と点がつながった。シャシャンク・オベロイがみんなを裏切っていたのだ。

「身代金も着服したな？　プリヤはおまえが払ったと言っていた。それで僕はアッガーワルが金をこっそり自分の懐に入れたと思い込んでいた」

「プリヤと連絡を取ってるのか？」とルディ。「いつ？　外部とは連絡を取らないはずじゃなかったのか？」

「ボス、そんな質問をしてる場合か？　プラタップがここに来る。僕たちがここにいるのはまずい。あいつの視界に入った瞬間に殺されるかもしれない。僕たちがあいつに真実を話せば、この裏切り者のくそ野郎が殺されるかもしれない。どう転ぶかわからない。危険な賭けはしたくない。オベロイを拉致して、なんとか生き残りを図る。いいね？」

ルディは僕が正しいことを理解し、言葉を呑み込んだ。「それでいいよ」よくなさそうな口ぶりだった。

「黙っていたのは悪かった」

「わかった。行こう」ルディが短く言った。オベロイはまたうめいた。「おまえも一緒に来てもらうぞ」オベロイは何か言いかけたが、ルディが平手打ちした。「おまえは俺たちの新しい人質だ。俺たちはアビ・アッガーワルを誘拐した。その話は聞いたか？　でも横取りされちまった。おまえがその代わりだ。ただし、身代金は要求しない。おまえのやったことを世間に公表する」

オベロイはティーンエイジャーのように息を呑むと、腕をぴくぴくと動かし、デスクの上のものを手当たり次第につかんだ。鉛筆が飛び、死んだ眼をした奥さんの写真立てが宙を舞った。こいつの眼に映っていたのは僕たちの姿ではなく、自分の運命だった。刑務所、もしくは最悪の場合、復讐に燃えるヒマンシュ・アッガーワルの手により、ノイダに建設中のショッピングモールのコンクリートに埋められる。

ルディは床からウィッグを拾いあげ、僕はバックパックからナイフを一本取り出した。オベロイはその切っ先に追い立てられて椅子から離れ、オフィスを出て廊下を進んだ。

食堂はニンニクとタマネギが油に溶けるにおいがした。あといくつか廊下を抜ければ外だ。次にどうするかは外に出てから考えよう。僕たちはなるべく目立たないようにした。あとはランチを食べている人たちのテーブルをいくつか通り過ぎるだけだ。これほど簡単なことがあるだろうか？

オベロイは今にも叫びだしそうだったが、背中に押し当てられたナイフがそれを思いとどまらせていた。

食堂から出るドアまであと数メートル、自由まであと数メートルのところでドアがあき、絶対に会いたくなかった人物が僕たちのまえに立っていた。

プラタップ。

眼は真っ赤で、歯は鋭く、黄色かった。少し脂ぎった肌。アンガーマネジメントがまだできていないのは明らかだった。

プラタップがジャケットをひらくと、銃が見えた。

「おまえたちは俺と一緒に来るんだ」彼は静かに言った。

「こいつらを殺せ」オベロイが怒鳴った。「今すぐだ。やれ！」

ひとり、ふたりが昼食から顔をあげ、シャシャンク・オベロイが誰かに向かって叫んでいるのを見た。いつもの光景だ。彼らは食事に戻った。

オベロイの顔は熱に浮かされたような笑みでふたつに裂けていた。彼は勝機を見出したのだ。二発の弾丸。それで逃げられる。

「番組は身代金を払ってたんだ」ルディが口早に言った。彼は腕を伸ばし、僕をかばった。「それをオベロイが着服した。あんたたちを裏切ったんだ」

プラタップは僕たちを冷たい眼でじっと見た。「ボスの息子はどこだ？」

「それは、えっと」ルディが言った。

「見たか、こいつらは嘘をついている」オベロイは言い、僕のシャツをつかんで、まったく望まない殉教への道に押し出そうとした。「こいつらを殺せ！」

プラタップは銃をかまえた。その眼は僕の眼にロックオンされていた。プラタップはオベロイを信じた。

そして笑いだした。

僕の指が痛みで痙攣した。プラタップはすでに一本を切り落としていたが、それで満足する人間の顔ではなかった。僕はオベロイの肩をつかみ、反対側に押そうとした。同時にルディの体を引っぱり、僕のまえに突き出した。これが忠誠というものだ。

残念ながら、オベロイをつかむ僕の握力は、本来そうあるべきよりも強くなかった。

彼は身をよじって脱出すると、僕を床に押し倒し、勝利の笑みを浮かべて全速力で走った。デブの金持ちが出せる速さじゃなかった。それだけは認めてやろう。僕が何もできずにいるうちに、オベロイはいなくなっていた。僕は残され、銃口を見つめていた。

プラタップは呆然としていた。

「な、だからさっきのは嘘じゃないって――」ルディが言いかけた。

「ボス、今はそんなときじゃない！」

プラタップはふたたび銃をかまえた。

もう行かなければ。「銃だ！」僕が叫ぶと、みんながこっちを見た。僕だって出そうと思えば大声を出せるのだ。

身を屈め、ルディの体を引いてしゃがませ、走った。昼食を食べている人々のテーブルのあいだを、脇目も振らずに。ルディが僕の隣で毒づくのが聞こえた。

それから銃声。

弾がどこに飛んでいったのかはわからなかったが、僕の体内ではなかった。ルディの体内でもなかった。それで充分だった。

男たちが叫びはじめた。サンバルとイドゥリの皿が床に落ちて音をたてた。僕はよろめいた。ルディが僕を追い越し、スパンコールとピンクの跡を残した。

僕たちは遠くの廊下に逃げ込んだ。そこは人々でごった返しており、正面の警備員たちはいつもどおり真っ先に逃げだしていた。彼らの仕事は父親から受け継いだものであり、やがて息子たちに受け継がれる。死はその継承を複雑にする。

僕たちは一群となって廊下を走った。

また二、三発の銃声。一発が僕の頭上をかすめ、蛍光灯を吹き飛ばした。

脇腹にほかの人の肘が食い込み、爪が立てられ、さまざまなオクターブの悲鳴が聞こえた。

僕たちはドアを破った。ルディと僕は群衆を弾避(たまよ)けに使った。彼らはあらゆる方向に走りまわっていた。僕はスタジオの裏に向かって走る一団のほうに移動した。丁寧に切りそろえられた芝生と手入れの行き届いた生垣、年配のポーターたちのあいだを跳んだ。

できることは走ることだけだった。だからそうした。

男たち、女たちが互いの体を乗り越え、金属の手すりと肉を乗り越え、誰もが命からがらに走っていた。角を曲がり、車のもとに着いた。そこにルディが立っていて、周囲の混乱に顔を白くしていた。

男がひとり、僕の横を通り過ぎ、助手席のドアに駆け寄ってウィンドウを叩きはじめた。僕はそいつを投げ飛ばし、「悪いね」と欧米人らしく言った。

「オベロイはどこだ?」ルディが息を荒くして言った。疲れきっていて、みじめだった。

「行ったよ」

「なんてこった、ラメッシュ。あいつはすべてを知っている」しかし、ルディは怒るには疲れすぎていた。「俺はもうおしまいだ。君も。インドも。社会経済も——」

「もう行こう、な、ボス?」僕は言った。ルディはうなり、座席の下に潜り込んだ。僕はエンジンをかけ、ロケットのように車を出した。ゲートの警備員はとっくにいなくなっていた。ターバンを巻いた敬礼も、こわばったあごの横柄さもなかった。警察は何時間も来ないだろう。

この誘拐ビジネスはとてもうまくいっていた。

14

HOW TO KIDNAP THE RICH

僕たちはゴールデンジュビリー・パークの外でまた車を停めた。ラジオはデリー・インターナショナル・スタジオでの事件を伝えていたが、僕たちやオベロイの名前は出なかった。

ルディは僕に対して怒っているように見えたが、繊細な錦織と無数の小さな鏡がついたポリエステルのサリー姿はとても魅力的に見えた。髪とメイクはめちゃくちゃだった。ファンデーションには亀裂が入り、口紅があちこちに付着していた。すぐになんとかするから、心配は無用だ。

「これからどうするんだ、ええ、天才？」ルディは尋ね、ウィンドウの外に唾を吐いた。

「残る道はひとつだけだ」

プリヤを今回のすべてから遠ざけるためなら、なんでもするつもりだった。

でも、僕は彼女を危険にさらそうとしていた。彼女のキャリアを破壊しようとしていた。彼女を利用しようとしていた。

最悪の部分については考えたくなかった。オベロイは僕とルディのほんとうの姿を知っている。プリヤも気づくかもしれない。そうなったら、僕もほかのろくでもない連中と何も変わらないと思われてしまう。

「なんだ？」ルディが言った。「ラメッシュ、なんのことだ？」

「プリヤだよ」

「プリヤ？」

「僕らのアシスタント・プロデューサーの」僕はゆっくりと言った。「中肉中背。年齢は二十五くらい。君のテレビ・キャリアの成功の大部分に貢献した」

ルディの怒りは悪意のある小さな笑みに変わった。

「プリヤが誰かは知ってるよ、ラメッシュ」彼はゆっくりと、馬鹿を相手にするように言った。「でもプリヤはオベロイの部下だ。なぜ彼女のところに行かなきゃならない？ きっと俺たちを裏切るぞ」

「僕にはプリヤのことがわかる、きっと助けになってくれる」

ルディはおかしそうに笑いだした。「プリヤのことがわかる？ 俺にとっては、それだけじゃ充分じゃない。親しいのか？ 特別な関係だったのか？ こっそり一緒に買い物に行ったり、コーヒーを飲んだりして、それを内緒にしてたのか？ デートしてたのか、ラメッシュ？ プリヤを信じるべき理由があるのか？」このガキは楽しんでいた。ずっと知っていたのだ。僕にとってプリヤがどういう存在なのか、僕に言わせようとしている。ルディの思うつぼだ。

こいつは僕の口から言わせたがっている。

だから言った。

「彼女が好きだ」

「彼女が好き？」ルディはおもしろがって、にやにやしはじめた。「好き？ それだけじゃ駄目だ。俺が好きな連中のなかには、俺を秒で裏切るやつがたくさんいる。好き以上のものが欲しいね、ラメッシュくん。俺たちはなぜプリヤを信じなきゃならない？　なんといっても、オベロイの助手なんだぞ」

　そういうことか。こいつは復讐するつもりなんだ。どうあっても言わせるつもりだ。くそ野郎め。言ってやるさ。ほんとうのことだ。今まで、誰についても言ったことがない言葉を。

「プリヤを愛してるからだ」

「なるほど、愛か！　これでわかったよ。ラメッシュはプリヤと結婚するんだな？　ほんと、全然知らなかったよ。最高だ！　幸せなふたりに祝福を」ルディは僕をハグしようと手を伸ばしたが、僕はその手を押しのけた。

「このくそ野郎」僕は言った。

　ポケットから携帯を取り出して、彼女に電話をかけた。

「ラメッシュ？　あなたなの？　なんてこと、戻ったのね！　どんなにうれしいかわからない。ルドラクシュも一緒？」

「うん、一緒にいるよ」このくそガキも。

「今日、スタジオで銃撃事件があったの。みんな家に帰された。あなたたちと何か関係あるの？オベロイは行方不明。制作は無期限の延期」

　彼女の声が車内に漏れた。ルディはキスの音をたてはじめた。

「オベロイの仕業だよ。あいつが誘拐を仕組み、身代金を盗んだ」

「なんてことなの。なんてこと。ラメッシュ……」彼女は黙った。

「プリヤ」僕は言った。やらなきゃならない。彼女をこの件に引きずり込まなければならない。

ほかに選択肢はなかった。全世界が僕を追いかけていた。僕は彼女につけ込もうとしているわけじゃない。自分にそう言い聞かせた。僕は父さんじゃない。それは真実だ。

「プリヤ、ふたりで君の家に行ってもいいかい？　ほかに行く当てがないんだ」

「もちろん」彼女は一瞬のためらいもなく言った。

プリヤは住所を言った。「気をつけて、早く来て」

「君はいい人すぎる」僕は言った、実際そうだったから。プリヤは自分よりも僕を優先した。しかもこんなに早く。彼女と結婚する男は幸せ者だろう。じゃあ、僕じゃないってことだ。

ルディと僕は出発した。また日帰り旅行のふりをして。僕は薄汚れたオフィスビルを指さし、〝あれもこれもユネスコの世界遺産だ〟みたいな顔をして、カーン・マーケット風のシックな声でルディを「ダーリン」と呼んだ。

ふたりともオベロイのことを考えないようにしていた。世間にバレることを考えないようにしていた。刑務所のことを考えないようにしていた。

僕はプリヤに真実を告げることを考えないようにしていた。

デリーを九十分旅行したあと、五キロ先にあるプリヤのアパートに向かった。

彼女は警備員たちにまえもって連絡をすませていて、僕たちは門を素通りし、バルコニーに洗濯物が散乱している区画を三つ通過し、彼女のアパートにたどり着いた。空いているスペースに車を駐め、誰も車を押収しないことを祈った。ルディと僕はロビーに急ぎ、エレベーターに駆け込んだ。一階、二階、三階。

そこに彼女が立っていた。ドアをあけたまま。不安が顔に刻まれていた。

プリヤ。

僕たちの服装を見て、彼女はあんぐりと口をあけた。

部屋のなかに招き入れられた。僕はまえに進み出て、彼女を抱きしめた。

彼女はほほえんだ。僕はほほえみ返した。

プリヤの人生をめちゃくちゃにしてしまうことになるかもしれない。僕たちはアビを取り戻し、オベロイを刑務所にぶち込み、真実が明るみに出ないようにしなければならない。誘拐、危険、裏切り。でも僕が心配していたのはそんなことではなかった。彼女は気づくだろう。まちがいなく、なんらかの形で知ることになるだろう。そしたらどうなる？ 我ながら身勝手なやつだ、ラメッシュ。

プリヤはどうしたらいいかわからないというように、アパートのなかをふらふらと歩きまわった。それ以外に緊張を感じさせるものはなかった。

インド人はみんな不動産鑑定に長けている。それは相手が世界のどこにいるかを知るための最も明確な方法だ。敷地面積と比べたら、カーストがなんだっていうんだ？ もちろん、最高の鑑定士は未来の義理の母たちだが、僕たちの誰もがその遺伝子を持っている。

寝室がふたつ、ひとつは書斎として使われていた。それから小さなキッチン、ダイニング、良好な近所。とても高級で、とてもいいところ。彼女は出世街道まっしぐら、プロダクションの若手幹部だ。それに引き換え、僕ときたら。

そんな僕がここで間取りの話をしている。

プリヤは美しく見えた。彼女はごく少数の、〝僕が会ってうれしい人〟のリストに加わっていた。

ルディはソファに腰をおろし、テレビのスイッチを押した。安堵のため息が聞こえた。

プリヤはピンクのサリーで美しく着飾ったルディがウィッグをはぎ取って床に投げるのを見て、少しうなずいた。「きれいじゃない」

「僕が選んだ」僕は言い、自分のウィッグを外した。ようやく額から前髪がなくなった。

彼女は首を横に振ると、そばまでやってきて、僕の顔からサングラスを外した。「やっとあなたになった」

僕たちは立ったままお互いを見つめた。

「誰かに見られたくないなら、ドアを閉めたほうがいい」

僕はドアを閉めに行った。とんだ不注意だった。

「ラメッシュ！」彼女は言い、僕の手を指さした。そして、僕のところにやってきて、肩をつかんだ。プリヤの顔がすぐ近くにあった。「何があったの？」

「指を」僕はため息をついた。「切り落とされたんだ。身代金のために」

プリヤは僕の手を強く握りしめ、僕を引き寄せた。顔が彼女の髪に覆われた。眼を閉じると、髪が頬をくすぐるのを感じた。

「ほんとうにごめんなさい」彼女は何度も何度も言った。

「いや、僕のほうこそ」僕は意味もなくそう言った。彼女はいずれ見るだろう。僕の内側がどれだけ腐っているかを。そして僕は残りの一生、彼女に謝りつづけることになる。

「手当てするね」プリヤは言い、僕の頬にキスをした。ちゃんとしたキスをしたかったけど、彼女は僕を放してバスルームに入った。

ルディがソファから振り返り、ウィンクをした。

「くたばれ」僕はプリヤに聞こえないように毒づいた。

戻ってきた彼女は消毒液、包帯、石鹸、お湯を張った洗面器を用意していた。それから変色した包帯を切ると、眼にした光景に息を呑んだ。

僕は見なかった、もちろん。

僕の眼は閉じられていた。感じたのは、手に触れる彼女の指だけだった。すばやく、巧みで、柔らかく。彼女の親指のつけ根、手のひら、少し硬くなった指先。

眼をあけると、手は白くくるまれていた。プリヤは僕をソファに導いた。ルディは番組に夢中になっているふりに勤しんでいた。

「あ、忘れてた。食事！」プリヤが言った。「ふたりとも食事はまだでしょ？」

ルディと僕は子供のように首を縦に振った。

「食事！」彼女はもう一度言った。「まず食べて、それから今後のことを考えましょう。キッチンに来て」

「このアパートには寝室がふたつあるの？」みんなでキッチンに立っているとき、僕は訊いた。

「とてもいい家だね」会話をしなきゃならなかった。こういう社交的状況で、相手がインド人の場合、必ず不動産について尋ねろと聞いたことがあった。

「ちゃんとお給料をもらってるからね。上司はパワハラかもしれないけど。オベロイから見たら、わたしは完璧な下僕みたいなもの。仕事はがんばってるし、オベロイの陰口を叩いたこともない。あいつは女なんて簡単に言いなりにできると思ってる。わたしは……昔は優秀だった。替えの利かない人間だった」彼女はルディと僕を見た。「でも、今じゃ無職になった。そうよね？　あなたたちふたりも」

ルディと僕はまた首を縦に振った。酸いも甘いも嚙み分けたふたり、ワインとウィスキーを知り尽くしたふたりが黙り込んでいた。

台所の壁のボードにはプリヤの写真が何十枚も画鋲で留めてあった。ゴアのビーチの修学旅行、なんの憂いもなく生きる若者たち。それっていったいどんな感じなんだ？

プリヤは冷凍庫から小さな箱をいくつか取り出した。「母さんが送ってくるの。せめてあなたたちは食べてあげて。実の母親の手づくり料理を食べないなんて、娘が犯しうる最悪の罪じゃない？」彼女は笑った。

僕はもっとひどい罪を思いついた。最愛の人の将来を台なしにすること、それもディワーリ直前に。それはインド社会がなんと言おうと、母親に対して無礼を働くよりも絶対に悪いことだった。

プリヤが電子レンジで料理を温め、火山のように熱くなったプラスティックで火傷したと叫びながら料理を運んでくるあいだに、僕たちはすべてを説明した。

まあ、全部じゃない。替え玉受験のことは話さなかった。ルディがその話題を避けようとしているのがわかった。向こうも僕が同じようにしているのがわかっただろう。それは僕たちの小さな秘密、ふたりだけの秘密だった。

「で、アビ・アッガーワルをお友達に奪われたってわけ？」僕たちが料理を貪り終えると、プリヤは尋ねた。熱々でおいしかった。「オベロイはお金のためにそんなことをしたの？」

「くそったれのそのとおりさ」ルディが言った。「奥さんと子供たちのせいですっからかんだって言ってた」

「ま、あの人はそう言うでしょうね。ルドラクシュ……ラメッシュ。なんてことに巻き込まれてしまったの」

「俺たちはもうおしまいだ」

「ルディ、君は一千万長者の十倍の金を持ってる。それでおしまいっていうなら、僕たちはいったいどうなる？」

「文句を言うな。君には彼女がいるだろ」ルディは言い、プリヤを指さした。

「やめろ、ルディ」

「君の人生はとてもシンプルだ、ラメッシュ。俺の金を奪って、それを使うだけだ。彼女に電話しておいて、俺に黙ってるなんてな」ルディの声は自己憐憫のせいで大きく、高くなっていた。明らかにこいつのモラル進化スピードは鈍化している。「俺には友達がいない。わかってるのか？　誰もいないんだ。みんな金目当てだ。俺にいるのは取り巻きだけだ。君、友達、両親ですらそうだ。実の両親もだぜ、ラメッシュ。みんな、俺の金のことしか頭にない」

「僕は指を切り落とされたんだぞ」僕は大声を出した。隣人たち、それからスタンフォード大に通うその息子たちに聞かれようが、それがなんだっていうんだ。隣人らしい分別のある沈黙の神が誰なのであれ、僕はそいつに線香をたくさんあげ、寄付をするつもりだった。「この野郎。君は出会ってからまったく成長してないみたいだな」僕は続けた。ルディは怒りで泡を吹いていた。よしよし。

「ふたりとも！　わたしたちにできることはひとつしかない」プリヤが言った。僕は彼女を見た。彼女に何か計画があるのがわかった。僕は食べ物と指のことしか考えていなかったのに、そのあいだに彼女はどういうわけか計画を思いついたのだ。

「なんだ？」ルディが言った。「言ってくれ。もったいぶらずに」何をすべきかについて、見当がついているような口ぶりだった。僕もまるで見当がつかなかった。僕たちは走っていただけだった。考えてくれる誰かが必要だった。インドの男ときたら！　少なくとも、僕は自分の限界を知っていた。

「アンジャリ・バトナガルのところに行くの」

「あの女刑事のところに？」ルディが叫び、椅子から飛び出た。僕はたまらず噴き出した。ルディのやることなすことすべてがおかしく見えた。なにしろ、まだ化粧を落としていないのだ。テレビに出るようになって、メイク慣れしていたのだろうか。もしかしたら化粧が好きなのかもしれない。「あの女刑事のところに？」ルディは繰り返した。予想外すぎて馬鹿になったのだろう。

　プリヤは大きく息を吸ってから話しはじめた。

「当局の人間であなたたちを助けられるのはバトナガルしかいない。彼女は中央捜査局に勤めてる。あなたたちをどんな窮地からでも救い出せる。彼女のところに行って、懇願するの。いい、〝懇願〟するんだからね？　それで、あなたたちが何か悪いことをしたなら、すべてを包み隠さず話す。わかってる、何か悪いことをしたんでしょ、ふたりとも。臆病すぎてわたしに言えないだけで。あなたたちのした悪事がなんであれ、オベロイを捕まえることのほうがはるかに重要だと説得するの。オベロイはあなたたちの誘拐を仕組み、インドの頭脳のために用意された身代金を盗んだ。それって大事件、ここ数年で最大のスキャンダルでしょ。バトナガルはその手柄をひとり占めできる」

話はそれで終わりかと思ったが、彼女はまだ頭のなかから言葉を紡ぎ出していた。

「それに、金持ちや権力者に迷惑がかかるようなこともない。ひとりの男、もっと金が欲しいだけの狂った金持ちが、この国で一番愛されている少年を、母親なら誰でも自分の息子だったらよかったのにと願うような少年を罠にはめようとした。わかる？　オベロイはうってつけの犯罪者なの。だからバトナガルはオベロイを捕まえるはず。わたしたちは彼女のところに行く。で、あなたたちは、馬鹿でプライドばかり高くて愚かなあなたたちは、どうかお助けくださいとアンジャリ・バトナガルに懇願するの」

僕は感心した。

ルディはしなかった。

「懇願？　懇願？　そんなことしてどうなると思う？　俺は世界じゅうに懇願した。女の子に懇願した。両親に懇願した。友達になってほしいと友達に懇願した。誰も見向きもしなかった」

「ほかに選択肢はない」とプリヤ。

「最悪中の最悪の敵、中央捜査局の捜査官が俺を助けられる唯一の人間だってのか？　あの女は俺を狙ってる。もうおしまいだよ！　君たちみたいな天才ふたり組に関わっちまったせいでな。何が『プリヤのところに行こう、彼女ならどうすればいいかわかる』だ」ルディは誰もがやるような、ウッタル・プラデーシュ州の無学な人間の声真似で言った。それは明らかに僕の真似であり、僕たちみんなそうわかっていて、それが声そのものよりも侮辱的だった。「『ああ、僕は彼女に恋してる、ああ、彼女は完璧な女性だ、ああ、彼女と結婚して、頭の悪い子供を百万人つくりたい、そうすれば僕たちがしたことが誰にもバレずにすんで、あら不思議、刑務所にも行かずにすむだろう』。どうしようもない馬鹿どもだよ。おまえらが愛し合うのも無理はない。俺はもう寝るよ」ルディは暴言を吐きつづけながら寝室に向かった。

いきなりましな人間になったりはしないものだ。ルディには時間が必要だった。結局のところ、まだ十代なんだ。

で、僕は？　二十四歳の聖人か？　ルディを非難する権利はない。

「今のは僕のせいだ」僕は刑務所のことを考えないようにしながら言った。プリヤが何も訊かないでくれますようにと念じながら。

「ラメッシュ、ほんとにあんなこと言ったの？」

「ちょっとちがったけど」

「本気で言ったの？」

「僕は君が好きだ。それはわかるだろ」

もう破れかぶれだ。

世界がなんだ。危険がなんだ。

「愛してるんだ」僕は言った。実際にその言葉を口に出し、彼女にまっすぐ見つめられることは、今僕らが置かれているこの状況すべてよりも最悪だった——もちろん、指のことは別にして。それはまちがいなく、とてもひどいことだった。けど、誘拐されたことや逃亡中の身であることよりはまちがいなく最悪だった。

「わたしも愛してる」と彼女は言った。神よ、食べ放題のビュッフェにいるパンジャブ人のように、僕の心臓は爆発しそうだった。プリヤが僕の腕に飛び込んできてキスするんじゃないかと思ったが、彼女はそうする代わりに身を引いて言った。「何か申しひらきしておきたいことはある？　あなたとルディのことで」

僕はさっと眼を逸らしたが、それはまちがいだった。僕が視線を戻すと、彼女のイヤリングが光を受けているのが見えた。

「何について？」

「ふたりがどうやって知り合ったのか、とか」プリヤは僕の手に触れた。「わたしの言いたいこと、わかるでしょ」

これがそうだ。ついに。真実の瞬間だ。

選ばなければならなかった。最後の選択だ。黙っているか。生まれた日からそうしてきたように、世界から身を隠して。それか、正直になるか。真実を話す。危険を冒し、自分以外の人間を信頼する。僕の秘密を、真実を、人生を打ち明ける。

ふたつ目の選択肢を選んだ。

「ビジネスをやっていたんだ」と自分の膝を見おろしながら言った。「金持ちの子供の代わりに試験を受けて、一流大学に入れるようにしてやっていた。ルディのためにそれをやって、僕が全国共通試験でトップになった。どうしてかはわからないけど、とにかくそうなった。そのあと、金儲けしようとルディの家族を脅した。そしたら誘拐されて、それで今こうなってる」

「へえ」

僕は話を続けた。ほかにできることはなかった。説明したかった。理解してもらいたかった。

「僕はただ状況を利用して、少しでも多く稼ぎたかっただけなんだ。でも、君が現われた。そしてすべてが変わった。もっと欲しくなった。君が欲しくなった。でも、もし事実を知られたら、君が去ってしまうことはわかっていた。なぜって」そこまで言って、情けないほどに声がかすれてしまった。でも一瞬のことだった。「誰でもそうするから」自分で言っていて驚いた。

「へえ」

「プリヤ、もう一度君に〝へえ〟と言われたら、僕は寝込むと思う」そう言って、彼女の顔を見あげた。

がっかりしているようだった。「ひとつだけ約束して」

「なんなりと」

「これからはほんとうのことだけ言って。わかった？　もう一度嘘をついたら、ラメッシュ、わたしたちはおしまい。嘘は許さない」彼女の眼には荒々しさがあった。

僕は馬鹿みたいにこくこくとうなずいた。

「正直言って、そんなことだろうと思ってた。じゃあ、お互いがほんとうのことを言えるようになった今、わたしはこうすることができる」

そう言うと、プリヤはまえに進み出て、僕の顔の側面に手を置いた。彼女が何をしようとしているのか、よくわかった。心臓がやばいくらい跳ねていた。

彼女は僕にキスをした。唇いっぱいに。

僕たちの顔が離れた。

「知ってたの？」

「何かがあるってことは知ってた。でもあなたの口から聞きたかった。わたしを信頼してほしかった」

「でも僕は腐ってる。根っこからひん曲がってる。卑劣で、トラブルの元だ」

「そうね。でも、これからは足を洗うんでしょ？」

僕はうなずいた。「じゃあ、僕が完全にピュアで正直な人間でないと、君とはいられないんだね」

プリヤは笑った。「今どきピュアな人なんていない。それに、わたしがあなたを好きな理由はそこじゃない。わたしはただあなたが好きなの」

「へえ」

「あなただって同じこと言ってるじゃない」彼女は不満そうに言った。「あなたたち男ってやつは、自分が天才で、神が女たちに与えた贈り物だと思ってるんでしょう。わたしの両親のことは大好きだけど、ひどいんだから、いつも『結婚しろ、結婚しろ、結婚しろ、三十で独身なんてありえない』って、まるで結婚があらゆる問題を解決してくれるみたいに言うんだから。あなたたち男はね、例外なく自分をリティク・ローシャンみたいなイケメンだと思ってる。ときどき我慢ならなくなる。あなたたちは弱くて愚かなの！」彼女はウィンクし、手を伸ばして僕の腕をふざけ半分につねった。

「そうだね」と僕は言い、また彼女の手に自分の手を重ねた。そうすることに慣れつつあった。

「とくに僕は」小指の傷痕がずきずきと痛み、痛みに顔をしかめた。

　プリヤが心配そうに僕を見た。

「一緒にいる以上、ほかの部分は切り落とされないでね。わたしにはあなたの全部が必要なんだから」

　僕は顔を赤くした。

「それで、これからどうすればいいんだ？」僕は息を吐いた。

「まずは計画を立てる。ひとつずつ。あなたの考えは？」

「いや……」

「ここまで、なんの計画もなかったの？」

「頭のなかにあっただけだ。おまけにそれは分刻みで変わってる」

「メモもピン留めもしてないの？　わたしの知ってるラメッシュらしくない。ラメッシュはいつもすべてを把握してる。契約も、ＳＮＳも、雑用も」プリヤはほほえんだ。「それじゃ、行きましょう」彼女は僕の無事なほうの手を握り、空いている部屋に連れていった。

　全然身が入らなかった。プリヤはラップトップでパワーポイントを作成し、トランジション効果、ＧＩＦ、コミックサンズ体の見出しを次々とつくった。僕たちは子供のように笑った。親密さに酔っていた。ふたりで隣り合って座り、彼女は僕の手をさすり、手首をつかみ、キスをし、眼をまっすぐに、深く見つめ、どんなくだらないジョークにも笑った。

　そして、ようやく髪をシュシュでうしろに束ね、眼鏡をかけ、口の端から舌を出して集中した。

「真剣にやらなきゃ。これじゃ、わたしが学位のために勉強してたときから何も進歩してない」

「同感。僕はご主人を起こしてくる」僕だけじゃなく、ルディにも発言権があるはずだ。

僕は静かに寝室に入り、ルディを揺り起こした。最初はゆっくり、だんだん激しく。

ルディの寝相は僕の父さんと同じだった。父さんのとんがった部位と脚が僕に向かってあっちこっちから突き出され、夜中に蹴りを放ってくるのだ。意識がないときでも、やってることは同じってことだ。でも、女を買った夜だけはちがった。そういうとき、僕が屋上から戻ることを許されたあと、父さんは死んだように眠っていた。体を長く、まっすぐに伸ばして。まるでセイクリッドハートの姿勢改善クラスを受けている女生徒のように。頭の上に本をのせ、キャットウォークを歩くようなバランスで、つねに姿勢を保っている女生徒のように。

「わわわ、起きてる、起きてるってば」ルディが眼を覚まし、しどろもどろに言った。

「ルディ」僕はやさしく言った。「悪かった。君に当たってしまって」プリヤのおかげで僕は自分の感情に対して、とても自由に、オープンになっていた。

ルディは僕の腕をつかんだ。まだふらふらしていた。

「俺も怒鳴ったりして悪かった、ラメッシュ」

「君に無理をさせすぎた。君のことをちゃんと考えていなかった。これが全部終わったら、僕たちは逃げられる。金は充分にある。やりたいことはなんでもできるさ」

暗闇のなかでルディの瞳孔が光るのが見えた。

「すべては許される」ルディは言った。

「行こう、計画を立てよう」

ルディはアイディアに満ちていた。食事、休息、これからも友情が続くという保証がもたらしてくれるものはすばらしかった。僕たちはみんなで笑った。ここ数日で初めて、ルディと僕はいっさいの悩みから解放された。

最初の一歩は？　僕たちは心を決めた。バトナガルに連絡する。

でも、どうやって？

「誘拐しよう」ルディが言った。そんな彼がとても誇らしかった。

「君たち」プリヤがすぐに言った。「駄目、わたしがやる。内部告発したいと彼女に申し出る」

「プリヤ！」僕は言った。

「駄目だ」とルディ。「俺たちは自分のケツは自分で拭く」

プリヤは僕たちを憐れむような眼で見た。「バトナガルがおとなしくあなたたちに誘拐されると思う？　それにあなたたち、誘拐の実績は大したことないじゃない。わたしにも責任はある。オベロイがすぐそばでそんな悪さをしていたのに、全然気づかなかったんだから。力になりたいの」

「でも、これは君のキャリア、人生なんだぞ。そんなことはさせられない。ルディの言うとおりだ。君を巻き込まないようにしなきゃ。二度と働けなくなるかもしれない」

「それなら養ってもらわないとね」彼女はほほえみ、僕のあばらに肘を食らわせた。

それで僕は黙った。

僕たちは計画を進めた。

アビを取り戻す。オベロイを取り戻す。刑務所には行かない。

その夜、僕たちはぐっすり眠った。プリヤは寝室で、ルディと僕は書斎で毛布の奪い合いをしながら。

次の日の朝早く、プリヤはバトナガルに電話をかけた。

電話口での彼女はとても説得力があった。「残忍な男たちです、バトナガルさん。食い止められるのはわたししかいません。あいつらからすべてを聞きました。こちらには文書もテープもUSBもあります。すぐにお会いしましょう。今日にでも、今すぐにでも」プリヤは言い、部屋のなかを歩きまわった。髪が左右に揺れ、足は床の上で踊った。なんという女優だろう。僕のことも、もしかしたら好きなふりをしているだけかもしれない。少し心配になった。でも、そんなふりをする馬鹿がいるか？

プリヤはバトナガルとモール内のコーヒーショップで会う約束をした。正体を隠したままでいるには絶好の場所だ。彼女は電話を切ると、ガッツポーズを取った。

アパートを出る準備をしていると、チャイを飲み終えたルディが突然笑いだした。どうしたのかと尋ねると、彼は答えた。「俺が小さかったころ、家を出ようとしていると、幸運がありますようにって、母ちゃんがスプーンですくった砂糖をくれたんだ。だからこんなに太った。出かけるたびにスプーン一杯の砂糖だからな。ラメッシュ、君の家でもそうだったか？」

「これで百ぺん目だけどな、ルドラクシュ、僕に母さんはいない」

「ああ、くそ、あんちゃん。ごめん」それから、その埋め合わせをするように「手の調子はどうだ？」と言った。

「絶好調だよ」僕が言うと、彼は廊下に出た。

「君にお礼を言っておきたい」僕はアパートに鍵をかけているプリヤに向かって言った。いつここに帰ってこれるか、そもそも帰ってこれるかどうかもわからなかった。彼女は小さなダッフルバッグを両手に持っていた。

「お礼って?」

「このすべてについてだよ。君は立ち去ることもできた。バトナガルがノーと言えば、それでおしまい、君も共犯者だ。君は僕のために自分を犠牲にしている」

「あなただって同じことをしたでしょ?」

僕はうなずいた。

ほんとうだった。長い年月を経て、僕には自分を犠牲にしてもかまわないと思える相手がいた。彼女が。

そしてルディが。たぶん。僕のなかでルディの存在がだんだん大きくなってきていた。

プリヤは僕にバッグを渡した。「わたしがこれをあけたら、写真を撮りまくって。わかった?」

「これは?」

「保険」彼女は言い、ほほえんだ。

僕は彼女にキスをした。こういうとき、ほかにどうすればいいんだ? 僕はガールフレンドにキスをして、自分のバックパックを肩にかけ、そうして僕たちはナイフと誘拐と長らく行方不明の指たちの世界に戻った。

15

子供のころ、金持ちの子たちはディワーリに向けて新しい洋服一式を買ってもらい、貧乏な子たちは新しい靴下かシャツを買ってもらっていた。僕は何も買ってもらえなかった。父さんにとって、ディワーリははた迷惑な祭りだった。服、線香花火、打ちあげ花火と、恩知らずな子供たちへのプレゼントに金を使うことを意味していたからだが、それ以上に、父さんはディワーリという考え方そのものを嫌っていた。あまりに楽観的だったから。光が闇に勝利するなんて、でたらめもいいところだ！　父さんの人生がよくなったことは一度もなかった。毎朝寺院にお参りしていたけれど、それは炎、破壊、天罰、首斬りを約束する神々に対して祈っていただけだった。

最近、あの金玉野郎のことをよく考えるようになっていた。人を誘拐したり、殴ったりしていたせいで。親ってのは庇護と平手打ちを与えるだけの存在だ。そう思うよね？　でも、大きくなってみると、自分が両親と同じ人間になっていることに気づく。完全なコピーじゃない。観客が途中でトイレに立つような海賊版の映画。もし母さんがいたら、こんなふうにはなっていなかっただろう。僕は半分善人、半分悪人で、半分怪物的なサイコパスの悪党、半分教養のある退屈な男になっていただろう。要するに会計士だ。

タクシーを予約し、ルディ、プリヤ、僕の三人で乗った。奇妙な家族が形成されていた。運転手はやけに丁重で、気持ちがいいと言っていいほどだった。この運転手やその同僚たちは今やアルゴリズムの奴隷だ。なんの質問もせず、後部席にタブレットを置き、音量を大きくしたクラクションを鳴らす。このタクシーにはハイクラスな連中が乗ってるんだぞ、とまわりに知らしめようとするみたいに。光に飾られた寺院、教会、金色のシク教寺院（グルドワラ）を通り過ぎるたびに、プリヤは頭をさげた。とても幸先がいい。

バトナガルと待ち合わせたモールはノイダの境界線上にある超高級フラッグシップ店だった。二〇〇〇年代初頭にオープンしたモールのほとんどは安売りサリー店や消毒液の入ったバケツを意味もなく押してまわる清掃人夫たちの温床になっていたが、ここのように最新のモールは今でもなお、ネトフリの『ブリジャートン家』に出てくる一家のような面々に手を振って挨拶できる場所だった。ポートフィノ・ガレリアはデリーで最大級の店で、真昼だというのに、ディワーリ・セール中のレイバンやグラファイト製ゴルフクラブを買い求める糖尿病の定年退職者たちでいっぱいだった。

プリヤはフードコートでバトナガルに会うことになっていた。ルディと僕は百メートルうしろを歩いた。

バトナガルはジーンズに白シャツという姿で、黒い髪のウェーブは光の加減によって琥珀色に見えた。ロンドンでお忍びの夏休み中に盗撮された女優のようだった。

プリヤが彼女のテーブルに座り、ふたりは話しはじめた。ルディと僕は柱に隠れるようにして、なるべく近くに立っていた。

バトナガルは話を聞き、立ちあがり、首を横に振った。僕は見られないようにさらに柱の陰に引っ込んだが、勢い余ってルディとぶつかり、彼を鉢植えのなかに突き飛ばすところだった。

プリヤはダッフルバッグを取るとテーブルの上に置き、ジッパーをあけた。

僕はルディの手から携帯をひったくろうと、このスマホ中毒の愚かなミレニアル世代とちょっとした取っ組み合いをしたあと、一枚でも多くと写真を撮りまくった。

プリヤがレンガのような現金の塊を取り出すと、バトナガルはしてやられたという顔をした。プリヤが何か言い、バトナガルは座った。プリヤは僕たちのいるほうを指さした。それが合図だった。僕たちはまえに進み出た。僕たちが近づくと、バトナガルは身がまえ、背筋を伸ばし、さらなるトラブルに備えて眼を凝らした。

「ルディ！」近づきながら、僕は小声で注意した。「忘れるなよ！　謙虚にな！」

ルディはテーブルの脇を猛然と進んだ。フードコートのテーブルは自家製のドーサを分け合い、女性のシングル客を探す空腹顔のロミオたちでいっぱいだった。もちろん、どいつもこいつもパコ・ラバンヌの香りをさせていた。ルディはバトナガルに近づき、彼女の向かいに座った。ルディのサリーを二度見する以外、バトナガルはなんの感情も見せなかった。中央捜査局の捜査官にとっては日常茶飯事なのだろう。

僕は現金に眼をやり、それをぱらぱらとめくった。一番上の紙幣は本物だったが、その下は今では使われていない紙幣で、紙屑だった。でも、それは僕が撮った写真からは区別がつかない。どの新聞社も写真を欲しがるだろう。お掃除女王ことアンジャリ・バトナガルが裏で賄賂を受け取っていたとなれば。僕はプリヤに向かってうなずいた。彼女は僕が思っていたほど、うぶではないのかもしれない。

ルディは自分の役割を果たした。そう、懇願しはじめたのだ。

「マァム」彼は情感たっぷりの声で言った。「僕たちを助けてください。プロデューサーが僕たちの誘拐を仕組んで身代金を盗んだんです。おまけに僕たちを殺そうとしました」

「お願いです、マァム」僕はウェイターのような声で言い添えた。「あなたが唯一の希望です。どうかお助けください」

プリヤはテーブルの下で僕を蹴った。

プリヤはこの遺憾な状況を一から十まで説明した。「オベロイはルドラクシュ・サクセナを排除しようと手を尽くしました。自分の筋書きどおりに事を運ぶために、罪もない少年が全国放送で恥をかくように仕向けたんです。ラメッシュが大怪我をしたのは百パーセント彼の責任です」

僕は指のなくなった手を振った。

「俺だって怪我したんだぜ」ルディが言った。「巨大な陰謀の第一ターゲットにされてるのは俺なんだ。どうしてみんないつも忘れちまうん――」給仕係が近づいてきたので、彼は言葉を呑まなければならなかった。

まるで日帰りのショッピング旅行に来た客のように、三人の女性とその召使いである僕は注文をした。僕はフィルターコーヒーを。三人はジンジャー・モカを。僕たち中産階級の人間がハマっている、アーユルヴェーダの艶をのせた欧米の発明――モダンであると同時に、自らのルーツや文化に触れていることを示したかったら、これ以上の方法があるだろうか？　これこそ、すべてが片づいたら僕がやるべきビジネスだ、うん。

「どうしてわたしが助けなきゃいけないの？」バトナガルが言った。「あなたたちは嘘をついてわたしを呼び出した。ここにいるプリヤはあなたが替え玉受験をしたことを洗いざらい告白した。おまけにわたしを脅迫している。助ける理由がどこにあるの？」

「みんな、オベロイのような人間を憎みたいものだから」プリヤが言った。「あなたのキャリアに関するニュースを読みました。あなたはこれまでにずいぶんたくさんの敵をつくってきた。オベロイは絶好のターゲットです。腐敗した邪悪な金持ちが全国共通試験のトップに危害を加えようとしている。それを単独逮捕できる。そしたら、国じゅうがあなたの味方になる。ちがいます？　替え玉受験してる金持ちを捕まえ放題になるんです。でも、どうかこのふたりはやめてくださいね。この人たちは善良だけど、まちがった決断をしてしまっただけです」

僕がすでにプリヤに恋をしていなかったら、このとき恋をしていただろう。

僕は身を乗り出した。「それに、そうしてもらえれば、この脅迫写真を国じゅうの新聞社にメールで送らずにすみます、お願いです、マァム」

「取引成立？」プリヤが静かに言った。「バトナガル警部補？　取引成立でいいですか？」

「わかった」そう言うと、バトナガルは椅子にもたれた。ルディと僕は安堵のあまり息が止まりそうだった。

バトナガルは僕たちを見て、僕たちの服装を見て、ルディの化粧とウィッグを見て、まったく信じられないというふうにかぶりを振った。

そして、何本か電話をかけた。

漏れ聞いた感じ、あまりいい電話ではなかった。それどころか、その正反対のようだった。

僕はプリヤを見た。彼女はテーブルの下で僕の膝に手を置いて、何もかもうまくいくと安心させようとしていた。僕は、とても愚かにも、すぐに安心した。

「あなたたちに隠れ家を用意する」バトナガルはようやく言った。「ほかにできることはほとんど何もない。昔ほど味方がいないの。隠れ家に行ったら、次はスミットという男のことをなんとかしましょう。アビ・アッガーワルを取り戻せば、とりあえずこの状況からは解放される。それにしても、ヒマンシュ・アッガーワルとはね。あれは絶対に敵にしてはいけない男。あの男は私の元彼が入りたがってたあらゆる団体に所属してる。慈善事業、ゴルフ、ヨットクラブ。わたしはそんな元彼をいつも馬鹿にしていた。こんなことに関わる男を信じるなんて」

こういう連中はみんな知り合い同士なのか？　ほんとうの金持ちになるって、そういうことなのか？

「それで、俺は起訴されないんですか？」ルディが尋ね、「俺はただじゃヤられないぜ」と、最高にレディらしくない言葉でつけ加えた。僕はルディに蹴りを入れた。愛のあるやつを。人前であまり注目を集めるなと思い出させるために。

バトナガルはルディに、それから僕に眼をやった。実に嫌そうな眼だった。

「約束する。こちらのアシスタント・プロデューサーはこんなに若いのに、とても口が達者ね。もっとこの女性の言うことを聞いて、人を誘拐する時間を減らしなさい」

それと、恐喝の時間も。

「もしこれが計画どおりにいかなかったら」ルディが言った。「次の誘拐は――」

「とにかく計画どおりにやるの！」とプリヤ。

「あんな計画、どこで思いついたんだ？」帰り際、僕はプリヤに尋ねた。

「映画だよ。シャー・ルク・カーンが自分の孫と同じくらいの歳の若い娘と恋する映画」彼女はほほえんだ。「っていうか、全部そうだけど！」

その日、アパートに戻ると、バトナガルの指示を受けた車が僕たちを迎えに来て、南デリーにあるなんの変哲もないアパートで降ろした。これがわたしの部署で使ってる隠れ家、とバトナガルは言った。部屋は政治家の公約よりも空っぽで、人が住んでいないせいで埃だらけだったが、肝心なのは、僕たちを殺したがっている人間で埋め尽くされていないことだった。リビングには大きな窓があったが、そこからは何も見えなかった。足を動かすたびに埃が小さな雲となって舞いあがった。バトナガルも部屋にいて、神のみぞ知る誰かに電話をかけ、上司を相手に議論し、叫び、おだて、取引していた。

「話はついた」最初の電話の約三十分後、バトナガルは言った。「上層部がオベロイを捕まえる時間をくれた。早く行動しないと。わたしを信じて」彼女は実に堂々としていた。なんでもできる、山をも動かせる、奇跡を起こせる、そんな女性だった。僕はまだ警戒していた。できもしない約束をする人間を信用してはならないと知っていたから。当局はまだ大した成果をあげられないかもしれないから。

「あなたの部下たちはほんとうに大丈夫なんですか？」僕は訊いた。バトナガルはこれを侮辱と受け取った。彼女の父親はインディラ・ガンディー時代に駐インドネシア大使でもやっていたのだろう。由緒ある家柄だ。背後から突き刺すような真似はしない、と彼女は言った。裏切ったりはしない。わたしやチームを買収しようとした連中もいたけど、ことごとく失敗した。「わたしたちを買収することはできない」バトナガルは鼻を鳴らした。「わたしたちは中央捜査局そのものだから」

僕たちが交わした言葉はそれだけだった。うまくいかなかったら、彼女は欧米に逃げればいい。インドの暗部を暴く本を出版できるかもしれない。そうなれば、ファックされるのは僕たちだ。またしても。

僕はソファのプリヤの隣に座った。彼女は僕の顔に浮かんだ不信感に気づいていた。

「彼女は味方よ、ラメッシュ、わたしたちを助けてくれる」

「誰も味方じゃない。教育コンサルタント業をやってたときに最悪のクライアントがいた。誰だかわかる？ ジャティン・ビシュノイだ。義憤に駆られたテレビジャーナリスト、ミスター社会的良心。あいつは僕を殴った。なぜだと思う？ 試験の結果はまだ出ていなかったから、そのことじゃない。あいつの子供が悪夢を見たからだ。それで僕にだまされてると思ったんだ。夢のなかで。夢のなかでだよ、信じられる？ それだけのことで、僕は路上で引きとめられ、殴られた。なぜなら、そいつの子供が悪夢にうなされたから」

何も言うべきじゃなかった。けど、こんな状況だったから。プリヤがいたから。彼女は僕にそういう影響をおよぼしていた。僕は議論し、謝り、世界に自分をさらしていた。

「ほんとうに残念ね」プリヤは言った。「でも、バトナガルを信じないと」

ルディはテレビを観ていて、その場にいなかった。プリヤと僕は座ったまま、どうでもいい話をした。それは世界が自分を追いかけていて、この五日間、心臓が口のなかでばくばくいっているときにするのにふさわしいことに思えた。プリヤは僕の手を握った。僕に考えられるのは、こんなことに関わるべきじゃなかった、教育ビジネスなんかに手を出すんじゃなかったということだけだった。ウーバーのドライバーになるべきだった――いや、時給二百ルピーでこき使われて、毎日、毎年、それでいくらになる？

コールセンターで働いて、毎朝三時に家を出て、フロリダに住んでいるやつらに私の名前はダンです、あなたのパソコンに問題がありますと言って、月に五千ガンジーぽっちを稼ぐべきだったのか？

いや、僕は自分にふさわしい仕事に就いた。大金を稼げて、大きなストレスを抱え、その後、まったく何もない数ヵ月が続く。知性と柔軟なモラルを持ち、誰の記憶にも残らず、人に恐怖を感じさせない、くそったれ透明人間になればいいだけ。完璧に僕向きだ。

それに、別の道を選んでいたら、もちろんプリヤに会うこともなかっただろう。

プリヤはまた家族の話をしていた。将来の話を。大学に戻って修士号を取るのもいいかも。ふたりで海外に行くのもいいかも。わたしはカナダの景色が好きで、雪を見たこともないし。彼女が何を望もうと、僕はかまわなかった。ただ座って聞いているだけで幸せだった。きっとうまくいくと自分に信じ込ませることにした。

「僕を救ってくれてありがとう」彼女の話が終わると僕は言った。「さっき。それから全部について。君はそうするのがとてもうまい」

「知ってる」彼女は言った。「それに謙虚だし」

その夜、バトナガルは帰り、ルディと僕はソファをめぐって争った。プリヤは寝室で寝た。大理石の床の真っ白な立方体で、白いシーツのベッド、白い壁、ケーブルの差さっていないコンセント。

プリヤの荷物はバックパック、携帯、着替えだけだった。僕の荷物はナイフが数本、携帯、アビの証拠動画が入ったメモリーカードだけだった。

彼女をなんということに巻き込んでしまったのかと思うと、どうにも気持ちが落ち着かなかった。

翌朝、悪い知らせを携えて、バトナガルが戻ってきた。

「あまり大したことはしてあげられない。上層部はわたしひとりでやれと言っている。オベロイはこのところ政治家と懇意にしているから……」

「あの野郎」ルディが言った。

「……それで上層部はぴりぴりしてる。チームは使えない。わたしは完璧じゃないけど、少しは力になれる」うまく隠そうとしていたが、心配のせいでバトナガルの顔にしわが刻まれていた。

僕たちはリビングに座り、窓に押しつけられる濃い灰色の朝霧を背景に話をした。

「いい知らせは、アッガーワルも助力を申し出たこと。わたしからよく言って聞かせておいた。自分がだまされていたことにようやく気づいたみたい」彼女は笑った。「あの馬鹿。どうすればいいかわからずにおろおろしてた。あいつの父親にはブレインがいたんでしょうけど、あいつは会社を受け継いだだけ。なのにわたしの元彼は、あいつの歩いてる地盤を崇拝していた。『彼はとてもエレガントなんだ、アンジャリ』とか『アッガーワルは誰とでも知り合いなんだ、アンジャリ』『彼の気を引け、アンジャリ』『あいつと寝てこい、アンジャリ、それが俺たちのためになる』とか言って。まったく！」

プリヤは鼻を鳴らしはじめ、バトナガルは肩をすくめた。

「あなたたちふたりのことは馬鹿だと思っていたけど、近ごろこの国には馬鹿な男しかいない！」そう言って、バトナガルは口笛を鳴らした。「なかでもオベロイってのはチャンピオン級の大馬鹿。眼玉まで借金に浸かっていて、政治家志望。だからあなたたちを誘拐させて、身代金を盗もうとした。まったく、男ってのは」

「全部の男がそうってわけじゃない」ルディが言った。僕は思った、インドの男どもが一丸になって何をなし遂げたか、見たことはあるかい、ボス？

「まずはアビを取り戻す。そうしたら記者会見をひらいていいと上層部から言われてる。オベロイには政治家とのコネがあるかもしれない。こっちにはルドラクシュ・サクセナというセレブがいる。でも、ほかに味方はいない。それは覚えておいて。人民党の鶴のひと声で、上層部はわたしとあなたたちを見かぎった。よくあるしょうもない話」そして、彼女は小声でつけ加えた。

「わたしにできるのはそれだけ」

バトナガルは政府支給のクオリスを運転し、アッガーワルの農場に向かった。彼女は高級公用車の運転手にありがちな向こう見ず運転であっちこっちに車を走らせた。のろのろ運転、バイクで逆走する愚かな若者たち、アクション映画で主人公が必ずぶつかるような、果物を満載した荷車に小声で悪態をつきながら。誰もが道を譲った。この車のスモークガラスの向こうにいったい誰が乗っているのか、ＡＫ47を持ったイェール大学中退の大臣の息子が、その日の血を求めて飛び出してくるのではないかと恐れて。

車は農家のまえで停まった。バトナガルはここで待つようにと僕たちに言い残し、車を降りて門まで歩いた。彼女は門を激しくノックした。

すぐに門があき、ヒマンシュ・アッガーワル本人が出てきた。

使用人たちはいない、取り巻きもいない！

アッガーワルは彼女をハグしようと進み出たが、バトナガルはサイドステップで彼の腕をよけた。

「また会えて何よりだ、アンジャリ。最後に会ったのはボートクラブでだったかな？」

バトナガルは偽りの笑みを浮かべると、振り返り、僕たちを手招きした。

僕たちはなかに入った。

二度目の顔合わせになるヒマンシュ・アッガーワルはさらに癇に障る男になっていた。

「おお、君たち」と彼は言い、湿った胸に僕たちを抱きしめ、敬意を示すふりをした。こちらの足を触ろうとするそぶりを見せて、「お願いです、あなたは年長者で僕より賢いのですから、そんな必要はありません」と言わせるようなやつを。

「君たち、私の謝罪を受け入れてくれるか？」

お断わりだ、僕は思った。ルディも同じ気持ちなのは明らかだった。

「はい、サー」僕たちは声をそろえて言った。

するとプラタップが部屋に入ってきた。僕は立ちあがろうとした。ルディは思わずうめいた。

僕の指が痛みでうずいた。最後に会ったとき、こいつは僕たちを撃ち殺そうとしていた。今、こいつはウィスキーのグラスを僕たちに運んでいる。苦く、氷のように冷たく、不快で、断われないウィスキーを――まあ、君がプリヤでなければの話だけど。

プラタップは相変わらず怒っているように見えたが、今は僕たちに対して親切に接し、異議を唱えず、文句を言わずに待っていなければならなかった。それは実に愉快だった。

「オベロイは私をだまし、裏切った。そして姿を消した。アッガーワル家の人間を虚仮にすることは許されない」とヒマンシュ・アッガーワルは言った。彼の指には以前よりもさらに多くの指輪がつけられていた。アマゾンポチり療法だ。「君たちが私の息子をさらったことは許す。オベロイから話を聞いたときには、実に単純な計画に思えたんだ」

「どうやってオベロイと知り合ったんです？」ルディが訊いた。

「社交の場でな。どういうものかは君も知っているだろう」

ああ、いいとも、君の超人気アトラクションを誘拐してやろう、楽しいゴルフだったな。それが上流階級の標準的な振る舞いというものだ。僕にはこいつらと同じくらいの、だいたい同じくらいの金があるが、こいつらのような趣味嗜好を持つことはないだろう。

「オベロイは息子を番組に出演させると言った。アビに勝たせるからと言って。ところが一問目で無残に敗退した。オベロイは私になんべんも謝ったよ。あのひっかけ問題は全部君のアイディアだと言っていた。あいつは君をスターの座から転落させようとしていた」

「俺はあの子をはめてません」ルディが言った。「そんなこと絶対にしません」ルディはただ何千万という人間のまえでアビを悪しざまにあざけり、打ちのめしただけだ。でも、そんなこと誰が気にする？

「それでオベロイは君を誘拐すべきだと言ってきた。身代金は山分けする手筈だった。私たちふたりへの、ちょっとしたディワーリの贈り物としてな」

「知り合ったばかりの人と、よく誘拐計画を立てるんですか？」プリヤは言った。

「オベロイはこう言っていた。ルディは傲慢で手に負えない。当然の報いだと」

「それは確かにそうかも」ルディは言ったが、アッガーワルは続けた。

「君の住所もオベロイから聞いた。我々は君をさらった。それだけのことだった。だが、身代金が届けられなかった。オベロイに電話したら、身代金の支払いを拒否されたというじゃないか。で、人質の体の一部を切り落とせと言われた。それでも身代金が支払われないようなら、君を始末しろとな」

「あのくそ野郎」プリヤが言った。

「誰の身にも起こりうることですよ、サー」とバトナガル。その声には微塵のユーモアもなかった。「誰かを誘拐したいと思うことは誰にでもありますから」

「まさに、まさに」アッガーワルはまるでそれを絨毯の下に隠そうとするかのように、早口でまくしたてた。「指のことはプラタップも反省している。切った指は捨てなきゃならなかった。家じゅうににおいが充満していたからな。プラタップ、反省しているよな？」

プラタップは主人の背後に立ち、聞いていないふりをしようとしていた。

「プラタップ！」アッガーワルは言った。バトナガルの反応を気にしながら。彼女は感心しない顔をしていた。

プラタップは嫌悪をあらわにして僕を見た。「悪かった」

これが金の力だ。何千年にもわたる社会統制と経済的階層がもたらしたものだ。謝罪の無理強い。こびへつらい！　なんという力！　実にスリリングだ。

「ほかには？」アッガーワルは僕に尋ねた。

僕は復讐したかった。プラタップを傷つけてやりたかった。こいつは今、無罪放免されようとしている。僕を傷つけておいて。でも僕はこの場に座りながら、自分たちがどれだけひどい状況に足を突っ込んでいるか、これからあとどれだけ遠くに行かなければならないか、どれだけプリヤと一緒に逃げだしたいかわかっていた。軽はずみなことをすれば、問題が複雑になるだけだ。僕はそれを手放した。復讐に走ってもいいことはない。

僕は首を横に振った。

アッガーワルは自分の家族がいかに利用されてきたかについて、もう少し泣き言を言った。金持ちとその問題、家族の名誉、海外口座、僕にはトゥーマッチだった。少しの金と善良な女性の愛があれば、それでいい。

今の僕は正直言って、ほんとうに、今度こそ絶対に先走りすぎていた。

飲み物を片手に馬鹿の長話を聞き、笑い、横に座る女性と秘密の視線を交わし、人生があまりに完璧に思えるとき、きっと何もかもうまくいくと簡単に思い込んでしまうものだ。サイコパスのプロデューサーを見つけて裁きを受けさせれば、それですべてが解決すると。

決してそんなに簡単な話ではない。

「息子さんを取り返す策は立ててあります。今息子さんはスミット・ガイクワッドという男の掌中にあります」バトナガルが説明を始め、アッガーワルの恨み節は幕をおろした。彼女は自分のコネクションを使い、数時間のうちにスミットの居場所を突き止めていた。「明日、午前九時。フマーユーン廟のそばで。あなたに金の入ったバッグを渡します、アッガーワルさん、ご自分の車に乗って、ひとりで現場に向かってください。そこにわたしたちが突入し、あなたと息子さんを救出します」

「いい案だ、アンジャリ」アッガーワルは言った。バトナガルはありったけの自制心を働かせ、身震いを抑えているように見えた。「名案だよ。このヒマンシュ・アッガーワルは少々の危険など恐れない。プラタップ、お客さまにナムキーンをお出ししろ」

プラタップはまたがちゃがちゃと音をたてて僕たちのところにやってくると、ミニサモサを出し、あの緑と赤の蛍光色のどぎついチャツネをスプーンですくった。彼は実にマルチタレントな召使いで、僕より優秀なほどだった。チャイから拷問まで、なんでもござれだ。

バトナガルは席を外して電話に出た。僕は懸命に聞き耳をたて、記者会見や捜索、部署の人員を増やすための交渉などを盗み聞きした。

アッガーワルはまるで電車だった。止めることはできなかった——ということはインドではなく日本の電車だ。僕たちは彼の話に関心を持っているふりをした。

バトナガルが戻ってきてチャイを四杯飲み、アッガーワルの話を楽しんでいる顔をしようとした。僕たちはとんでもなくあほな話を聞き、プリヤと顔を見合わせ、あきれて眼をまわした。誘拐や復讐や恐喝よりもずっと絆が深まる経験だった。

アッガーワルは五分ごとに話題を変え、さまざまな方面をこきおろした。カーストのちがい、アーリア人発祥の故郷、癌やパーキンソン病に対するアーユルヴェーダ的治療法。さまざまなことが俎上にのせられた。アッガーワルは本の見出しを読みあげるように声を張っていた。

僕はそんな彼を見ていた。そして、この男がしていることに気がついた。

ルディが退屈そうにしたり、プリヤが眼を逸らしたりした瞬間に話題を変えているのだ。僕たちの注意を引き戻すために声を張りあげ、それで満足すると、また別の脱線が始まる。僕たちを退屈させることを恐れているのだ。よりにもよってこの男が！

なんという哀れ！

つまるところ、彼はアッガーワル一族の一員だった。それが彼の名前だった。何か偉大なことをするよう求められていた。名前というのは君の運命だ。その人の人生、意見、胃の中身、未来、正確な命日まで、名前を見ればわかる。僕はクマールだ。クマールは二千万人いる。くそを垂れて死ぬこと、それ以外に僕たちに求められていることはない。

その日はそうして過ぎていった。僕たちはアッガーワルの話を聞き、座り、オベロイやアビやその他のあらゆることを心配した。バトナガルがもろもろの手配をし、インドの官僚との取引を終えるのを待っていた。何週間も待たずにすんだのは奇跡だった。

少なくとも、僕たちは王のように食事をした。僕は根っからのデリーっ子だ。

プリヤと僕は真夜中過ぎまでコーヒーを飲みつづけ、気づくと明け方になっていた。彼女には彼女なりの欠点があった。ベンガル料理が好きなこと。Ｋ－ＰＯＰが好きなこと。アクシャイ・クマールよりアーミル・カーンのほうが好きなこと。ふたりで乗り越えられないようなことは何もなかった。

僕たちはぐっすり眠った。エジプト綿、部屋ごとに四つの蚊取りマット、寝室とつながったバスルーム、頭上からお湯が垂直に落ちてくるシャワー、柔らかなタオル。プリヤは僕の包帯を巻き直し、終わるとそこにキスをした。

僕たちは同じベッドで寝た。僕と彼女で、初めて。変なことはなし。ふたりとも絶え間ない危険に攪拌されていて、ロマンティックなことは何ひとつ考えもしなかった。僕たちはただお互いに体をくねらせ、手足と命を絡ませ合った。

不条理だった。僕と彼女の関係は。意味不明だった。プリヤはインド工科大学出のどこかのケツの穴と結婚し、半アル中のカリフォルニア的な贅沢に囲まれ、二十エーカーの土地とアーモンド果樹園で余生を送るはずだった。それが僕なんかといったい何をしているんだ？

もちろん、僕の胸に頭をのせているプリヤの髪を撫でながら、僕は愚かにもそう口にしていた。「僕のどこがいいと思ったの？」とか、そんなことを。彼女の返事に合わせて、僕の胸に当たるあごが動くのが感じられた。「じゃあ、わたしのどこが好きなの？」

「好きじゃないところがない。君は親切だし。辛抱強くて、理解があって、おもしろくて、何をやらせてもうまくやる。君に会うといつもとちがう自分になった気がして、いい気分で一日を過ごせて、心が躍るんだ」

「わたしがあなたを好きなのも同じ理由」彼女がそう言うのが聞こえた。

なんて汚い手口だ！　欧米の汚いやり口だ！

まあ、少なくとも、その晩僕は殴られることはなかった。ありませんでした、サー！

16

フマーユーン廟から幹線道路を走った。いいところだ。ほかのぼったくり観光地と同じく、僕はこれまで行ったことがなかった。この国の歴史的遺産、ファテープル・シークリー、世界最大のダイヤと言われたコ・イ・ヌール、その他もろもろにまったく興味がないことについて、クレアから散々説教を食らっていたけれど。

ムスリムもクリスチャンみたいなものだ。死者のためのモニュメント、墓、記念碑、埋葬所をつくる。ヒンドゥー教はちゃんと理解してるんだ、と僕はクレアに言ったものだ。人間は焼かれたら、この世からいなくなる、親戚や同僚が新聞に広告を出すくらいはするかもしれないけど、ムスリムとクリスチャンは墓の手入れをし、花を供え、こう自問する。墓参りの頻度はこれで充分だろうか？　自分は正しい考えを持っているだろうか？　そんなのはろくでもない過去のなかに自分をマリネ漬けしているだけだ。

イスラムは今じゃ時代遅れだ。この国の政府、国民にとっては。なのに、ムスリムの建造物を訪れ、これは自分たちのものだと主張し、子供たちの午後を無駄にする人があとを絶たない。

水が枯渇しつつあることは誰でも知っている。ケツの穴の底から正しく理解している。誰もがパキスタンの問題は自由と宗教の問題だと考えている。くだらない。水の問題なんだ。文化？

うが好ましい。

愛国心？　民族自決？　そんなのは欧米の問題だ。僕としては天然資源をめぐる率直な争いのほうが好ましい。

　まず、僕たちがパキスタンをファックする。次にお互いにファックし合う。地域対地域、都市対都市、ドラヴィダ人対アーリア人、五千年も先延ばしにしてきた遺恨試合だ。どの国もいずれはそうする。僕たちは最初にやるだけだ。ヴェーダが核爆弾とコンピューターを発明し、のろまな白人たちがその遅れを取り戻すのに、四千年という時間とひとつの悟りを要したように。

　その廟は川の近くに鎮座していた。川は醜く、茶色く、死のにおいがした。僕たちのいる場所からは、錆びついた化学工場のパイプ、大きなコンクリート製の台、放棄された輸送用コンテナ、とうに死に絶えた炎が見え、その背景として廟がそびえていた。十年もすれば、立派なショッピングモールが建設され、〝ムガル帝国初代皇帝バーブルの理想郷〟と呼ばれるようになるだろう。

　簡単に監視できる場所だった。出入道路が一本、それをたどるとまた幹線道路へ。車は一方向にだけ流れている。巨大な罠、とバトナガルは言った。僕たちは幹線道路のアーチの陰に一部だけ隠れているクオリスから、引き渡しの様子を眺めることになっていた。車のダッシュボードはヒンドゥー教の神々で飾られていた。神々は自分たちの愛する神聖で不潔なヤムナー川をムスリムが冒瀆（ぼうとく）したことに、軽く動揺しているようだった。

　バトナガルは前部席に座り、双眼鏡でアッガーワルを見た。アッガーワルは自分でＳＵＶを運転してここまで来ていた。バトナガルは警察と同じようなタンカーキ色の制服を着ていた。プラタップは彼女の横に座り、何も言わなかった。

「アッガーワルが引き渡し場所に接近中」とバトナガルが言った。

空気は冷たく、僕たちは咳き込んだ。頭上の交通が雷鳴のように響いていた。

「あと数秒」彼女は息をついた。

プリヤは霧のかかった地平線に眼をやり、僕の手を握る彼女の指は白くなっていた。外の様子は何も見えなかった。道路のくぼみ、葦（あし）、放置されたコンクリートの巨大な塊。

「もうすぐ、もうすぐ……よし！」

バトナガルはアクセルを踏み、湿った芝生とぬかるんだ土手を突っ切ってコンクリート製の塁壁の上に出た。街が川の有毒な汚物のなかに沈没しないように造られたものだ。壊れたクレーンがそびえ、巨大な倉庫が立っていた。倉庫はあけ放たれ、はらわたを抜かれ、窓は割れていて向こうが見えなかった。

バトナガルは数秒のうちにスミットに手錠をかけた。スミットは僕から顔を背けた。その眼は寝不足で赤く、子供のころの僕よりも情けない顔をしていた。証拠用、記者会見用に写真が撮られた。君もこの場にいたら、これからつくことになる嘘をバトナガルが頭のなかで組み立てているのがわかっただろう。魔法瓶からチャイがなみなみとふるまわれ、みんなの喉を潤した。

ルディはプリヤを抱きしめた。

プリヤは僕を抱きしめた。

アビは父親を抱きしめた。

プラタップは僕をにらみつけた。

アッガーワルは身代金の入ったバッグと胸のあいだに息子を挟み、喜びの涙を流した。できるものなら金を持ち逃げしたいと思っていたのだろう。彼は肉づきのいい声で「息子よ、息子よ」

と嗚咽し、そのカマーバンドをした胴まわりが、永遠の愛を訴えるたくさんの言葉とともに息子を窒息させようとしていた。「今なら国民会議派にだって寄付する」と彼は言った。なんてことだ！　ラーフル・ガンディーに金を渡すことが代償になるほどの重大犯罪なんて、この世にあるわけがない。

今の僕がみんなの人生にどんな影響をおよぼせるか、これで少しはわかっただろうか？　僕は和解と愛をもたらしている。確かに恐怖と暴力によってだけど、それでもだ。自分に少し誇りを持っていいのかもしれない。

スミットは地面にへたり込み、スポーツベストを汚物とくそで汚し、みじめに泣いていた。ほかのどんな状況であっても、僕はそれをおもしろがっていただろう。でも、今は罪の意識を感じていた。スミットは僕のところに来て、助けを求めたのに、すっかり大物を気取っていた僕は何もしなかった。

「この誘拐は俺が今までやったなかで最悪のことだ」スミットは言った。

「どうしてこんなことをした？」僕は訊いた。隣に立っていたプリヤが哀れみの眼でスミットを見た。

「自棄だよ。なあ、俺たち同類だったろ。俺に必要なのはちょっとした手助けだった。金が必要だった。それでおまえのところに行ったのに、おまえは何をしてくれた？　何もだ」

「それはほんとなの？」プリヤが言った。

「こいつは金と権力を手に入れた」スミットの声がいっそう哀れさを増した。かわいい女の子が眼のまえにいるから、話を盛っているのだ。「こいつは昔の友達、しがない連中のことなんか忘れちまったんだ。俺のようなやつのことは」

「ラメッシュ」プリヤが言った。

「このスミットという若者に仕事を与えようと思う。僕は変わった。あれは昔の僕だったんだ」

そして、まったく奇妙なことに、自分が真実を言っているように思えた。スミットがプリヤの見えないところでにやにやしていたが、そんなことはどうでもよかった。

スミットは改心した。「さっきの態度は謝るよ、ラメッシュ、兄弟（バーイ）。君を裏切るべきじゃなかった」それが本気であろうとなかろうと――こういう人間の、僕と同類の人間の本心なんて、誰にわかる？――僕は黙ってうなずいた。ルディと僕はスミットを立たせ、バトナガルのジープに乗せた。

下の川を漁師が通りかかったが、土手に停まっている警察トラックにはほとんど眼もくれなかった。まるでもう一生分の裏取引、処刑、裏切りを見てきたとでもいうように、ただ黙々と網を空中に投げていた。

もう大丈夫だろうと僕たちは思った。アッガーワルに別れを告げ、ちょっとした社交辞令でも言っておこうとしていた矢先だった。

そのとき、ＳＵＶのドアが勢いよくひらき、アッガーワルが言った。「私が忘れたとでも思っているのか？」彼は僕とルディを毒のある視線で見た。朝の光に照らされ、指輪がきらめいた。「オベロイの裏切り行為はともかく、おまえが全国放送で私の息子に恥をかかせたことに変わりはない」

そうだ、僕たちがやった。

くそったれの金持ちが。

「それについてはどうやって落とし前をつけるつもりだ？」

確かに、どうやって？

僕は話しはじめた。いつも僕だ。答えるのも、計画を立てるのも、それから……

「動画だ、もちろん。ラメッシュ、まだ持ってるか？」

今のは誰が言ったんだ？

僕は車まで行ってバックパックに手を突っ込み、ナイフのさらに奥にあるメモリーカードを取り出した。ルディは手を出して受け取ると、アッガーワルのところまで歩き、彼の手にそれを押しつけ、軽く頭をさげた。

「これで終わりだといいですが、アッガーワルさん」ルディは言った。「近いうちにアビを僕たちの番組に出演させられるかもしれません。壮大な仲直りです。うちのスタッフからあなたの部下に話をさせます」そう言うと、ルディは振り返り、僕にウィンクした。このくそガキ。

プラタップが僕をにらみつけた。ひとつ心残りがあるとすれば、あいつと信頼関係を築けなかったことだ。僕たちはふたりとも酸いも甘いも嚙み分けた男であり、自分ではどうしようもない力によって、やりたくないことをやらされている。だから実に似た者同士で……わかったよ、今のは冗談だ。

「すばらしい」とアッガーワルは言った。「おまえの秘密は墓場まで持っていく」

彼は車のドアを閉めると、妄想の雲のなかへ車を走らせた。

自分を殴り、拷問した男たちが何ひとつ罰を受けずに去っていくのを、僕はただ眺めていた。

政治。より高次元の善。成熟。うんざりだ。ジープに戻る途中、プリヤは僕を慰めるようにハグした。

厄介な問題がひとつ減った。まだたくさんある。

「明日、記者会見をひらく必要がある」バトナガルが言った。「わたしたちのストーリーを世間に広めて、オベロイの捜索を始めましょう。彼が馬鹿な真似をしでかすまえに捕まえたい」

僕たちは車で隠れ家に戻った。僕はスミットに、すべてが片づいたらルディのパーソナルブランドの香水を開発する仕事を与えると約束した。

「ありがとう、兄弟。俺たち、いつかパートナーになれると思っていたよ」

その夜、僕はプリヤの腕のなかでぐっすりと、安らかに眠った。

翌朝、僕たちの人生は予想もしていなかった方向に大きく変わった。

17

ルドラクシュ・サクセナはパキスタンのスパイ。プロデューサー語る。

おいおいおいおい、どういうことだ。

オベロイの顔がテレビ局というテレビ局、ウェブサイトというウェブサイトに、まるでフロントガラスに飛び散った虫のように貼り出されていた。オベロイが歳かさの政治家と抱き合ったり、花輪をかけられたり、さまざまなポーズで敬虔なナマステをしたりしている巨大な写真とともに。

僕たちは隠れ家に戻り、のんびりしたすてきな朝を過ごし、アッガーワルとの取引の成功をささやかに祝い、コーヒー、ジュースにマフィンと、九〇年代アメリカのシットコムのような朝食を摂っていた（もちろん僕もシットコムは観ている。でなきゃ欧米のジョークの半分は理解できない。シットコムが欧米をつなぎとめている最後の砦なのだろうか？《フレンズ》の最後の記憶が消えたとき、彼らは互いに牙を剝き、かねてより待ちかねていた内戦を引き起こすのだろうか？）。

テレビをつけた。いつものように、分割画面上で十五人の人間が、飼い猫をインディアと命名した欧米の女優を糾弾していた。

そして……

「こちらはニューデリーです」と女性レポーターが叫んだ。彼女は一分間に千語のペースで叫んでいた。ということはセレブのヌードが流出したか、カトリーナ・カイフが次のボンド・ガールに抜擢（ばってき）されたか、パキスタンについてのなんらかのニュースか、そのいずれかだった。「《ビート・ザ・ブレイン》のプロデューサー、シャシャンク・オベロイ氏は今日、ルドラクシュ・サクセナが統合情報局（ISI）のスパイであるとの声明を出しました。サクセナと手を組んでいるのが、そのマネージャーであるこの男性」写真がズームインして拡大される。クロップされた、完全に識別不能な粗いインスタ写真。「ラメッシュ・クマール、別名ウマール・チョードリはパキスタン情報局破壊工作課の大尉とのことです。続報が入り次第お伝えします」

僕たちはあんぐりと口をあけ、テレビを凝視していた。

「あの金玉野郎」ルディが言った。

あのくそ野郎はマスコミに駆け込んだということか。大したもんだ。三日間でこれだけのことをやってのけるとは。

僕はプリヤを見た。彼女の顔は美白クリームの広告のように白くなっていた。

いよいよだ。僕のことを世間に知られた。僕たちの未来は消滅した。

なんとかなると自分に言い聞かせた。

「なんとかなる。僕たちなら切り抜けられる」

「これで君も有名人だな、ラメッシュ」ルディが言い、強がろうとした。「おめでとう」

この速報のあと、すぐに記者会見がひらかれた。

オベロイはお約束のサフランの花輪をつけた政治家たちに囲まれ、場所の取り合いをしているカメラマンのギャングたちのまえに座っていた。白い壁、蛍光灯、リノリウム、そして祝祭のシーズンを祝う、壁にかけられたデコレーション。

彼は声明を読みあげ、一文ごとに水をがぶ飲みし、八台のテレビカメラのそれぞれを左から右へ、そしてまた右から左へと見つめながら、哀れっぽく声を詰まらせてすすり泣いた。「私はだまされていました」しくしく。「愛国心を利用されたのです」しくしく。「ただこの国の優秀な頭脳を」――わかるだろうけど、ここでドラマの調子が全開になる――「祝福したかっただけなのに。来る日も来る日も、ふたりは私を脅しました。声をあげなければなりませんでした。事態を把握したＩＳＩはスパイを回収するために偽の誘拐計画をでっちあげました。そして、私を殺そうとした。ふたりをコントロールしていた人物、ハッサナ・アリは――」ここで画面に映された人物が誰なのか。それを当てても賞品はあげられない。それくらい誰の眼にも明らかだった。連中は夜の街で撮られた彼女の写真を使わざるを得なかった。パキスタンのスパイが僕たちをだますには、性的な魅力と誘惑を駆使するよりほかないからだ。「私の下でアシスタントとして働いていました。彼女もまた、愛するこの国に対する二重スパイ行為をしろと私に迫りました。あろうことか、この光の祭典のさなかに、敵は我が国を闇で覆おうとしたのです」

政治家たちの敬意に満ちたうなずき。男らしく背中を叩く動作。オベロイは続けた。続ける必要があった。どんな内容にしろ、オベロイの愛する国はそれが彼の口から言われることを求めていた。オベロイは口ひげを撫でた。髪は白髪交じりになっていて、そのせいで映画の第二幕で母親キャラが起こしがちな精神崩壊を起こしているように見えた。息子がお転婆なパンジャブ娘と結婚して、一族の財産が危険にさらされているとき、母親たちがそうなるように。

「でも、彼らは見誤っていた。私はこの国を愛している。国に害を与えるような真似はできない。どれだけ金を積まれようと、家やヨットを約束されようと。国、伝統、共同体への私の愛は、どんな富よりも強い」

オベロイは言い終えた。顔から光が消え、カメラに向かって軽く会釈した。脇を囲む政治家たちもうなずいた。彼らは真実を知っているのだろうか、そもそも真実なんか気にかけるのだろうか。彼らは双子のように動き、質問をかわし、たぷたぷした腕を振り、唇から唾を飛ばし、「ノーコメント」と言った。彼らは黒い髪と突き出た腹を持ち、その四つの眼は少し遠くを、ワッツアップ・グループにおける年長者への敬意にもとづいたヴェーダ的明るい未来と、大量改宗を見据えていた。

ぎざぎざになるまで拡大されたおぞましい僕の写真が、ふたたび画面に浮かびあがった。ウマール・チョードリ。それは誰であってもおかしくなかった。両眼と口はまるでカルカッタの牢獄、通称〝黒い穴(ブラックホール)〟のように三つの暗い深みとなっていた。プリヤの写真はどこかのバーで撮られたものだった。彼女は今ごろツイッター上でパキスタンの女王になっている。偉大なる国に恥をかかせたセクシーな女性工作員として、グジランワラからグワダルにいたるまでの場所で、十万人のスケベなおっさんたちのオカズネタになっていることだろう。

「両親に電話しなきゃ」放送が終わり、出演しているパネリストが破壊工作についてまくしたてはじめると、プリヤが言った。電話が接続されるまで、永遠の時間がかかったように感じられた。が、最後に彼女はこう言った。「ママ、パパ、大変なことが起きてる。テレビで言ってることを信じないで。おじさんのところに行って。何も質問しないで。お願いだから」

その後、彼女は僕の肩で泣いた。僕は震える彼女を抱きしめながら、「ほんとうにごめん」と何度も何度も言った。

それからまた自信をひねり出し、自分の役割を演じた。「君はパキスタンに逃げたほうがいい」彼女が泣くのをやめ、僕のシャツがびしょびしょになったとき、僕は言った。「ハッサナ、パキスタンですばらしいキャリアが君を待っているぞ」彼女は僕を見あげ、険しい表情が一瞬だけ笑みに変わった。それで充分以上だった。

彼女の眼に親指を当て、涙を拭った。

こんなことに君を巻き込むべきじゃなかったと言いたかった。どうにかなると言いたかった。どこかに、どこかきれいで退屈な外国に、たとえばミネソタに逃げて、決してうしろを振り返らない。僕たちは三人の子供を持ち、もう誰も僕たちを傷つけず、週末にはボートで出かけて、山ほどのアメリカンドッグを食べるんだ、と。

でも、そんなことを言えば嘘になる。

十分後、バトナガルが隠れ家に戻ってきた。「ここはもう安全じゃない」部屋に入ってくるなり、彼女は言った。「政治家たちはわたしたちを捜しているでしょう。わたしの部署はもう連中の手に落ちたと考えたほうがいい。ああいう連中がそばにいると、一日として平穏な朝を迎えられないんだから。来世では、金持ちには絶対に近づかない。わたしの家に行きましょう。少しは時間が稼げる。近くの市場まで歩いて、そこからタクシーに乗りましょう」

「俺の両親に何かしてやれることは?」ルディが言い、まったく出し抜けに泣きだした。部屋のまんなかにぽつんと立ったまま。

バトナガルはどうしたらいいかわからないようだった。彼女は同情して唇を噛むと、ゆっくりとルディのもとに行き、彼の体に手を置いてハグした。

「ご両親はどこにいるの？」彼女は言い、ルディの背中をさすった。

「ノルウェーだと思う」彼は泣きじゃくった。

「伝言ならできる。ふたりにはできるだけ長くヨーロッパに滞在してもらったほうがいい」

バトナガルは携帯を取り出し、電話をかけた。僕はルディに近づき、彼の体に腕をまわした。

僕はほんとうにルディを見誤っていた。

僕たちは服を着て、ウィッグをかぶった。合成繊維の髪は乾いた汗でがちがちになり、ルディの服はしわくちゃで泥まみれだった。でもプリヤが手伝ってくれたおかげで、ルディの化粧は僕が本気を出した結果の幼稚な化粧よりもましになった。

それは僕の生活の一部となりつつあって、心のどこかで楽しみにしていたほどだった。眼鏡。ウィッグ。ルディにサリー。

プリヤはショールで全身を隠し、バトナガルから受け取ったサングラスをかけた。やたらと見栄っぱりな女に見えた。人々にじろじろと見られるだろうけど、正体がわからなければそれでいい。僕は彼女に何も言わなかった。今は何を言っても嘘になるし、嘘を言ったら僕はどうなるんだったっけ？

部屋を出るまえ、お互いの手をぎゅっと握り合った。それで充分だった。

外では暴動が起きていた。見境のない完全な混乱だ。脅し、誓い、その他もろもろ。すべて僕たちのせいで。この男たち、女たち、子供たち。コーヒーショップや家でくつろいでいた彼らは、あの放送を信じられない思いで見て、表に飛び出してきたにちがいなかった。

この国ではどんな些細なことがきっかけでも暴動が起こる。僕たちの備えは万全だ。棒切れ数本、石、それから数千年におよぶ終わりの見えない貧困によって燃えたつ若者がいれば、ほかに何が必要だ？

ここはかなり裕福な地域ではあったけれど。暴動とは無縁のはずだったけれど。街で一番大きな市場のあちこちで、バットを手にした群衆が気色ばみ、叫んでいた。「パキスタンを倒せ！」「イスラムを倒せ！」「サクセナを倒せ！」プラカードが神秘的な速さでつくられていた。僕とルディの写真を貼ったプラカードが。

群衆のなかを通り抜けていると、断片的な会話が聞こえてきた。「あたしゃ、あんな男は信用できないと思ってたんだ」と、揚げ菓子(グラブ・ジャムン)のような肌の色をしたおばさんが言った。自分の車から外を眺め、渋滞と、運転手が暴動に参加してしまったというふたつの理由で立ち往生していた。「うさんくさいと思ってたんだよ」彼女の友人はそう言うと、びしょ濡れのハンカチで顔を拭った。こういうおばさんたちが消滅すると、インドも消滅する。

ディワーリの数日前だったので、みんなちょっとした狂気に向けて準備万端で、すでに花火も買っていた。ひとつ言っておくと、この国は宇宙衛星の打ちあげ、太陽光発電所、乳幼児の予防接種の計画を立てることはできないが、祭となると線香花火(プルジャディ)も爆竹(パタカ)も食べ物も、どれも何ヵ月もまえから軍事的な正確さでもって準備される。

少年たち、怒りで周囲が見えない少年たちがロケット花火やスパーク花火に火をつけ、噴き出し花火を爆発させている。僕たちはサフランと赤い粉で肺をいっぱいにしながら、タクシーを探そうと無駄な努力を続けた。暗い肌、明るい肌、若いの、年老いたの、バラモンもシュードラも、僕たちへの憎しみで一致団結していた。社会主義と開発政策がなしえなかったことをラメッシュ・クマールはなし遂げたのだ。

ふだんはこの界隈に近づけないような家族も、この暴動を口実に、ほかの半分の人々がどのように買い物しているのかを見物しにやってきていた。彼らは本来であれば出入禁止の店に澄まし顔で入り、警備員は彼らを通す。入店を拒否しようものなら、客の誰かが店に火を放つかもしれないし、〝この店の経営者はパキスタン人だ、壁にイムラン・カーン首相の写真が飾ってあった、売場カウンターの陰に牛肉入りのピリ辛サモサがあった〟と、群衆に向かって、あることないことを叫ぶかもしれない。そういう無言の脅迫。

僕たちは市場から離れた。ここじゃタクシーを呼ぶどころじゃない。この街角の光景はデリーのあちこち、インドのいたるところで、何万倍にもなって再現されているだろう。その憎しみは国全体を動かすかもしれない。一世紀ものあいだ、どうにかして保存しておけるものなら。

誰も僕たちに気づかなかった。変装はまだうまくいっていた。少なくとも僕の馬鹿な計画のひとつは想定どおりに進んでいた。市場を離れるとルディが服を整えた。「どいつもこいつも体に触ってきやがる。またかよ」彼はうんざりした顔で言った。「男はみんなそうなのか?」

プリヤとバトナガルがうなずいた。

「へえ」

包領だか居留地だか、そういう洒落た呼び名の場所に移動して、どうにかタクシーを予約した。バトナガルは抜け目なく警戒していた。僕たちに近づいてくる人間は例外なく脅威だった。道路掃除人のしかめ面も、猛スピードで走ったり急ブレーキをかけたりする車も。バトナガルの頭は自分の帳簿に不備があるのを見つけたゾロアスター教徒のように痙攣していた。

　タクシーが到着したものの、騒動のせいでほとんど身動きが取れず、運転手は車を降りて群衆を追い払わなければならなかった。バトナガルの家に着くまでの長いあいだ、渋滞について、この街が制御不能になっていることについて、運転手が顔を紫色にして不満をまくしたてるのを聞かなきゃならなかった。

　彼女の家は巨大だった。デリーに家を持っているということは、それは当然金持ちということだけど、彼女の家は次元がちがった。中庭の壁に緑のつるが伸び、素焼きの鉢には肥えた植物が森のように堂々と生え、複雑なデザインの木製雨戸が壁に点々とついていた。三階、いや、たぶん四階建て。

「アーダーシュとわたしはモダンな工夫を凝らした伝統的邸宅(ハヴェリ)のような家にしようとしていたの」

「きっとあなたの趣味でしょう。いい趣味をしてるから」ルディが言い、サリーを引きずると、その下のびしょびしょのTシャツが見えた。「まるでオアシスだ」彼は苦々しい顔でつけ加えた。

「現代の心配事や悩みから解放される、美しくキュレーションされた――」

「そんなことよりニュースを見ないか?」僕が言うと、バトナガルは大きなフレンチドアからリビングに案内した。甘い香りのするタペストリーや、意味不明な、もしかしたらどれも本物かもしれないモダンアートのまえを通り過ぎて。彼女の趣味のいい家具は、まちがいなく最貧困層の職人たちがオリッサ州の屋根のない小屋で製作したもので、インドの伝統的なデザインにモダンなひねりが加えられていた。

僕たちはテレビのまえに倒れ込んだ。得るものはほとんどなかった。それはいつものことだ。みんなが僕を悪魔だと思っていた。それはいつものことじゃない。

中身のない議論が激しく飛び交い、僕たちは外交問題になっていた。引退したパキスタンの将軍たちが、ブロックノイズの入ったスカイプ通話で、サクセナ事件、通称サックスゲート、#パ入試スキャンダルにおける自国の関与を否定していた。

「つまり、オベロイを誘拐しなきゃならないってことだな?」数分後、ルディが言い、僕たち全員を見た。「みんなわかってるだろ。それしかないんだ。プリヤはありとあらゆる人道的でリベラルな主張をするだろうけど。バトナガルさん、あなたは法の支配がどうこうと言うでしょう。でも、俺たちが何をすべきかはわかってるはずだ」ルディは僕たちが反論するよう仕向けていた。僕たちは何も言わなかった。「バトナガルさん、書斎にコンピューターはありますか? ちょっと動画を見てくるから、君たちにタマが生えたら来てくれ」

「ルディは正しい」僕はルディがいなくなるのを待ってから言った。

「ルディはまちがっている」バトナガルはジーンズを指でとんとんと叩きながら言った。「わたしはこの国の憲法を守ると誓った。敵からこの国を守ることを。この国の法律に、誘拐を正当化できる文言はない」

「そのメッセージはあなた以外の人には伝わっていないと思う」僕は言った。

「汚い手を使うしかない」とプリヤ。「ほかの作戦は思いつかない」プリヤとバトナガルは顔を見合わせた。この数日間、ルディと僕が食べ物、マンチェスター・ユナイテッド、テレビの連続番組、要するに男たちが喫緊の問題を棚あげにして話すようなあらゆることについてぺちゃくちゃやっているあいだ、彼女たちは話をしていた。

「ほかの方法があるはず」とバトナガルは言ったが、プリヤはそっとかぶりを振った。すべての反対を押し切る一貫した合理性を持って。僕たちの……いや、彼女の子供たちは、母親にノーとは言えないだろう。彼女は子供たちを罪悪感のどん底に陥れ、思いどおりに動かすだろう。

バトナガルは電話をかけ、部下のなかにまだ信頼できる人間がいるかどうか突き止めようとした。テレビから大きな音が響いた。ＢＢＣでさえ僕たちのニュースを報じていたが、それはインドではよくあるクレイジーなニュースのように、《あの人は今》の褐色人種版のように見えた。

プリヤが僕に寄りかかり、僕の髪をいじりはじめた。髪は暑さのせいで絡まり、針金のようになっていた。

「ひどいにおい」プリヤは言い、僕の腕に体を預けた。僕はそれを受け入れた。どうして彼女がそんなことをしたのかはわからなかった。なにしろ、女性に関する試験を替え玉受験したことは一度もなかったから。

僕たちはコーヒーを飲んだ。プリヤの顔はマグカップの陰に隠れ、その手はずっと僕の手のなかにあった。そのとき、自分がすごく大人になったように感じた。男というものがそうであるべきように。僕には永久に理解できないだろうけど、たぶんそれはアフターシェーブや税金や洗濯と関係があるんだろう。

僕たちは夕食にレバノン料理を食べ、これからいったいどうしたものかと思案した。

18

それはごく単純な自殺計画だった。でも、国全体が君に牙を剝き、味方は上級公務員ひとりだけとなれば、ほかに何ができる？

決行は土曜日の朝。誰もが金曜日のウィスキーと輸入ワインで二日酔いになっている時間を狙って。

人民党の本部に潜入する。

僕が。

彼らは今、自分たちの力に酔いしれている。誰もがみな、四六時中自分のタマをしゃぶっている。カルギルからカンニヤークマリにいたるまで、全インドがひとつの大暴動と化している今なら、群衆をリベラルなジャーナリストやハーバード大卒のNGO代表者の家に差し向けることもできる。彼らはテレビ契約や映画化権の書類にサインをしたり、インターンにフェラをさせたりして、注意が疎かになっていることだろう。僕はオベロイを誘拐し、テレビの生放送で自白させる。それでこの世界のすべてが正しい状態になる。

単純な計画だと言ったけど、いい計画とは言ってない。

僕たちには時間がなかった。遅かれ早かれ、誰かが気づくだろう。ここ数日、バトナガルの隠れ家が、教官的な立場の捜査官が通常必要とする基準を大幅に超えて使われていることに。誰かが疑問を呈するだろう。なぜなら、彼らはバトナガルのカーストをひとつ、ふたつ、落としてやりたいと思っているから。彼女の企みは明るみに出て、僕たちは全員、残りの一生を刑務所で過ごすことになる。ひとつの理由でそこに入ることになれば、一生閉じ込められたままだ。理由なら、なんでもこじつけられる。僕たちは先制攻撃をしなきゃならない。

テレビをつけると、学生たちが暴動を起こしていた。彼らはルディがパキスタンのスパイだとわかったことに興奮していた。「あいつはこの国が重きを置く教育ってものがまちがっていると証明した」と、虹色の髪をした、歯切れのいい寄宿学校訛りの青年が言った。人民党員とサフラン色のローブを着たその支持者たちは暴動への反対抗議に出ていた。学生たちはパキスタンの国旗を振り、乱闘し、怒鳴り合い、プラスティック椅子投げ合戦をしていた——なにしろ何度も言っているように、ディワーリが目前に控えていたから。

その日の午後、バトナガルが戻ってきて、人民党本部のレイアウトを僕に説明した。彼女はラメッシュ・クマールよりすぐれた計画を思いつけなかった。バラモンゆえの想像力の限界、あるいは、ネルー・ガンディー・ファミリーによる長い統治のせいだろう。彼らは社会のために動こうとするこういう人間から独創性を奪った。

「ルティエンス・デリーのオフィス街。警備員が大勢いて、捕まらずに侵入するのは不可能」彼女は言った。「迅速に行動する必要がある、ラメッシュ」

「ラメッシュじゃない。パキスタンのジェームズ・ボンドことウマール・チョードリ大尉です」

僕は冗談を言った。もう観念すらしていなかった。これが今の僕の人生だ。愚かで、危険な。もう少し危険が増えたところで、なんだっていうんだ？

「バトナガルさんの言うとおりだ。メディアが持っているのは君のボケボケの写真だけだ」とルディ。「君が潜入してオベロイを捕らえ、一緒に脱出する。うまくいかなかったらバトナガルさんに電話するんだ。そしたら、君を逮捕する芝居を打ってもらう」

ルディに悪態をつくべきところだったが、すっかり上品になっていた僕は礼儀正しく、毒のある咳払いをした。これまでのルディはアイディアを思いつくような人間じゃなかった。こういう状況をコントロールし、自分の知性が道徳的にいかにすぐれているか、悦に浸るような人間じゃなかった。そういうのは僕の仕事だった。近ごろのガキはなんて成長が速いんだ！

バトナガルは僕がどのように行動すべきかを具体的に説明した。それは少なくとも独創的で、非常にお粗末な計画だった。「で、それからスタジオに突入して、世界じゅうに真実を公開し、ラメッシュ、あなたは刑務所送りにならずにすむ」

「僕だけ？」

「それは……」

「なんで僕だけ刑務所送りになるんです？」

「クマールさん、あなたは報酬を受け取って試験の結果を改竄（かいざん）していた。つまり、法律を破っていた」

「こいつも同罪ですよ！」僕はルディを指さして言った。

「わたしが言いたいのは、あなたが一番危険にさらされているということ。連中も共通試験トップの人間を刑務所に入れるような真似はしないでしょう。ルディはいつでも逃げ道を見つけられる。でも、あなたは起訴される。誘拐、恐喝。過去六年間にやってきた替え玉受験」

「お願い、みんな！」プリヤが言った。「計画の話に戻りましょう。ラメッシュ、あなたが刑務所に入らずにすむよう、わたしたちがなんとかする」

「僕は刑務所には入らないよ！」

「あなたとわたしは人民党の本部に行く」とバトナガル。「そしてオベロイを誘拐する。プリヤとルディはスタジオに行って。ふたりの顔は今じゃみんなに知られてる。ふたりはスタジオで制作チームを集め、ルディの番組の超特番を準備する。わたしたちがそこにオベロイを連れていき、テレビの生放送で正体を暴く」

「でも、ラメッシュが一番危ない橋を渡ることになる」とプリヤ。

バトナガルは黙ったままだった。

「そんなのフェアじゃない。こんなことになったのはラメッシュのせいじゃないのに」

こんなことになったのはどう考えても僕のせいだった。

僕は部屋のみんなの顔を見まわし、別の可能性を探そうとした。でも、そんなものはなかった。

プリヤはまちがっている。これは全部僕のせいだ。

「ちがうよ、プリヤ。このふたりの言うとおりだ。僕は最後まで見届けなくちゃならない。僕ならほかのみんなが行けない場所に行ける。僕のように目立たずに動けるやつはほかにいない。僕がやるしかない」

バトナガルは見るからにほっとしていた。

ルディと僕はうなずき合った。

話が終わると、僕とプリヤは外に出た。僕は彼女を抱き寄せた。それはこの信じられないような状況のなかでも、一番信じられないことだった。だってさ、信じられるかい、僕とこの女の子が。ジュビー・チャーウラーと結ばれるみたいなもんだ。ほんとうに奇跡だよ。

またも誘拐！　僕は誘拐のプロになりつつあった。ガイドを書こうとさえ思った。このビジネスは難しいし、大きな利益をあげるのはもっと難しい。必要なものは、信頼できてスピードの出る、目立たない移動手段。それから水、食料、防音材、医療品。利便性の高い場所に位置するいくつかの隠れ家。それぞれの隠れ家に通信設備も必要だ。そして、最も重要なのが計画だ。もちろん、僕が参加したすべての誘拐——これまでに二件、このあと何件になるかは誰にもわからない——には、今挙げたようなものはひとつもなく、ただ馬鹿野郎たちが死にものぐるいでやっていただけだった。でも、ビル・ゲイツが言うように、成功を知るにはまず失敗を知る必要がある。いや、これはアドルフ・ヒトラーの言葉だったかもしれない。インドの名言カレンダーは、実際は誰の言葉なのかとか、道徳とか、あんまり気にしないから。

シスター・クレアが今の僕を見ていてくれたら。彼女が費やしたであろう努力。弱った体を引きずり、息を切らし、自分が重病だとわかっていながら誰にも打ち明けず、今にも砕けそうな声で友人たちに仕事を、生活を、何も持たない小さな少年のためにあらゆることを懇願していたこと。

水溜まりや道路を渡ろうとするクレアを支えたときの、その体の重みを覚えている。ようやくリキシャーまでたどり着くと、彼女が僕の眼にかかっていた髪を払い、きっと何もかもうまくいくから、と言っていたことを。

こんな人間になった僕のことをどう思うだろう？　チャペルでの暗い夜、ダラム・ラールがクレアを侮辱した日、彼女は柔らかな声で許しを請い、蠟燭に火を灯し、床を掃いた。僕以外の誰も彼女に話しかけない日々が続いた。クレアがテーブルに着くと人々は席を移った。彼女とみんなのあいだにはつねに溝があり、彼女の柔らかなすり足は、少女たちの教室を気まずい沈黙で満たした。

全部僕のせいで。

僕は逃げだしたいと思っていた。何度も何度も。クレアを僕から救うために。でも、世界に立ち向かう勇気を振り絞ることはできなかった。あなたは特別な、大切な人間で、生まれた環境よりもずっといい存在だと言ってくれる人もいなかったから。それがそんなに悪いことだったのだろうか？

僕はまだ自分が臆病者のような気がしていた。

クレアはなんのために苦しみ、死んだんだろう？

こんなことのために？

クレアは僕のなかにもっとましな未来を見ていた。僕が権力のなすがままにならず、世界が投げつけてくるものを受け止めなくていい未来を。僕は彼女の想像をはるかに超えて成功していた。でも、この国はそれが気に食わなかった。僕のような少年が行き着くべき先はかぎられていた。

彼らはどうにかして僕に償わせようとするだろう。それはわかっていた。それでもやはり、僕はまえに向かった。

19

人民党本部に入る唯一の合理的な方法は、ジャーナリストになりすますことだった。そうするための唯一の方法は、すでに存在しているジャーナリストになりすますことだった。あのサフランどもは頭がおかしいかもしれないが、馬鹿ではない。インターネットで検索したり、ツイッターをチェックしたりして、僕のことを調べる陰険野郎が必ずいる。

どうやって完璧なジャーナリストを見つけるのかって？　インドの新聞社を総当たりして、真実と正義に身を捧げる勇敢な人物を見つけ出し、僕たちの大義に引き入れる？

いや。

僕たちは見た目が僕に似ているジャーナリストを探した。もちろんリベラルでも共産主義でもなく、運悪くラメッシュ・クマールに似ている、どこにでもいるようなゴシップ記者を。そういう人間は少なからずいた。長髪の僕、口ひげの僕、眼鏡の僕。僕たちが選んだのはウッサヴ・メータという映画コラムニストで、カンガナ・ラナウトの最新のブチギレ案件やカリーナ・カプールの妊娠後の体型について、くだらない記事を大量生産していた。

そして僕たちは、というか僕は、バトナガルに頼んでフェイスブック上で彼に連絡を取ってもらった。

ママになったセレブTOP5の記事を読みました。あなたは才能ある、すばらしいジャーナリストです。あるネタについてお話ししたいので、よかったら会えませんか？　ほかにもいろいろとお話ししたいことがあります。

メータは母山羊の乳首に嚙みつく仔山羊のように食いついた。二分後、ピロン！

わあ、返事が早いですね、それに、すっごくハンサム！　あっちのほうはそんなに早くないといいけど！　よかったら、会って話しませんか？　プリヤが僕の隣に座り、思いつくかぎりのくだらない返事を考え、若いメータを欲望で狂わせた。

僕たちがやりすぎていないか、バトナガルが確認しに来たが、メータの好みのカップサイズについてのやり取りを読むと、たまらず笑みをこぼした。もちろんコーヒーのカップサイズの話だ。君の自撮り写真も送ってほしい、と彼は書いていた。そこで僕たちは、ふたりきりで会ったときにあなたに撮ってほしいと返事をした。

三十分後、ゲートのまえに現われた僕たちの小さなロミオは、期待に胸を膨らませ、眼鏡をぴかぴかに磨いていた。髪にはライチのようにジェルを塗り、数年ぶりと思われるデオドラントをつけていた。

誘拐！

メータがなかに入ってくると、僕はすぐに彼を縛りあげ、二階の寝室に詰め込んだ。

一時間ほどマリネ漬けにしてから、こちらの望みを伝えに行った。

「報酬は？」僕の話が終わるとメータは訊いた。彼はパキスタンのことなど、くそとも思っていなかった。

すぐにビジネスに頭を切り替え、ペニスの空気を抜き、あきらめるべきときを知っている。僕とはちがう。

「十万ルピー。拷問されて無理やり協力させられたと言うだけでいいんだ」

「五十万」

「いいだろう」僕は言った。ひどいぼったくりだ。日給五十万。なんて世界だ。「あとで記事にすればいい。とんでもないニュースになるぞ」

彼はうなずいた。「それに、映画化の権利を売ることもできる。だってあんたは天下のウマール・チョードリだからな」

「君は金持ちになれるよ、兄弟（バーイ）」

僕は彼の眼鏡とメディアカードと携帯を取り、人民党に電話をかけ、土曜日にインタビューの約束を取りつけた。十一時になんとか予定をねじ込めた。オベロイは忙しくしているらしい。

僕は善良な誘拐犯だった。部屋には天井ファン、水のペットボトル、テレビはカートゥーンチャンネル。

メータは抗（あらが）わなかった。

僕は見張った。彼に話をさせた。

メータは人に話を聞いてもらえる機会がめったになく、延々と話しつづけた。こいつに何かを相談しようという人間はいなかった。こいつの助言を必要とする人間はいなかった。ネタを求めてツイッターのフィードを延々と漁ること、それがメータの全人生だった。彼はべらべらとしゃべり、自らの存在のあらゆる詳細を説明し、これまでいかに無視され、利用されてきたかを話した。なぜなら、次に誰かが話しかけてくれるのがいつになるかわからないから。メータには接点が必要であり、それを終わらせたくないと思っていた。彼は自分自身をコントロールできず、マーベル映画、レスリング、触手アニメについて、声をうわずらせながら、子供のように熱っぽく語った。

僕は誰にでも同情してしまう。そこが悪いところだ。

このメータという男は週七日、休みなしで、隙あらばこいつを干そうとする人たちのために働いていた。僕はそんな男にキャリアを与えようとしていた。今後一年間、彼は毎晩のケーブルニュースにひっぱりだこになり、スピーチ、講演、シンポジウムにも登壇するだろう。そうなれば、女性と出会うチャンスもあるかもしれない。

僕は部屋を出た。

その日一日、何も考えられず、何も喉を通らず、何も話せなかった。でも、それは僕らみんな同じだった。もう冗談はなし、笑いもなし。自分たちがやるべきことのあまりの重大さに、舌が止まってしまったのだ。その夜、僕は眼を閉じ、プリヤが眠りに就くのを待ち、彼女の姿のいっさいを心に吸い込んだ。

次の日、みんなと別れの挨拶をした。ルディと僕は握手をした。

「数時間後に会おう、ラメッシュ」ルディは言った。

「君はいいやつだよ」僕は言った。「根っこのところでは、心の奥底では、中身をよく知れば、皮を一枚一枚剝いて……」

「わかった、もういいよ、ラメッシュ」

プリヤを抱きしめた。言いたいことがありすぎて何も言えなかった。

地元の市場でおんぼろタクシーを拾った。バトナガルは自分の車でついてくることになっていた。目的地を告げると、ダッシュボードを山盛りの神々で飾った運転手が振り返り、言った。

「ケツ掘られ願望でもあるんですか、サー?」

「かなりね」僕が言うと、運転手は車を出した。

一時間の旅だった。そのあいだずっと、引き離されないように食らいついているバトナガルの車がバックミラーに映っていた。


その建物の外には、巡礼者、嘆願者、経営者、免許を求める人たちが巨大な蛇のように並び、力のまさに源である人民党本部（サフラン・セントラル）に向かってまっすぐに延びていた。ロビーは古い英国競技場風で、頭上でファンがゆったりとまわり、十パーセントの取り分をもらおうとするお節介な男たちの軍団がたむろしていた。僕が受付で待っていると、請願者たちの群れがぞろぞろと行進していった。そして、ようやくメディア担当者が現われた。

「デシアッダ・ドットコムの方ですか? 聞いたことない社名ですね」と彼は言った。まだほんのティーンエイジャーだ。

「ゴシップですよ。クリックされればネタはなんでもいいんです」僕は言った。「ボリウッド。パキスタン。サリーからぽろりとか」

「あなたがリベラルなエリートジャーナリストじゃないなら、それでかまいませんよ」彼はそう言いながら、携帯から眼をあげることなく、あらゆる障害物の場所を把握して動いた。コウモリのような感覚器官を持っているのだろう。それも、特別な訓練を受けた右翼高級カーストのコウモリのような。「どこで修士号を取ったんです？　アメリカですか？　私は西ミネソタ、名門中の名門です。一緒に来てください、オベロイさんの取材にひっきりなしに人が来るので。大ニュースですからね、私が担当しています。私の名前も記事に入れといてくださいよ。おじが林業大臣をやってるんで」それだけ言えばわかるだろ、このくそったれ野郎（ボースディケ）、とでも言いたいのか？

漂白剤のにおいがする廊下を案内され、まったく何もしていない人たちのまえを通り過ぎた。ファンの風を受ける顔また顔、汗まみれのハンカチ、トーク番組を垂れ流すテレビ。

「リンクトインでつながり申請しときましょうか？」彼は携帯をタップして秘書たちのあいだをすり抜けながら言った。携帯から一度も眼をあげることなく。

僕たちはオフィスに着いた、少なくとも着いたと僕は思った。担当者は何も言わず、ただドアのまえでぶつぶつとうなった。

もう一度だ、と僕は思った。また馬鹿な計画、その中心に僕がいる。このドアの向こうで待ち受けるものに備えて気を引き締めた。自分の役目を果たさなきゃならない。プリヤとルディの未来は僕に懸かっている。

なかに入った。

そこにいた。あいつが。シャシャンク・オベロイその人が。太って日に焼け、食事が体内にたっぷり蓄えられている。ウエストラインがその証拠だ。髪の色はまた黒に戻り、どう見てもつらい時期から立ち直っているらしく、二十代くらいの女の子がまわりをうろうろと動いていた。

「なんてことだ」僕に気がつくとオベロイは言った。

女の子は悲鳴をあげ、顔のまわりで髪を振り乱し、コガネムシの外殻のように輝いた。

「しまった」若い担当者はやっと眼が覚めたように言った。「ウマール・チョードリ大尉だ！」

「そうさ、パキスタンのジェームズ・ボンドだ！」僕は叫んだ。「この豚犬ども、牛肉食わずども、これが純潔の国の復讐だ！」僕はどこかしらドラマティックな心境でウィッグをつかみ、床に投げ捨てた。それから思い直して拾った。優秀な誘拐犯は商売道具を残していったりしないものだ。

オベロイは僕を軽蔑の眼で見た。

「おい、君」僕は担当者に叫んだ、今では僕の言いなりだ。なんて愉快なんだ！「部屋に入れ！ 英雄気取りはやめておけ。こっちに来い」僕は彼を引きずり込み、部屋の隅に、女の子の隣に押しやった。「叫ぶのはやめろ！ ここでおとなしくしていれば、すぐに終わる」

僕は肩からバックパックを外し、銃を取り出した。

もちろん、それは銃ではなく、銃の形のライターだった。僕たち草食系の若者のあいだでとても人気がある。まちがいなく。ありがとう、アマゾン翌日配送！

「動くな、さもないと撃つ。ウマール・チョードリは絶対に狙いを外さない」銃をポケットに入れ、長いロープとぼろ切れを取り出して、若い担当者に投げつけた。「彼女を縛れ。それが終わったら自分で自分を縛るんだ」

シャシャンク・オベロイは手をこまねいて待ってはいなかった。彼は賭けに出た。立ちあがり、僕を押しのけて膝をつかせると、廊下に駆け出たのだ。

「テロリストだ！ 爆弾を持ってる。警察を呼べ、自爆ベストを着てる、爆発する――」残念ながら、オベロイは最後まで言い終えることはできなかった。僕のタックルで壁に激突したからだ。
廊下では、秘書たちが蜘蛛の子を散らすように逃げ、用務員たちはモップを捨てて逃げだしていた。割礼手術を受けているイスラムの侵入者に罰をお与えくださいと、殺戮の女神カーリーに懇願でもしながら。オベロイは僕が銃弾の嵐を受けて死ぬことを期待していた。しかし、みんなはただ逃げているだけだった。

「わかったか」僕は言い、息をつきながらオベロイの両手にロープを巻きつけた。今回は逃がすつもりはなかった。「おまえの壮大な計画はうまくいきっこない。それにいちおう言っとくと、今回の計画はとくに文化的に無神経だったぞ。パキスタンは多様な喜びと文化の国だ。ほら、立つんだ」

僕たちはそろそろと廊下を歩いた。僕の手はオベロイの首根っこをつかんでいた。

「自業自得だ。おまえが金を望まなければ、ルディと僕を殺して厄介払いしようとしなければ、こんなことにはならなかった。全部おまえのせいだ。泣くのはやめろ」

受付の床に書類が散らばり、人っ子ひとりいなくなっていた。僕は行く先々にこういう影響を与えてしまうようだった。瀟洒（しょうしゃ）なハウツ・カスに引っ越してきた不可触民（ダリット）の一家か、白人アメリカ人の郊外に越してきたメキシコ人一家のように。

ドアのすぐ外に武装警備員が数人いて、無線に向かって叫んでいた。

「こいつを撃て！」オベロイは叫び、口から飛び出た唾が僕の手にかかった。「自爆テロリストだ。撃たないとみんな吹っ飛ぶぞ！」

残念ながら、この言葉には説得力がありすぎた。警備員は誰も行動を起こそうとしなかった。

養わなくてはならない子供たち、今後受け取らなくてはならない賄賂、低すぎる給料。無駄だ。彼らはふだん、この建物に入ることさえ許されていないのだ——だって、なかの人間が国家の金を着服してるところを詮索されるわけにはいかないだろ？　分け前を要求されるに決まってる！警備員たちはもう何も考えずに、銃をかなぐり捨てて逃げだした。

「おまえは救いようのない馬鹿だな、オベロイ」

僕たちは混沌のなかに足を踏み入れた。芝生を越え、スプリンクラーを越え、誰もが闘鶏の鶏のように走りまわり、なかにはなぜ自分がパニックになっているのか、どこに向かって走っているのか、ほとんどわかっていない人もいた。

僕たちは騒ぐことなく通り抜けた。まあ、オベロイは逃げようとしたけれど、僕が蹴りを入れたらおとなしくなった。

外門のところにいた警官たちは、何が起きているのかわかっていなかった。彼らは屋台で買ったパプリチャートをのせた紙皿を持ち、腰のところで銃を無意味に揺らし、どっしりした体つきで平静を装いながら、ぎこちなく歩き、男たち、女たちに向かって太い腕を叩きつけ、「おい(アレイ)！」「ちょっと！」「待て(ルコ)！」「サー！」「マァム！」と、けたたましい声で叫んでいた。

門の外ではジャーナリスト、労働者、政治家、交通事故大好き人間、ツイッター〝いいね〟欠乏者、スリ師志願者たちが狂ったように走りまわっていた。

オベロイはあたりを見まわし、誰かに、誰でもいいから誰かに向かって、自分は拉致されようとしていると叫んだ。助けてくれ！　私を！　私が誰か知らないのか？　有名人だぞ！　テレビに出てる！　インスタグラムには二十七万四千人のフォロワーがいる。この三日間、ずっとニュースになってる！　丸三日もだぞ。誰かこの男を撃て！　誰か！

みんな自分の命を守るのに忙しかった。

実に哀れだった。もちろん、誰もオベロイのことなんか知らなかった。彼らが気にしていたのはルディとパキスタンのこと、それから自分たちがだまされ、虚仮にされたことだった。ニュースになっていたのは、どこかのぼんくらテレビプロデューサーではなかった。そうなることは決してないだろう。この男は大物でもなければ、人気者でもない。決してそうなれない人間もいる。僕のように。でも僕はそれをわきまえ、心穏やかでいられた。この男はそうではなかった。

それがシャシャンク・オベロイの真の悲劇だった。

それと、くそ野郎であることが。

僕はオベロイを前方に押した。僕たちは跳んだりしゃがんだりして用務員と労働者のあいだをすり抜け、群衆の大きな塊が道路にあふれ出ている場所まで到達した。

彼らは僕らのまわりで渦を巻き、僕らのほうに押され、僕は息を切らし、金玉を、胸を、すべてをぎゅうぎゅうに圧迫された。片方の腕はオベロイに食らいついていた。もう片方は脇腹に押しつけられていて用をなさなかった。カルカードゥマを思い出した。あの地区の汗を、仲間に押し潰される感覚を。家族に感情的に押し潰されるというような話ではなく、デブでろくでなしで汗っかきで口臭がひどい勃起不全の公務員に、実際に圧死させられるような感覚だ。

ようやく前方にバトナガルの車が駐まっているのを見つけ、オベロイをそっちに向かってぐいぐいと押した。

バトナガルは親のように〝おまえはやればできる子だとわかっていた〟の眼で僕を見ると、オベロイを車の後部に押し込むのを手伝った。

膝がみしみしと砕ける音、子供たちの泣き声、リキシャーが倒れる音、屋台がひっくり返る音がした。人々は走り、サイレンが鳴り、バトナガルが必死になって群衆をどかそうとしていた。

「大丈夫？」前部席から彼女は叫んだ。

「絶好調さ、アンジャリ！　いいから車を出して！」オベロイは僕を蹴り、絶叫していた。僕は何発かお返しし、汚れたタオルをその口に突っ込んで騒音を止めた。

車はすぐにスタジオに向かって出発し、バトナガルのサイレンが前方の渋滞を解消した。彼女はめちゃくちゃに車を走らせ、草刈り機のように交差点を刈り抜け、リキシャーワラをかすめ、やがて自分のしていることに気づいてスピードを落とした。バトナガルは歯を食いしばって集中し、眼は遠くを見つめ、呼吸は大きく激しく、親指はハンドルの上で狂気のリズムを刻んでいた。

僕は頭を低くしたまま、ルディとプリヤの無事を祈った。

これまでのところ生き延びている。あとどれくらいかは神々次第だ。

20

僕たちはスタジオにたどり着いた。どうやってかはわからないけど、とにかく着いた。ゲートのところに、数日前に任務に大失敗したばかりの、まったく同じ顔ぶれの警備員たちがいた。パキスタンのスパイを捕まえられなかった彼らはまだかなり険しい表情のまま、バトナガルに質問の爆撃を浴びせた。

「わたしは中央捜査局の上級捜査官です。今回の事件の真相究明のために来ました」

「マァム、徹底的な検査をさせていただく必要があります」ターバンを巻いた警備員が悲しげな表情で言った。「ちょっとしたトラブルがありまして……」

「それがわたしとどう関係するの？」バトナガルは最高のアメリカ英語で言った。彼女はサングラスをかけたまま、見事なまでに沈黙を貫いた。警備員たちはパニックになり、虚勢はもろくも崩れ、僕たちは通された。

指の傷痕が痛みと興奮でうずいた。

「まったく、警備員ってやつは」バトナガルが運転席から言った。「この国では誰もが同じ、人の問題に鼻を突っ込もうとする。上司も。家族も。誰も彼もが」

「それが真理というものじゃないですか、マァム？」

僕たちはまた裏手にまわり、ルディとプリヤが乗ってきたバトナガルのレクサスの隣に駐車した。バトナガルが先に行き、廊下に誰もいないことを確認した。僕がオベロイを押すと、彼はよろめきながらまえに進んだ。

「帰ってきたな」僕はオベロイに言った。

まったく人がいないなんて、最高にツイてるじゃないか。

僕たちは放送室まで歩いた。プリヤがコンピューターに向かい、僕たちが殺されずにこの計画を遂行させる方法を詰めていた。

プリヤは僕たちのなかでいつも一番賢く、いつも率先して動いてくれた。

僕はオベロイの口に突っ込んであったぼろきれを抜いた。

「これはこれは」彼は吐き捨てるように言った。「裏切り者どもが勢ぞろいか。おまえたち、覚えてろよ。おまえら全員、とくにおまえは」オベロイはプリヤの背中に向かって叫んだ。「おまえにはチャンスをやったのに。私がいなければ、おまえはごみだ」

僕はオベロイのシャツの背中をつかんだ。

「彼女とヤったのか、ええ?」オベロイが言うと、完璧にかぶせ物をされた歯が見えた。あまりにたくさんの歯がそうなっていた。「私はプリヤとヤったぞ、最初の週に。しつこい女だからな、おまえも気をつけろ」

「この野郎」僕は言い、思わず怪我をしているほうの手でオベロイを殴り、その痛みに悪態をついた。そのまま殴りつづけた。誰も止めなかった、プリヤさえも。昔なら、僕と出会うという不幸を経験するまえの彼女なら、暴力に反対していたかもしれないけど。

僕はオベロイを黙らせた。満足した。自分が誇らしかった。

すべてが終わると、オベロイはめそめそと泣いた。号泣した。絨毯を這いずり、机の下に隠れようとした。命乞いをした。ほんとうに殺されると思ったのか？　僕を誰だと思っているんだ？　自分と勘ちがいしてやしないか？

そして、オベロイは物語を紡いだ。ろくでもない物語を。

古いインドの物語、自分があんなことをしたのはすべて子供たちのためだという物語を。

「この国は腐敗している。子供たちに未来はない。子供たちをここから逃がすための金を稼がなきゃならない。私の給料なんて雀の涙も同然だ。ルディ、おまえには何億という金があるが、私には何もない」そう言いながら、オベロイは一定の間隔で血を吐いた。今日のスターとして出演してもらうには、メーキャップ・アーティストたちはいつも以上にがんばらなければならないだろう。「級友たちは今じゃみんな億万長者だ。なのに私は？　パイサ硬貨二枚をこすり合わせることすらできない」

「おまえのインスタにはそうじゃないと書いてある」ルディが言った。

「全部見栄だよ、見栄！　借家、車、嘘！　スポンサーは私をクビにしたがった。彼らは毎日こう言う。経費を削れ、シャシャンク、賞金を削れ、シャシャンク。私は奮闘した。戦った。貧乏人に金を配った、それが仕事だった。テレビのプロデューサーではなく、社会起業家だった」話は続いた。僕は耳を貸すのをやめた。

オベロイは話せば話すほど化けの皮が剝がれていくタイプの男だった。富、趣味、力強さ、髪、歯。しかし、中身が何もないことがだんだんわかってくると、ある日、こんな男のことを少しでも価値ある人間だと思っていた自分に驚き、自分の愚かさを痛感させられる。

オベロイは午前いっぱいを机の下で過ごした。あごは血で赤く、顔は無表情で、もはや誰にとっても危険な存在ではなかった。僕たちはみんなでスタジオのフロアに向かった。すすり泣くばかりのオベロイの存在に耐えられなくなったからだ。

僕はルディに近づいた。彼は自分の台詞を準備していた。プリントアウトして覚え、ジェスチャーを、ポーズを、するべき表情を練習していた。

「いよいよ一世一代の放送だな」僕は言った。

ルディは咳払いをした。「まさにな、友よ。俺が書いた台本をチェックして、まちがいがあれば教えてくれ」そう言って、彼は台本を差し出した。

「必要ないよ。君はいい仕事をしたはずだ、ルディ」

僕はルディの肩に軽く触れて、その場をあとにした。


プリヤは午後を費やし、オベロイのオフィスで彼のコンピューターを操作していた。証拠になるものは手当たり次第にスクショし、プリントアウトした。デスクから大量のプリペイド携帯が見つかった。どれもロックはかかっていなかった。

「オベロイは隠そうってつもりすらなかったみたい。あいつはあなたたちをファックして、誰にも気づかれないと思っていたんでしょうね」

「まあ、もし僕の機転と魅力がなかったら……」僕は言い、彼女にキスした。

オベロイを机の下の自宅からひっぱり出した。かわいそうなことをした。似合いの家だったのに。僕たちはオベロイに仕事をさせた。オベロイはコントロール室で電話にかじりつき、即席の放送に必要なスタッフ全員に電話をかけた。重要な知らせがあるとか、新番組の制作を始めるとか、そういう名目で。みんな何か裏があるとわかったはずだ——オベロイの声はとても心地よく、金めっきされ、蜂蜜をかけられた〝頼むよ〟と〝ありがとう〟のオンパレードだったから。

ほんの数時間来てもらうだけだ。君たちの契約は更新され、何もかもうまくいく。何日か姿を見ませんでしたが、何があったんです？　パキスタンのスパイ騒ぎってのはどういうことです？　なんでもない！　五時に来てくれれば、そのときにすべて説明する。

放送は七時に予定されていた。

僕たちは放送を乗っ取るだけだった。

四人の技術者、ひとつの部屋、ひとつのドア。バトナガルが正規の放送を妨害する。運がよければ十分ほどの時間を稼げる。そのあとは、デリー中心部にあるチャンネル制作本部の誰かが僕たちの海賊放送を強制終了させるすべを見つけるだろう。

お粗末な番組になる。でも、音楽も照明も観客も必要ない。ただメッセージを伝える。あとはインドが暴動をやめ、彼らがチョーレ・バトゥーレーやサフランの馬糞を口に詰め込むのをやめ、僕たちを信じてくれることを願うだけだ。

「番組のスタッフを、あなたたちの元同僚を、多少なりとも危険にさらすことになる」放送開始前に、ジーンズ姿の将軍バトナガルが言った。「だから彼らの安全を第一に考え、不測の事態になったら逃がす。スタッフが最優先よ」

僕たちはうなずいた。みんないつになく、というか初めてかもしれないが、真剣だった。

スタッフは五時になるとぽつぽつとやってきた。不運な客たち、退屈そうな顔のパレード。バトナガルと僕が彼らをひとりずつルディの楽屋に連れていき、これから起こることを説明すると、それらは驚きの顔に変化した。ルディは食べ物と飲み物を配りながら状況の説明に努め、同時にスタッフの携帯電話を没収した。

〝ニックと呼んでくれ〟と〝シドと呼んでくれ〟は度肝を抜かれた羊のような顔をして、口からよだれを垂らした。

「ほんとに?」彼らは息をついた。「ほんとか? ユー、ほんとなのか?」

「ほんとさ、ユー」ルディが言った。

スタッフは十人。カメラマン、映像係、子供たちのことで泣きつづける、悩み多きメーキャップ担当の女性。「子供は母親と暮らす権利がある。あなたたちは悪い人、とても悪い人たち」彼女は嘆いた。「こんな人たちにわたしの手づくりムルックをあげてたなんて、信じられない」

ルディは彼らのあいだを歩き、激励しようとしていたが、疲労し、神経質になり、動揺しているようだった。

「みんなほんとに俺を嫌ってる」一時間後、僕が自販機のスナック菓子を持ってコントロール室に行くと、ルディは静かに言った。僕はスタジオのこのセクションとほかのセクションを隔てるドアを守っていた。サテライトルームにいるバトナガルを除けば、スタジオ内はほとんど無人だった。「俺がボスだったから、みんな感じよく接するふりをしてただけなんだ」

「おいおい、ボス。〝ふりをしてた〟なんて、そんな言い方があるか」

「くそ。もし俺たちが今後数日のうちに無残な死を遂げなかったら、もっと感じよく人に接しなきゃな」そう言うと、通りかかった〝シドと呼んでくれ〟に向かって、力強く親指を立てた。

すべて順調だった。放送開始まであと三十分。プリヤはせっせと書類をスキャナーでコンピュータに取り込んでいた。〝ニックと呼んでくれ〟はフォトショップで画像をつくりながら、神に見捨てられた祖国に帰ってきたりしないで、ノースカロライナのロースクールに願書を出しておけばよかったと嘆いていた。

ニュースチャンネルではデリー・インターナショナル・スタジオのことは何も話題になっていなかった。この計画はうまくいくかもしれない。

六時五十五分、僕たちは配置についた。モニターのなかの男性アナウンサーが、このあとは《こどものダマカ・ダンス》の再放送ですと言い、それから画面が真っ暗になり、技術的な問題が発生しております、申し訳ありませんと謝罪した。

バトナガルが再放送の妨害に成功したのだ。僕の携帯が鳴った。「準備完了」バトナガルの声がした。僕は眼のまえにいる険しい顔の技術者に合図を出し、技術者はスイッチを入れた。モニターが白くなり、そこに突然ルディが現われた。グリーンバックのまえに立っていた。

「インドのみなさん」真剣な口調だった。「僕はある陰謀の被害者です。首謀者は僕たちの元プロデューサー、シャシャンク・オベロイ。そいつは金目当てに僕たちを誘拐させました。替え玉受験やパキスタンのスパイという嘘は、そうです、嘘なのです！　今から真実をお話しします」

グリーンバックのスクリーンに画像、オーバーレイ、グラフが映された。お仕置き棒を喉元に突きつけられ、二時間で仕上げた仕事としては、実にプロフェッショナルだった。

ルディはすばらしかった。主婦をときめかせる持ち前の魅力と誠意にあふれていた。顔は少しやつれ、輪郭の柔らかさはなくなっていたが、それもひと役買っていた。くそのなかから母親に助けを求める完璧なガキに見えた。女たちはおそらくリビングで泣きながら友達に電話をかけ、旦那が観てるクリケットの試合なんていいから、とにかくチャンネル114を観ろと話しているところだろう。あの子が出てるの、ルディが。聞いたこともないような、とんでもない話をしてる、あのかわいいちゃんが。あなた、あの子なんか死んでしまえばいいと言ってなかった、マネカ？

本物の正直は人を退屈させる。けど、真実と偽りのあいだの細い一線上にある正直は？ 世界はその上に築かれている。

ルディは僕たちの事情を見事に説明した。ところどころ詰まり、手が震えていたが、言うべきことは漏らさず言った。上出来だった。

あと少しだ。ルディは最後の駄目押しに、感情をほとばしらせようとしていた。僕はモニターに向かって、「あとちょっとだぞ、ボス、完璧だ」と叫んでいた。

あいにく、番組は開始から六分後に終了した。

「インドの紳士淑女のみなさん、僕、ルドラクシュ・サクセナ、インドの頭脳はここに懇願します。どうか信じてください。僕はいつも真実を語ってきました。かぎられた才能で、できるかぎりのことを——」

そのとき、チャンネルのフィードが暗くなった。

僕たちの放送が妨害されていた。

「なんとかして！」バトナガルが技術者に向かって叫んでいるのがイヤフォン越しに聞こえた。

プリヤは眼にも留まらぬ速さで動き、コンピューター画面をスクロールし、技術マニュアルをすばやくめくり、サーバーとコードを手当たり次第に調べ、放送を復旧させる方法を探していた。「あと一分でよかったんだ」ルディがカメラのまえでため息をついた。「それだけあれば、うまくいっていた。うまくいっていたんだ」

僕たちにできることは何もなかった。

終わった。

ルディは床に座り込んだ。彼は空っぽだった。プリヤはコンピューターの電源を落とし、僕の手のなかに自分の手を置いた。

「これからどうなるのか、わたしにはわからない」

拡声器から声がした。

僕はスタジオの受付に駆けた。銃。暴動鎮圧装備。警棒。気だるそうに煙る煙草。スタジオのドアから十五メートルほどの地点に並べられた砂袋の向こうに、デリーの警官たちが立っていた。

これはやばい。

包囲されている。頭上でヘリコプターがぶんぶんと音をたて、ブレードで夕方のスモッグをかき混ぜているのが見えた。

放送が終わりもしないうちに、どうしてこんなに集まってきた?

僕はスタジオに駆け戻った。ルディはまるで金玉袋のようにばたばたしていた。僕はスタッフを見渡した。

そして見つけた。ひとりのカメラマンが僕の視線を避け、不審な動きを見せたのを。僕は不審な動きについては第六感を持っている。男のポケットが怪しい形状に盛りあがっていた。何が起こったのかは明らかだった。男に歩み寄り、手を差し出した。そのちんぽこ野郎は観念し、僕に携帯を渡した。

「すまん、ブラザー」彼は言った。

僕は可能なかぎりすばやくそれを受け取ると、自分のジーンズのなかに隠そうとした。

「ああ、まじかよ」背後にいたルディが言った。

遅すぎた。

「そいつの携帯を没収し忘れた。ああ、なんてことだ、全部俺のせいだ」

ルディは眼をぎょろぎょろとさせてまわりを見ると、両手を顔に当て、涙を隠した。

「こんなふうに人質を取るのは初めてだったんだ。忙しかったし、疲れてたし、自分が何をしてるのか全然わからない」ルディはわめきだした。「わからないんだ」そして泣きだした。ルディはまだ子供なんだ、僕は改めてそう理解した。彼のところに行き、ハグした。地下鉄のダイヤのようにかっちりと。

「いいんだ、ボス、いいんだよ、ボス」僕は言い、君をいかに誇らしく思っているか、君がいかに十八歳の若者が経験すべきでないことを経験しているか、放送でいかにうまくやったかを話した。

外では警察が拡声器を通して侮辱の言葉とクリケットの試合結果を叫んでいた。

「観念しろ、おまえらのイカれた計画は終わりだ」声が怒鳴った。「おまえたちに勝ち目はない」

僕に何ができる？　何ができる？　まわりに視線を走らせ、何かを探した。その視線の先にオベロイがいた。

「こうなったら」僕は言い、誰にも止められないうちに彼をドアまで引きずった。彼は実に協力的だった。

プリヤも僕に続いて出てきた。「わたしも一緒に行く」

受付のドアのすぐ向こう、砂袋の砦の向こうに、数十人の警官が立っていた。

僕はドアに忍び寄り、オベロイをうしろから押し、ドアをあけた。「このまま行かせろ。入ってくるな。こっちには人質がいる！　銃だってある」僕はポケットからピストル型のライターを取り出し、振りまわした。プリヤは僕の数十センチうしろで膝をつき、憔悴のあまり何もできずにいた。自分がエネルギーと興奮に満ちていることに気づいた。それか、無鉄砲な刑事という、型にはまった役を演じていたのかもしれない。何かの映画で見た、定年退職まであと三日の刑事を。

「それ以上近寄ったらシャシャンク・オベロイを殺す」

「誰のことだ？」実体のない声が言った。

オベロイはなんともいえない表情をしていた。写真を撮りたいくらいだったが、その記憶だけで充分だ。彼の唇は例によって上を向き、泣きだす直前のようだった。最高だ。

「こいつを撃つぞ！　そこを通せ、今すぐ！　シャシャンク・オベロイの命はおまえたち次第だ！」

「サー、そいつが何者なのか、俺たちは知らないんだ。おまえたちは国民の敵だ！　降参しろ！

両手をあげて出てこい！」

　僕たちはそうしなかった。

「こっちには銃がある！」僕はもう一度、彼らにちゃんと理解させようとして言った。誰も入ってこようとしなかった。パキスタン人がどんな先進兵器を隠し持っているかなど、誰にわかるだろうか。

　フランス人ならこれを袋小路と呼ぶだろう。

　僕たちはスタッフを逃がした。これでマスコミは僕たちの息の根を止めにかかるだろう。ルディは受付に立ち、去っていく彼らを賞賛した。「よくやってくれました」とルディが誰かに言った。「最高の放送でした」と別の人に。「あなたを誘拐できてよかった。奥さんによろしく伝えてください」〝シドと呼んでくれ〟は立ち去り際、ルディに向かって「くたばれ」と言い、〝ニックと呼んでくれ〟も同じことをした。相変わらず愉快な連中だ。

　最後に残ったのは僕たちだけだった。プリヤ、ルディ、バトナガル、僕、オベロイ。オベロイはまるで道端で破裂して臓物をまき散らしている動物のようだった。犬か、猫か、仔牛か、生きていたときになんの動物だったかすらわからないような――言えるのは、その肢はねじ曲がり、眼はガラスのようで、その腹部には、ウジ虫を孕んで信じられないほどふくれた大量のハエたちがうごめいているということだけだった。

　僕たちは受付に座り、その場しのぎの防御として置いた植物とビニール織のカーペットに囲まれていた。そんな時間が朝まで続いた。

警察は明らかに突入を渋っていた。僕たちは現場の警官たちがテレビでインタビューに答えているのを見た。バトナガルはそのたびにあきれて眼をまわすと、「汚職」とか「怠慢」とか吐き捨てたが、だいたいは「デブ」だった。

警察は彼らの人生最大の事件の渦中にいた。全国の暴動の押さえ込みに失敗した今、これは法と秩序という良識を示す絶好のチャンスだった。もしかしたら、のちのち『地獄での日々　スタジオ籠城事件における私の役割』という本を書いたり、テレビのインタビューに答えたりして、新しいキッチンを買い、有力者の住むサケット地区に引っ越す警官が出てくるかもしれない。

学生デモ隊は午後にやってきた。その時間にようやく起床したのだ。警察はそれを放置し、極度の尊大さと腹太鼓で威厳を示しつつ事情聴取をするだけで、ほかには何もしなかった。

デモ隊は僕たちを応援して、一秒でも長く籠城していろ、君たちはヒーローだ、飢えやシャワーといった基本的欲求には決して屈するな、銃弾で蜂の巣にされてはいけないと言ってくれた。

警察は実に親切に、学生たちがバリケードと僕たちのあいだに陣取ることを許可した。狂人を一箇所にまとめておけば、テレビの視聴者にこの場面の意味がわかりやすくなる。

ひどい状況だった。僕たちは自動販売機の商品を略奪した。といっても、一個一個ちゃんと金を入れて。アンジャリ・バトナガルが見ているまえで略奪行為はできません、サー。そして、食堂の厨房からひよこ豆の缶詰を取ってきた。これについては、ひと缶百ガンジーくらいだろうと見当をつけた。

バトナガルは奥の廊下で携帯を使い、長く、真剣な議論をしていた。そのあいだ、プリヤと僕はソファのうしろにしゃがみ込み、はっきり口にしておかなければならないことを口にし、ときどきカメラに向かって手を振り、読唇術の専門家がニュースで〝犯人グループはパキスタン行きのヘリを強奪する計画について話し合っている〟とコメントするのを聞いて笑った。

「わたし、もう二度と就職できない」プリヤが言った。

「だろうね」

「ええと、大物さん、きっとオファーが殺到するよって慰めるのがあなたの仕事じゃないの？　あなたって、結婚したらどんな夫になるのかしら」

「きっとオファーが殺到するよ、ダーリン」

「ありがとう、ダーリン」プリヤは言った。僕たちは手をつなぎ、決して存在しないであろう未来に思いを馳せた。


テレビで見るかぎりでは、さらに多くの学生がなだれ込んでくるにつれ、警官たちは眼に見えて喜んでいた。いよいよ突入の時が来たら、そのほうが画面映えするとわかっているからだ――マリファナに侵され、南京虫に食われ、ぎとぎとの髪をしたヤングアダルトの群れに対峙する細い褐色の線（シン・ブラウン・ライン）、数十人の勇敢な警官たち。カメラマンたちは骨が砕かれる様子や怒号をスローモーション撮影する準備をしていた。

オベロイは完全に壊れていた。そんな彼を見たことはなかった。僕たちは彼に八つ当たりするのをやめた。それくらいひどいありさまだった。

二日後、食料が尽きた。

ルディは空腹で頭が変になったのだろう。その夜、自らの手で決着をつけると言いだした。

「これは全部俺のせいだ」そう宣言すると、ドアを突き破ろうとした。「自分がやったことの落としまえをつけるんだ」彼は叫んだ。僕はルディをドアから引きはがさなければならなかった。

さらに二日後、渇きのせいで唇は割れ、あまりの手持無沙汰に脳は破壊されていたが、僕たちはなんとか外に出ることができた。

バトナガルのおかげで。彼女はなんらかの取引を成立させていた。夜遅くまで言い争う声が聞こえ、五日目には話がついていた。彼女は僕たちのまえに立ち、中央捜査局の上層部にとって厄介な状況になってきていると説明し、自分の指示に従うようにと言った。

僕たちは外に出た。バトナガルを信じて。ただ歩いて外に出た。新鮮な空気を吸った。デモ隊は表に出てきた僕たちを不思議そうに見つめた。僕たちは彼らの脇を通り、まっすぐ進んだ。学生たちはどうしたらいいかわからないようだった。

砂袋の列まで進んだが、まだ撃たれていなかった。勝利といっていいだろう。

警察の警部補が首を横に振り、部下に命じた。「テレビ局の連中に五分だけ向こうに行ってろと伝えろ」そして、僕たちのところに歩いてきた。

「どうなってる？　おまえたちはテロリストだ。なかに戻らないと撃つぞ」

「わたしは上級捜査官です」バトナガルが言った。「上層部と話はついています。もう終わったの。わたしたちは表に出てきた。拘束してかまわない。カメラ向けのパフォーマンスは終わりにして」

バトナガルは水と食料を手配しろと警部補に向かって怒鳴りはじめた。

「戦うことが望み？　カメラ映えする派手なドラマがお望み？」彼女は言った。「明後日はディワーリよ、馬鹿。おまけに今日はシャー・ルク・カーンの新作の公開日。こんな事件、誰が注目する？　誰がテレビで見る？　さあ、わたしたちを拘束して、学生たちを家に帰らせなさい。それが終わったらあなたの上司に連絡して。籠城はこれでおしまい」

バトナガルは腕を組み、警部補をにらみつけた。警部補はかぶりを振って去った。こういう新しい種類のインド人女性に慣れていないのだ。

僕たちは肥料みたいに茶色い警察バンの陰に立った。

みんな疲れきっていた。ターマック舗装の上で背中を丸め、ラクダのように水を飲み、バトナガルが正しいことを祈った。

オベロイはこれ以上ないほど怯えていて、砂の土台の上に立つ地方自治体ビルのように振動していた。そして、水をがぶ飲みし、警官ひとりひとりをじっと見つめ、僕たちのまんなかに隠れ、パニックを起こしながら電話をかけていた。僕に聞こえたのは「お願いです、助けてください、パキスタンのスパイに拉致されてるんです」だけだった。

警官たちは彼に向かってうなり声をあげるだけで、大して気にとめていなかった。

数分後、さっきの警部補が戻ってきた。

「こいつらを逮捕しろ。殴るなよ！」

バトナガルが満足げにうなずいた。彼女は自分の役割を果たしたのだ。

警察が手錠をかけられるよう、僕たちは両手をあげた。

誰も何も言わなかった。

そして、僕たちはブタ箱に入った。

21

RAHUL RAINA

裁判は本物の悪夢だった。僕はまったくついていけなかった。

約十二の異なる当事者が損害賠償を求めて互いを訴え合い、それぞれが自分の取り分を手に入れようとしていた。国もまた、治安紊乱、数々の誘拐、暴行、テレビスタジオ占拠、その他、映画のようにクールな犯罪について僕たちを訴えていた。

自分たちがアメリカ人になったような気がした。殺害予告、永遠の呪い、互いの家族の焼き討ちといったインドの由緒正しい効果的な方法は使われず、日がな訴訟に明け暮れ、机にかじりつくことになったから。

僕個人に対する裁判はまだ続いていて、どこかの地方裁判所の審理予定表に長きにわたって載りつづけ、僕の弁護士たちを大いに儲けさせた。請求書、罪状認否通知、機器の引き渡し要求が入った分厚い封筒が数ヵ月ごとに送られてきた。

パキスタンのスパイ容疑は魔法のように消えた。人民党は恥さらしなテレビプロデューサーのおとぎ話を信じるのをやめたのだろう。彼らは何も起きなかったふりをした。それは〝ぽん！〟という音とともに消え、メディアもいそいそと忘却の淵に送った。

サフラン色の政治家たちのなかに、窮地に追い込まれた人間はいたのか？　政治的なしっぺ返しを受けた人間は？　スパイ事件をめぐって、自分たちが数日間の暴動を起こしたことを覚えている人間は？

まあ、だいたい察しがつくだろう。

オベロイは何事もなく放免され、姿を消した。今ごろは世界のどこかで高価なサングラスを買い、話を聞いてくれる相手にクイズ番組の売り込みをして、ルドラクシュという名の人間を避けているのだろう。

今にして思えば、僕は馬鹿だったのかもしれない。

オベロイのこと、彼の政界の友人たちのこと、階級間の関係のこと、言おうと思えばいくらでも言えた。でも僕は大人で、責任があった。過去は過去だ。僕にはフィアンセがいた。国際関係や将来の自分の生活のために、務めを果たしていた。

僕は自分に夢を見ることを許した。

決してそんなことはするな、友よ。将来のことなんか考えるな。徳（ダルマ）と複式簿記の原理に従って、その日その日を過ごせばいい。つねに誰かが君をファックしようと待ちかまえている、それはもちろん、いいファックではない。

僕は保釈中だった。すべてから逃げ切れると思っていた。ちょうどプリヤのアパートに転がり込んでいて、彼女の両親に挨拶をしにアフマダーバードに行くつもりだったし、テレビ番組も再開しようと考えていた。

警察が替え玉受験の件で僕を逮捕しにやってきて、愛する女性の腕から僕を引きはがしたとき、大馬鹿野郎に見えたのはどこのどいつだった？

スタジオ籠城から二週間後、彼らは昼前に現われた。僕は例の警部補が近況報告がてらチャイでも飲みに来たのかと思った。そしたら警部補は召喚状を掲げ、僕の世界は崩壊した。

署に連行され、警官でいっぱいの息苦しい部屋に押し込められた。容疑が読みあげられた。ラメッシュ・クマール。受験詐欺。最高で五年の懲役。

バトナガルは僕を失望させなかった。彼女は四日間、弁護士や下っ端たち、蚊の鳴き声をせっせと書き記す書記官たちをまえに、狭苦しい事務所で僕の弁護をした。

彼女は完全にビジネスライクだった。制服はぱりっとアイロンがかかっていて、髪の毛一本の乱れもなかった。

四日間の弁護。無駄だった。僕が刑務所送りになることは眼に見えていた。彼らは僕の元クライアントたちに手をまわし、証言させるつもりでいた。電話の記録。メールのやり取り。

最終日、話が終わり、みんなが退室の準備を始めると、バトナガルと僕は視線を交わした。お互いの眼と眼を見た。部屋は空っぽになりはじめていた。

「ラメッシュ、助けてあげられなくてごめんなさい」最後までいやらしい眼で僕たちを見ていた副警部補が去ると、彼女はようやく言った。「うちの上層部が、誰かに罪をかぶってもらわなきゃならないって。なんとか考え直させようとしたんだけど、その誰かにうってつけなのがあなたしかいなかった」

これが僕の人生の物語だ、僕は思った。

これが映画だったら、プリヤがここにいて、叫んでいただろう。「そんな真似はさせない！絶対に！　ラメッシュはあなたを助けたじゃない！」そしてバトナガルが上司を心変わりさせようと奮い立ち、スパニッシュ・ギターがかき鳴らされ、子供たちの大合唱が始まる。

でも、そうじゃなかった。

裁判ではすばらしい弁護士たちに恵まれた。費用はルディが持ってくれた。

ルディに文句は言えない。彼の両親は何事もなく、無事に帰国した。よい香りをさせ、日焼けし、ノルウェーにいるあいだにパキスタン絡みのことは何も耳にしていなかった。ふたりはラメッシュなんて腐らせておけとルディに言ったが、彼はそうしなかった。ルディは監置場までやってきて、必要なことはなんでもすると約束した。

弁護士たちはイギリス英語訛りで、褐色で、僕を釈放するためなら大量殺戮でもしそうだった。それでも足りなかった。

バトナガルの上司たちは僕を破滅させた。彼女は最善を尽くしたが、できることは何もなかった。

だから僕は刑務所に入った。判事は白髪の男で、静粛にするよう報道陣に求めることで理性を使い果たしていた。しわがれ、ひび割れた声で、彼はとどめの一撃を放った。

「ラメッシュ・クマール、被告人の犯した複数の詐欺行為に対し、一年間の懲役を科す」そう言って、小槌を打った。カメラのフラッシュが稲妻のように光った。僕の弁護士たちはなんらかの欧米的な理由から僕と握手し、新しい別荘のための小切手を書くべく着席した。立っているのは僕だけになった。警備員が僕を連れ出した。

去り際、傍聴席の誰かが泣きだした。老女だった。彼女は誰かに気づいてもらおうと、法廷内を見まわしていた。ようやくひとりの記者が近づくと、彼女は記者の腕のなかに倒れ込んだ。どの遠い親戚のふりをするつもりだろうか。

僕は刑務所に入った。ほかの誰も入らなかった。はっはっは！

どこかでクレアがペイストリーを食べながら、ひとり笑っていた。「罪の報いよ、若者（ジュノム）、罪の報い」

僕は人民党にやり込められた。国にやり込められた。体制にやり込められた。僕はあまりに多くの人のメンツを傷つけた。そしてやり込められた。

ルディは無傷だった。もちろんそうだ。彼は何ひとつ悪いことをしていない。

僕はルディが共通試験でトップになったことには関与していなかったとされた。どうして僕にそんなことができる？　世界最高の試験である高貴な全国共通試験で、こんな洟垂れ小僧がトップになれるわけがない。ルドラクシュ・サクセナは低級カーストのいかがわしい中間業者から金持ちになれると持ちかけられ、だまされただけだ。そうに決まっている。無垢なバラモンの少年に、そういう人間の正体を見抜けるはずがないだろう？

ルディに罪があるとすれば、それは人を信用しすぎたことだけだ。

望むのなら、電子レンジ、ダール、脂肪吸引手術の営業活動にすぐに戻れる。

僕の人生など、ルディのウィキペディアのページの小さな補足に過ぎない。

刑務所というやつは、いちおう言っておくと、ガチな経験だった。ルディはギャングから僕の身を守るために、大枚をはたかなきゃならなかった。僕は何者でもなかったかもしれないけど、ルドラクシュ・サクセナのマネージャーであることはみんな知っていた。肉体的な搾取をするのにぴったりの人材だ。

ありがたいことに、自分の金は一ルピーたりとも押収されずにすんだ。たくさん訴えられた。過去十年のあいだに全国共通試験で失敗した子供たちの親は、例外なく僕と一戦交えようとした。ルディが告訴を取りさげさせた。費用はかかったけれど、彼には大金があったから、心配は無用だった。

プリヤは何度か会いに来た。

最初の数回は大した話はしなかった。

最後に面会に来たとき、彼女は「待ってるから」と言った。おいおい、冗談じゃない。プリヤは両親を愛していた。彼らが僕みたいな男との結婚を許すわけがない。プリヤはモダンで自立していたが、両親は彼女の肉親であり、僕よりも大切で、一族に犯罪者が加わることを絶対に許さないだろう。

もう来ないでほしい、とそのとき僕は言った。出会ったころの僕たちはストレスを抱えていた。あんなプレッシャーをかけられていたら、誰でも恋に落ちることがある。あれは本物の恋じゃなかった。僕たちはありえない状況下で、人間的なささやかなつながりを求めていただけなんだ。

もしかしたら、それは真実でさえあったかもしれない。プリヤは大泣きした。

その最後の瞬間、テーブル越しに彼女の眼を覗き込んだとき、この世で最も恐ろしいものを見た。終わりのない愛を見た。彼女は決して離れない。自分自身を、自分の名前を、自分の家族を、自分の将来を破壊するだろう。

だから僕は小さな嘘をついた。

「バトナガルが言ってた。中央捜査局の上層部は僕の仲間も追うつもりだって。連中は決してあきらめないよ、プリヤ。これで終わりと思った？　このまま僕たちの関係が続けば、次は君が狙われる。それから君の両親が、君の知っている人たち全員が」

彼女は首を横に振った。「あなたは嘘をついてる」

「もう二度と嘘はつかないって約束しただろ、覚えてる？　僕が初めて君に愛してると言った日に。あとひとつ嘘をつけば、僕たちは終わりだ」

「覚えてる」

「僕のために自分を犠牲にしないでくれ、プリヤ。冷静に考えるんだ。何をすべきなのか」

僕はプリヤに歩み寄り、最後の別れに抱きしめた。あとで看守に賄賂を渡しておこう。僕の頬に彼女の涙が伝うのを感じた。

また来る、きっと戦い抜くと彼女は言った。けど、その笑みは褪せ、眼は虚ろだった。何通か手紙を送ってきたが、返事は出さなかった。手紙が途絶えると僕はほっとした。

プリヤが恋しかった。彼女に手紙を書き、愛を告白したい、一緒に逃げて、両親も伝統も吊しあげてしまおうと言いたい、そんな瞬間が何度もあった。孫が欲しければ、そっちが態度を改めろと。

でも僕は嘘をついていた。完璧な嘘を。自分の手でふたりにとどめを刺していた。

なんて賢いんだ。

刑務所では何度も危ない目に遭った。よくあるやつだ。突然無人になったシャワー室で、沸騰したステンレス製フライヤーがぶくぶくと泡を立てるキッチンで、囚人たちが入り乱れ、誰がナイフで刺されてもおかしくない運動場で。僕はセレブだった。スパイだった。何者かだった。ルディがかなりの額を払ってくれていたおかげで、通常は十五人のところ、僕の房にはふたりしか入っていなかった。僕が甘やかされていて、おまけに欧米かぶれだという理由で攻撃されるようになると、ルディはもっと大金を払わなければならなくなった。ひとつの牢屋にたったのふたり！　それはヴェーダのあらゆる教えに反していた。

刑務所でたくさん本を読み、哲学や宗教に関する古典のおかげで人生が変わった、というのはよくある話だが、僕は刺されないようにするだけで精いっぱいだった。一日一回のシャワー。油っぽいチャパティと水っぽいダール。

ある日、面会者があった。「《チャリティ・チャイ》の人間が会いに来てる」と看守が言った。

父さんだった。

最後に会ったときよりも十歳若返って見えた。父さんに続いて、カメラを脇に抱えた男が入ってきた。

「ラメッシュ」父さんは言った。指はまだ鉤爪のような形で固まっていたが、体のほかの部分には充実感と丸みがあった。

「《チャリティ・チャイ》？」十年ぶりに父さんにかけた言葉がそれだった。

父さんは鼠のように小さくほほえむと、僕のベッドの隣に座った。「白人が覚えやすいよう、頭韻を踏んだ名前にしたんだ。《チャリティ・チャイ》は今じゃ誰もが知ってる。よくできた話だろ。男は息子を修道院学校に入れるためにチャイ屋台で身を粉にして働いた。でも息子はいなくなってしまう。そこで今度はオールドデリーじゅうの子供たちに同じことを――」

「あれは誰なの？」僕は付き添いの男を指さして言った。父さんはあまりに自己満足的で、あまりに悪巧みに満ちていた。

「アメリカのストリーミングサービスの人だ。アメリカ人はいい気分になれるエスニック映画を求めている、あの寿司男みたいなやつをな。プラカシュくん、カメラを止めてくれ。ここはカットだ」父さんは言い、体を小刻みに揺らして笑った。

「全然いい気分じゃないよ」

「これ以上ないエンディングじゃないか。男はデリーじゅうの貧しい少年たちを救い、最後には、長らく行方不明だった自分の息子を救う」

「半年前に救えてたかもしれないよ、パパ」

「そのときはまだテレビ契約にサインしてなかったからな」

僕は腕を組み、床を見つめた。

「助けたいんだ」彼は言い、僕の肩に触れた。やっとのことで、ほんとうにやっとのことで、僕は顔をしかめずにすんだ。昔だったら堪（こら）えきれなかっただろう。「ふたりでアメリカ人向けのストーリーを紡ごう。おまえは金のせいでこんなことになった。そこに俺が現われ、おまえを救い、おまえはまた何者かに戻る」十年ぶりだというのに、僕がもう関わりたくないと思っているのが伝わったのだろう。

僕たちはもう少しだけお互いを見つめた。父さんは帰りたくないようだった。

「パパ、僕たちの気持ちについて話し合わない？」

それだけでよかった。父さんは行った。

「出所したら電話してくれ」というのが最後の言葉だった。

僕はしなかった。

これ以上嘘をつくつもりも、中途半端な真実を言うつもりもなかった。僕は罰を受けて当然だ。男らしくそれを受けるつもりだった。


六ヵ月と経たずに出所した。

出ていくときに紙を渡された。君が社会の生産的な一員になり、二度とここに戻らないことを願う、と書いてあった。金はあったが、ほかには何もなかった。生まれ変わった気分だった。

門のところでルディの車に出迎えられた。

ジャーナリストはいなかった。彼らは僕のことは忘れろと指示されていた。

ルディのアパートに籠もった。ファストフードのデリバリーを受け取りに階下に向かう途中、階段で大家とすれちがうと、決まって小声で罵られた。

《ビート・ザ・ブレイン》は今もヒット番組で、それどころか、これまで以上のヒット番組になっていた。プリヤがプロデューサーになっていた。ルディが彼女に会いたいかと訊いた。僕は返事すらしなかった。

一日じゅうアパートの部屋にいて、世界が僕を忘れることを願った。

しばらくのあいだ、何かロマンのあることをしたいと思っていた。昔の夢、僕のような子供たちのための学校をつくる夢。僕たちは雨水を集め、集会で僕が言う。「ここではどう勉強するかではなく、どう生きるかを教えています」とはいえ、まあ、ないね、そんなのは四十になってからやることだ。めそめそした子供たちの群れを相手に、どこかのケツの穴で暮らしたいなんて、二十五のときに思うやつがいるか？　それに、僕は少しばかり自己中心的すぎて、うまくいかないかもしれない。

ルディはまるで人が変わったようだった。ドラッグはなし。パーティはなし。ナンセンスはなし。

ガールフレンドができて、突然僕はお役御免になった。すてきな女性で、ここにずっと住んでかまわないと言ってくれた。でもルディは彼女と一緒にいるべきで、僕にはそれがわかっていた。

僕はさよならも言わずに出ていった。

それはいつも僕の顔を見つめていた。

僕はインドの最下層民、のけ者（パーリア）だった。あんなふうに試験制度をファックしておいて、逃げおおせる者はいない。でも、インド人が何よりも好きなものはなんだ？　欧米だ。じゃあ、欧米が何よりも好きなものはなんだ？　栄光と挫折と再起の物語、贖罪、赦（ゆる）し。そういうキリスト教的なやつだ。正直に言うと、父さんからもアイディアを拝借した。

インドに愛されるには、そこを離れる必要があった。

宗教というものが、ずっとまえから僕の顔を見つめていた。

寺院とモスクが、父さんが、クレアが。

僕はアメリカの商用ビザを取得した。犯罪者は基本的に入国できないが、在米インド領事館の職員に少しの金を払えば、解決しない問題はない。

ヒューストンの北二百キロの地点に、二十四エーカーの土地を買った。空港へのアクセスがよく、数キロ先に州間高速道路がある。母屋に寝室が三つ、離れにはベッドと机がどうにか入るくらいの小さな個室が六つ。バンを買い、ウェブサイトを立ちあげ、コンビニで見つけたメキシコ人の家政婦を雇い、給料をすぐに二倍にした。彼女は週に三回、手づくりのタマーレを持ってきてくれた。

最初のうち、商売はうまくいかなかった。ウェブサイトは情報不足だった。レビューも書かれなかった。ネットフリックスにインドのカルトを紹介する番組があり、ブルックリンの人たちは警戒していた。

その後、客が殺到した。

リタイアしたカップル。南部をドライブ中のドイツ人観光客。マットレス会社のノイローゼの重役。僕たちは星空の下、焚き火を囲んでベジタリアン・チリを食べながら、それぞれの来し方を語り合った。日中は静かな瞑想に耽り、敷地内を歩きまわり、フェンスを直し、軽い肉体労働をした。

牛を何頭か買って放牧し、馬も数頭買った。とてもヴェーダ的だった。

テキサスでは誰もがバーベキューを食べ、銃を撃ち、ジープを運転し、まるでアメリカのパロディのようだった。僕は地元のクリスチャンたちに友好的に接した。彼らは僕が十代の女の子をクスリ漬けにして性奴隷にしようとしているのではないかと疑い、それを確かめに来た。その後、僕を改宗させようとさえした。

一年後、予約でいっぱいになった。

テキサスの片田舎で隠遁施設を経営する九本指の奇妙な若いインド人に関するニュースは、瞬(またた)く間に広まった。おまけにその男は誰もドラッグ漬けにしていないという。奇跡みたいな話だ。

オリビア、ハンナ、レイチェル、何が起きているのか調べてこい、ネタになるかもしれん、と編集長たちは言った。

悪評のほうが大きかった。話ができすぎていたから。でも、僕はそんな人たちを説得した。自分の過去をオープンに話した。僕は人を傷つけてきた、自分の道を修復したいのだと。

雑誌、全国放送のテレビ番組、人種意識が強いミレニアル世代の白人向けインターネットサイト、それらすべてがハゲタカのように押し寄せた。僕はインフルエンサーに無料で週末の宿を提供した。

管理は徹底していた。おふざけはなし。ただ話し、歩き、働き、断食する。

髪を伸ばし、サフランのようなオレンジ色の服を着るようになった。値あげをした。最初は一週間で五百ドルに、次は千ドルに。落伍者、浮浪者、ひょっこりやってきた人たちのために無料の部屋もいくつか用意した。家屋から離れた場所にテントをいくつか張り、ソーラーヒーターと雨水シャワーを設置した。ハイキングは三時間。苦労して浄化したミネラルウォーターで喉を潤した。携帯電話は没収した。僕たちは赦しについて、よりよい自己に対して忠実であることについて語った。

インスタグラム、フェイスブック、ツイッター――それらをフル活用しつつ、ミステリアスな雰囲気を残すようにした。砂埃のなかで触れ合う手と手、砂上の足跡、夕陽を受ける燃えさしを美しい写真に仕上げた。売り込みはメディアが勝手にやってくれた。僕は客として受け入れた重役や管理職を、よりよい何かに変化させた。一週間が終わるころには、彼らは感謝と労働と内なる平安で輝いていた。彼らに低木を伐採させ、より多くのテントを張らせた。夕食にヴィーガン用のブリトーを提供し、夜の語らいの場ではヒマラヤ産の偽大麻を数本吸うことを許可した。

　僕は大金を手にした。

　褐色人種はなぜみんなこの商売をしないのか。白人はこれを心の底から望んでいる。

　神秘的であろうとする必要もなかった。こちらから尋ねるまでもなく、誰もが口をひらいた。導師（グルジ）と呼ばれると、とても困惑する。ただラメッシュと呼んでくれ。ここに来る金持ちのアメリカ人はみな、ありとあらゆることについて罪悪感を抱いていて、喉から手が出るほど赦しを必要としている。僕は彼らに言う。あなたたちだけでなく、みんなが赦しを求めている、それは僕も同じだ、と。そして、夜明けのピンク色の光のなかでハグをする。

　白人は君にすべてを語る。不思議なもので、彼らは本音を隠して人生の大半を生きてきたのに、いざ口をひらくと、その人のすべてがわかる。子供のこと、セックスのこと、心の問題、近親相姦、レイプ、ドラッグ、児童虐待。僕たちは耳を傾け、泣き、赦す。

　インドのマスコミが僕を取りあげるようになるのに、さほど時間はかからなかった。うさんくさい見た目の男たち、女たち、シャルマとかパテルとかいう名前の人たちが送り込まれてきた。古い訛りが僕の耳を焼いた。

　インドでも注目が集まりつつあった。ここに隠遁してくる人たちは持っていなくても、僕にはＷｉ－Ｆｉがあった、もちろんあった。赦しが近づいていた。それを感じられた。でも僕は気にすることをやめていた。

いつの間にか、インドについてまったく考えなくなっている自分がいた。無言の受容を切望することすらなく、自分が最初に考えていたことが世界で一番無意味なことのように感じられた。

この地で何者かになろうとしている人間のことなど、誰が気にするだろうか。

朝、僕は客に会釈し、客は僕に会釈し、僕たちは「オーム！」という聖音を平原に響き渡らせる。それからホセフィーナのつくった豆スープを提供し、自分たちの罪の汗を流す。

信じられないほど退屈だ。

ここはアバズレのプッシー（ボースディケ）よりも暑い。平原には牛、水場、ブッフェルグラスがあり、百年後のインドにいるような錯覚を覚える。すべてが平穏で、子宮はもはや子供を産み落とさず、誰もがお互いを殺そうとするのをやめたインドにいるような。

ということは、百年後じゃない。

ここには奇妙な、訛りの混じり合った鼻声のインド人たちがいて（恐ろしいことに、僕の声もそうなりつつある）、彼らはカウボーイのようなブーツとつばの広い帽子を身に着け、牛肉を食べ、共和党に投票する。彼らは僕の建てた店にやってきて、水晶、ガネーシャ像、デラドゥーン米を買い、僕の名声に引き寄せられている。彼らの娘たちは医大にかよっていて、髪を着色し、君の眼をまっすぐ見つめ、誰からもふざけた真似をされることはない。

ルディもここに来ると言っている。奥さんと一緒に。テレビクルーも連れてきたいそうだ。大同窓会になる。主婦たちは感涙のあまり脱水症状を起こすだろう。

ありがとう、パパ。ありがとう、クレア。ありがとう、ルディ。ありがとう、アンジャリ、アビ、プリヤ。
なんだかんだいって、僕はやり遂げたんだと思う。

（了）

謝辞

僕のすべてを支えてくれる家族に。僕に我慢してくれてありがとう。君たちがいなければ、僕はもっと貧しかった。知識という贈り物をくれた祖父母に。教師たち、ＬＰ、ＬＦ、ＪＯ、ＡＭに。彼らは僕に、君はいつか本を書くだろうと言った。とんでもないまちがいだ。

最初の読者、サム・コープランドに。この本を書けたのは君のおかげだ。契約上、ここでは君をハンサムと呼ばなければならない。この本を世に送り出してくれた《ロジャース、コールリッジ&ホワイト》のみんなに。

すべてを改善してくれたアイラー・アーメドに。君がこの本を信じてくれたことは、大きな喜びの源となった。この本に家を与えてくれた《リトル、ブラウン》のみんなに。いつも的確な質問をするエミリー・グリフィンに。深夜のＥメールに答えてくれたアシスタントのみんなに。

出会ったすべての作家たちに。彼らは僕を丸め込み、やる気にさせ、口うるさく言い、支えてくれた。デリーの子供たちに。彼らの多くがこの本に登場している。君たちはこの世界にふさわしい。

焚きつけてくれたＣＢに。時間を与えてくれたＣＨ、ＡＱ、ＲＧに。死体が埋まった場所を知っているＤＨ、ＤＲ、ＣＬ、ＴＭに。この本について話しておくべきだったＪＧ、ＰＲ、ＡＳ、ＡＮ、ＳＨに。殺人打線のＤＬ、ＪＩ、ＰＳ、ＦＲに。いつも話を聞いてくれる、とりわけ、聞くべきでないときに聞いてくれるＣＮとＺＡに。そして、決して忘れることのできない、あまりにも早く僕たちのもとを去ったＲＭに。

解説

RAHUL RAINA

本書はインド出身の作家ラーフル・ライナのデビュー長編*How to Kidnap the Rich*（Little, Brown, 2021）の全訳です。著者ライナはインドのデリー生まれ。イギリスとインドの双方に仕事を持ち、両国を往復する生活のなか、暑いニューデリーで本書を書きあげました。なお本書は英語で書かれています。

舞台は著者の故郷であるデリー。ページをめくるといきなり、語り手の「僕」がとんでもない状況に置かれていることが読者に知らされます。「僕」は誘拐（それも複数）に巻き込まれているようで、どうやら指を一本失っている様子。どうしてこんな事態になってしまったのかを回想するかたちで、物語本編が開始されます。

「僕」ことラメッシュ・クマールは「オールド・デリー」と呼ばれるデリーの貧しい地域で生まれ育ち、現在はアメリカなど海外の一流校も視野に入れた教育コンサルティング業を営んでいます。ただし、この「教育コンサルティング」は、いわゆる進路相談や受験指導ではありません。依頼を受けて富裕層の子女を希望の大学に押し込むという、ときには裏口入学の斡旋まで行う違法なものです。今回ラメッシュに舞い込んだ依頼は、金持ちの息子ルディをインドの一流大学に入れること。ルディは箸にも棒にもかからないドラ息子であるため、ラメッシュは日本でいう大学入学共通テストやセンター試験のような「全国共通試験」の替え玉受験を請け負うことになります。

替え玉受験自体は難なく完遂できたものの、いざ結果が発表されると、とんでもないことが判明します。ラメッシュはなんと全国トップの得点を挙げてしまったのです。インド最高の天才少年として、メディアはルディに殺到、あれやこれやで多額のカネも流れ込んでくることになりました。本来なら自分が受けるべき富も栄誉もバカ息子が得ていることが釈然としないラメッシュは、稼ぎの一部を自分にもよこせ、でなければ替え玉受験のことをバラしてやるぞと一家に通告、ルディのマネージャーのような地位を得ることに成功します。一方ルディのほうはクイズ番組『天才をやっつけろ』(ビート・ザ・ブレイン)のメインキャストに抜擢(ばってき)され、ますますマスコミの寵児(ちょうじ)になってゆきますが、番組で起きた椿事(ちんじ)がきっかけとなって物語は一気に誘拐と逃亡の大騒動に……。

まるでつなわたりのような受験不正と一攫千金の物語と並行して語られるラメッシュの生い立ちも魅力的です。貧困地域で生まれ、父のチャイ屋台を手伝っていた彼が、いかにして替え玉受験にも成功できるような教養を身につけられたのか。どうやって現在のような立場にたどりついたのか?

クイズ番組が大きな要素になっている点で、映画『スラムドッグ$ミリオネア』や、その原作小説である『ぼくと1ルピーの神様』(ヴィカス・スワラップ/RHブックス・プラス)を彷彿(ほうふつ)させもする本書、著者もそのことを意識していたようで、作中にも「スラムドッグ$ミリオネア」という言葉が登場します。しかし、本書はあちらより狂騒の度合いが強く、なかばをすぎて物語が誘拐・脱出の応酬を皮切りに壮絶なエスカレーションをみせるさまは、クエンティン・タランティーノらのクライム・ムーヴィーに通じるものがあります。

そういう意味では、登場人物たちがやることは替え玉受験から誘拐等々にいたるまで、ほぼ全部が犯罪という作品ではあります。しかし、けっして反道徳的でダークな印象になっていないのが本書の魅力でしょう。全体に漂う陽性のユーモアのおかげでもありますが、同時に、ラメッシュの過去を描くパートに顕著なように、貧困や教育の格差というシリアスな問題に著者は真正面から向き合っています。そんな誠実な真摯さがあるからこそ、読んでいるうちに、いつのまにか「悪いことって本当に悪いのだろうか?」という命題について考えてしまうのです。『ガラム・マサラ!』も、そんな作品のひとつだということでしょう。悪いことは本当に悪いのか。これは優れた犯罪小説が読む者に突きつける問いです。

近年、インド発のエンタテインメントが日本でも楽しまれています。映画では『バーフバリ』シリーズや『RRR』が話題を集めたことが記憶に新しいですが、ミステリの分野でも、インド系の作家による作品が続々と翻訳紹介されています。本書に近い作風のものでは、アメリカ探偵作家クラブ最優秀長編賞を受賞した『ブート・バザールの少年探偵』(ディーパ・アーナパーラ/ハヤカワ・ミステリ文庫)が、スラム地区に暮らす子供たちをめぐる悲しい犯罪の実相を描いて忘れがたい作品でした。ロンドンを舞台に、インドで刑事だった青年がレストランで働くかたわら謎を解く『謎解きはビリヤニとともに』(アジェイ・チョウドゥリー/ハヤカワ・ミステリ文庫)は、本国イギリスでシリーズ化されるほどの人気を誇っています。ほか現代を舞台とするものでは、クリスティー風のマーダー・ミステリ『英国屋敷の二通の遺書』(R・V・ラーム/

創元推理文庫）も邦訳されています。

歴史ミステリも盛んで、二十世紀初頭の大英帝国統治下を舞台とする『カルカッタの殺人』にはじまるアビール・ムカジーのウィンダム警部&バネルジー部長刑事シリーズは邦訳も三作を数えます（いずれもハヤカワ・ミステリ）。ホームズに心酔する主人公が活躍するMWA新人賞候補作『ボンベイのシャーロック』（ネヴ・マーチ／ハヤカワ・ミステリ）は十九世紀末が舞台。一九四九年のボンベイを舞台にした『帝国の亡霊、そして殺人』（ハヤカワ・ミステリ）で英国推理作家協会賞の歴史ミステリ部門を受賞したヴァシーム・カーンは、現代を舞台とした軽妙な警察ミステリ・シリーズ（『チョプラ警部の思いがけない相続』ハーパーBOOKS）を開始した――といった具合で、邦訳のあるものだけでも枚挙にいとまがありません。もちろん過去にもインドを舞台にしたミステリはありましたが、ここにご紹介した作品はいずれもインド系の作家によって書かれている点で一線を画します。現在のところは英語で書かれたものばかりではありますが、経済的にも躍進するインドですから、ヒンディー語などで書かれたミステリが紹介される日も遠くはないのでは。

本書もそうした新たなインド・ミステリのひとつです。著者ラーフル・ライナは、作家デビュー時でまだ二十八歳。原稿がイギリスの出版社に開示されるや、六社によるオークションとなり、大手のリトル・ブラウン社が版権を獲得。さきほど名前を挙げた『カルカッタの殺人』のアビール・ムカジーが、「こういう小説をずっと待っていた。こんなに見事なデビュー作を読んだのはいつ以来だろう」という賛辞を寄せたほか、多くの作家や新聞・雑誌から絶賛を浴びました。

面白いのは本書が近年躍進する非欧米圏の物語のひとつとして読まれ、評価されている点でしよう。典型的なのはコスモポリタン誌の書評で、本書の比較対象として、ナイジェリア作家によるブッカー賞候補作『マイ・シスター、シリアルキラー』（オインカン・ブレイスウェイト／ハヤカワ・ミステリ）や、シンガポールの中国系富裕層を描いたベストセラー『クレイジー・リッチ・アジアンズ』（ケビン・クワン／竹書房。映画は『クレイジー・リッチ！』）、韓国の経済格差に材をとったアカデミー賞最優秀作品賞受賞作『パラサイト　半地下の家族』が挙げられています。デイリー・メイル紙も、『クレイジー・リッチ・アジアンズ』『パラサイト』を引き合いに出して本書を賞賛していました。

日本でも二十一世紀に入って以降、スウェーデンをはじめとする一連の北欧ミステリが定着し、フェルディナント・フォン・シーラッハやセバスチャン・フィツェックといったドイツ勢の躍進があり、やがて中国や台湾のいわゆる「華文ミステリ」が話題となり、韓国の小説も注目を集めています。フランスや中南米の作品は以前から日本で一定の存在感を持っていました。翻って欧米では、村田沙耶香『コンビニ人間』がイギリスを皮切りに広く評価されており、横山秀夫『64（ロクヨン）』が英国推理作家協会賞の翻訳作品部門の候補となり、ドイツではベストセラーになるなど、日本の小説の欧米圏への進出も盛んになっています。ミステリや文学における「国籍」の多様化が進むのは楽しいことです。本書の独特の生命感や躍動感を安易にインド文化に結びつけるべきではないかもしれませんが、しかし、ここには間違いなく、これまでに味わえなかった感覚が宿っています。

なお本書の邦題は、当初の原題であった *Garam Masala* からとったものです。最終的には、冒頭に記したように『金持ちを誘拐する方法』というものに改められたようですが、もともとの著者の構想であるこちらのほうが本書にはふさわしいのではという編集部の判断で、『ガラム・マサラ！』としたことを付記しておきます。

（編集部）

著者紹介
ラーフル・ライナ
Rahul Raina
インド、デリー生まれ。28歳のときに本書『ガラム・マサラ！』で作家デビュー。オックスフォードでコンサルティング業を営む傍ら、デリーでチャリティー事業を行いながら英語の教師を務めており、インドとイギリスを往復して過ごしている。本書はニューデリーの40度超の気温のなかで執筆されたという。

訳者紹介
武藤陽生（むとう・ようせい）
1977年生まれ。早稲田大学法学部卒業。英米文学翻訳家。訳書に、エイドリアン・マッキンティ『コールド・コールド・グラウンド』『レイン・ドッグズ』、セシル・スコット・フォレスター『駆逐艦キーリング』、クリスティー・ゴールデン『アサシン クリード〔公式ノヴェライズ〕』（以上ハヤカワ文庫）などがある。

ガラム・マサラ！

二〇二三年十月三十日　第一刷

著　者　ラーフル・ライナ
訳　者　武藤陽生（むとうようせい）
発行者　大沼貴之
発行所　株式会社文藝春秋
〒102-8008　東京都千代田区紀尾井町三－二三
電話　〇三－三二六五－一二一一
印刷所　図書印刷
製本所　図書印刷
DTP制作　言語社

万一、落丁乱丁があれば送料当社負担でお取替えいたします。小社製作部宛お送りください。

定価はカバーに表示してあります。

ISBN 978-4-16-391771-9